捧读

触及身心的阅读

神探王妃 ②

浅樽酌海
QianZunZhuoHai
著

BH
天津出版传媒集团
百花文艺出版社

图书在版编目（CIP）数据

神探王妃. 2 / 浅樽酌海著. -- 天津 : 百花文艺出版社, 2020.8
ISBN 978-7-5306-7850-3

Ⅰ. ①神… Ⅱ. ①浅… Ⅲ. ①长篇小说－中国－当代 Ⅳ. ①I247.5

中国版本图书馆CIP数据核字(2020)第039936号

神探王妃 2
SHENTANWANGFEI 2
浅樽酌海 著

选题策划：唐冠群 胡晓童　封面设计：lemon
责任编辑：胡晓童 唐冠群
出版发行：百花文艺出版社
地址：天津市和平区西康路35号　邮编：300051
电话传真：+86-22-23332651（发行部）
+86-22-23332656（总编室）
+86-22-23332478（邮购部）
主页：http://www.baihuawenyi.com
印刷：天津丰富彩艺印刷有限公司
开本：880×1230毫米 1/32
字数：266千字
印张：10
版次：2020年8月第1版
印次：2020年8月第1次印刷
定价：39.80元

如有印装质量问题，请与天津丰富彩艺印刷有限公司 联系调换
地址：天津市宝坻区新开口镇产业功能区天源路6号
电话：（022）29908595
邮编：301815

《初夏》——唐·李世民

一朝春夏改，隔夜鸟花迁。
阴阳深浅叶，晓夕重轻烟。
哢莺犹响殿，横丝正网天。
珮高兰影接，绶细草纹连。
碧鳞惊棹侧，玄燕舞檐前。
何必汾阳处，始复有山泉。

目录

CONTENTS

第一章 凶手的诡计

◑ 1 ◐

武德四年，洛阳宫强奸及连环杀人案的嫌犯就是你——秦王李世民！

瑾琋跟在急于找受害人对质的李世民身后，回首张望，确定李元吉并未跟来，而是往他自己的寝殿去了，忙招手示意丰登附耳过来，吩咐道：“你悄悄去找曹尚宫、彭给使[1]，私下打听两个人……教他们也管好口风！”

瑾琋抵达洛阳宫一天两夜，对主事宫人已有所了解。

回到正殿，她阻止李世民踏足韦尼子所在的房间：“男子的身影容易刺激小韦氏，你可在书房等候。”

李世民气咻咻地去往书房方向，但却过书房门而不入，而是进了旁边那间小院，想来是去探望韦珪母女。

瑾琋感到一丝不悦，但目前不是计较这些的时候，向刚从案发地返

1 太监、宦官。唐朝没有“太监”一词。

回的五谷问明后情，便独自去看望韦尼子。

幸运的是，韦尼子的伤看似凶险，实无大碍，经敷药裹伤，她的疼痛亦有所缓解，神志也很清醒。凶嫌是李世民的事也无人敢告诉她。

瑾琋温言慰勉数语，问道："韦娘子，此案我已有些眉目。不过，尚需你再回忆一件事，不知你在晕厥之前，可曾听见风雨大作的声响？"

韦尼子刚刚平复一些的情绪再起波澜，呜咽出声。瑾琋连忙抚着她的背安慰。

"听见的。"尼子艰难地点了一下头，身子瑟瑟发抖，仿佛重回那恐怖而屈辱的暗夜，"还有，还有，一声雷鸣……"

瑾琋露出舒展的笑容："韦娘子，此事，大可不必耿耿于怀。当今世风并不强求女子守节，况兼按当时的情形，任谁也无从反抗。即便讲究纲常礼教，也须体谅当事者的处境。若是不近人情，那酸腐礼教不要也罢。"

她吩咐陪伴韦尼子的数名宫女不许离开寸步，又去了韦珪所居的那座小院，看望波奈罗。

李世民还在那里。他不愿将自己背负的嫌疑告知韦珪，只慰问了波奈罗的伤情，询问她受伤的原因及昏倒前的所见所闻。

今晚，那孩子跟着凌霄在外面玩耍，忽然想去探视数日不见的堂姨母韦尼子。因所看守向来不大约束她，以往也去过，凌霄就没有折返小院告知韦珪，自己做主带孩子去了，谁知未入院门即遇袭。

韦珪因孩子跟凌霄玩惯了的，初时也不在意，后发现大雨如注，才带着雨具外出寻人，但方向与囚所南辕北辙。

幸而，曹尚宫获悉案情，紧急叫了些人手赶赴囚所，途中巧遇韦珪，一碰面，便冲她大喊："哎哟，韦娘子！你这当娘的，怎的还在宫里乱晃？听说波奈罗负伤，被秦王妃的贴身侍婢繁缕抱回你那小院了！旁的我也没空与你啰唆……"

韦珪闻言，唬得双脚都麻软了，忙跌跌撞撞地赶回去照料孩子。

波奈罗伤势不重，但受到了极大的惊吓，不论如何提问，都只会啼哭着颠来倒去地重复两个字：“腿、踢，腿、踢……”韦珪也哄她不住。

医正已查明波奈罗被歹徒踢中肋部，摔倒时，额角又撞到花圃里的石块，头部负伤加惊吓，因而昏迷。被歹徒踢痛的那个瞬间在她脑海中留下深刻而可怕的印象。

医正给了一小瓶药，搁在卧榻旁的抱腰隐几上，教韦珪就寝前给女儿换药，再用干净的细布重新包扎，他中午再来复诊。但孩童心灵的阴影却无药可医，有赖于母亲耐心开导。

瑾瑀指指自己发髻上的迦陵鞶伽双鸟衔牡丹镂花金钗，笑对波奈罗说：“孩子勿怕。这是迦陵鞶伽，佛经有记载的一种神鸟，鸣声婉妙如歌，有它在，邪魔妖道一概不得近身……”哄得她渐渐安静下来，乖乖地给瑾瑀看了肋部的伤。

李世民旁观瑾瑀抚慰孩子的情形，自有一种赏心悦目的美感，但他心里对她仍有气，不肯在她面前说话。

“阿韦，孩子出事时所穿的衣裙洗了吗？请让我看看。”瑾瑀问韦珪，神色温和，但口吻一如日常向普通宫人问话，仿佛并不知晓她的“特殊”之处，对她的称呼也有别于韦尼子。韦尼子尚待朝廷发落，目前名义上依然是士族女子，故以“韦娘子”相称，韦珪是籍没的宫婢，瑾瑀唤她“阿韦”算是主母平易近人。

“谢娘子垂问，婢子尚无暇顾及。”韦珪抱来波奈罗换下的小衣裙，呈给瑾瑀过目。

苍术弄湿王妃家书导致的后果、王妃突然现身正殿时秦王的举动……凡此种种，都映现出王妃在秦王心目中的份量，韦珪自然不会怠慢。

瑾瑀业已窥察出韦珪原是名门闺秀、贵家娘子出身，后家破人亡，沦为比庶人平民更加等而下之的贱籍奴婢，在人世的最低谷饱受折磨，含辛茹苦地抚养幼女，历经各路反王争夺洛阳、唐军围城的残酷战乱，因此世事洞明，为人谨慎，与杨陆离、刘燕婉有很大的不同。

不过，眼下瑾瑜也无暇考虑如何对待她。先检视孩子的衣物，拿起来拧一拧水，拣出穿在外边的衫子和襦裙，交给留荑拎着，告诉韦珪："暂借我一用。"又笑问波奈罗，"孩子，我已抓住那个踢你的坏人，再不用害怕了！你还记得，凌霄姐姐手提的灯笼熄灭之前，照见那坏人了吗？他长什么模样？说与我听，看我抓错人不曾。"

"看不清模样。有一条腿飞起来踢了儿一下，儿痛得栽倒，随后，儿就昏睡了……"波奈罗只还模糊记得这些。

波奈罗身量矮小，黑夜中，身长较高的凌霄手提灯笼照路，她看不清歹徒相貌也合乎情理。

"好。没事了。"瑾瑜抚摩她的小脸安抚道，又吩咐留荑，"大王预备给我的礼物箱子里，有个迦陵鞶伽玉佩，拿来送给这孩子，保护她百毒不侵。"

◑ 2 ◐

回寝殿时，李世民走在瑾瑜身前，用一句抱怨结束了沉默："对谁都关怀备至，偏生对我冷漠绝情。你拿走那孩子的衣裙，是有线索了吧？我这身衣裳也淋了雨的，你连提醒我换衣服、以防着凉都不曾。"

"我？"瑾瑜似笑非笑，"单说相信你，而不查清案情，无以还你清白，拯救不了你的名声。五谷要将验尸结果及死者生前的情况禀报与你，你先听，再细思此案是否与自己有关。我另有两件事要办——对了，你这身衣裳暂勿换洗，可得谨记啊！"

她亲赴内库验看了囚所搬来的物品及死者的遗物，命赵顺继续在此守护，不可擅离。随后，她折往下房，看望因受强烈刺激而病倒的苍术。

这一排下房距韦珪母女的居所较近，繁缕把波奈罗交给韦珪，就来此陪伴苍术。另有个执事他处的宫女也在，是自小与苍术、凌霄共事洛阳宫的故交，她们来探病的，因瑾琋驾到，告退而去。

瑾琋自与苍术谈论案情，问道："凌霄生前可曾与人结仇？"

"不，不曾。"苍术泣道，"论性情，凌霄最好不过，与谁都能说到一起、玩到一起。洛阳宫无人不喜欢她。"

那个伶俐讨喜的少女，至死犹在下意识地保护弱小的孩童，她如花的生命就这样被奸邪之辈断送，死不瞑目。

瑾琋也止不住地流泪哽咽。

苍术目中闪过一抹恐慌，说道："娘子，宫中有传言，囚所发现了飒露紫的遗物……"

这是刚才探病的宫女告诉她的。李元吉的嘴果然比马跑得还快。

瑾琋问："你觉得此案与秦王有关？"

苍术连忙答道："不。依奴婢所见，秦王虽然有时大发脾气，但怒火来得快，去得也快，口中喊打喊杀，从未枉杀下人。奴婢是觉得，此案十分诡异。"

瑾琋赞许道："秦王若听见你这番话，必定深感宽慰。你且安心休养，我定为凌霄复仇！"

外面又有两个苍术的旧同事来视疾，因秦王妃在内，不敢擅入。

瑾琋命他俩入内，对繁缕道："这里尚可，由着他们轮流探望，陪病人散心也好。案情重大，我需要得力人手，你去帮忙看护波奈罗，不得有误。"

她重返寝殿，李世民和五谷都在外间等她。丰登也回来复命，禀报了曹尚宫、彭给使的答复。宫中发生了血案，这两人比平日更加忙碌，他好不容易才抓住空隙询问，故而较之预计的多花了些工夫。

丰登所言与之前五谷所禀告的事实幻变为两股狂澜，在瑾琋和李世民的脑海中横冲直撞，把阻碍他们探寻真相的暗礁击碎了大半……

“速去那里！”瑾琋一边拉着李世民的手往外跑去，一边挥手召唤丰登、五谷和留荑等人，“你们也来！”

“大韦娘子，你且忙活，这一壶王母桃浆，我捧进去就罢了。”有人来探视波奈罗。

韦珪在院中洗晾孩子淋湿的贴身衣物，感激地笑道：“多谢。繁缕在房中陪她，尚未睡醒。”

来客进房，把一只瓷壶置于矮几上，问了波奈罗的伤，请繁缕也喝点儿桃浆。

“我真有些口渴呢！”繁缕笑道，去拿了两个盏来，倒了第一盏，先让来客喝。

恰巧波奈罗醒来，听说是今夏自己最爱吃的洛阳王母桃榨的浆，不禁唾津潜溢。

繁缕就把第二盏给她：“我等你阿娘洗好衣服进来一起喝也使得。”

那一大一小很快饮尽。来客正要告辞，一个女声在门外应道：“且慢。依我之见，你不妨多喝些桃浆——趁早。”

瑾琋说着，一脚跨进门来。李世民率众依次而入，韦珪也被他叫进来了。

“留荑，你抱波奈罗去别的屋子，此等事体，不该教孩童听闻——繁缕，我令你守护波奈罗，你可好，别人给的桃浆，你随手就倒给孩子喝。”瑾琋打开那只瓷壶的盖子，向里窥探，“此人是来投毒的。你可知道？”

“啊！”繁缕大惊失色，刹那间眼神错乱，全身颤抖，嘴巴都合不拢了，“但，娘子，他也喝了桃浆，他、他……”

瑾琋不答，用波奈罗的盏倒了满满一盏桃浆，飞快地饮了一口。

李世民阻拦不及，按着迫她呕出来，叫道：“观音婢，虽然他不大可能往桃浆里投毒，但你也不该亲身试验啊！”

“我不是试验，是嘴馋。”瑾琋笑着挣脱，“这般鲜美的洛阳王母桃浆，长安饮不到。他敢喝，足证无毒。”

她又掇起医正留下的那只小药瓶，拔掉木塞，取下发髻上的一支银簪，朝簪尾倒了点儿药油，俄而，沾了药油的那部分竟变黑了。

韦珪惊得抬手捂住嘴，大睁一双美目，难以相信眼前的事实：“怎能如此？他、他自我初次籍没入宫、诊出身孕伊始，就可怜我母女，凡力所能及，都加以照拂……”

“你这一招叫作‘明修栈道，暗渡陈仓’。明面上带来无害的桃浆，暗地里携来毒药，趁繁缕出去取盏，把毒药倒入这个小药瓶。韦氏就寝前，遵医嘱为女儿换药，波奈罗的伤口一旦沾上掺毒的药油，顷刻即死，状如囚所内外的七名死者！你对波奈罗有恩，一般而言，人们都会如她阿娘这般，不可能怀疑你。可怜洛阳宫医正，就要不明不白地背黑锅了。”瑾琋收敛笑容，威肃严厉的目光射向那人，“我说得对吗？彭给使！”

五谷、丰登冲上前把他扭住，繁缕却行动迟缓，无从下手。

李世民恨不能亲自动手，摩拳擦掌道：“你这婢子也是舒服惯了，经不得半点儿风浪。有我在，你还畏惧他吗？快搜！”

繁缕如大梦方醒，扑过去搜彭给使的身，搜了半日，终于掏出一只小药瓶，比医正给波奈罗的那只更小。

彭给使原已如同一只斗得一败涂地而瞬间变呆的公鸡——阉割过的，此时更是汗流浃背，几乎要虚脱，不论瑾琋说什么，都无力辩驳。

◑ 3 ◐

“此案中直接行凶的凶手有三个。”隐于帘后的瑾琋道出第一句话。

刚盘腿坐下不久的李元吉手掌一撑垫在坐榻[2]下面的草席，差点儿又立起身来：“二嫂言下之意，小郎的推测果然不差，舞伎林润润是我兄的同谋，后我兄又指使彭给使毒杀大韦氏的女儿灭口，被二嫂阻止而未遂，故本案有三名凶手。”

他和任城王李道宗、淮阳王李道玄、曹国公徐世勣等人都被请到正殿。其实，适才彭给使当众供述谋害波奈罗的罪行，元吉已猜到全案真相对李世民并无不利，但就是不服气，偏要口舌占个上风，心气才顺。

李世民瞪他一眼，正襟危坐，面色沉静如平湖。

瑾琋答道：“此案与令兄既有关，又无关。若说有关，实则令兄绝非凶手，也不知晓凶手那罪恶的计划；若说无关，本案又确实因他而起。”

“你能否说快些，尽早为我正名？”李世民心头暗闹，“且称什么‘令兄’？故意装作外人！”

“四郎有所不知，小韦氏向我证实，歹徒入室施暴时，她听见狂风暴雨和雷声。这场大雨是在我寻至囚所时才停歇的。若此事系令兄所为，”瑾琋只隔帘看见李世民的背影，有一种朦胧感，自然无从照顾他的心思，“他逃离囚所，必然全身湿透。但我们在林氏所居偏殿找到他时，他的衣物只是淋过小雨的状态啊！我亲手揉了揉，计算时辰，绝不可能干得那般迅速。可见，歹徒作案之际，令兄已进入那所偏殿了。”

李世民默默地埋怨：“你何不早说！竟忍心使我蒙冤！”

2　低足坐具，属于正规坐具。晚唐之前，普遍使用低足坐具，人在坐榻上呈跪姿。

瑾琋感知他的腹诽，心中暗笑：“我不会阻拦你见林氏，落个妒悍的罪名，但我要教你尝尝不折返正殿寻我，而去偏殿寻别人的苦果！”

元吉怎能参透他们的哑迷？耐不住催促道：“若另两名真凶另有其人，也须生见人、死见尸，还望嫂嫂明示。”

“那两名凶手，我们俱已见过。”瑾琋的话音如奏响一支含恨低徊的哀歌，“所见的，是尸。”

“换言之，那两人既是凶手，也是受害者。”李世民补充道。

“事实确如秦王所言。”瑾琋解谜，“此二人，一为今夜看守囚所院门的给使之一清平，二为值守于小韦氏卧室外间的洛阳宫宫婢柳氏。”

众人都感到不可思议，碍于李世民在场，不便交头接耳，然而大多开始不安地调整坐姿。

瑾琋释疑道：“小韦氏的箸架近日坏了，彭给使配给她一个新的。众所周知，箸架为半圆槽状，中部微下凹，两端弯曲向下，有四片架足以供支撑，背面有一道半圆槽，延伸至前后两段的架足之间，宽度骤然增大。彭给使事先在这半圆槽最宽的部分插入一片小刀尖，淬有一种剧毒——是何剧毒，稍后解说——刀尖只有一点儿锐角比架足略长，人手提着箸架中部，如常将箸架的背部朝向地面，旁人就看不到那刀尖了。他把布下暗器的新箸架交付清平，并借机在清平的佩刀刀刃及刀尖上也涂抹剧毒。清平领命而去，与另一守门给使明安同赴囚所接班。随后，清平唤柳氏至院门口，将箸架交给她，依规矩锁牢院门，等待约定时刻到来。期间，彭给使以巡视为由，途经囚所，与清平合演一出双簧，迷惑明安、囚所内尚未休息的人及可能路过的旁人。夜幕降临之后，发生了一个小小的意外，秦王酒醉，欲离开正殿外出走走解酒。苍术——彭给使的另一位同谋，灵机一动，意识到此乃天赐良机，比他们的原计划更可靠，于是，她施以巧手，在秦王眼前盗走了飒露紫的遗物……”

“匪夷所思！”元吉打岔道，“我兄是神箭手，百步穿杨的目力，谁能欺他？”

李世民笑道：“你不妨亲身一试。”

五谷搬出一面大铜镜，请元吉立于镜前，留荑拿一根细绳来，在他蹀躞带的小孔上打了个结，那细绳便系好了。

元吉转身迈出几步，做出外出的架势。

瑾琋柔声唤道：“四郎，你摸摸腰间。”

元吉一摸，竟未摸到细绳。他不甘心地低头察看，细绳果然不见了，叫道：“这是为何？”

留荑禀道：“大王，奴婢打的实为一个活结。大王转身时，奴婢佯装为您整理袍服，仅以左手食指和拇指捻住那细绳末端，轻轻一拉，打的结便散了，细绳无声无息，回到奴婢之手。”

“四郎，高门贵家子弟自幼被服侍惯的，故而不懂这些。你兄当时尚有……酒意，”瑾琋咽下“怒气”二字，下面的话也掺入些谎言，以维护李世民的脸面，“不如你此刻清醒，自然中计。苍术佯装送你兄，直送至夹道，彭给使巡夜路过，问了她几句话，在夜幕掩护下，她将飒露紫的遗物交与彭给使。我已初步讯问她，她供称，那是他们约定的碰面时刻，即使没有那个意外，她也会拿秦王的其他某件物品给彭给使，制造秦王趁我及众奴婢入眠、深夜潜出发狂作案的假象。”

繁缕奉上一盏桃浆给瑾琋润喉，李世民接着讲述：“之后又发生另一件意外，下雨了，清平和明安躲到院门檐下避雨。不料，雨势越来越猛，伴有雷电大风，宫中绝大多数户外的灯火都熄灭了，之于彭给使及其同谋而言，真是大吉之兆。清平趁明安不备，拔刀[3]以刀尖袭击，实则

---

3 唐朝的日常佩刀及主战刀是横刀，刀刃直，刀身长、较窄，刀尖状如刺刀，完全不同于后世的大刀片。

连袭击也不算，不过是刀尖往明安的小腿轻轻一刺，使之略有渗血而已，加之大雨冲洗，是以本案中未发现明显血迹。但在剧毒的作用下，明安未及出声即心脏、血脉麻痹，血液凝固，跌下台阶，窒息暴亡！此时，彭给使披油衣、撑雨伞如约而至，佯装到院门檐下躲雨。清平收刀入鞘，方欲为他开门，第三宗意外却又发生。不同于前两宗，这个意外对他们而言十分危险——凌霄牵着波奈罗抵达囚所，因天气陡变，行路比往常迟滞不少，多花了些时间。她们的来意恐怕不只是探望小韦氏，还想进去躲雨。清平装作问询，命凌霄止步，自己接过彭给使的伞，保护佩刀不为雨水淋湿，接近凌霄后突然拔刀刺破凌霄的腿，害了她的性命！至于波奈罗，清平念其是孩童，又看不见他的面貌，不忍杀害，只在袭击凌霄的同时，飞起一脚，踢中孩子的肋部，孩子倒地。事后，我检视了那孩子的肋部伤痕及案发时所穿的衣裙，可辩识的部分都与清平的右足尺寸、鞋底形状吻合。当时，清平见她头部负伤昏迷，与凌霄一起倒卧于牡丹花圃，便回到阶上，开启院门放彭给使入内，复将院门锁好，独自在外望风，拔出刀身，伸至檐外冲洗，用汗巾擦了擦，再插回刀鞘。”

“彼时，囚所卧室内，小韦氏已入眠，其他人不能打扰，也习惯于顺应她的作息，各自睡了。阖目假寐的柳氏趁机拿起箸架，用暗嵌于凹槽中的小刀尖，如清平那般，须臾之间，杀害了另外三人。她每杀一人，就用袖口同一部位揩拭血迹，因死者出血量极少，袖口脏污的部分也很小。”瑾琋继续解惑，“柳氏顺利解决室内三人，把房门半打开，彭给使解下油衣，连同雨伞一并置于廊上，闪身入室，对小韦氏……”

“他？”任城王李道宗忍不住问出了在座所有男子的心声，只需一个“他”字，万千疑惑尽在其中。

◑ 4 ◐

瑾琋命五谷、丰登下去预备提审苍术，实则是避免他俩耳闻下面的话而伤心，之后方答道：“给使是阉人，自然不能人道。但彭给使也无意真正施暴，只想令小韦氏认为她自己遭到强暴罢了，这也是他为何一定要将小韦氏击昏的原因。他在里间布置一切，把飒露紫的遗物弃置于地板。柳氏则去了廊上，伸手至屋檐外，掬了一点儿雨水，洗净袖口的微小血污，尔后关门回房，点亮一盏灯台照明，用抹布擦掉彭给使的靴子带入室内的水痕足印，再躺回外间小榻，灯台也放回小榻旁的矮几上，旋即闭上双眼。按计划，彭给使应用瓷枕击伤她，演一出苦肉计。然而，柳氏未曾设想，彭给使居然将就以她杀害三人的箸架内嵌毒刀送她上了西天。然后，彭给使就着灯台的光亮，小心地拔出箸架所嵌小刀，把箸架还于原位，换手拿好小刀，刀尖向下，以免误伤自身，吹熄灯台，掩门而出，重披油衣。他披衣的动作必定非常缓慢，因为他也惧怕为毒刀所伤。披好油衣后，他举伞下阶，走到雨中，穿过小院，敲院门为号。清平火速开锁放他出来。当清平预备重新上锁的时候，彭给使手持那片原本嵌在箸架内的毒刀尖，杀了清平，确认凌霄、波奈罗皆不省人事，即逃之夭夭。再后，便是我主仆一行为给秦王送雨具，偶然途经囚所附近，察觉情况有异，靠近打探，从而发现案情……”

“哦！我们认为清平是开门时遇害，实则是关门时遇害。”元吉颔首道，复又提出新的质疑，“小郎有两点不解，还请嫂嫂答疑。一者，小韦氏连自己究竟有未有被人……也不懂吗？彭给使采用何种手段蒙骗了她？二者，嫂嫂所作推测，除了彭给使、苍术的口供外，可有旁的证据？外人若怀疑嫂嫂为助夫君脱罪，抓两个替死鬼刑讯逼供，这样也不好。”

李世民听了极度不快，驳斥道：“你二嫂不是能做出刑讯逼供这等行径之人！你小时在青庐……她反而帮你遮掩。亏你想得出！四郎，你整日都在想些什么？”

元吉心胸狭窄，被兄长当众责备，险的把童年时盗窃申懋娘的银镯、潜入青庐布置机关，害瑾琋受伤的旧事抖出来，脸面登时挂不住，面色涨红中泛起青白。

瑾琋连忙为他兄弟俩打圆场：“四郎所言甚是有理。我先解答第二个疑问。证据不可或缺。我进入囚所卧室，注意到柳氏的双足略沾有一点儿渣滓，便蹲下身近观，发现不但如此，她的足底肌肤还有沾过水的迹象，袖口也有一小块布料湿润。而其他死者则不然。现在明白了，那分别是她擦抹彭给使足印、水痕及清洗袖口血污所致。假如柳氏不死，又假如，按他们的原计划，次日晨由换班兼送餐的给使自然发现案情，那些沾过水的痕迹经过一夜不复存在。然而，彭给使算计过多，反而露出破绽。我也相信是凌霄的冤魂在指引我们。在囚所，我曾察看卧室户外的情形，发现廊上有一片集中的水渍，当是彭给使的雨具留下的。”

“仅凭这些，不足以对彭给使产生怀疑。”元吉的脸色和缓了些，问道，“有其他证据吗？”

“四郎思虑周详。”瑾琋微笑道，“我察看那间卧室内的物品时，留意到箸架全新，承彭给使告以缘由。他走开以后，我仔细检视，发现箸架一端的两只架足之间，凹槽内壁有新鲜划痕。崭新的箸架，为何在最不应磨损的凹槽内出现划痕？诸位想必猜到了，是彭给使嵌入又拔出小毒刀所致。及至我离开囚所，听取医正验尸的结果，获悉死者创伤轻微，系中毒而死，就怀疑箸架即是凶器。囚所中的人是绝无刀具、毒药的，必有外人介入，由此，接触过这个箸架的人都有嫌疑，包括彭给使。他身为主事给使，历来尽职尽责，夜间巡视各处，自有时机参与凶案而不为人所知。我并转赴内库，验看死者遗物，又发现清平的佩刀有异，刀尖、刀刃均有新擦过的痕迹。我们都知道，金属、琉璃器皿若沾染不洁净的水，例如掺有油、血……即使用布擦拭过也容易留下特殊的纹路，他怀中的汗巾就有润湿的痕迹。这证明他曾拔出刀并沾染过某种液体，不，是两种，毒药与人血，并以汗巾擦拭过。他先后与彭给使、囚所内的某人交接箸架，由此，我认定他和彭给使、柳氏勾结作案的可能性大增。”

元吉更关心第一个疑问：“小韦氏为何……”

瑾琋掩口忍笑。侍娘照料韦尼子清洗时，用一条细布为她擦拭了下肢，瑾琋秘密验看过这条细布，查出了彭给使的手段。

但她另有打算，暂不能将这个发现告诉任何人，即使秦王也不例外。有李元吉在，她更不能“知无不言、言无不尽”。

◑ 5 ◐

此案虽与元吉无关，然而，案发后在囚所院中，一串“啪嗒啪嗒”的声响揭露了元吉在刚发生不久的某件家事中扮演的角色。

那串声响来自张婕妤亲信给使所穿的高齿木屐，此人恰在元吉寝殿议事，特跟随元吉赴囚所帮忙。

瑾琋认出那高齿木屐是在京畿某县所购。北人雨天常穿草履或平底木屐，鲜有着高底木屐的。瑾琋来洛阳途中，路过京畿某县，赶上当地一位商贩从江南涉险带回少量，再用某县特产的一种麻线加固屐面，这种高齿木屐可说是某县独有，一天之内就被抢购一空，长安城东西两市都买不到同样的。可见那给使也曾同时途经那座县城，并购置了一双木屐。

再联系瑾琋初入洛阳宫的那一晚，元吉派宫婢送她去李世民的寝殿、堵住韦珪的情形，大致可推测那是元吉和张婕妤合伙下的套。

不过，此事并非人家诬陷，确实是李世民犯错在先，瑾琋也就不想拆穿。

她拿定主意，佯装羞怯，吞吞吐吐道："此等事体，教我如何说得？你只须知晓，小韦氏出身名门，闺教严明，品行端淑，不满十四岁即成婚，与夫君年龄相差较大，其夫另有适龄姬妾多人，夫妻鲜少相守，便明白了。"

元吉听得入迷，问道："然则，嫂嫂如何察觉苍术的嫌疑？"

"这就要多谢令堂兄秦王了。"瑾瑜再饮一口桃浆，笑道，"因飒露紫遗物被丢弃于小韦氏卧内，秦王蒙受不白之冤，辩称亲见苍术系好那束马鬃，他不曾动过。我回顾当时的情形，感到苍术有嫌疑，乃命丰登去找曹尚宫、彭给使打听苍术和柳氏的身世来历，顺便试探彭给使作何反应。后来，我去看望苍术，她未流露行迹，彭给使却和另一旧宫人同来探病，这固然有可能是同事之谊，但若是彭给使从丰登那里得知我在暗查苍术，想来观察苍术是否可靠，有无灭口之必要，也未尝不可能。于是，我将计就计……"

"这里尚可，由着他们轮流探望，陪病人散心也好。案情重大，我需要得力人手，你去帮忙看护波奈罗，不得有误。"——瑾瑜当着彭给使的面，如此吩咐繁缕。这段遮遮掩掩的话语听在凶手的耳中，意味着苍术并未引起秦王妃的关注，而波奈罗有保护的价值，说明波奈罗精神状态好转之后有可能说出不利于凶手的线索。

"故此，彭给使暂且放过苍术，以备万一时以苍术顶罪，转而用仅剩的一点儿剧毒向他原不忍杀害的女童痛下杀手。"李世民的口吻竟有些微的得意，因瑾瑜神速破解宫禁血案，在宗室手足与重要将佐面前，他也与有荣焉，"中了秦王妃所设的引蛇出洞之计，自证有罪。"

元吉听后为之心动，不是敬佩瑾瑜，而是对那毒药有浓厚兴趣："究竟是何奇毒？若将士们的箭簇、刀尖都淬上此毒，在战场上杀伤力倍增，岂不善哉！"

"战场上箭矢往往群发，士兵混战一团，若依你的主意，极易误伤自己人。”李世民诧异地盯了他一眼，按说元吉也不笨，怎能提出这般愚蠢的主张？

瑾琋答道：“那是岭南的一种奇毒，叫作‘见血封喉’，伤口沾之即死，中毒者十不存一。此毒只能提取于岭南箭毒木中，人力无法调制，而箭毒木若移出岭南则无法存活。所以，彭给使所用剧毒，必然是从岭南带来的。”

“那却有古怪。”元吉心中仍有疑惑，“据我所知，彭给使是河北人，童年入宫，未曾南下。宫中也不是随便什么人都可接触毒药。诸如岭南各种毒物，在中原极为罕见，两京宫城中也都不存。他从何处得来这‘见血封喉’？”

瑾琋透过纱帘，望向在座众人，款款答道：“案发当日，彭给使奉秦王教令，出宫送酒至数位将佐住处。这几位将佐身边，若有与岭南有关的人，就是毒药的来源。”

“啊！”一人惊起，“难道是……”

李世民望着他，郑重地应道：“不错。曹公，彭给使正是在你的住处取得毒药。伪郑大将单雄信，虽有曹公求情，我仍固执己见，处死了他。曹公收养了他遗下的诸子女，内有单雄信庶长子一名，其生母出身岭南，隋末大乱之前，其生母本宗亲属曾北上探望他母子。这母子二人与旅居洛阳的岭南士民商贩也多有往来……”

单道忍，系单雄信庶长子，一位十七岁的少年，被绑赴洛阳宫正殿受审。

“杀父之仇，不共戴天。”单道忍面带与年龄不相称的冰寒笑意，目中射出的也是死神般缺乏生命热力的光，“但是，王郑罪官之子注定无缘入宫，秦王自身武艺高强，兼有王府精壮将校卫士保护，旁人难以接近。唯一有机会杀秦王的是苍术，可她既不敢动手杀人，也无意杀你，只以害你声名狼藉、隳节败誉为快。杀人的计划，我及彭给使事先都不告知苍术。她事后追悔也晚了，已和我们绑在同一条船上，只能与我们共同进退。更重要的是，我也思忖过，若秦王死了，又能如何？因为秦王重视功业、声望甚于生命。那么，秦王，我单道忍就毁掉你的声望，使你人神共愤，再不能建立功业，让你生不如死……”

王郑时期，彭给使与单家、薛德音家相熟，单雄信、薛德音生前不因他是刑余之人而有所轻蔑，遇他甚厚。且他是河北人，敬慕同乡英雄窦建德，怨恨李唐与王郑相争，害得洛阳生灵涂炭，窦建德沦为阶下囚，单雄信、薛德音被李世民处死，盛壮之年魂断洛水之滨。人多传言，单、薛二人之死，是李世民公报私仇。因此，彭给使深恨李世民，愿助单道忍复仇。而清平自幼受彭给使深恩厚待，是他的心腹，为他所利用。

柳氏，乃窦建德臣子孔德绍的爱妾，孔德绍因李世民一声令下，被唐军士卒推落汜水楼摔死，柳氏被俘，籍没为婢，痛恨李世民自不必说。彭给使运用权柄，安排她监护韦尼子。

苍术，洛阳人，与彭给使有累年的友谊。唐军围城，苍术家多口人饿死，她暗地里对王世充父子含怨，对李世民怀恨，又曾因溅湿瑾琋来书遭到李世民斥骂，怨恨弥深。

“当丰登问明柳氏、苍术的身世来历，转达于我，整件事的轮廓就已明晰。”瑾琋对单道忍说，“诚如你所言，苍术目击凌霄遗体时的震惊、骇痛却不是伪装的，她的确无伤人性命之心。而你，何苦呢？”

单道忍冷笑不语，也不理睬她，举目直视杀父仇人。

李世民毫不畏缩，凛然正视他的双眼，徐徐说道：“你可知我为何非杀令尊不可？令尊昔在瓦岗军，翟让待他恩深义厚，但李密夺取瓦岗大权，设计谋害翟让，令尊竟跪地向李密求饶，追随李密作乱，后又改投王世充。其轻于去就，只因目光短浅，汲汲于一己之私，并非良禽择木而栖。我之所以鄙薄令尊，必欲杀之，原因正在于此。绝非传闻所言，我只因忌恨令尊曾于战场之上两次谋取我命，而杀他泄愤。”

单道忍不为所动，只旁若无人，默然与他对峙，空气在两人之间凝固成冰，冰面下又喷出荧蓝的地火，循环交替。良久，单道忍终败下阵来，移开视线，齿缝里挤出悲凉的一席话：“予取予夺皆由你。如今洛阳是你的天下，你要谁死，谁就不得不死。”

仿佛与“死”字相呼应，有什么物体划过半空，割裂了冰，扇旺了火，扑扑地飞入殿来。是一只灰褐色的鹞鹰。

单道忍突然冲着李世民所在方位大喊道：“猎物在上首，速啄！”

鹞鹰训练有素，恍如鱼翔浅底，在幽深宽阔的殿宇中振翅劲飞，径向李世民飞去，小钩般的喙锋利如刀尖，淬有“见血封喉”剧毒，毒液在灯树照耀下，闪着晶亮的光。

这种中等猛禽异常灵敏，飞行速度奇快，殿内无人携带弓箭，纵然拔刀投掷，也追不及它，一时竟束手无策。

“既然伤不了你的声名，那就还须伤你性命！哈哈哈！”单道忍扬声狂笑，震得众人肝胆俱裂，“它是我豢养的鹞鹰，能循着我的气味，飞进它能钻入的任何地方。我不能入宫，它无用武之地；我既入宫，它杀你可如探囊取物！这才是我束手就缚、甘愿受你亲审的目的！哈哈哈！”

瑾瑶陡然立起，破帘而出，飞身挡在李世民前面，话音娇柔如出谷黄莺，却又洋溢着蹈锋饮血的勇气：“他是鹞鹰之王，你岂能伤他？”

殿内众男子的单调服色中乍现女子绮丽的服饰，脂光粉艳，犹如一只彩凰飞临青灰色的旷野，变成鹞鹰意欲全力扑杀的猎物。倏忽之间，那尖钩一般的利喙啄中瑾瑶的颈窝，“叮”的一声脆响，宛若奏响生命终结的挽歌。

鹞鹰似乎也受到某种诡秘的震动，爪子钩住瑾瑶发髻上的迦陵鞶伽双鸟衔牡丹镂花金钗，停止了飞翔。

李世民原已拔刀在手，就势伸出左臂揽住瑾琋，右手挥刀，将那鹞鹰斩落地下，随即迫切地呼喊：“速传医正！”

他抱着瑾琋退至后殿，不敢低头看她的脸，唯恐目睹她将弃他而去的不祥征兆，只用手不住地抚摩，说着连自己也不确信的鼓励的话语：“观音婢，卜者曾断言你是女处尊位、履中居顺的命格，卦象贵不可言，区区岭南什么木所产的汁液，能奈你何？”

“二郎，我羽翼已折，再不能伴你翱翔……”瑾琋呼吸窘促，吃力地答道，“你，珍重……”

没有将佐外官在侧，李世民也不顾什么威严了，星目泛红，涌出豆大的泪珠。

“咯咯咯——”他耳畔突然迸出一串熟悉的、银铃般的笑。瑾琋搂住他的脖颈，吊起身子，在他膝上坐直，瞅着那两行男儿泪，掏出挂在颈上的玉龙子，微笑道：“卜者的推算果然不错。那鹞鹰啄到玉龙子，反被玉龙子震着了呢。‘见血封喉’毒性再烈，只要人的肌肤不破损，就与溅上雨水无异。”

李世民不觉呆住了，片刻方才醒悟，又是惊喜，又是愠怒，擦干泪水，如老鹰捉小鸡似的把她抛起来，笑骂道：“你这个促狭鬼！”

俄顷，复搂她在怀，带着满腔情深似海的温热，低低地问：“观音婢，你救了我。你为何要舍身救我？”

瑾琋凝视着他的眼睛，微露清澈透明的笑意：“我还做不到视死如归。只是那一刻，我唯愿你平安，无心虑及其他，包括我自己。别无缘由。也休言我救了你一命，你赠我的玉龙子，也为我化解了一场生死劫啊！”

尽管婚前就被父母兄长教导“妻者齐也，与夫齐体”的道理，李世民如今才深悟自己与瑾琋不唯“齐体”，更是“同命”。所谓“你中有我，我中有你”，绝非局限于枕席之事，委实是彼此之间无处不在的深厚缘分之写照。

“大恩不言谢。我只许你一世安逸尊荣、鹣鲽情深共白首，也就罢了。”他笑道，往前轻扑，衔住了她的丹唇。

无论誓言如何兑现，不管将来的人生道路是鲜花锦簇，还是荆棘密布，许下誓言的这一刻，永远是美丽的。

瑾瑜甜笑着，热切地吮住了他的舌头。

此案完结。单道忍、彭给使被执送法司明正典刑，单雄信的其他遗属未受株连。

◑ 6 ◐

因瑾瑜私下向李世民求情，苍术得以从宽处分，迁往偏远行宫充粗使宫婢。

临行前，瑾瑜与她密会。苍术拜谢瑾瑜的救命之恩，并密告一事：“奴婢畏惧秦王，又忌惮齐王，至今仍有一件过错，不敢自承。委实罪孽深重。蒙王妃搭救，无以为报，只禀报王妃，齐王心术不正，请王妃有所警惕……”

“齐王送的美人，可明日再来求见。你们难道不知？秦王每夜都由韦娘子同寝侍奉，今夜也不例外。此时送人来，岂不多事？”——元吉的宫婢引瑾瑜抵达李世民寝殿之际，苍术如是说。这段话是元吉教她的。获悉苍术因琐事遭到李世民痛责，元吉就拿出金刀子收买了她。苍术心怀异志，与彭给使密议，接受了元吉的“好意”，以博取他的信任。

原来如此。苍术开门时道出那番话，而今细想，的确显得“多余”。原是存心说给不速之客听的。

瑾瑜恍然大悟，握一握苍术的手，以示慰谢：“好。我已有数。人不惧犯错，重在诚心悔悟。这是小事，我料想齐王不至于‘忘不了你’……不过，你也须多加小心，今后勿说感激我和秦王的话，只说对自己的境遇感到沮丧。日后若有机缘，我当为你设法……”

而彭给使，却在狱中咬舌自尽了。瑾琋闻讯，毫无拍手叫好的快感，叹息了半晌，要求李世民与她同赴监狱探望单道忍。

那少年傲岸依旧，倚在墙上，冷笑着注视栅栏外的那群人。

瑾琋报以淡然而更加高傲的一笑，说道：“单大郎，我来此，不为怜悯你，乃是有两件事说与你。第一件关于秦王。秦王杀孔某一人，释放窦军将士五万人，杀令尊、薛某等十数伪郑重臣，保全洛阳众万军民士庶。而你，为报一己私仇，强夺七条人命。因此，你根本没有资格在秦王座前倨傲。你的所谓傲骨，无非是掩饰心虚的画皮！第二件关于彭给使。他为成全所谓的‘义理’，残害无辜，手段毒辣，原也死有余辜。但他尚能以自戕的方式，为所作所为承担后果，也算没有辜负单、薛两家的情义。你与他并为主谋，且你身为将门虎子，秦王有心给你一个机会。”

说到此处，她把话顿住，微微侧身。李世民会意，拔出佩刀，扔进栅栏内道：“单大郎，胆敢刺杀我的人极少，你是一个。念在你行事执着，我允许你用我的佩刀自尽，也不辱没你家。”

一行人出外等待。坐了好一阵子，狱卒捧着佩刀出来，奉还李世民：“启禀秦王，那个单道忍发了一回愣，拾起刀，手抖得比打摆子还厉害，下不了手，这会儿跪地大哭呢！”

“唉！终究不及其父。”李世民收刀入鞘，“我不愿世人说我赶尽杀绝，当为单道忍求情，减死罪为流放。”

第二章 无名女尸

◑ 1 ◐

李世民携瑾瑜回宫，只带秦王府记事、临淄侯房玄龄一人，骑马微服出行。随后，三位访客悄然来到洛阳城外的一座著名道观——玉清玄坛。

一位是四十多岁的中年人，着淡绿地提花绫圆领袍；一位是二十出头的青年，着浅蓝地菱纹绮圆领袍；另一位是戴着帷帽[4]幂篱[5]的女子，身穿普通士族娘子常见的襦裙。三人相携入坛，求见王远知真人，请教仙道事。

童子请他们在正堂稍等，容他入内禀报。王远知听说了来客的情形，迎出问道：“此中有圣人，不是秦王吗？”

来客惊讶不已。因他们与王远知素昧平生，从未见面。

青年谦和有礼地答话，承认自己就是秦王李世民。

---

4 状如斗笠，用来悬挂幂离。

5 初唐上流社会女子出门时笼罩的一种纱巾，在帷帽上挂一圈，从头罩到脚。

中年人即是房玄龄，代秦王补充说："欲向真人请教日后之运势。"

"将为太平天子，愿善自珍重。"远知微微一笑，转身飘然退下。

李世民和瑾琋兀立当地，两双明眸不约而同迸发出灼灼光亮，两颗心幽微隐秘的最深处藏着相同的梦，那一瞬被王远知揭露于光天化日之下。

这是他们企盼的答案。他们得到了。

回城途中，小夫妻俩并辔徐行，房玄龄故意落在后面较远处。李世民趁机叹道："观音婢，幸好你来洛阳。"

是的，他所有的激动与忐忑、野望与梦想，都想要与她分享。

瑾琋露齿一笑："那也未尽然。我来了，得见洛阳战后风貌，少不得有些话要劝谏你。忠言逆耳，你听了，难免不悦，我却是不来好了。"

"岂有此理！你只管道来。你劝谏，我哪有不悦的时候？"李世民正容道。

"嗯……你在洛阳的作为，大多深孚众望，甚得人心，但也有美中不足之处。"瑾琋深知他的性情，欲抑先扬是最好的，"我在外人面前，自然要竭力维护你。但是，孔德绍、薛德音、单雄信之死，我并不赞同你的处置。洛阳宫血案，便是一个恶果。三国时期，陈琳曾为袁绍草檄文征讨曹操，大肆辱骂曹操及其祖先，然而曹操灭袁绍之后，却爱惜陈琳的才干，不计前嫌，加以任用。今孔、薛、单三人纵无陈琳之才，罪过也无非与陈琳相当，何必置之死地？曹操有肆行凶忒、残贤害善的恶名，论出身不过庶族地主，有传其父为阉宦养子。你出身陇西李氏，乃八大柱国之后，若满足于做一代名将，在前线独掌生杀大权，任凭你年轻气盛，旁人无敢烦言。然而，你并不满足于此，就须忍往昔所不能忍，凡事从长计议。"

李世民有些脸红，微低着头仔细听了，再三思量，颔首道："你所言极是。你若早来，就更好了。"

瑾琋笑道："我也想随你出征，奈何不通武略，身子也不够强健。对了，我三兄那边……”她惦记异母兄长孙安业的事。

“我先已交代下去。他们应该已经去了。”李世民回首招呼房玄龄，“你可自便，我与娘子有家事料理。”

◑ 2 ◐

洛阳城中，一队唐军策马直趋长孙安业住宅，到达后，带队的校尉下马拍门呼叫。

自从唐军入城，安业担心李世民整治他，不敢外出，窝在家中观望风向，逐渐相信唐军是真的不为难城中无辜士民，想来不至于罗织他一个屈节从贼的罪名，方才打点行装，预备回长安。

今日军士突至，他惊恐万状，怀疑是妹妹派来捉拿他的，一头钻进地窖躲了起来。

家奴拖拖拉拉地开了大门，战战兢兢地拱手道：“请问有何贵干？”

校尉问道：“是秦王妃三兄长孙安业的住宅吧？问了十数遍，也不应答。”

“……是……”

“我们奉秦王教令前来，送些金帛，供你家主人返程之需。”

军士们从马背上卸下装有财帛的口袋，搬进院里。

校尉强调：“秦王命转告你家主人，这都是应王妃之请。”

“这、这可是太感谢了。”家奴破颜欢笑，邀他们入内歇脚，又跑进地窖禀告主人。

长孙安业惊喜交加，连呼：“祖宗保佑！”

他原鄙视校尉兵卒一流，嫌人家官职低微，因顾忌背后妹夫的脸色，也只得摆出一副欢颜，亲赴正堂接待。

安业原打算近日启程，事务冗杂。要命的是，因他为人刻薄，唐军入城前后，不少奴婢趁乱卷了存粮浮财，偷偷逃跑，剩余的人手打点行李、捆扎箱笼、伺候饮食起居都嫌吃紧，没奈何，夫人达奚氏在外雇了些花匠、苦力，从城外运来肥土，把围城期间改种了粮食的花圃重翻一遍，仍种花草灌木，回京后交给留守洛阳祖产的老家奴侍弄。

时间紧迫，昨天有人忙到半夜，今日也是插苗的插苗、培土的培土，军士们又牵着各自的马匹进来，长孙家益发的人欢马叫。待到瑾琋和李世民登门，热闹得恍若误入小市集一般。

长孙安业恨不能挖条地缝跳下去，也只得厚着脸皮，携达奚氏及儿女出迎。宾主心照不宣，直当那些寒心的往事未曾发生，一面寒暄，一面去往内堂。

瑾琋上一次行走于这所祖宅，还是隋朝，父亲长孙晟健在的时候。十余寒暑，庭中老树满布沟壑坑洼，比五十九岁去世的父亲更显苍老。门板窗棂褪了芳华，伸手扣扣木纹，指腹所触及的凹凸，镌刻着追不回的光阴，铭记着失散于岁月长河中的人。

她有些鼻酸，慌忙挪移视线，睁大眼睛，张望庭园风景，以免被人察觉。

花匠正在劳作，听得见锄头刨土的声音，可是看不到人影。地近内堂，常有女眷出入，设了行障[6]遮挡。

达奚氏伸臂来扶瑾琋："请王妃入内燕坐。"

"啊呀呀！"那花匠猝然发出一声嘶喊，锄头落地，人也一屁股坐倒，手刨着泥土向后乱退，"哪来的死人？！"

一语惊呆众人。奴婢、雇工有乱跑乱叫的，有呕吐的。校尉、军士都是死尸堆里打过滚的，好奇地走来围观，嘤嘤嗡嗡地咬耳朵："长孙安业好歹是代北长孙氏的公子，秦王元舅，府邸花园中怎会埋有死尸？"

6　状如小型屏风，上流社会女子用来与外男区隔的一种设施。

花匠急于择清自己，对他们说：“我可什么都不知道。昨日别人拔了原先种的黍，没有深挖。今日换我来深翻，掺入新土，好种花、施肥，就挖出来了。”

瑾琋愕然与李世民对视，移步绕过行障，走了出去。她刚摘下的帷帽幂篱也不戴了，吓得众外男急忙回避。

深翻过的泥土半掩着一具俯卧的腐尸，大小腿、臀部、胸腹均已露出白骨。双鬟髻和衣裙残片无言地宣告死者是一位未婚在室女。

安业出来一看，面如土色，冲着一干奴婢顿足吵嚷：“我家除去那些个无法无天的逃奴生死不明，并无人口死亡！你们谁在外杀害人命，摸黑拖进家里来隐藏，自己出来认罪！”

瑾琋合掌为死者默祷片刻，问达奚氏要了一双银箸，用帔子[7]蒙上口鼻，缓步向遗体靠近。

李世民一把拉住她：“你千金之躯，要做什么？这是仵作的职分，哪里用得着你？”

瑾琋柔声道：“我先看看，若非命案，无需惊动外人。不直接触碰，想也无妨。”

李世民拗不过她，便陪她走过去。

瑾琋单腿跪下，以银箸为工具，仔细搜检了遗体，又拨弄周围的泥土细看，面色越来越凝重，然后慢慢起身，对达奚氏说：“后脑挫裂伤甚重。果然不是寿终正寝。”

“须交衙司侦办。”李世民斜睨了安业一眼。他本就不喜这个“元舅”，架不住瑾琋恳求，违心示好，又赠金帛，又来探访。安业自作孽，便不能怪他见死不救了。

瑾琋看看达奚氏哀求的目光，暗自叹气，转身对李世民道：“请衙

7　古代妇女披在肩背上的服饰。

司先依我的主张办案，在长孙宅讯问有关人等，由我亲审。三日之内，我当查明此案，若不成，再正式移交衙司。”

她的请求，李世民通常无力拒绝。洛阳军政事务都由他做主，也没有推脱的借口，只能按瑾琋的主意，部署下去。

第一件事，围绕遗体搭建一间灵棚，设香烛祭奠，衙司派胥吏守护。

第二件事，衙司出面在洛阳城内外张贴认尸告示。

第三件事，在长孙宅正堂设一临时“公堂”，瑾琋在屏风后逐一询问所有家奴侍婢及花匠等外来雇工。

李世民自去理政，晚间回长孙宅住宿，问道:“审了半日，可有收获？”

两人盥洗沐浴已毕，寝内飘散着澡豆和熏香的味道，可抵销白日目击尸体的不适感。

◑ 3 ◐

瑾琋闲散地坐在凉簟[8]上，只穿祠子裙[9]，香肩藕臂袒露无余，手摇着团扇，犹觉夏夜溽热难耐：“我竟不知三兄的人望如此之差。那些年长的家生都了解我，我也许诺不会告诉兄嫂和衙司，有话说与我，不过是叙谈家事。他们纷纷吐露心声，说围城时期，三兄拒绝赈济饥民，封门自守，保全阖家老小，也算无可厚非，但他好饮，每常喝醉了，搭梯子爬上墙头，向在街巷里乞讨觅食的饥民投掷石块，叫人家远离宅院，就做得过分了。某日，我三嫂看不下去，欲拿些糠麸粟壳接济饥民，他阻止也罢了，还与三嫂吵嘴打架，闹得四邻尽知。那晚，他不高兴，又饮

8 凉席。

9 抹胸式内衣。

了酒。那时洛阳城内的宵禁形同虚设，有两个饥民，大约是别处寻来的，不知他的厉害，拍门乞食……”

当晚，安业举着火把爬上墙，见外面饥民——或者说‘活人’，大半散了，只有寥寥数人。他酒劲上头，居然提着一根木棍，开了半扇门，探出半个身子痛打敲门的饥民。

家奴循声出来劝解，听见有人倒地，后有旁人的哀泣声、逃离的脚步声。院门只开了小半，有安业的身躯遮挡，家奴未能看清。

大约是闹得无趣，安业骂骂咧咧地抽身关紧院门，道出两字：“装死！”

家奴劝他回房，各自歇了。

第二日早晨，尚未天亮，又有另一个种粮食的家奴早起浇水，看见安业从种黍的花圃走出，眼圈乌青。家奴只当他醉酒，起身比平日早、举止怪异也在情理之中，浇水时，却发现有一片黍是拔了又胡乱地重新插进土里的，养不好了。

家奴悄悄禀报主母，达奚氏面色不怿，只教他装作不知。

主母的贴身侍婢背后告诉那家奴，安业昨夜回房，醉意犹浓，怒气不消，达奚氏劝他，反又吵了半夜，打了几下子，二人一夜未睡好。安业早早的又饮酒，歪歪扭扭跑出去一趟，好一阵子方回。

达奚氏问道：“黑灯瞎火的做什么了？”

安业叽叽咕咕：“我饮酒只为解闷，醉死了我乐意，你不许我好过，要闷死我，我去花园把保命粮食全收拾了！”

“家生们未敢说透的意思，是我三兄酒后打杀一名饥民，吓跑他人，酒醒后，为了掩盖罪行，趁天未亮、众人未醒，装醉跑出房门，把尸体抱回来，埋在那片花圃里。日子稍长，战乱中死一个饥民这等事，想来他一个世家公子，渐渐地也不再萦怀，疏于防范。结果，今被外人挖出，只能推给奴婢了。”瑾瑀叹道，“先考登仙后，三兄在外添买的家奴，又说围城时节不少奴婢连夜逃亡，其中有的人，究竟是逃了，还是死了，唯有天知地知。暗指主人可能于醉怒之下，失手打死奴婢，偷埋于花圃，谎称逃亡……说来道去，嫌疑尽在三兄一人！”

李世民笑道：“哈哈哈！种瓜得瓜，种豆得豆。依我看，这两种可能，他都做得出。”

瑾琋瞪他一眼，手中的团扇摇得更快，一痕雪脯忽隐忽现：“亏你笑得出来。舅兄犯罪，你面上很有光彩？”

李世民心旌摇曳，捉住她手，往怀中一拖：“此案明日再查，今夜且先安歇……”

“白日目睹尸首，你竟有此‘雅兴’！”瑾琋扑腾着笑骂，却是无可奈何。

“娘子休怕，有我在，恶鬼幽魂无敢近身。想我率领全军将士，一次次从尸山血海中拼杀出来，慢说目击一具尸首……”李世民褪去她的衵子裙，“即便我们躺在墓地里，我也无所畏惧。哈哈哈——”

次日近午，胥吏领来一个名唤“钟五郎”的平民少年，泪天泪地地诉道：“我家住在洛水南的嘉善坊，原为南市小商人。舍妹名唤荷娘，围城粮荒时节，某月日，随邻人外出乞食，到洛水北思恭坊一带的贵家碰碰运气，再也没有回家。告示说，思恭坊长孙宅发现女尸，验明大致年龄、身形如何，我一看，与舍妹相仿，故而前来认尸。”

瑾琋戴好帷帽幂篱，自屏风后闪出，打量了钟五郎一回，叹惋道：“我希望不是令妹。然而，那具遗体的头颅形状，与你确有几分相似。”

“妹妹脸型同我一样，像先慈。”钟五郎抽泣着答道。

胥吏引他去辨认了遗体，号哭着折返正堂回话：“体格娇小，恰似舍妹。那双鬟髻、衣裙，正是妹妹失踪当日的打扮。呜呜呜——是谁打伤她的后脑，害死了她啊？又为什么埋在长孙宅的花圃里？”

瑾琋出言安慰，耳闻屏风外的哭声渐渐平息，因问道：“府上尚有哪些亲人健在？”

钟五郎再度悲不自胜，伏地哭号：“呜呜呜——我家原是小康之家，十几口人先后饿死，只剩我一人。”

“对不起，触痛你的创口。只是人命至重，有些话，须得问明。”瑾琋命五谷扶他坐下，“当日与令妹一同外出的邻人境况如何？”

钟五郎无神地望着窗外的榆树：“他家原不愁温饱，未能挺到王师入城，绝户了。”

瑾琋依稀看见一幕人间地狱的景象，闭上了双眼，轻叹一口气：“唉！我替家兄向你致歉。令妹夜间扣门，家兄酒醉，误以为盗贼欲行不法，过失杀人，论律，当流放三千里。念在那是非常时期，我讨个情，从轻处分他，但徒刑居作是少不了的。此外，不拘多少金帛田林，我都赔付与你。可好？”

她和李世民的天性中，皆有善良正直、同情弱小的一面。况且当今之世，海内依旧战乱频仍，城头变幻大王旗，平民百姓最怕的是王侯将相，最不怕的却也是王侯将相。既然立下拨乱诛暴、匡济天下的大志，犹需争取民心，不可一味徇私，包庇罪人。

钟五郎拱手应道：“王妃发话，我等庶民，不能驳您的面子。我但有一个请求，要长孙郎君亲书谢罪文，张贴于洛阳城各城门及东、西、南三市，以慰亡魂。若能答应，财帛随您赏赐。若不答应，我也不敢领恩。”

“那是自然。”瑾琋答道，“家兄虽为兄长，依眼下的情势，我可做主。”

她传令长孙安业手书谢罪文，明晨移送衙司法办，另请达奚氏调拨一牛车财帛、五十亩田契，交付钟家。

安业雷嗔电怒，又沮丧绝望，打翻了家奴奉上的笔墨：“战乱饥荒年月，我撑持这个家，容易吗？我无罪，不写！哼哼！我就说嘛，哪有这等好事？观音婢明面上谅解我，背地里仗着她做了王妃，倚恃秦王的权势报复兄长，谋夺我长孙家的财产！”

达奚氏斥道:“小姑子在救你,你还不识好歹。若论家产,她自八岁起,便未沾你一文半钱,嫁奁仰仗高家置办,你叔父、堂兄也资助了些。四弟辅机,你连一片瓦也不分给人家。小姑子纵然要夺回他们应得的财产,你也无话可说。你若不服,就教她勿救你,由着你受流刑好了。”

她去正堂,将安业的情况告知瑾琋:“……令兄真不值得王妃善待。钟家那边,我愿赔付两车财帛、百亩田契。”

瑾琋请胥吏、长孙家奴婢回避,只留自己的亲信及钟五郎在屏风外等候,对达奚氏微笑道:“赔付之事,听凭嫂嫂主张。至于我三兄……嫂嫂就如此恨他吗?”笑容随之收敛。

达奚氏一怔:“恨?”

“钟五郎,你家果真是良民商贩?令妹荷娘,分明是贱籍舞伎或青楼女。”瑾琋转向屏风外,忽然变冷的目光紧紧钉在那位少年苦主的额头上,“贱籍女子梳双鬟髻,模仿在室良家女的情态,招徕恩客,也不奇怪。”

“不!我家累代良民,亡妹清清白白!”钟五郎跳了起来。

瑾琋悠然整理幂篱,笑道:“呵呵。我可以相信你。然而,遗体的双足,大脚趾皆侧弯,形成两个大骨朵,是长年练舞之人的足部特征。令妹既是小康良家之女,为何如此?昨日我也发现,遗体头发缝隙中杂有少许泥沙,与那花圃中的陈年旧土及花匠运来的新土都有区别。又是何故?死者若是被击伤后脑而亡,为何大小腿、胸腹、臀部的腐烂速度快于其他部位,齐齐崭崭呈现白骨呢?”

留荑打了个寒噤,问道:“这宅子里的奴婢们尽管害怕,仍将那尸首议论个遍,未曾提及头发里的泥沙。娘子连尸体的头发丝都过目了吗?”发现尸体时,她和五谷等人均在洛阳宫,事后方奉召前来,故不知验尸情形。

“正是。一般除了仵作,无人敢细看腐尸,设局的人也利用了这一点。”瑾琋抬首仰视庭中的那棵老榆树，讲述一段凄恻哀惨的洛阳旧事，“王师包围洛阳，粮道断绝，昔日家道小康的城南嘉善坊钟家也三餐不继。钟家五郎，携妹荷娘，涉洛水，赴城北乞讨，夜探思恭坊，希望多得些残羹剩饭。不料，长孙家的主人酒后伤人，一棍打向钟五郎。五郎年少敏捷，偏头躲避，仍挂了额角，伤势较轻，但至今留下疤痕——初见你，我就注意到了。那一幕吓哭了荷娘，吓跑了路人，钟五郎忍气吞声，牵着妹妹回家。之后，家人一个个地饿死，妹妹荷娘也未幸免，潦草葬于乱葬岗，无力立碑。某日，侥幸独活的五郎在洛水河畔觅食，偶遇一位体格、脸型酷似亡妹荷娘的舞伎。这位舞伎因饥饿，风采尽失，因某种原因，就在那河畔受后脑挫裂伤而死。饥饿的折磨使钟五郎忘记了廉耻，泯灭了人性，他掏出防身、采青所用的菜刀，将死者胸腹、大小腿、臀部的肉全部割下，并拿走她采集的果腹之物和衣衫，又刨一浅坑，草草埋葬遗体，做了标记，以弥补对亡灵的愧疚。钟五郎把舞伎的皮肉混杂着树皮、草根、沙土一起吃，熬过了最后的危险时光，迎来王师入城，得到救济……”

钟五郎面如死灰，全身剧烈颤抖，双手抱头，缓缓倒伏于地，哀求道：“不、不，请您不要再说了！”

瑾琋擦干不知不觉涌出的眼泪，转身哀怜地凝望他俯伏的背影，温言安慰：“不能怪罪你。同为舞伎，洛阳宫的舞伎们丰衣足食，民间的舞伎曝尸荒野。若论罪，罪过也在这个断绝百姓生路的乱世。你能告诉我，那舞伎的确切死因吗？”

五郎抠着铺地草席的缝儿，眼泪大颗大颗地落下：“我和她爬上一片长着榆树的缓坡，去捡拾坠地的树叶和榆钱。那些比我们更饿的人，已无力这样做了。我与她都尚有余力，你争我夺，我究竟强壮些，推了她一把，她仰面跌落，后脑撞上一块石头，死了。王妃神算，但有一条，您尚未算出，那舞伎戴着一只金镯，也为我所侵吞。然而那时唯有食物值价，金镯未能出手，藏在我家中。我愿将金镯归还亡人，随她安葬。”

“惨绝人寰！”李世民不知何时回来，在窗外听了一听，一面慨叹，一面步入正堂，“王师举兵，正为终结乱世，缔造国泰民安的盛世。如今洛阳克复，你的日子也将一天天地兴旺起来，慢慢地重建一个新家。我可助你一臂之力。”

历代兴亡更替，最苦的，无一例外是黎民百姓。隋末至今的战乱，多少人死无葬身之地。思及此，李世民不知怎的就想起失踪近三载的女刺客夏侯紫菀。

一个女子，如何挺过烽火乱世？洛水河畔死于饥荒的那位无名舞伎，很可能也揭示了夏侯紫菀的命运。

瑾琋笑道：“金镯之事可缓议。先解开舞伎遗体出现在长孙家花圃的谜团。”

◑ 4 ◐

瑾琋望向屏风，向立于屏风背后的那个人徐徐道来：“长孙家的夫人派心腹——应为达奚家的陪嫁奴婢，在外寻觅花匠，修整花圃。事有凑巧，内有一位，想必是钟五郎家的亲戚或故旧，听钟五郎谈及在长孙宅门口的遭遇，谢绝为长孙家做事，并告以缘由。达奚氏夫人为夫妻不谐所苦，闻言计上心头，命心腹带路，访问那位花匠，进而寻到钟五郎，许以百亩良田、两车金帛为谢，欲借钟家亡人尸骨一用。五郎动心，又痛恨长孙家主人冷血无情，只是不愿惊扰长眠的亲人，提出以舞伎遗体冒充荷娘。于是，那位花匠借夜间赶工之机，把那具遗体藏在自己运载的一车泥土中，搬进长孙宅，深埋于夫人指定的方位。夫人派遣心腹监工，实为掩护。次日坐等别人深翻，发现遗体，钟五郎出面认尸，理应外合，陷家兄入罪。夫人是我的嫂子，洞悉时局及我的为人，知我不会见死不救，也不会过分袒护，因此家兄性命无虞，重则流放，轻则徒刑居作，可解除她的苦恼。至于那位花匠的真身，找出前日夜间劳作的人就是了。但我无意为难他。”

达奚氏微微地张了张口，挤出一抹好似哭相的微笑：“王妃是何时产生怀疑的？”

“勘察尸首，询问家奴之后。”因她承认，瑾琋忽觉身心轻松，由衷地欢笑，“我判定那尸首是有人从外面运来的，埋于三兄闹过的那块花圃，表明目的指向三兄。而外人不知三兄发酒疯、动过那块花圃的丑事，主谋必在嫂嫂、知情家奴之中。雇花匠、主持花圃修整的是嫂嫂。我判断，那便是嫂嫂了。张贴认尸告示，是为引出同谋。”

“我……我委实无法忍受他。”达奚氏掩面哭泣，“和离，他必定不肯，我娘家也绝不可能同意；义绝，不具备情由。若以感情不睦为由向衙司诉请离异，极难获准，即便准了，也要受笞刑，娘家也不容我。我一个女流，有何办法？何况，我舍不得孩子们。”

“哈哈哈！”李世民大笑，“嫂嫂吃苦了。我那舅兄合该反躬自省，做人为何做到这般失败田地？连自家娘子也容他不得。哈哈哈！嫂嫂，事未成，那两车财帛、百亩田契，依我的主意，减半。长孙家也不必破费，由我承担，权当接济灾民——钟五郎，你可满意？”

“啊！”五郎以为能免罪就是秦王的恩典，想不到还给接济，一时说不出话，呆了半晌，泣不成声地叩首谢罪、谢恩。

李世民勉励他努力重整家业，派几位军士押运财帛、田契，送他回家，另传令衙司，安葬那无名女尸。

这边瑾琋去屏风后面劝达奚氏：“家兄脾气不好，苦了嫂嫂。不过，我仍想为他讨个情。你们夫妇若散了，孩子们失去完整的家，世人指指戳戳，长孙、达奚两家的门庭也不好看啊！”

“但，他……”达奚氏也乱了心神。

“嫂嫂，经历这场风波，他应能吸取教训。我有个主意，管保他以后不敢怠慢你，就说这案子是你破的，是你救了他，就这样解释……只不许他为难钟五郎。”瑾琋拉着她的手，恳求道，“先考及三兄生母健在时，待嫂嫂不薄。侄儿侄女们也可怜。等返回长安，有我、四兄、五弟，我们三人都护持嫂嫂。您就饶了我三兄吧！”

达奚氏感动之余，又感到一种无力。不忍拒绝小姑子，而计谋破局，也没有更好的办法。在这个世间，女子的选择终究太少。瑾琋的主张竟是最妥当的。

“唉，我依了。”达奚氏拭着泪，点了一下头，“不过，你为何如此待他啊？他过去……”

瑾琋注视着地板上的木纹，轻轻一踏：“我幼时在这里爬过。每一个虫蛀的坑洼里，都留下我吃过的乳香味。我虽出嫁，依然是代北长孙氏的女儿。三兄与我有相同的血脉。先考在天之灵，不愿看见家门不幸。”

“观音婢……”达奚氏脱口叫出她的小字，姑嫂二人执手而泣。

在这温柔的伤感中，一个爽朗的声音偏要来扭转氛围：“哈哈哈！凶案变成喜事，何必伤怀呢？观音婢，你三兄的仕途，我有考虑。他监守门禁想必得力，围城期间，弄得这所祖宅固若金汤。我当送他一雅号——‘鬼见愁’，或者‘万夫莫向君’，典出晋朝左思《蜀都赋》之‘一人守隘，万夫莫向’……”

那姑嫂二人被李世民逗乐了，破涕为笑。达奚氏按小姑子的主意，入内向安业说明。

瑾琋命留荑跟去帮腔，相机补漏，自己从屏风后转出，笑问：“二郎今日为何来得这么早？”

“今日访查城内民生，别无他事。”李世民的神情复又变得端肃，“花圃女尸案令人痛心伤臆。我们帮得了一个钟五郎，但要治愈所有洛阳人、乃至普天下百姓的创伤，非一朝一夕之功。王者务须旰衣宵食，内修外攘，创建一番文治武功。”

“嗯。”瑾琋答应着，忽见他的一位亲随校尉在正堂廊上探头探脑，因王妃在，未敢擅入，便提醒道，“二郎，外面似是有事寻你。”言毕，就退至屏风后回避。

那校尉领来一名十六岁的小卒，呈上一只金镯，禀明来由。他姓符名桓，奉命送财帛去钟家。钟五郎交出这只镯子，说是那女尸所佩戴之物，托他呈给王妃处置。归途中，符桓越看越觉得像是其姨母蓝氏的首饰……

符桓一家原客居洛阳。姨母蓝芙蓉曾采选为前隋洛阳宫女，隋恭帝义宁二年，趁着王世充进占洛阳的混乱出宫，避居符家。符桓经常见她佩戴这只金镯。后符家顾虑王世充基业不稳，恐有大祸，折卖小本家业，举家西归长安。蓝芙蓉随姐姐全家迁徙，途中忍痛割爱，脱下金镯，向王郑守军的一员校尉行贿买路。

岂料这金镯现身洛阳，戴在无名舞伎腕上。符桓一是怀疑有隐情，恐钟五郎撒谎，二是因那金镯是蓝芙蓉在洛阳宫所得节赏，他想赎回，送还姨母，故此请求上司，带他求见秦王。

那是一只鱼鳞纹金镯，纹样简洁生动，做工、材质均属上乘。李世民笑道：“你倒是个实心孩子。大约也立下战功，得了不少赏赐，方能赎此宝物。由王妃处断吧。”

他一挥手，给使丰登接过那金镯，递入屏风后。

瑾琋掂了掂，成色十足，颇有份量，女子对首饰的天生好奇心作祟，她饶有兴味地里里外外细细观赏一通。

金镯内壁刻有物勒工名[10]，另錾刻有四个小字。瑾琋单眼凑近辨认，默读出那四个字来，心中大动，伪装随口一问：“隋宫节赏好生阔绰啊！令姨母在洛阳宫，侍奉谁呢？担负何种役使？”

---

10 产品上的标识，标明制作者的姓名，可用于产品质量追责。

符桓说的这件事仿佛一颗石子在小溪中画出一串涟漪。涟漪散去，水底的鹅卵石一颗颗，历历可数。

洛阳宫的秘密，何其多。

瑾琋收起那金镯，叹道："此事易解。那伪郑校尉把金镯赠予洛阳城中相好的舞伎，后校尉战死，舞伎无人接济，惨死于饥荒中。"

停顿片时，她又笑道："唉，如何是好？符桓，令姨母的这只镯子，我竟爱不释手了。因有个不情之请，且用另一只金镯，外加一个金梏，换你这个如何？"

"再加一枚金刀子！"李世民大手一挥，"符桓，你看，王妃喜欢……你能否给我个面子，割爱呢……"

一本三利，还讨得秦王夫妇欢喜，符桓人小鬼大，哪有不乐意的？

成交。

◑ 5 ◐

回洛阳宫，李世民进书房习字。

瑾琋跟进去吩咐繁缕道："咦！我那口小箧怎还在书案上？居然忘记上锁。快锁好收进箱子！"

"装着什么宝贝，急于藏匿？"李世民按住那小箧，"我连日事忙，未曾留意。今如羊入虎口，再不教你逃脱的。"

她忙拖住他手："别看别看，没什么！是我来洛阳的路上看着解闷的。"

他狐疑地看看她："这就怪了，你有什么是我不能看的？"双手合抱她的腰，把她搁到一旁，掀开小箧盖子察看。

原来是他过去一年写给她的家书。不知她看了多少遍，纸上斑斑泪痕，清晰可见。

李世民的心底涌起一股无可名状的暖流，将书信放回小箧，紧紧搂住她："观音婢……"

东征大军将于七月初荣归京城的消息风传，长安人又迎来了一年的暑热季节。

虽有冰商斥巨资建了大冰窖，将冬日里储存的冰块拿出来贩售，但对于平民百姓来说终归是奢侈物事，去晚了买不到，即使有剩的也化了。

平康坊赵四家抢了一盘冰，各人含在口中，或者泡进凉水里喝，转眼盘子已空。

妙楚儿手中的团扇摇不停，上午没有客人，要不是等着绣娘董抱娘之子陈松奴来送鞋履，真想跳到井水里泡着。

终于，松奴来了，在廊上候着，请小侍婢递进去一双宝相花纹云头锦履。

妙楚儿看了一会儿，试了一试，对董抱娘绣的纹饰十分满意，唤松奴进来，给了工钱，一面向侍婢使了个眼色。

一块井水浸凉的甜瓜马上递到松奴手里。

松奴吞下一大口唾沫，接过去三口吃尽，五脏六腑都觉凉爽："多谢都知娘子。"

"松奴，你一边替西市张家送货，一边搭着送自家的私货，买卖划算嘛！"赵四娘冒了出来。

松奴抹抹嘴："我娘常说，这是张家的仁义，赵四娘子和都知娘子照顾她的绣工活儿，是二位的恩德。"

赵四娘从盛着井水的盆里捞了一块甜瓜："阿董这份才情到我们行当里管管迎来送往的庶务，也是把好手！"

"阿娘，您这话让这孩子更不知怎么接了。"妙楚儿笑道，又问松奴，"你娘呢？有两日不见了。"

"去南城给同乡旅人送吃食、浆洗衣裳去了。"

“又是！这都多少次了。阿董心地着实极好的！”赵四娘暂停嘴里的嚼头插话。

妙楚儿说：“告诉你阿娘，这双履的绣工，我很喜欢。她把工钱特地为我算了便宜的，教我如何谢她？让她得了闲多来逛逛。倘若弃嫌我们，就不好说了。”

“没有的事！怎会弃嫌！”松奴笑道。

赵四娘吃完瓜，把其他娘子唤来嘱咐：“我已探得切实的消息，秦王率领东征大军于七月初九入城。将士们拼死作战一年，现立功受赏回京，手头财帛不少，自然需要消遣。坊里各家都在准备，咱家也不能落于人后！都知娘子[11]仍要按规矩办，不在此列。你们三人在入城那日，都给我夭桃秾李地打扮起来，由龟奴带去朱雀大街观礼，拔个头筹……”

11　青楼的头牌。

第三章 秦王惨遭背叛

◑ 1 ◐

武德四年七月初九，碧空如洗，蔚蓝的天幕笼在长安城上空，风和日丽，朱雀大街披上了万道鲜丽薄轻的镂金单丝罗帔子。

天一放亮，大街两侧就已人头攒动，等待观赏东征将士凯旋入城式。

人们激动地吵嚷：“怎么还没来啊？！”

“还早呢！”

“嗐嗐嗐，这位郎君，你把我的襆头[12]撞歪了……”

如是再三。一个因激动而尖利扭曲的女声率先大喊：“来啦！”

旁人齐刷刷扭头看去，原是一位少女骑在阿兄肩上，“坐”得高，望得远，手指前方，咧嘴叫嚷。阿兄表情痛苦地嘀咕：“久客，这样真的不行……”

“是哪家的女儿？端的是闺门失教……”人群指指点点。

12　又称为“折上巾”或“四带 巾”。它是裹发巾中的一种。

突然，“来啦！来啦！”的叫声连成一片，人们迅速把那个叫作“久客”的少女遗忘在旮旯里。

万众瞩目中，秦王李世民按辔徐行而来，齐王李元吉及李世勣、尉迟恭、屈突通、程知节、秦琼等二十五员东征军主要将领英姿飒爽，骑着骏马跟随在后。

李世民目光如炬，身着一袭精美绝伦的黄金甲，放射出夺目的光华。黄金头盔未曾掩盖那张脸庞俊朗英毅的光辉，反而烘云托月，更增添其神采。他所经过之处，均笼罩上一种磅礴威严的气势。许多年以后，当日百姓仍然说不清那天是一身黄金甲的秦王更耀眼，还是天上的太阳更耀眼。

威武雄壮的铁甲骑兵和甲仗鲜明的步兵跟在将帅身后，队列整齐，步伐划一，伴着雄浑的军乐、鼓吹，气宇轩昂地在朱雀大街上稳步行进。

此情此景，令无数男子热血沸腾，亦令无数女子心潮澎湃。百姓欢声雷动，响遏云霄。

平康坊南曲的几个二三等青楼娘子按捺不住，挥动着玉手娇声欢呼："将军！将军！"

中曲、北曲的娘子们当中，也有多人心醉神驰，胆大的便呼喊："大王！大王！"

附近的良家女子们听到了，都拿纱衫的宽袖捂了嘴，讥笑道："叫将军还有用，大王？叫破了天也不会去平康坊！"

队伍的末尾是两辆囚车，分别押着东征的两个头号俘虏——王世充、窦建德，二人冷漠地接受长安人的评头论足、讥讽嘲骂，最后被押入太庙，告慰李唐列祖列宗。

李渊赐李世民加号天策上将、陕东道大行台，位在诸王公之上。

做出了这个决定，李渊坐在甘露殿休憩，尹德妃和张婕妤一左一右陪侍，把在洛阳的遭遇重又絮叨了一遍。

若不是念及秦王妃出面补偿的那些财物，还要添油加醋呢！

张婕妤按摩着天子的肩膊：“打狗还看主人面，他明着是不给妾等脸面，实为居功自傲，不把陛下放在眼里了。”

“这些话禀告了不下三五遍，您还是这么抬举他。妾看见他都害怕啊！”尹德妃用银筷夹起一块名品甜瓜——“御蝉香”，送进李渊口中，“这是冰块镇过的，清甜解暑！”

李渊悠然答道：“我的儿子，我心中有数，我管得了。秦王在洛阳的处置，平心而论，其实并无不当。我也要告诫你们，今日这种话，少说为好。你们倘有所需，我自会酌处。”

尹、张二人噘着嘴，“哼”了一声。

李渊不再开口，闭目养神。作为父亲，他为次子的才干和功勋而自豪；作为君主，却也感到秦王功高震主。

然而遍数宗室，世民是最为杰出、最得军心的将帅之才，已在军中积累了强大的号召力和影响力，若功高不赏，则军心不服，也辜负那孩子一年来舍生忘死的付出。无论作为父亲，还是君主，他都不能这样做。

何况太子建成居储君尊位，一人之下、万人之上，亦需有一股势力与之相制衡，巩固君权。

但也要适时地牵制、敲打世民，为国家好，亦是为他们兄弟相安。

李渊决定，先将长安城西北的弘义宫加以修缮装饰，改为“天策府”，让李世民从承乾殿搬出去，离开太极宫，离皇帝和太子远一些。

“算下来，二郎一家于十月份可迁入弘义宫。”太子李建成举起绛红色玛瑙羽觞，发现里面已空。宫婢手拎凤凰纹金执壶，向觞里注满加蜜的沙塘饮。

“嗯？唉，如此，来往就不如过去方便了。在承宗[13]患病、离世那段

13 李建成嫡长子，早夭。

艰难的时期，两位妯娌对我多加慰抚，解了我不少烦忧。他家要搬走，真有点儿不舍。”太子妃郑观音说，“二郎夫妇待孩子们也一向尽心。二郎从洛阳回来，又带给我们家承道一把七宝桃木刀，极其精美。”

建成微笑不语。对于他的有些话，郑观音永远听不懂。他也绝不与她说破。这倒也好，妇人不得预闻政事。

二郎在洛阳的种种施为行止，既是为大唐树立威德，也是为他自己积累人望。若安于藩王之位，何须为此？

弘义宫的第一重主殿名为“戢武殿”，戢武，意即息兵休战。这是父亲在告诫二郎：“天下太平之日，就是刀枪入库、马放南山之时。太子自开国以来，分担政务，治世安民，才是国家的根基所在。”

父亲说得没错，大唐还需要二郎。但也需磨其棱角，灭其心志，掣其手足。

“你瞧，我喝的是沙塘饮，不是酒，今天没话说了吧？”建成把手中的玛瑙羽觞朝郑观音晃了晃。

建成喜欢聚众宴乐。他爱酒，酒量极好，普通饮品也用酒具喝，可见一斑。郑观音每有规劝，希望他节制宴乐，减少饮酒。礼部尚书兼太子詹事李纲也上疏进谏，说：“窃见饮酒过多，诚非养生之术。”他都付诸一笑。

羽觞已不常为世人所用，玛瑙则是时下仍不易得的珍物，建成喜爱这种形制古朴、材质贵重的用品。

郑观音觉得，作为开国太子，是否应该克制这些略显奢靡的爱好？但她没有说出口。

李纲频频向太子进谏而不被听从，师生之间渐生隔阂。而太子妃是承受不起与太子离心的风险的。

李世民携瑾琋在庭中稍微停顿了一下。距上次踏足承乾殿相隔一年之久，风景有了变化。新鲜而陌生，需要片刻适应。

“恭迎大王——”廊上众人齐齐跪拜。这片浓艳的燕语莺呼中，一位安居最偏僻位置的女子妆饰淡雅，犹显出挑，亲手怀抱女婴，对他嫣然一笑，又深躬下身子，向瑾琋行礼。是承衣刘燕婉。

一个三岁多的小男孩端坐于最前排正中之位，叫着：“耶耶[14]！”是承乾。

“好。”李世民走上前去，抱起承乾，又从他身边一个乳母怀中抱过青雀，“我家四男也两岁了！”

瑾琋对刘燕婉的大礼报以淡淡一笑，转而呼唤后面一位面生的年轻乳母：“年娘子，给大王看看五娘。”

乳母年氏抱来一个婴儿。孩子刚出生时皱巴巴的皮肤已长开，细皮嫩肉的仿佛碰一下就会沁水，一双亮晶晶的大眼睛扑闪扑闪，粉嘟嘟的小嘴偶尔咧开微笑。小婴儿的笑容是无意识的，但在父母眼里，都是孩子聪颖过人的标志。

“呵呵，二位成婚时自己都还是孩子，一晃八年过去，两男一女，大王已经抱不过来了！”李世民的乳母刘氏笑道。

承乾、青雀的乳母分别弄走两个男孩，李世民腾出双手抱住第五女，把这瑾琋嫡出的娇女看了又看，满心喜欢道：“阿鹞为何生得这般好？灵气逼人，出落得又标致。”

子嗣要承担光宗耀祖的重任，女儿只是用来宠爱的。

“大名，就叫丽质！”他忽然将女婴高高举过头顶，惹得女人们一阵惊呼。

阿鹞被举高时尚无动于衷，放下来却忽然咧嘴哇哇大哭。李世民慌了，问瑾琋道：“她怎么了？”

“哈哈，饿的嘛。”瑾琋忍不住笑他，令乳母年氏抱婴儿下去喂奶。

14　耶耶、阿耶：父亲的口语称呼。

庶子女、诸姬妾鱼贯入殿，按照尊卑长幼顺序，依次向秦王、王妃行礼问候。

刘燕婉保持着知足的微笑。她所出的秦王第四女尚无法与阿鹞相比。但她有耐心、有决心、有信心，为自己和女儿争取不输王妃母女的爱宠。终有一日，取后者而代之，也并非痴人说梦。

此时的李世民十分欣悦。

战场虽然豪情万丈，东都虽然锦天绣地，究竟不是“家”。

置身于斯时、斯地，眼前的每一个人，都多多少少令他产生亲切、温暖的情感。他与每个人逐一问答一两句话，分赐带回的礼物，不时与身旁的瑾琋交换恬然的眼神。

刀人姜澪儿也携次女阿二来迎接。李世民一改往昔的冷漠决绝，问她：“阿二听话吗？”并抱次女坐上膝头，说了几句话。快要三岁的阿二品尝到有生以来最为浓厚的父爱滋味。

“我们回家了。”李世民对瑾琋笑道。

瑾琋也笑：“是，回家了……”

不过，回家的第二个夜晚，李世民就临幸刘燕婉的居所。

瑾琋赴洛阳团聚，这些日子已解了相思之苦，近日，她月信至。李世民觉得，也该会一会讨他喜欢的媵妾。

他尚未把韦珪带进宫，而是按瑾琋的主张，暂时送回娘家省亲：“你是没入秦王府的宫婢，我可做主，给你一段假期，回韦家与亲人团聚，并请你的生母安顿好你那个小爱哭鬼。洛阳宫只是临时驻扎之所，规矩潦草些无妨，今回长安，不能将无关人等带入王府。”

洛阳宫的舞伎林润润倒是直接调入秦王府充役。瑾琋命她仍充舞伎。李世民也不过问。

其他人，他暂无兴趣。唯有刘燕婉，时隔一年，依然入得法眼。

两人独处，李世民得以细看燕婉的打扮。中衣外面直接披着长及地面的大袖纱衫，罩着襦裙，自雪项至胸脯，一抹一气呵成的玉洁冰清。

“这身衣裙倒是新颖。怪道我昨日甫一回来，就觉殿中风景有变。”他笑着扶上她双肩。

燕婉只深情款款地凝视他，柔声说道：“此乃今夏兴起的穿法，穿的人尚不多，妾就好奇试一试，不想还挺相宜。风景变了吗？除了衣服，大约也因妾用了样式新鲜的盆栽——在接到大王归期的准信儿那天。”

这盆栽是燕婉问女史白苏求购的。白苏以制作盆栽为乐，越做越好，宫里用不上的，就带出宫，托商家贩售，赚些零花钱。瑾琋也不干涉，白苏钱袋渐鼓，比高娉等上位女官更富裕。

李世民哪里顾得上盆栽？只按着燕婉倒在枕上。

燕婉假意躲闪，扭动中，枕头微乱，露出枕下一角压得平平整整的纸。

“这是什么？”李世民伸手拿起来。

是一系列的邸报，圈点批注颇多，都是燕婉的手迹。

他不曾单独写信给燕婉，燕婉就找来邸报，随时关注他在前线的动态。

“妾深念大王，长夜难眠，每每读着邸报入睡。”燕婉偎进他臂弯，“武牢[15]大捷露布[16]入京，妾幻想插上双翅，追随王妃，飞入洛阳，侍奉大王及王妃。然而妾并无资格……”

瑾琋的做法，燕婉猜也猜得到，她自信做得比王妃更动人。因为她是弱势的媵妾，想来男子的心态，不由自主也会更怜惜她。

燕婉脱去衣裙，解下一个鸳纹香囊，鸳的侧面还绣有一句诗：“愿为西南风，长逝入君怀。”

李世民掇起来看看：“你的新香囊？”

---

15 武牢：即“虎牢”，是同一地名。因唐朝人避李渊祖父李虎的讳，所以用“武牢”代替。

16 露布：捷报的一种载体。类似于沿街向全民报喜的公告。

燕婉一面为他宽衣，一面柔情蜜意地答道："妾绣了它，日夜戴着，聊寄思君之情。"

燕婉原想要一对鸳鸯，去修德坊张宅省亲，与董抱娘说了。抱娘见金氏去正堂应付突然造访的外客，不在内堂，便提出自己的建议："单绣一只鸳，老天知是等着与鸯团聚的意思，就会成全；若绣一对，老天只当它们已经厮守一处，倒不保佑了。这个有无效验姑且不论，秦王归来时，您把它拿出来，说是为解思念之苦，特意做的，他该会对您愈添怜爱吧？"

"这……那就劳烦阿董做一个了。上面绣你上次说的'愿为西南风，长逝入君怀'六字。"燕婉说。

抱娘假装不懂："这主意虽是我出的，实则我也不过是听老人们传授的，并不知这是什么意思，怎么写呢？"她表示，在她能读能写的文字中，不包括这句诗。

"我本该写一个与你，但如今这身份，却不好让笔墨流在外面。你去问开化坊的私学先生，曹植的《七哀》末一句便是……"

李世民哪里知道这些内幕，当下暗暗得意："所谓齐人之福，莫过于此。观音婢是我的爱妻、贤内助，独一无二；如燕婉这等真心爱慕我、柔情似水、心思简单的美妾，则是多多益善，可供娱情悦性，可备生育之需……"

此后的大半个月，媵妾中又是燕婉独宠。瑾琋泰然处之，反劝郑蔚等人"往宽处想"。

◑ 2 ◐

武德四年七月二十，董抱娘按照秦王妃长孙瑾琋的提点，最后一次去南城的一间大杂院帮忙。

那里寄居着一班江湖艺人。自从携松奴来长安，抱娘就因同乡关系与他们结交上了，不时帮这群饮食作息没有规律的特殊旅人做些烧饭洗衣、跑腿采买之类的杂事。

班主娘子说：“阿董，我们班子演完七月二十八观音寺的场子，就要东去了。这些日子承蒙关照。我们虽是艺人，余钱无多，也知江湖义气，有恩必报。再说咱们是同乡，理当互帮互助。这些钱粮，你得收下，后会有期。”

抱娘坚决不肯收：“你们挣钱辛苦，倒不要胡乱与人。真想帮我的话，只有一事相求……此后的事与你们无关……”

七月二十四，陈松奴去平康坊送脂粉，董抱娘跟了去，给妙楚儿送自己做的甜点。当夜是妙楚儿与情郎叔孙彻相会之期，她兴致勃勃地试用新的口脂：“阿董，这个颜色好吗？”

抱娘赞道：“好看！你擦什么色都好看。不过今晚可以试试那个桃红色，若喝了酒，衬得脸色更媚人！”

妙楚儿拿面巾沾水擦了，用手指从那桃红色口脂盒子里点了一点儿，在唇上润开，左右看了又看：“不错，就这个了！”

抱娘换作神秘的微笑，低声说：“听都知娘子说过，叔孙郎的姐姐是任城王的贵人，这位叔孙贵人很不得意？”

妙楚儿撇嘴道：“唉。亲王、郡王可礼聘高门女子为媵，彻郎的姐姐便是如此。可是依我看，远不如堂堂正正嫁到普通士族人家做正妻呢！”

抱娘看了看侍婢，又神秘地道：“我听到一件事，若告诉叔孙郎，对他有没有用处呢？”

妙楚儿大感好奇，遣退侍婢，关好房门：“阿董，说来听听！”

“啧啧，可真不体面……”抱娘如此这般说了一通，“……你瞧瞧，所以我从不羡慕那些王孙公子。”

妙楚儿激动地问：“那对男女叫什么名字？”

“传给我消息的人不肯说。但那女的若是叔孙贵人呢，可就救了她；若不是她，也可能是帮了她。”

“此事有用，对彻郎而言，应该比上次托你做的香囊更加有用！”妙楚儿拿着口脂盒子往案上轻轻一墩，“就是那个女子可怜了……”

从抱娘离去，至叔孙彻到来之前的时辰里，妙楚儿对镜梳头，默默盘算道：“但是，若此事不准，彻郎难免吃个挂落，于我无益；若准，想那些男人在洛阳也必不会闲着，却要家中的女子守身如玉，何其不公！我且换个说法，与人与己都留条活路，叔孙贵人如是聪明人，自会决断，余下之事，全凭各人的命数罢了。”

叔孙彻来了。两人饮酒作乐。妙楚儿多饮了几杯，娇容越发的桃红李白：“人人羡慕东征将士建功立业，奴偏说在长安抱残守缺好！彻郎若去了洛阳，我们有多少日子不能相会！”

“岂止！有的将士回到家，发现家里的女人琵琶别抱，这让征人情何以堪？”叔孙彻再饮一口“乌程若下”，“在长安喝到这纯正的南方稻米酒，殊为不易！”

“呵呵，一般将士算什么？东征军的宗室将领也有戴绿帽的呢！女子与奸夫，七月二十八午后，还要在观音寺客室正中的那间屋子幽会。好大的胆！”

叔孙彻兴奋地拍案问道：“哈！谁？”

“不知，只听说是个王——但求不是与你相干的那位任城王就好，哈哈！”

“是亲王，还是郡王？”

“不知。”

“那个女子呢？是王妃，还是媵妾？”

“不知。不是王妃，就是媵妾，不然也是个宠婢吧！”

叔孙彻挠头道：“哎呀我的阿妙，为何一问三不知！谁告诉你的？”

“彻郎还有不知道的？我们平康坊三教九流，包打听多的是。奴不记得了。”可以传播小道消息，但不能出卖小道消息的曝光者——这是平康坊的守则。妙楚儿做到都知，自然不是吃素的。

七月二十五晨，叔孙彻告别妙楚儿，从平康坊驰赴任城王府。两地都在城东北，相距不远，经过一番通传，他见到了姐姐叔孙贵人，密告那传闻。

叔孙贵人亢奋地笑了：“阿彻，你听谁说的？此人可信吗？”

“我不能说。但据我的了解，可信。再者，去看看不就知道了？”叔孙彻熟知姐姐的怪脾气，自己结交青楼女子之事自然不让她知晓为好。

“秦王、齐王、淮阳王、任城王……”每归省娘家，叔孙贵人必痛数在任城王府所受冷落，想不到娘家弟弟给她如此可观的回报，“别人我不认识，秦王府的杨孺人，足不出宫，偶尔随杨良娣来探我，不可能是她。明日，杨良娣邀我和杨孺人进东宫小聚，我可告诉她姐妹俩。我自己也等着看，七月二十八，任城王府谁去观音寺，我就禀报任城王！”

七月二十六，叔孙贵人将此事密告杨淑慎、杨陆离姐妹二人，并力劝陆离禀报秦王：“……他两度冤枉你，宠爱刘燕婉那等贱妇，对你总有几分抱歉。事关男子的尊严与名誉，你好意提醒他，可唤回他对你的怜爱。”

陆离苦笑道：“此等事体，我如何出口？”

淑慎默然思谋一阵，为妹妹支招：“通奸者究竟是哪家女眷尚不明了，不可莽撞。但也不是没有万全之策……”

按她的计策，三人各用左手，每人写一笔，凑了一篇告密信，大意为：“风闻秦王府有女子私通外男，七月二十八日于观音寺某客室幽会，未知确否，请秦王留心。”

陆离回承乾殿，依照姐姐的教导，暂且缄默不言，只教白苏观察殿中众人动静。

是日夜，李世民又在偏殿召幸燕婉。

花前月下，春宵千金，单丝碧罗镂金花鸟纹帷帐之内，他搂着燕婉调笑：“自回长安，越来越觉得你于枕席之上，比先更好了。是何缘故？”

燕婉钻进他怀中撒娇：“当是因承蒙大王宠爱如初之故。妾欲后日赴观音寺礼佛，容身边奴婢们一并观观百戏，望大王恩准。”

李世民应允：“你去吧！宵禁前回来即可。今晚你不必回去了，就在此伴宿……”

七月二十八日晨，白苏探明刘燕婉动身赴观音寺，如获至宝，立即禀报陆离，陪她求见李世民，呈上告密信：“婢子昨日随给使阿胜外出，与西市商家结算盆栽钱，忘了合拢挎包的盖子。有人往婢子的包里塞了这么个物事。彼时，那间行肆里，各色人等甚多，认识婢子和阿胜的也不在少数，不知是谁做的。婢子偷瞄一眼，唬得连阿胜也未敢告诉。回宫独自忖度，委实不信，但又……今晨到底忍不得，禀报了杨孺人。孺人认为，兹事体大，即使冒着被人戏耍、触怒大王的风险，也不可隐瞒不报……”

陆离忐忑不安，已达极点，垂首僵立，汗水流进眼睛，有点儿痛痒。

李世民许久无言，面色逐渐黯沉，咬牙道：“此事，不可信口雌黄！”

陆离念经似的吐出姐姐教的话：“妾不敢。若不是咱们家的，妾心甚慰。”

李世民转向白苏，目光突然变得凶狠：“你嫉妒成性，素怀怨恨！”

俗语说，死猪不怕开水烫。白苏镇定回话：“大王，婢子不敢揣测是谁在您面前说的这话。婢子曾经有错，但婢子知错能改。且杨孺人及婢子始终是为大王着想的。此事，宁可信其有，不可信其无……”

“住口！”李世民恼火地在书房里转了几圈，轰走她二人，抓起那纸告密信，去正殿寻瑾瑶。

瑾瑶今日邀请杞国夫人于斯滢、任城王妃王珀来消闲，品沉香饮、玩双陆，孺人申慜娘坐在下首点筹凑趣。

李世民不便入内，命五谷请王妃出来一刻，去偏殿议事。

他晦暗的脸色已揭示了一切。瑾琋佯装不解，读了那告密信，只是含颦颐蹙，不置一词。

事情果然按她的计划推进到了最后一步。

◑ 3 ◐

“观音婢，我、我……”李世民的双拳握得咯咯作响。有生以来，只有他看别人笑话，从无别人看他笑话。在他的意识中，这种事，与他是绝缘的。

瑾琋抬手按摩他的心口，安抚道：“冷静、冷静。窦家表嫂在，她是我的恩人，为人忠厚，我请她以捉拿夫君为名，带领高嫮、白苏、留荑、繁缕、玳玳去观音寺看看。你的亲随校尉、卫士也都忠诚可靠，派两人跟她们同去。全部乔装改扮，使用化名。若不确，必是白苏陷害他人，我自然处分她……”

刘燕婉还未下车，已听见观音寺内鼓吹喧闹，声震屋瓦，大道小径，游人如织，大人谈天说地，孩童追逐戏耍，好不热闹。

一边戏台表演参军戏、歌舞，笑声鼎沸，另一边戏台表演幻术，艺人在陶盆中种入各样干果、水果、花朵，当场就能“种瓜得瓜，种豆得豆”，再将种出来的花果向四周抛撒，观者欢呼不断，雀跃争抢。

燕婉告诉马夫，停好车可自去看戏。她携四个侍婢下车，勉力绕过挨挨擦擦的拥挤人群，先照董抱娘前些日子的指点，往佛堂礼佛。

待她出来，观戏人群更是密集如挨山填海一般。

两边戏台没有道路直接相通，侍婢劝燕婉去歌舞戏台那边，有帷帐隔开的一个个小隔间，燕息比较方便。

燕婉才要答话，戏台上表演“种铜钱”的幻术艺人突然受惊，力度失控，抛出的铜钱乌压压越过人群，扔向观者背后的道路。

观众哄叫着转过身，冲到路上争抢，行人也纷纷拥过来，挤得人仰马翻。

燕婉在这口沸腾的大釜里身不由己地转了几圈，勉强稳住步履，帷帽被挤歪，幂篱皱成一团，已离开初始的立足之地有一段距离，四个侍婢俱被挤散，周遭混乱仍没有消停的迹象。

她有些心慌，近处出现一张熟悉的面孔，招呼她道：“哎，承衣怎么在这里！”

燕婉分外惊喜，伸出手求援：“阿董，你有空来，真好！”

四个侍婢好容易等这场闹腾过去，未及聚拢，急忙寻找燕婉。

无奈寺内地广人多，找了一会儿不见人影，就连她们四人也只有两人汇合，那马夫也不知在何处逍遥。

先行汇合的那两个侍婢去请知客僧帮忙：“刘承衣若在贵寺走失，可不是小事，还请尽力寻找。”

那僧人答道：“二位勿急，今日每有宾客走散，家人找得六神无主，他们自己倒在别处玩乐，这般情形甚多。承衣是贵人，自有菩萨保佑。”因命几个小沙弥带她俩各处寻找。

另外两名侍婢，一个名唤“阿和”的径直找到客室，心想燕婉或许累了在此小憩。

她敲开左起第一间，不是，准备敲隔壁门，忽见男男女女共七人，抬着粗大的木棒，拎着绳索，从右边那头的回廊冲过来，直奔中间的一间，团团堵住门口。

其中一位妇人用手指把窗纸戳开一个洞，朝里探了一眼，回身颔首，其余六人一起抬起木棒使劲撞门。

其他客室内的人原在休憩，撞门的噪音把客人们从房中惊出围观。有人去前边请知客僧来劝阻，那些撞门的人犹不停手，一壁回话道：“您是出家人，这事体却看不得，只怕污了慧眼！”

只听“吱嘎”一声，门闩断裂，门亦损伤，这群人轰轰然破门而入，按住了房里的人。

房中人叫嚷起来，未得喊出两声，就被闯入者用罗帕塞住嘴巴。

饶是房中人拼命挣扎，毕竟寡不敌众，胡乱扭打中，不知谁踢翻了卧榻旁的一盆水，打碎了屋角的一口小水缸，有人踩着浸湿了的铺地草席，脚底打滑又摔了一跤，一屁股把矮几也坐断了，闹得满室狼藉。

闯入者就地拿衣物薄被等物，把房中人从头到脚裹好，用绳子捆牢，将其中一个身材高壮的男子缚在木棒上，两条壮汉抬着，另一个较为娇小的，是女子，由两个女人架着。另有人将这对幽会男女的物品打包背好，当场向知客僧赔付了修缮费用，一窝蜂朝观音寺阖室赶去。

廊上的围观者至此已明白是何故事，指指点点，兴高采烈地谈笑。

阿和认出那群破门而入的人里有典言女官高嫮，正不解其故，高嫮过来抓住她，呵斥道：“还愣着！快走！出了天大的事！”

在客室幽会的男子正是民部金部司员外郎贺休德之子，贺洵。

贺洵被捆在木棒上赶路，睁眼一抹黑，被颠得七荤八素，口干舌燥，只觉全身骨头快要散架，忽的身子一沉，坠落于地。

有人揭去他裹身的被子，露出在观音寺客室被人按住时的模样：下身刚穿上一条内裈，外袴还套在脚上，上半身一丝不挂。

一位气度高华，着竹青色双胜纹锦袍的年轻男子怒目圆睁地盯着他。

“抓住的时候就是如此……”一位少妇小心翼翼地对那锦袍男子说，是闯入观音寺客室的那群人之一。

这位少妇便是高嫮，她看看男子的脸色，咽住了后半截话，转头质问贺洵："你为何与那妇人同处一室？"

"我，我，我也不知……请问，请问这是何处？今日一定是……有什么……误会吧？"贺洵磕磕巴巴地说。

锦袍男子面呈猪肝色，一脚踹了过来，势大力沉，饶是贺洵年少体健，也"嗷"的一声捂住肚子弯起了腰。

"您且息怒！息怒！"高媓拦劝着，侍奉主人出去了。

贺洵蓦地痛醒："糟！莫非他就是——秦王李世民！"

◑ 4 ◐

李世民怒气冲冲转去另一间密室，刘燕婉哭哭啼啼躺在地板上，只胡乱套着一件贴身的裲子，亵裤撒落一旁，酥胸微露，玉腿、藕臂……全裸。留荑、繁缕、玳玳低头呆立，一副引以为耻的神情。

白苏在旁叹气："婢子早就说了，实做不出陷害他人、媚上争宠之事！不过是一心一意侍奉大王，不忍大王蒙羞受辱罢了！留荑、繁缕、玳玳都是王妃的人，加上高典言，都不可能与我串通，您尽可讯问，由她们禀告您，刘承衣当时是否就是这般模样，原汁原味！"

"大王！妾冤枉！必是小人构陷！"燕婉楚楚可怜地望着李世民，想要跪爬起来抱住他的腿哭诉，却因双臂被反绑，无法动弹，"今日，妾……"

话犹未了，李世民已怒不可遏，扑过去将她拎起，大骂："贱人！"兜头便是两记重重的耳光，复又把她掷回地面。

燕婉双颊顿时火烧火燎地红肿起来，痛哭道："白苏素来嫉恨妾，妾本自隐忍，只求息事宁人。事已至此，求大王明察！"

"你反诬我构陷你？你倒是说说，此等事体如何构陷？我无意冤枉你，若你确有冤情，我也想知道是谁构陷于你，以还我清白！”白苏脸色铁青，狠狠地甩了一甩[17]披帛。

李世民愤气填胸，唰地拔出腰间横刀，指向燕婉：“你说！若有半句不对，立时死有余辜！”

见势头不妙，高娉偷跑出去禀告王妃。

与斯滢商议捉奸事之前，瑾琋支走了懋娘。王珀察觉她有事要办，也不便询问，告辞回府。

于斯滢从观音寺回来，仍同瑾琋在偏殿玩双陆，实际是密告捉奸情形：“……我原也不信，到那里一瞧，我的天哪，一惊非小！刘承衣，果真！秦王那脾气，必定要出人命了……”

高娉入殿密告：“大王要杀刘承衣！请娘子去劝劝。”

瑾琋赶到密室，但见白苏、留荑、繁缕、玳玳有的拖手，有的抱腰，试图夺下李世民的刀。刘燕婉仰卧于地，身子半裸，念叨着：“然后、然后……”却不敢说下去，哭得哽咽难抬。

瑾琋也想不到局面如此不堪，忍住狂笑的冲动，抓住丈夫持刀的手苦劝：“她是敕封的承衣，四娘的生母，大王不能说杀就杀。大王要打要骂，倒也不妨，当着下人的面剥了她的衣衫，却有失体面，快与她穿上吧！”因吩咐众侍婢为燕婉穿衣。

李世民喝道：“你知道什么！这贱人的衣服是我剥掉的吗？”甩开瑾琋，恼怒地转身去了，临走扔下一句，“就让贱人这样原封不动地捆着，不许给她饮食，查清楚再做处置！”

瑾琋自是舒心称意，但因天性使然，目睹燕婉此时的惨状，又不免恻然，做不到落井下石，也不愿闹出人命来，便不肯完全听从李世民的话，

17　披帛，隋代壁画中已有披帛，唐代广泛流行。用银花或金银粉绘花的薄纱罗制作，有很多种戴法，披帛分两种：一种横幅较宽，长度较短，多为已婚妇女所用；另一种长度可达两米以上，多为未婚女子所用。

命人取薄被盖在燕婉身上，用执壶喂她水喝。

燕婉哀求道：“谢娘子救命之恩！妾委实冤枉，死不瞑目，求娘子明鉴！”

“你若有冤，大王终不会冤枉你。”瑾琋安抚了她，将质询的目光转向白苏。

白苏垂下眼皮，一五一十地讲述了在西市接获告密信及今日捉奸的经过。

“你回去照料杨孺人。”瑾琋担心自己笑出声，打发了她，返回正殿。

斯滢已回府，李世民伸展四肢，躺在地上生气，听见妻子熟悉的足音，就滔滔不绝地诉起苦来：“观音婢，我的脸面算是丢尽了。俗语云，好事不出门，坏事传千里。此事迟早泄露，我将成为宗室的笑柄……”说着，直揪头发。

“二郎，住手。”瑾琋握住他的手，扶他坐起来，倒了一盏檀香饮给他，“表嫂他们都能严守秘密。”

李世民歪在隐囊上，将那银盏往矮几上一磕，嚷道：“加冰，加冰！”

“天已没那么热了，而今都不加冰……”瑾琋无奈，端了那盏出去，命丰登去厨房取冰，给李世民加上。

他饮了一盏冰饮，将刘燕婉的自述转告瑾琋。

◑ 5 ◐

燕婉称，今日在观音寺与侍婢走散，心急如焚之际，巧遇一熟人，为那人所救，搀扶着挣脱拥堵纷乱的人群。但她体力不支，不知何时竟晕厥过去，待醒来已躺在观音寺客室榻上。接下来的情形，她不敢说出口。

据前去捉拿她的斯滢等人戳穿那客室的窗户纸偷窥所见，燕婉当时与一少年赤身裸体躺在榻上，四肢交缠，同枕共眠，衣物、被褥凌乱不堪。待众人撞门，他俩才惊起呼叫，手忙脚乱地穿衣遮丑，一个只来得及穿上内裈，一个刚把衵子套上半截，便双双被拿。床边有一盆略显浑浊的水，一张面巾浸在水中……

奸夫供认是民部“金部司”员外郎贺休德之子贺洵，因其父原为刘武周好友，两家关系较为亲密，与刘武周之妹刘燕婉自幼相识，在她出嫁前便无需避嫌，有长辈在侧时，有所往来。但贺洵不承认两人有私：“武德三年，在长安街头偶尔看见刘承衣一回，却无交谈。获悉她进入王府，我更不敢攀扯，恐生嫌疑。今日离家，也不为见她……”随后陈述道，今日一早，他窜出家门，绕进一条冷清的陋巷，跳入友人如约赶来的一辆驴车，欲往保唐寺密会心上人，因昨夜兴奋难眠，又多饮了酒，上车后困意不消，颠着颠着进入梦乡，醒来，就是秦王府捉奸人马目击的那般情景了。

“我睁开眼睛，身边确实是认识的女子，却不是我想幽会的那一个。”贺洵辩解道，“我虽未醒透，也认出她是刘承衣。”

贺、刘两人的说辞，倒像是串过供似的，将些语焉不详的奇谈怪论来推脱干净，教李世民如何肯信？

何况贺洵和燕婉本为旧相识，贺家与燕婉姨母家同住修德坊，暗通款曲的条件，样样俱全。

跟燕婉去观音寺的侍婢和马夫则是茫然无知，说不出有价值的情况。

“武德三年，告发刘燕婉藏匿之所的，不是贺休德吗？”瑾瑀作势质疑，“他的儿子又与刘燕婉私通，是何等孽缘？”

“这有何奇怪的？”李世民气得发昏，举了古往今来许多例子，“你堂兄死心塌地为王世充卖命，你却与我情爱甚笃；前秦哀平帝苻丕的皇后杨氏，其兄杨膺谋反被杀，苻丕与杨氏恩爱如初，后苻丕败亡，杨氏殉节……”

他适才揪乱了头发，瑾琋拿梳子和一个新的巾子来，为他解散头发，重新梳理、结髻：“二郎，这巾子与那些苎葛、藤草、竹篾做的不同，我特教匠人给你加了金丝，更加柔韧，又美观，你试一试。”

“嗯。”李世民摸着她的腿，继续诉说，“不过有一点却甚巧，参与捉奸的两名校尉微服寻找贺、刘二人所说的“友人”“熟人”对质，访得赶驴车接载贺洵的陈松奴与在观音寺搀扶燕婉的董抱娘乃是一对母子。于是他们谎称家主怀疑她母子是失散多年的老亲，请过府一叙，连搀带拉，把两人塞入牛车，带入一座废庙，分开审讯，且不摊牌，单问松奴这两天有未遇到贺洵，做了什么……”

松奴年少，似乎被这架势震得胆战心惊：“请问，贺郎犯了什么事吗？”

“与一宗入室盗窃案有关。你还小，勿被他利用，老实说清楚便没事。”

“那可与我不相干啊！我因在西市张家丝帛行做事，常去平康坊送货，在修德坊张宅奔走，贺郎每在平康坊游逛，又住在张家附近，为人豪爽，就与我混熟了。日前，他托我以他之名订下观音寺一间客室，约我今早送他去观音寺看百戏。我今日要驾车往那一带送货，便应承了。不想他上车就睡着了，到了山门叫他方醒，他说困得不行，睡一下再出去，我停下车，开了房门，扶他入内躺下就走了。剩下的我就不知道了。”

“走时有未锁门？”

“没有。客室那一方清静，赁得起房间的客人至少是中等人家，想也不怕什么。再者，既有他在里面，那日僧人们都在前边忙乱着，我要是锁了门，他如何出来？不过，我把钥匙放进他怀里，掩好门才走的。”

钥匙的确裹在贺洵衣物中，被一并抄了带回承乾殿。捉奸的人们赶到时，门是从室内闩住的，而窗户为固定不能开启的直棂窗，窗户纸完好。显是贺洵待刘燕婉入室后，自己闩好的门。

那个董抱娘吃过的盐比松奴吃过的饭还多，一听提问就知有事，反问：“承衣走失了吗？”

“你不要多问！快快讲来！”

抱娘吓住了，忙告饶道：“哎哟，好赖与奴无关哪！奴宵禁一除，就去观音寺烧香拜佛、观戏，凑巧碰上她。奴仗着皮糙肉厚，虎背熊腰，搀她从人堆里出来。她说累了，要奴扶她去客室休息。奴把她送到客室门口，她便好了，自己开门走进去。奴看她没事了，惦记着家里的活计，也未多看外面的热闹，管自回家了。”

“没人开门？她如何能自己进去？”

“她先时告诉奴说已预订了那间房，直接去的。想必僧人事先开了锁。”

“她进屋时，房内无人吗？”

“那怎么能有！若有，必是服侍她的婢女们。”

“你亲眼看见没人？”

“那倒不是。承衣柳条身段，打开一道门缝，闪身进去的。奴在她侧后，怎好窥探？她也未邀奴入内。不过承衣闺秀出身，知礼识义，给了奴几文钱为谢。”抱娘掏出铜钱显摆，“还用看吗？想想也知承衣居室内不会有无关人等。”

“你一个绣娘，为何与刘承衣相熟？”

抱娘渐渐忘了害怕，语气颇为自豪：“多承她看得起罢了！奴的儿子在张家丝帛行求了碗饭吃，奴蒙他家照顾招揽女红活计，同张家主母金娘子投缘，可巧金娘子是承衣亲姨，如她娘家一般。奴的绣工虽然粗鄙，承衣却喜欢，也爱听奴说古记儿，吃奴做的田舍点心，一来二去就熟了！譬如奴给承衣做了孔雀大明王菩萨绣像，果然安产得女……”

“董抱娘？原在段家绣坊做事。”瑾琋问道，“是那个妇人吗？厌胜案，她和平康坊妙楚儿一并被请入雍州署问话，听说是个朴实良民，也不说谎。”

李世民烦躁地回答：“对。所以，此事更无疑义。”

他多希望这件破事是白苏陷害燕婉啊！自己也无需承受这般奇耻大

辱了。

瑾琋安慰道：“她们尚未搜检从观音寺抄回来的物品，且看有无疑点。我仍然不信。”

高嫮翻看贺、刘二人的衣物，那亵裤、内裈[18]不出所料沾了些污秽之物。

她不知内幕，恶心地啐了一口，唾骂道：“无耻！”

贺洵随身戴有一只缃色的波纹锦五彩鸯纹香囊，高嫮一看，“咦”了一声，方才在刘燕婉的物品里分明看到一个相若的。

她把两只并在一起察看，倒抽一口冷气。岂止“相若”？根本是一对！所不同者在于贺洵的香囊绣“鸯”，燕婉的那只绣“鸳”，一对鸳鸯，恰成两两相望之态，旁边各绣有一句诗。

高嫮将这对香囊送入正殿，不敢抬头看李世民的脸。

瑾琋拿起来细看，贺洵香囊所绣诗句是“君怀良不开，贱妾当何依”，燕婉香囊绣着“愿为西南风，长逝入君怀”，连起来正是曹植《七哀》诗的末四句。

她心说：“董娘子的女红着实精巧啊！”

燕婉侍寝时，李世民见过这个香囊。燕婉说起，此物寄托着她对夫主的痴心思念。

思的是另一个“君”，却把他，大唐秦王、天策上将、李世民，当作傻瓜、冤大头，戏耍利用。

李世民怒发冲冠，一把从瑾琋手中夺过香囊，扔到地上：“你是何等尊贵的人，且碰这肮脏下作的物事！”

高嫮禀道：“据查办此案的一名校尉报，董抱娘自称帮刘承衣做过几样绣品，妾猜度，这两个可能也是她做的。”

“一个绣娘懂诗？不会吧？我想，应是刘承衣亲手绣的。”瑾琋表

18　内裤。

示难以相信。

李世民越发地怒火攻心："刘燕婉说是她绣的！这、这，难道也是骗我的？传话给校尉，问董氏，问清楚！"

抱娘看了，一口应承："承衣说与贺员外郎的公子自幼情同兄妹，着奴做了两个香囊，一个她自用，另一个令小儿松奴转交贺郎。因贺郎有了心上人，想送个定情信物，承衣是成全他的好意思。奴认得一些字，这几句却不懂，承衣跟奴说，去问私学先生曹植《七哀》的末四句便是。果不其然。"

校尉问道："你与刘承衣会面交接都在张宅，她与你说什么，她姨母金娘子都在场吗？譬如托你做绣品的时候？"

"张家极为珍重承衣的名节。承衣每去，都是张家男丁不在家的时候，与她的姨父、表兄弟都从未见面。奴虽是女流，也只在金娘子或她儿媳尤娘子相陪时才能见到承衣。不过她们临时有事出出进进，奴与承衣独处的时候也是有的。具体什么时候，奴不记得。"

"你们母子还为她做过什么？如实招来，不要问一点挤一点！"

"是是是！容奴想想，大事么，奴给她出了主意，劝她去观音寺礼佛，祈求与夫主恩爱长久，多子多福，是极灵验的。再就是孔雀大明王绣像……"

◑ 6 ◐

校尉不耐烦地打断道："那个你别再说了，已经唠叨几遍了！真是时刻不忘卖弄本事，招徕主顾！刘承衣与贺洵，除了你们母子，还有别人帮忙传递东西吗？"

抱娘答道："奴不知。可是以承衣的身份，奴觉得，她应该谨守分寸，不会过多与贺郎交接的。”

高嫣、留荑分别将香囊出示贺、刘二人。

贺洵辩称，这是平康坊“赵四家”的都知娘子妙楚儿送他的，约他七月二十八赴保唐寺相会的信物，居中传递者是陈松奴。

燕婉则哭诉，只做了一只“鸳”，犹咬牙硬说是自己亲手绣的，未假手他人。对于制作香囊的真实动机，她自然不敢披露。

鉴于此，李世民命两位校尉分头行事，一位再次审讯董抱娘母子，一位到平康坊找妙楚儿，不说别的，只问有无私送贺洵香囊及七月二十八保唐寺约见事。

抱娘母子全盘否认贺洵及燕婉的说辞，但也不忍责备他们，推说贺、刘二人可能遇到什么难处，一时记差了是有的。

那妙楚儿闻听，如坠五里雾中：“岂有此事？那个贺郎，奴固然悦其姿貌，他对奴也是真心追捧，不过，都知有都知的规矩，奴不敢行越轨之事。松奴是个老实孩子，也没那本事为坊内娘子们管保媒拉纤的闲事。奴确有爱慕的郎君，曾请阿董做过一只香囊赠他，但那人并非贺郎啊！”

校尉一走，赵四娘子便过来与妙楚儿嚼舌头：“这不知是哪家高门，贺洵一定闯了大祸！我赌一匹绢，必是前些时候，传他勾引的那个有夫之妇东窗事发了，被人家夫主寻拿呢！”

妙楚儿赞同道：“赌！十匹绢也赌得……”

李世民得报，下令释放董抱娘母子，并告诫他们不可对外说三道四，又恐贺家因儿子失踪报官，致使丑闻外传，特派一位校尉驰赴修德坊告知贺休德，把附近张家的人一并唤出，三方对质。

“校尉抵达贺宅也临近宵禁了，今夜势必住在修德坊，不会有结果。”李世民发狠对妻子道，“我要废了燕婉的承衣之位，按淫乱罪名打入掖庭为婢！”

“若坐实通奸之罪，依律确可如此处置。不过此事也将天下咸知，二郎务须慎重啊！”瑾琋忽然羞红了脸，“妾有一事不明，男女裸身共眠，就一定，做了那个吗？”

一旁的高媪听得面红耳赤，禀道：“那屋子里有一盆浑水，显是清洗用的。而且……而且，妾在他二人的贴身衣物上发现了那种事的……污渍……娘子出自名门世家，只当世人都是知廉耻的，其实那起子作奸犯科的人，哪有不拼命抵赖推脱的呢？”

李世民闻言，又暴跳起来，瑾琋阻拦，被他失手推翻在地，禁不住叫道：“啊！”

“观音婢！”李世民慌忙搀扶她坐好，“可有受伤？”一面撩起她的襦裙察看，大腿外侧摔出一小块淤青，少不得懊恼心疼，“怪我冒失！”

瑾琋泣道：“后院出了这种事，想必你也怪我内治无方，生我的气，以至于此。”

“我哪有责怪你？怪我……那贱人连累你受伤，我恨不得杀了她！”李世民益加的憎恨刘燕婉，将瑾琋交给高媪照料，亲去密室，将贺洵、燕婉下死手抽了数十鞭子。留荑等人抱住他手里的鞭子，跪地苦劝，方勉强作罢。

晚间，李世民气愤难平，躺在榻上辗转难眠。瑾琋坐在他身边，好言劝慰：“你纳刘燕婉时，她就是已嫁妇人，并非闺秀，何必计较太多？”

李世民正色道：“那不一样！她嫁人在先，并无隐瞒，我自然不弃嫌。后既许身于我，就应忠贞不二，非礼勿听，非礼勿视！”

“呵，男子对女子万般苛求，对自己呢？”瑾琋微讽道。

“你是怎么了？袒护那贱人吗？”李世民质问道。

“不是。不过是人同此心，女子之于女子的哀苦更能体会罢了。”瑾琋从盆里拎起面巾，敷在他的额头上。

李世民枕着双臂，歪头望着窗外朦胧的月色，突然腾身坐起，紧紧捏住妻子的皓腕："观音婢，四娘，到底姓不姓李？"

"这个！"瑾琋对于他疯狂的联想，唯有目瞪口呆而已，"二郎过虑了！刘承衣诊出身孕、封为承衣后，才有机会依制外出省亲，此前不得出府门半步。四娘无辜，是你的亲生骨肉啊！"

李世民心绪稍平，呆呆地看着妻子，猛地将她紧拥入怀。

瑾琋知他需要发泄胸中怒火与闷气，只得轻叹一声，温柔承顺罢了。

衾枕之间的妻，情态与刘燕婉有所不同。李世民忽有所悟，恨道："那贱人之所以深谙房中之术，哪里是她自己胡扯的那个缘故？分明是风流成性，又趁我出征，与风月常客贺洵私通，受他之教所致。观音婢这般贞洁自守的名门闺秀，自然不懂那些……想来贺、刘二人的奸情早在刘武周割据一方时就有了，宋金刚那奸贼的头顶也是绿的……"

却说宫城之外，贺休德接到秦王府的密告，大惊失色，连称一无所知，亲自陪同来人造访张宅，只说有要事询问夫人，请张家主人屏退奴婢。

两名官家人晚间突访问话，已非吉兆，张家主人心头乱跳，不知又有什么祸事临头，便遣退下人，独自与夫人金氏奉陪。

校尉不便明说，只问了三个问题。金氏从提问内容约略猜出内情，五雷击顶，勉强支撑精神，出于自保的本能，真假参半地一一回答，

一者，燕婉从未对她提及贺洵其人。再者，她对于燕婉托董抱娘做香囊之事没有印象。第三，燕婉计划七月二十八赴观音寺祈福，确有其事。

校尉不予评论，起身告辞。金氏与丈夫恭送，终因挂念燕婉，赔笑问了一句："请问二位，可曾出了什么事吗？"

"不曾。今晚我等来访所提之事，亦切勿说与他人。恐有不虞。"校尉阴沉着脸。

金氏于次日去董抱娘住所寻找，邻人告知，这母子俩从一家声言认亲的高门回来，面无人色，貌似受了很大惊吓，也不敢言语，已于今晨带了财物行装，退掉小宅，出城去了，说是投奔亲属，亦不知去处。显

见得是避祸出走。

贺休德救子心切，听说李世民今日在雍州署视事，带上厚礼，随那校尉前往求见。

见了李世民，他二话不说，跪伏于地，痛哭流涕为子乞命：“下官教子无方，课子不严，以致闯下大祸，为人父者尚无知无觉，糊涂已极！犬子罪当万死，但乞大王念在下官发妻年老，只此一子。小犬年少无知，尚可雕琢，乞大王饶他一命，下官定将痛责之，严加教管，再不生是非！”

李世民经瑾琋彻夜温存抚慰，已冷静下来，不愿闹得满城风雨，丢尽自己的颜面，就不想做得太绝，提出两个条件：第一，他要代休德“管教”儿子一日，休德先回去，他自会送贺洵回家；第二，贺洵回家须谨守秘密，闭门谢客，两个月内，赴马邑从军，防御突厥，如有违背，杀无赦。

休德连连叩首谢恩，奉上厚礼。

李世民勃然大怒：“你当此为何事？我收你的财帛算什么？我既饶他一命，按我说的办即可！”

“是，是！乞大王恕罪！”休德暗骂自己病急乱投医，不曾思虑周全，忙收了礼物回家，苦等儿子。

李世民回宫吊打贺洵，直打得皮开肉绽，哭爷喊娘。随后，以麻布蒙头，草席裹身，校尉将他捆在马上，送还贺宅。贺休德不管儿子如何喊冤叫屈，把他禁闭在家中养伤，不许与外界接触。

至于刘燕婉，李世民怒极，只是顾忌自己和庶女四娘的体面，不能声张，打消了依律处置的念头，命留荑、繁缕把她身上仅剩的遮羞之物剥个精光，捆在密室柱子上，他手持了沾水的马鞭，把燕婉抽得体无完肤，奄奄一息，发配至下房医治、幽禁，对外称刘燕婉病弱，自愿隐居修行。

◑ 7 ◐

一个月之后，贺洵伤愈，按李世民的指令，远别父母，北上从军。

金氏再不见外甥女来访，未免神伤，但也暗自庆幸：“好在，她听董抱娘的话，观春宫图、读秽书，习学房中术以争宠的事没有暴露，否则恐怕性命都难保，连帮她找那些污秽书画的我也脱不得干系。”

张家深觉修德坊乃不祥之地，很快另觅住宅，迁居他处了。

李世民忙碌了一整日，就寝时分才回宫。

瑾琋将睡着的承乾、青雀、阿鹦交还各自乳母带回，亲拿麈尾在卧榻上拂了几拂：“听说贺洵从军去了。这等浮浪子弟，历练摔打一番，未始非福。”

对于燕婉，瑾琋唯有遗憾：“我不愿把光阴、精力耗费于后院争斗，只能将危险的火苗扑灭于萌芽状态，譬如，你，刘燕婉。”

李世民解下腰间横刀递给繁缕，说道：“那就看她的造化了。我言而有信，不会刁难她。”

瑾琋披散了浓黑的长发，认真地问：“二郎，但凡男子遇到此等事体，都会因恼怒而不能冷静处之吗？”

李世民愣了一愣，不快地说：“自然。你问这个做什么？观音婢，你是贵家仕女、王妃，这种事不是你所当问的。”

瑾琋娇笑着倚上他的肩膀：“呵呵，我只是想，假如男子的这种心绪被用心良苦之人有意利用呢？譬如二郎，刘燕婉前一日还是你的爱妾，后一日就几乎活活被打死，怎会如此狠心？”

李世民凛然道：“哼，打她是轻的！我并非怀有妇人之仁，若不是顾忌天家体面，岂容奸夫淫妇苟活于世！”

两人之于这个话题的所思所想，全然不在一条车轨上。

“天下男子于此，究竟都是如出一辙的。”瑾琋默默地看着玳玳撤去榻上的凉簟。秋天来了。

侍婢们奉上宵夜，李世民唤道：“观音婢、观音婢，你来坐着，与我论一论魏文帝的政绩吧！”在洛阳宫，他曾想让韦珪谈论这个话题，但韦珪只懂得诗文。

瑾琋嫣然一笑，揭开花鸟纹鎏金三足银樽的盖子，用长曲柄鱼尾银勺舀出泛着琥珀光的黄醅酒，倒进他面前的那只双鱼大雁纹荷叶形银盏：“魏文帝推行屯田，施行谷帛易市，至黄初末，国库充盈，累积巨万；废除不合理的禁令，减轻关税，禁止私仇，广议轻刑，与民休养，提倡节俭、薄葬，禁止厚葬、淫祀，且身体力行，预作《终制》，驾崩后不树不坟，是以北方重现民康物阜。民生、物力实为国家之根本，而民生富庶与物力丰饶皆有赖于民力，魏文帝将养民力，巩固了国家的根本……”

李世民微笑颔首。瑾琋明眸潋滟，波光流转，把他吸入了五光十色的无垠深海。

“欺心害主的女人都不应该有好下场，狐媚惑主的女人亦然。她们殊途同归，是一类人。让这种女人得志的男人也该受到教训。”在搬家的骡车上，董抱娘对松奴说。

七月二十八，贺洵赴那子虚乌有的保唐寺之约，按事先与松奴商量好的，不带家奴，乘松奴驾驶的送货驴车，以便到了地方，妙楚儿上车与他巫山云雨，松奴在外望风，自可瞒天过海。

“车窗下那香球里有苏合香，把车里熏香了，你好办事。”松奴眨眨眼，压低声音说。

贺洵喜得抓耳挠腮，点燃了香球中的炭，道：“啊？小松奴，你懂得的不少嘛！哈哈哈！”

“我看你昨晚没睡足的样子，又喝了酒吧？坐稳了，小睡一回，好见都知娘子！”松奴扬起鞭，驱动了驴车。

贺洵做了一个很长很长的美梦。

在他的梦境之外，观音寺耍“种铜钱”幻术的艺人在董抱娘需要的时点把铜钱抛向了围观人群的背后。

抱娘与隐藏于人群中的艺人们无声无息地接近燕婉，暗中把铜钱不断地抛撒在人群中，延长这场混乱……

抱娘顺利地靠近无助的燕婉，搀扶她摆脱了狂热的人群：“瞧承衣出的一脸汗，真是可怜见的！”

董抱娘摸出罗帕，为她擦掉鼻尖和人中处渗出的薄汗，盖好凌乱的幂篱。

燕婉感到罗帕擦过之处有一缕清风吹来，仿佛春日的雨丝沁入干涸的农田：“啊，真舒服！”

她很快歪在了抱娘肩上。抱娘把她送进贺洵所在的客室，推开松奴走时虚掩的门，将她置于榻上，闩紧房门，手脚轻柔地脱光他俩的衣服，摆出四肢纠缠之状。

再抽出藏在怀里的一小节纤巧的竹筒，拔开筒盖，将装在其中的稍经发酵、略带酸味的米汤涂一些在贺、刘二人的贴身衣物上，余下的倒入屋里的一盆水中，再把面巾泡进水盆。

这个法子，是瑾琋借鉴洛阳宫彭给使伪造韦尼子强暴案所用的“道具”，教授给她的。盆和面巾则是观音寺备好供宾客使用的，松奴走之前，从屋角的小水缸舀了水盛在盆里。

最后，抱娘蒙住自己的口鼻，取出一小块纸包的香粉团放入室内的博山炉，扔在原有的香粉里，点燃炭火。

让贺洵和燕婉再多做一阵子甜梦吧！万一半路醒了，这个游戏就不好玩了。

抱娘滑开一半门闩，开门走了出去。两边无人，她掏出腰间薄薄的尖刀，经门缝插入门闩中间部位，抬起来，拨回去，把门重新闩好。待午后，捉奸的人来了，撞坏门闩入内，自然会掩盖那道刀痕。

瑾琋赠予她和侄儿安家立业所需的一切。只是，她无法告诉任何人，她的真名不叫“董抱娘”，她是“鲍奉仙”；她不曾嫁给陈姓人家，并无儿女在世，前夫是宋金刚；“陈松奴”是她的娘家侄子，一个跟着她长大的孤儿，真名“鲍士鹏”。

她此生再也无法回乡。但她并不留恋，家已不在，无所谓故乡。

第四章 明争暗斗

1

前几日操心别的事太多，未曾留意周遭风景，瑾琋一梦醒来，世界仿佛在一夜之间变色，夏日里郁郁葱葱的树木染上了层层金黄，天高云淡，初秋的风不骄不躁地吹过。

她率领孺人申慜娘、贵人杨修能、刀人姜澪儿及几个孩子游逛戏耍一阵，小孩子们都饿了。青雀、阿鹞的乳母抱了小兄妹下去喂奶，承乾、千光照、阿二由各自的乳母、婢女照料着一起吃饭。

近来，作为对儿子东征赏赐的一部分，李渊令瑾琋为李世民遴选新的媵妾，并依瑾琋的提议，下敕礼聘十三岁的士族闺秀燕芃为秦王贵人，额外遴选数名宫婢，一并赐入秦王府，其中包括三年前籍没入掖庭的前隋左翊卫大将军阴世师之女阴兰因。

燕芃的祖父是前朝（隋）幽州总管燕荣，父亲燕宝寿未出仕便已经去世，母亲是前朝（隋）观德王杨雄的第三女。燕芃刚刚进府，瑾琋除了例行的媵妾定省主母之礼，私下交往并不召她。澹台徽看护生病的李宽，郑蔚则是因怀孕，每日无尽地呕吐，窝在居所养胎。至于杨陆离，但凡申憋娘在场，照例不乐意凑趣，瑾琋也只当没有这个人。

她用浆糊粘一册手抄书卷，不时转头看看三个孩子吃饭的可爱模样，忽一眼瞥见修能盯着食案上的“逡巡酱”偷咽口水，便让她也去吃。

憋娘笑道：“逡巡酱用羊肉混合鱼肉捣烂制成，拌在饭里很香，不怪孩子们爱吃。”

瑾琋抬头答道：“不少成人也爱吃。譬如我堂兄。”她指的是长孙安世。

待孩子们餐毕。瑾琋与憋娘、溽儿一道用了饭，让她俩带领修能、千光照和阿二回去歇息，承乾也跟乳母退下。

俄而，李世民回来了，一进门，就夺了案上的浆糊：“观音婢为何亲自粘书卷？纵然不放心交给粗使宫婢，留荑她们也做得。”

瑾琋笑答：“我也做得。”

“我不喜欢你做使役之事。”李世民正色道。

“那你喜欢我做什么？”瑾琋把头一歪。

“饫甘餍肥，高高在上，不为俗务操心劳力。”李世民不禁微笑。

瑾琋春山含笑，作势下拜：“妾叩谢大王眷爱。”

李世民将她拦住：“谢有何用？横竖你也不听我的话。”

二人正在说笑，五谷急急慌慌地来报，李渊召李世民立即赴甘露殿觐见。

“大王当心些，奴婢里面的朋友私下里传给我消息，说至尊的面色很不好看。”五谷满脸凝重地提醒。

“里面的朋友”，便是指瑾琋于武德元年武库公事房香球纵火案中提携的小给使御寇了。

瑾琋亲为李世民系冠带，问道：“可知所为何事？”

五谷咂舌道：“唉，两件，竟然凑到一处了……”

一件因淮安王李神通而起。神通是李渊堂弟，现任宗正卿、山东道行台尚书右仆射。李世民平定洛阳后，颁发王教分给堂叔数十顷良田。张婕妤之父也看上了这块地，李渊应张婕妤之请，手诏将该处田产赐予其父。张家兴冲冲地去收地，神通也是认死理的犟脾气，使家奴成群结队堵在路上，坚持说王教分地在前，这块地是淮安王府私产，不能拱手相让，并指着张父鼻子大骂："你要，也该出价来买！还得我愿意卖与你！"张婕妤气个仰倒，在李渊面前告了刁状："敕赐妾父的田地被秦王抢去给淮安王了！"

另一件因尹德妃之父尹阿鼠而起。阿鼠仗势欺人，天策府兵曹参军、陕州总管府长史杜如晦骑马行经尹家大门，阿鼠的数名家僮以他路过不下马为由，将他拦截殴打。阿鼠害怕李世民奏闻李渊，指使尹德妃恶人先告状，说秦王左右凶暴，凌辱她的父亲。

"这两件事情的经过、是非曲直，外面都知道，大王不想和那两家暴发户计较，并未介怀。谁料她两个来这一手。"五谷忧心忡忡的。

瑾琋看了看李世民勃然作色的神情，轻捧起他的脸庞，叮嘱道："答应我，忍！"

比至御前，李世民就明白了，今日之事，不忍也不行。

李渊全然不听他的辩解，捋起袖子怒责："天子诏敕居然不如你的王教！你的左右连德妃的家人也要折辱，平日该如何肆无忌惮，欺压百姓！你切莫以为自己打了几场胜仗，就忘乎所以！"随即喝令他立即回家思过。

望着次子郁积难平的身影消失在两仪殿门口，李渊长叹了一声。

他明知尹、张二人的一面之词不尽可信，但他不需要调查对质。孰是孰非无足轻重，抓住机会警示李世民，防止其滋长野心，才是目的。

适才躲在隔壁的裴寂走了出来，满脸写着四个字——心同此理："陛下息怒，务要珍重龙体为是。爱之深，责之切，秦王若存人子之心，当深体陛下苦心。”

李渊指指殿门的方向：“我家二郎带兵日久，在外独断专行惯了，被房玄龄、杜如晦那帮读书汉教唆，不是我昔日的那个儿子了！德妃和张婕妤对我哭诉，俟我百年之后，如秦王得志，她们母子谅难保全，东宫慈厚，必能善加养育。而今看来，此言不差。太子宽仁持重，宗庙社稷唯有托付于他，别无他选！”

他要借裴寂之口，将自己维护建成储位的决心传达出去。

消息传到东宫，李建成正与僚属论议均田制和租庸调制的推行情况。

“知道了。”他淡淡地回应了带话的给使，把手中的卷轴轻轻放回案上，笑对众人说，“我朝开国即厉行均田，十八岁以上的中男和丁男，每人受口分田八十亩，永业田二十亩。又推行租庸调制，百姓可以纳绢替代徭役。是以万民乐业，农耕恢复，府库日益充实。见此，我心甚慰。”

僚属异口同声称颂：“均田制和租庸调制皆赖殿下辅佐至尊颁行，虽不如在外征战显赫一时，实则泽被苍生，功在百代。”

会商结束，建成召来元吉吩咐：“你去告诉尹德妃、张婕妤，我自会挑选良田美宅赠予她们的母家，何须在二郎那里自讨无趣！呵呵——”

李世民回到承乾殿，寻不见瑾瑜，失落之余就有些恼意，问服侍他脱靴更衣的宫婢们道：“王妃何在？”

“王妃带着世子出去了。”玳玳抱着他的袍服回话。

李世民眉峰高耸，厉声追问：“去往何处？”

“奴婢等不知。”众婢女连忙缩身垂首，躲避风头。

“她这几日不是粘手抄卷，就是到处乱跑。要我忍，我忍了，她放着家里的事不管，又去哪里找人闲聊、玩双陆！”李世民嘟嘟囔囔，踢了坐榻一脚。

众人想笑又不敢笑，牙关咬得酸疼。

瑾瑜携承乾依次去了尹德妃、张婕妤所居殿宇，将带来的金银珠宝在她们面前堆成小山，赔笑道：“您是至尊的爱妃，他是至尊的儿子，但请您大人大量，不要与他计较。他就是那般执拗的脾气，在家里对我们也是如此，其实并没有不敬之意……一会儿，我还将求见至尊，代他赔罪……”

珠光宝气软化了尹、张二人绷紧的脸。出身高贵的秦王妃恭敬地恳求，也给予了她们卑微的灵魂以莫大的虚荣与满足：“秦王妃诚意相赠，我若不收下，便是无礼了。只望您回府后好生劝谏秦王，我又怎敢与他记仇呢……”

李世民在洛阳为瑾瑶置办的贵重首饰、珍奇玩器，很多都还没有用过，此次几乎全送了出去。

“舍不得，也得舍。”从张婕妤处赶往两仪殿的路上，瑾瑶握紧娇小的拳头，置于膝上。

李渊听说瑾瑶携承乾求见，对其来意了然于胸，念及这孩子贤惠温淑，孝事翁姑，和睦妯娌，又生了两个宝贝孙儿，有点儿心软，但为了给足次子教训，故意让她母子等了好一阵才命传召。

瑾瑶进殿，奉上礼物，拉着承乾跪拜，说了点儿问安的套话，李渊也不出声，且听儿媳有何话说。

瑾瑶以额触地，言辞恳切地上奏道：“二郎年少不知世故，既有措置不当之处，陛下不加溺爱，严于管教，实乃陛下之圣恩，惠泽于他。他并非不明事理之人，定会痛切自省，勤慎恭肃以奉公。妾伏乞陛下，宽宥其过，以观后效。”

李渊沉默了一阵，缓缓说道：“他是我的儿子，这一点儿事情，只要他痛改前非，我当然既往不咎。”

瑾瑶叩首称是，承乾也随母亲行礼。李渊看着孙儿娇憨虔诚的模样，再也拉不下脸，命宫婢把他牵上来，抱在自己膝上，笑着与他说话，又问青雀、李恪和阿鹞的近况，瑾瑶拣那童真有趣的事情一一回禀，李渊边听边笑，频频点头，再问：“宽儿呢？”

瑾琋奏报了李宽的病情。

“那孩子素习体弱，一定要好好将养。”李渊联想到惨死的五郎智云、早逝的三郎玄霸、嫡长孙承宗，止不住地心酸，摸着承乾的头顶，对儿孙辈的疼惜之情自心底奔涌而出，冲淡了今日不悦的心绪。

◑ 2 ◐

瑾琋应酬半日，倍感疲乏，回承乾殿，把承乾交给乳母，独自踏入寝殿。

眼前的琉璃雕镂牧马屏风，脚下临门窗的地板、幔帐都抹上了柔和的红黄间色。太阳快落山了。玳玳等数名侍婢和五谷、丰登两名给使值守于此，殿内空旷寂静。

五谷指了指西面，低声禀告：“大王在偏殿。还有，杨孺人……”

瑾琋用沉默掩盖了内心泛起的酸涩，入内坐下休息。

葛花饮的热气袅袅娜娜自曲足案上升起，冲在书卷上。她把卷轴移开了一些。

李世民也不明白，但凡心里有气，就想找陆离泄火，原因何在？今日又复如此，也算陆离倒霉。

折腾了一个多时辰，那只在陆离身上游走的大手终于停住，抽开，手的主人依然闭目仰卧，问道：“恪儿可好？”

“还好。谢大王垂爱。”陆离口才平庸，尤其面对李世民往往不知所措，只吐出淡而无味的几个字。

自从怀上李恪，她与李世民单独相处的机会并不多。这场久违的相会，她未曾感受他的柔情，却深切地体察到一股如地底岩浆般翻滚的怒火。只是她不清楚所为何事。

与全身的酸疼相比，这最后时刻的温情问候真可令她敝帚自珍了。

李世民披衣起身道：“你歇歇就回去吧。若懒待动，在此歇一宿亦可，今夜不会再有人过来。”

他钻出帷帐，唤婢女帮他穿戴，一会儿便没了声息。

李世民回正殿了。陆离莫名怅惘，滴下几颗泪珠。

五谷在寝殿外间坐着，与玳玳闲扯，瞟见李世民的身影，正坐禀道：“奴婢等恭迎大王。王妃午后先入后宫探望尹德妃和张婕妤，后赴两仪殿觐见至尊，黄昏时已回殿。”

“什么？！”李世民冲着五谷喝问，仿佛要将他拎起来。但终究抛开了他，亦不需要他的回答。

不用问，他也能猜出瑾琋为什么去的。

李世民快步绕过屏风，穿破帷幔，步入内室。

瑾琋伏在案上，枕着一卷书睡着了。婢女们为她披上了薄被和斗篷，在两侧守护着。

李世民轻轻把瑾琋抱到卧榻上，繁缕和留荑协助他将她平放好。

案上的灯火柳昏花暝，映照着她读过的书——《史记》，正翻到《淮阴侯列传》一篇：“淮阴屠中少年有侮信者，曰：‘若虽长大，好带刀剑，中情怯耳。’众辱之曰：‘信能死，刺我；不能死，出我袴下。’于是信孰视之，俛出袴下，蒲伏。一市人皆笑信，以为怯。”讲的是西汉开国名将韩信少时忍受胯下之辱的典故。

“二郎——”绵软的声音从背后传来，瑾琋醒了。

他转身按住她的双肩，制止她起身，默然凝视片刻，总算说了出来：“娶你之前，我就说过，不让你受委屈的。”

瑾琋抬起左手，覆在他的右手上：“你记得《论语·卫灵公》是如何说的？”

“子曰：‘巧言乱德。小不忍则乱大谋。’”——他当然记得。和韩信的故事有相同的寓意。

两人早早洗漱安歇。在枕上说了一回话，瑾琋的后颈开始被李世民滚烫的嘴唇碾压，手也探进她的怀中，试图往衵子里钻。

她挣脱道："二郎，睡吧。虽然年轻体壮，筋力强健，然为长远计，也要着意养身，有所节制才是。"

李世民噎住了，俄顷，叽咕道："我今日一时气恼难消，你不在……"

无人应答。等了一等，枕边响起女子均匀的呼吸声。

他探过去查看，却不是装睡。瑾琋果真吐气如兰，眼睫毛在下眼睑上扇形铺开，沉入了梦乡。

◑ 3 ◐

次日，李世民难得清闲，邀瑾琋随他微服出宫，骑马游览。不可言明的原因是想弥补昨日的"过失"。

马儿一颠一颠地缓步行在长安城西的官道上，瑾琋渐觉有点儿晕眩，攥紧缰绳，埋头耸肩，身体忽上忽下，脑子里一根弦紧绷，想着下一刻也许就摔下马去，手心全是汗。

李世民打趣道："你不是在骑马，是在被马骑。"

"二郎，我有些晕眩。"瑾琋的脸上也褪了血色。

李世民连忙命随从接管王妃的坐骑，自己把瑾琋抱过来，侧坐于身前："你必是劳累所致。回家就请医诊脉，滋补方子都用起来。"

一行人进入光德坊，路过一所浑朴宏伟的宅院。门可罗雀，与宅子的规模、气派很不相称，紧闭的大门透出一股萧索的气息，坐落于因洛阳、山东河北相继平定而呈现一派欢乐祥和景象的长安城，好似一个落寞的局外人。

这就是瑾琋堂兄、王世充旧部长孙安世的住宅。

李渊处死了在河北民望甚高的窦建德，把王世充全家贬为平民，流放蜀地。王氏全家暂居雍州驿馆等待押解之时，与王世充有杀父之仇的定州刺史独孤修德设计闯入，诛杀了王世充及次子王玄恕。

长孙安世蒙李世民求情，没有获罪，赋闲在家。他保全了身家，精神却受到重创，闭门谢客，颓唐地混日子。因顾虑他的脸面，李世民和瑾琋暂且不便与他相见。

“现今李药师（李靖字药师）辅佐赵郡王，率领巴蜀兵顺流而下，庐江王出襄阳道……三路合兵攻打南方萧铣，势如破竹，已兵临其都城江陵城下，那片南到交趾、北临汉水、西达三峡、东及九江的广袤沃土、鱼米之乡，不日也将尽归大唐。届时，又要有多少人步王世充、窦建德后尘？像你堂兄这样的结局还算好的了，却不知他终日苦闷沮丧，是为什么？”李世民在斗篷的遮蔽下，揽住瑾琋的腰肢。

“他需要一些时日，勘透人事。”瑾琋并不担心。

他们行至一个十字路口，一列车马从面前穿行，往城北宫城而去。两人勒紧缰绳停步，静候这队车马通过。

等待西市开市的人群开始嘁嘁喳喳。

有消息灵通的人说：“那车马押送的是王世伟和王玄应的女眷。王世伟、王玄应两叔侄在流放途中谋反被诛，眷属籍没为宫婢。至尊以秦王一战定两王的功劳，把王玄应之妻韦尼子和王世伟的一个女儿王菩提赐入秦王府为婢。秦王迁居弘义宫，这是往那儿送呢！唯有王世充本人的妻妾得到赦免，安置在蜀地，赐予田宅恩养。”

一位赶着一车关中绿柰[19]预备送入西市果子行贩售的少年说：“王家男丁绝灭无人，剩下一帮寡妇孤女，朝廷有什么不放心的，留着命就是了！”

19　果实名，林檎的一类。

瑾琋与李世民耳语道：“我该恭喜二郎，再得美人？”

“你……呵呵。”他险些要吻她，陡然想起此刻光天化日，大庭广众，忙打住了。他对年龄偏小的韦尼子、王菩提都无兴趣。

瑾琋对韦尼子却颇为怜悯：“小韦尼子于豆蔻年华被家人嫁给王玄应，尚未及与夫君心心相印，就在及笈之年家破人亡，成了孀妇，沦为宫婢。对命运的安排，她都身不由主。我决意不给她姑嫂二人安排任何役使，辟一间单独的住室容她俩栖身，另按留荑、繁缕的份例供给服食。小韦氏可与娘家通信。二郎意下如何？”

“好。随你。”李世民由衷地感佩。《道德经》有云，上善若水。他想，他的妻子瑾琋真正是水一般的佳人啊……

回宫。瑾琋的晕眩感神奇地消失了。李世民仍不放心，延医问诊。医师判明，没有疾病，是劳累所致，进补休养即可。

李世民埋怨道：“谁教你粘那手抄卷？不听我言，身子吃亏了吧？”

“你小题大做。粘几卷书，能累到哪里去？”瑾琋哂笑道，“平日凡事都有人服侍。粘粘书，是一种乐趣。”

“不许。”李世民不接受她的说法，“我们即将迁居弘义宫，人手更加充裕。今后，这种事一概不许你做。”

瑾琋微笑缄口，不再争辩。虽然观点不同，但那毕竟是他对她的爱护。做人不宜当面拂逆别人的善意，对亲人犹需敞开最大程度的包容心。

◑ 4 ◐

武德四年十月，李世民举家迁入长安城西北的弘义宫。

瑾琋挑了天气晴和的一日，带孩子们游览新居园林。庶出子女的生母，除了杨陆离称病，全部奉召同行。一大帮人，浩浩荡荡涌入弘义宫占地最广的一座花园。

比之宫城内的承乾殿，弘义宫位于城西北高地，自成一体，规模宏大许多。

中轴为三重主殿，最外为戢武殿，供李世民公务之用。中间一重为崇文殿，李世民自洛阳凯旋，于此设立“文学馆”，荟萃杜如晦、房玄龄等十八名才俊，挂名“文学馆”，实则常与他议论政事、典籍，时称“十八学士”。第三重为翠华殿，居高临下，易守难攻，是李世民夫妇的起居之所。

主殿之外又有多所偏殿、楼阁，以回廊重重相连，由外及里，鳞次栉比，分别安置王府卫队、值守属官、给使、宫人及李世民的媵妾、儿女。例如，杨陆离居住在邻近翠华殿的一所偏殿——贻椒殿，花椒寓意多产多子，殿名取自《诗经·陈风·东门之枌》的“视尔如荍，贻我握椒”。

最大的一处花园位于翠华殿背后。园中辟出一部分，因地制宜，仿山村胜景，造出一派田园风情。几畦青青田地，一片葱笼果林，一脉苍翠小山，一泓碧玉池塘，小溪澄澈，哗哗地与宫外活水相通，成群的鸭鹅、色色小鱼欢快地畅游其间，旁边搭一间茅草棚，布置成农家酒肆的形制。

几个大一点儿的孩子四处欢蹦乱跳，挖土拔草，玩得不亦乐乎。青雀在乳母怀里跃跃欲试，可惜还不会说话，急得“咿呀”直叫。

承乾和李恪跑到小溪边，蹲在地上捡石头玩，手里攥着小石子，又迈开小腿淌水。

溪虽不深，对三岁孩子也很危险，两个乳母和几名婢女赶紧追上拉着。兄弟俩的小丝履都已浸湿，好说歹说哄回旱地上，准备为他们换鞋袜，以防着凉。

不防承乾发现一块虎皮纹的五彩石头，非要蹲下去捡。李恪也要，两人你扯过去，我拽过来。

承乾大八个月，个子更高，猛然将弟弟一推。李恪摔倒于地，磕破了头皮，额头鼓出鸡蛋大小的肿包。

“哼。谁教你抢我的石头？”承乾俯视着弟弟，不依不饶。

李恪也硬气，瘪着嘴就是不哭。

瑾琋抱着李恪察看伤势，觉得并不严重，命给使丰登用携来的救急盐水、药油给李恪敷伤。又令承乾在自己跟前站好，教导他不可为小事出手伤人。

李恪的乳母也向瑾琋告罪，又告诫李恪：“三郎，这样不好啊，做弟弟的要恭顺兄长，不能与阿兄争抢。你今做错了，合该被阿兄教训，日后再不许犯了啊！”

这番话实际是说给瑾琋的。

瑾琋待她说完，也不作谦让的姿态，只轻声吩咐道：“阿媪，快给三郎换鞋袜。”

兄弟俩换了干爽的鞋袜，众人返回翠华殿。

孩子们个个玩得大汗淋漓，直嚷肚饿。瑾琋命粗使婢女点燃脚炉，抬热水和澡巾来，令各人的随从不必拘礼，就在正殿为孩子擦背暖身，再给他们喝热热的麦门冬饮，吃逡巡酱、菠薐菜拌饭。

李世民回来，见此情景，甚感诧异，命众人免礼，问道：“今才十月，为何就烤火？”一面从乳母手里接过阿鹞逗弄。

瑾琋把刚才的事告诉了他：“……我怕他们受凉，就先在这里暖暖身子、暖暖胃，总归要好些。”

李世民对于两个儿子打架的事，认为妻子和李恪乳母的应对都很妥当。待众人告退四散，便揽住瑾琋，贴着脸赞道：“你真好。”

瑾琋顺势偎进他怀里：“也许有朝一日，你会觉得，我也没有那么‘好’……只是，他们都是你的孩子，依制也是我的孩子，我不能漠不关心。”

李世民抬手摩弄她的脸颊：“这世上能得他们唤作阿娘的人，本就只有你一个。”

那边李恪回贻椒殿，乳母也诉说了今日所经过之事。

陆离问道："你责备三郎，王妃只命你为他换鞋袜？可曾说别的？譬如，'小孩子玩闹不必当真'？"

"不曾说。不过，王妃仁爱，照应孩子们保暖防寒，给吃了热热的饮食。依奴婢所见，大王目睹儿女齐集翠华殿，很是欢喜，和三郎也说了一会儿话。"

"大王听到他们小兄弟俩争执的事，可曾说什么？有未说你教训得太过，或者，世子也应容让弟弟，诸如此类？"

"不曾。"

陆离拿起一方印鉴，赏玩上面的"桐庐"字样，嘴里却说："呵呵，弘义宫内，论'精致'，谁也比不过王妃。"

她心疼儿子受伤，抱着李恪嘘寒问暖，问他还想吃点儿什么。

李恪答："阿娘给吃了好吃的，儿不想吃了。"

陆离心中泛酸，道："你在阿娘那里吃了什么好的？都不领姨的情，姨是亲生母亲啊！"

"逡巡酱、菠薐菜，拌粟米饭。"李恪扳着小手指说。

陆离向孩子乳母抱怨："逡巡酱甚为油腻，粟米粗，菠薐菜从域外舶来还不久，尚不普及，孩子多食未必相宜。你该偷偷地劝三郎少吃些。"

乳母不知如何评论，答非所问："这个嘛，奴婢适才又给三郎喂了一盏热牛乳。"

陆离未免忧心："净是油荤。孩子的肠胃如何克化？"因命侍婢取两种清鲜利口的饮品来，哄着李恪喝下，以助消化。

陆离的乳母郭氏教李恪乳母抱着李恪回房，私下劝陆离道："阿茶子[20]，弘义宫的情势，您已勘透。显见得经历了那么多事，您进益不少。那就不应任凭自己孤立无援。纵使您无欲无求，总也该保护好儿子。您

---

20 隋唐宫廷太监、宫女等对皇帝女儿的称呼，既是敬称，也有亲密的意味。另可称"阿宅家子""小茶子"。

日常除了东宫杨良娣、任城王府叔孙贵人，也懒待与他人交往。武德元年，澹台徽出去，您不愿屈尊去探访她，她来，您又甩一张冷脸，往来也稀少了。”

陆离把“桐庐”印鉴放回漆盒，立起身辩解道：“我并未忘记自幼相伴的情谊。宽儿每次生病，我都去问候。”

“那也没有几次啊！再者，那种时候，您去，别人也去。”郭氏掀开屋角的楠木黑漆嵌螺钿箱，取出一包补品，“亲戚不走也不亲，您且访她一回，恢复走动可好？显得您豁达，秦王也喜欢，对儿子也有利——这是檀州产的人参，滋补极好的。”

陆离摆弄着襦裙的系带，因思量着，澹台徽好比童年玩伴，自己主动去看望，并不算妄自菲薄，勉为其难地点了头。

澹台徽见陆离来了，大感稀奇，但仍热忱地呼她“阿茶子”，解释说李宽在睡觉，不能拜见，请陆离至上首安坐。

炉火上烧着梨子，郭氏笑道：“打小起，阿茶子和阿徽，你们两个就喜欢这口‘炉端烧梨’。”

因郭氏的一句话，两人不约而同地沉入那一段无忧无虑的童年回忆，流露怀念的微笑。

“这是常山真定梨，还是郑州鹅梨？”陆离发问了。

澹台徽举着火箸翻了翻梨子，笑答：“这是青州水梨。”

突然，她脑海中早已泛黄的一片枯叶飘飞起来，强迫自己转移思绪，教萱草给每人的饮品加点儿蜂蜜。

陆离却是什么也没有回忆起来，只说：“三郎也睡了，不能带他来。”

“兄弟们得空多聚聚是极好的。”澹台徽示意粗使婢女切梨子，“等长大了，各自去了封邑，就难见面了。”

李恪于武德三年六月受封长沙王，李宽出嗣楚哀王李智云，承袭楚王，论品级比郡王高，但因过继出去了，身体也不强健，郭氏常劝慰陆离，教她不必羡慕。

在澹台徽那里吃喝叙谈一阵，陆离告辞回家。她虽不喜欢以媵妾的身份与憋娘等人扎堆凑热闹，其实也喜欢游赏散心。

与承乾殿相比，弘义宫堪称天高地阔，但迁入以来，她尚未认真游览过。回贻椒殿的路上，她就带着郭氏和两个随行宫婢，绕路缓步观景。

殿阁之间点缀有形态各异的树木、绿地、花圃和庭园，星罗棋布，令人目不暇接。

转过一弯回廊，遍地秋菊，泥金万点，花香淡雅，簇拥着一座名为“清芬殿”的小巧殿阁。相对是另一座偏殿，名为“溱洧殿”，门前环绕芍药圃。今岁花季已过，来年花期尚早，可以想象暮春时节，这里红、粉、黄、白、绿、紫竞芳争艳，单花瓣、多重花瓣露华浓醉的绮丽景象。

两座殿宇以阶柳庭花相间隔，庭院中回荡着清亮悠扬的笛声，是溱洧殿传出来的。

正有一名侍婢立于溱洧殿廊上，与另一名侍婢交涉：“朝颜，燕贵人要读书，能否请杨贵人不要再吹笛子了？”

朝颜答道：“夕雾，杨贵人每日吹笛不过一两个时辰，昔年在太极宫承乾殿与一娘同住，一娘未有烦言。不知燕贵人读的什么书，天天从早读到晚，若要时时顺着她，别人就都不要出声了。”

◑ 5 ◐

搬来弘义宫，千光照跟着生母憋娘居住，杨修能入住溱洧殿，与住在清芬殿的燕芃做邻居。李世民尚未视她二人为媵妾。

《诗经·郑风·溱洧》有云：“溱与洧，方涣涣兮。士与女，方秉蕑兮……”这就是“溱洧殿”的由来。

郭氏扯扯陆离的袖子："两位贵人势同水火，阿茶子，我们可别卷进去，快走吧。"

陆离应了，一行人匆忙绕行离去。

她忽然意识到，两位贵人的本宗与自己都可谓"仇家"：杨修能的叔伯、生父造隋炀帝的反，兵败被杀，修能以隋朝楚景武公杨素孙女的出身，沦为隋宫宫婢五年，合家男丁只剩异母弟杨台一人；燕芃的祖父燕荣是前隋著名的酷吏，被隋文帝赐死，父亲燕宝寿因此未能出仕，终其一生只是个无官无爵的普通士族男子，影响了燕芃的婚事，未能及早订立姻缘，以致这位前隋观王杨雄的外孙女无法逃避皇室采选，成了秦王的媵妾。

"结果，我与她们同归殊途，都给了李家，做媵妾。"陆离苦涩地笑了。

朝颜和夕雾的唇枪舌剑逐渐升级。

夕雾卷了卷上襦的窄袖："燕贵人爱读书是务正业，到哪里也说得过去。"

朝颜眉毛一挑，憋了许久的一团火喷薄而出："你的意思是，吹笛是歪门邪道？"

"燕贵人说，丝竹之乐是扰乱心神的靡靡之音，读书守礼才是女子的正道。"夕雾叉起腰，胸有成竹，可随时接招。

"狂妄！"朝颜伸手戳着她的额头，"至尊及秦王都善弹琵琶，通晓音律乐舞，王妃抚得一手好琴，你在指桑骂槐地说谁？"

夕雾吓傻了，一时语塞。

朝颜得意地"哈哈"笑出声，修能闯了出来，"别吵了，找王妃评理去！"边说边往前面跑。

朝颜和另一婢女桔梗紧跟在后，一溜烟地不见了。

夕雾不甘示弱，"咚咚咚"奔回清芬殿，和一个叫"薜荔"的侍婢一起将燕芃拖出来："贵人，咱们不能听凭她们告偏状，自己吃哑巴亏！"

"唉，算了吧，勿把小事闹大。我不与人武，要以理服人……"燕芃唠叨着，到底架不住夕雾和薜荔一个拉、一个推，跌跌撞撞地撵了上去。

朝颜、桔梗跟随修能跑到翠华殿，忽见台阶上出现一个熟悉的身影，怛然失色，嚷了一声："贵人，大王在此！"齐齐止步，躬身行礼。

修能跑得快，闷头赶路，刹不住车，一头撞在李世民身上，仓皇跪地求饶："大王恕罪！"

李世民今日心情尚可，没有发怒，只觉啼笑皆非："你今年芳龄几何？"

"妾年满十四。"修能尴尬地笑答。

"我以为你只有四岁。"李世民摇摇头，"你素日与千光照要好，她比你还小五岁，如何长成天悬地隔的两种人来？"

燕芃抵达，目睹此景，想避也是不能，只得整装行肃拜礼："大王万福安和。"

李世民见这个女孩儿与修能年龄相仿，却是正色端操，蜗行牛步，因问："你是谁？"

"妾乃新进贵人燕氏。"燕芃害羞地垂首回答。短短的一句话，声音越来越低。

李世民仅仅在她进宫行参拜之礼时见过一面，难怪认不出来。

"你们来向王妃定省？这个时辰还早了些吧？"他换了审问的口吻。

看这两拨人都流露汲汲之态，就知绝非"定省"这么简单。

给使秦五谷出来打岔了："王妃请二位贵人进殿。"

修能、燕芃跟着李世民入内，重新向上行礼，然后，一左一右，在下首相对而坐，视线无意中碰到一起，立即别开，瞥向彼此的斜上方，互不理睬。

瑾瑶扫了两人一遍，对于她们究竟有何过节深感好奇，笑问："二位有什么事吗？"

"回禀娘子，也没什么大事。"修能瞟了燕芃一眼。

李世民皱皱眉，打算把她们赶出去："既然并无大事，就不要闯到翠华殿来，自去找女官们裁夺。王妃一日有多少事，不能再为你们操心。”

瑾琋按住他的手道：“大王，目下无事，听她们说说。”

修能来了一通竹筒倒豆子：“启禀大王、娘子，妾每日练习吹笛，雷打不动。燕贵人每日除了定省、用膳、梳洗、就寝、散步，竟是时时刻刻读书。妾每吹笛，她必遣人制止，说妾扰了她读书，致使妾无法如常练习。妾在自己的居所吹笛，不明白她为何干预？凡她不读书的时辰，妾亦无法吹笛，而凡是妾吹笛的时辰，无论何时，她必要读书。此等怪癖的习性，妾委实难以迁就。”

李世民哪里有耐心裁判这种小孩子之间冲弱寡能的吵吵闹闹？往凭几上一倚，换了一个舒服的坐姿，一切全交瑾琋处置。

燕芃察觉到王妃投来探询的目光，未免踧踖不安起来。

自出生起，她一直受到父母、兄长的悉心呵护，成长轨迹可谓安常履顺。因祖父燕荣是臭名昭著的一代酷吏，燕芃父母之于儿女的德行操守极其重视，在对燕芃的教育上，以女教之书及立意庄重、用语典雅的诗赋古文为主，把一应乐舞音律、抒发儿女情怀和生活情趣的诗赋绘画视作洪水猛兽，不令其接触。自父亲燕宝寿去世，寡母杨氏更是严密地将她保护在父母设定的框架之内，唯恐女儿误入歧途。

燕芃几乎一分不差地长成了父母期许的模样，兼以年纪尚小，经历单纯，见修能所言句句属实，就不知如何辩驳，待要不辩，又觉得自己勤奋好学也没有错，虽保持着肃然危坐的端庄姿态，脸蛋却已不由自主的涨红了：“事情确如杨贵人所说。她吹笛的时间飘忽不定，事先也从不知会，妾秉承家训，每日读书皆有计划，亦是雷打不动，必须做足一天的功课才得休息。她一吹笛，妾就一个字也读不进去。”

李世民耐住笑意，绷着嘴唇望着瑾琋，传达她能读懂的含义：“快打发她们走。”

“吹笛、读书都不一定要在屋子里，多在户外走动别有一种乐趣，于养生也大有裨益。尤其你们年幼，时常在外走走，个子亦可长得更高些。翠华殿背后即为弘义宫最大的花园，在那里做什么都不会扰人，亦不怕人扰，明日上午，修能就去那里吹笛，燕贵人在家读书，下午则换过来，以此类推，形成定例。”瑾琋稍作停顿，看她们均无异议之意，微笑道，“如此，就按我说的做吧！”

两人领命退去。到了溱洧殿与清芬殿之间的庭院，燕芃提醒修能：“幸有王妃明断。既是遵王妃之命行事，请杨贵人莫忘了明日上午去花园吹笛——不是咱们两殿之间的小庭院，是这翠华殿后面的大花园。”

修能忍不了，嗤笑道：“在你这位女学究眼中，我就是那般愚笨。我自然不会忘。倒是你整日读书，糊了脑子，回清芬殿写个条幅贴在壁上为好。”

她猝然回首，燕芃退步不及，几乎碰上对方的鼻子。

燕芃恼了，却恪守闺教不敢发怒，退后一步，脸上带出一点儿衔冤负屈的神色：“杨贵人，我礼让了你这些日子，请勿要动辄出口伤人，可好？”

“呵！你每常教你的侍婢说，调丝弄竹可致女子歪心邪意，绝非正道。就不是伤人吗？”修能偏要进逼一步，甩了个脸子，转身回溱洧殿，一侧肩臂就撩了燕芃一把。

燕芃平日读书多，活动少，不及修能灵活有力。且修能憋着一股气，转身的力道较大，这一撩，竟把燕芃掀得一晃，头磕在一棵树上，蹭掉一块油皮，鼓起一个拇指粗的青包。

燕芃满腹委屈，回到清芬殿，怀想娘家的和睦温馨，思念母亲和兄长燕弘嗣，擦了药油，便蒙进被子里，流了好一阵眼泪。

那边李世民却再也撑不住，大笑道：“一个傻，一个呆；一个疯，一个木。那个燕氏，幼年为有名的神童，其兄燕弘嗣教她读《上林赋》，过目成诵。如今看来，她的所谓好读书，怎及你通透洞明、学以致用呢！”

瑾琋心说：“你已作此想，那就对了。这便是我让你旁观燕芃与修能吵架的目的。呵呵——”口中却道：“我对燕贵人尚不熟悉。修能，这几年看下来，天性甚好，不然千光照也不会与她投缘。”

李世民没有兴趣继续这个话题，见她今日梳的是抛家髻，插着一支式样朴拙浑厚的金簪，深赤色，纹饰简单大方，簪头镶嵌一颗红色珊瑚珠，便伸手摸了摸：“还有一支嵌翡翠的，比这个贵重，你戴着一定好看，可是拿去给张婕妤那个贱人了……”言及此，脸色沉了下来。

“该有的，总会有。”瑾琋扶着他肩膀倚过去，下巴轻轻磕在他额角上。

“不好！观音婢，你胖了！”李世民握住她的下巴。

瑾琋一惊，摸摸脸蛋，卡卡腰肢，并未感觉有哪里胖了，不满地问：“怎么会？”

李世民捻着她滑腻似酥的下巴颌，用力一夹，挤出两层肉皮，笑道：“下巴变两个了，还说不胖？”

瑾琋怔了怔，两腮泛起桃红：“我让你使坏！”抓起案上的白瓷莲瓣座灯台，要打他上臂。

怎奈先天体力就有天壤之别，何况她原本不曾使出大力，更加敌不过，瞬间灯台已换到他的手中。

“哈哈哈——”李世民笑着按住她，“慢打……”

二人打情骂俏，五谷有急事也不敢闯入，躲在殿门外大喊：“启禀大王、娘子，三郎上吐下泻，燕贵人突发呕吐！”

这巧合的变故引起了李世民的重视。他搁置那灯台，立起身来：“请医了吗？”

“太医署派出一位最擅长治胃肠病的医正，先给燕贵人诊脉，再为三郎诊治。”五谷回禀。

李世民告诉瑾琋：“我去看看三郎。”

他对庶子也有血脉相连的父子至情，对媵妾则是因人而异。他不打算去慰问燕芃。

“那么，我先去清芬殿探病，后赴贻椒殿视疾。”瑾瑜与他分头行动，做个平衡。

医正问了燕芃的症状、饮食，判明不是胃肠疾病，却是头部受伤造成的不良反应。他于医治创伤并不擅长，开了张不疼不痒的药方，教燕芃先吃着，又跟随瑾瑜赴贻椒殿。

这边杨陆离对李恪发病的原因已有种种推断，埋怨瑾瑜、承乾母子俩冒失蛮横，害了李恪。

郭氏告诫她：“这些话，阿荼子却说不得。医正来，由白苏女史应答为好。阿荼子只需专注于看护三郎，给外人看看，您为儿子的病，忧虑焦急的模样。”她想让白苏做陆离的盾牌。

那白苏心眼也多，暗暗忖度：“扳倒刘燕婉，我居首功，大王对我的观感想来应该有所改善？却也不曾召见我。我仍寄于贻椒殿篱下，王妃和杨孺人，我都不能得罪。关于三郎的病，当讲的不讲，杨孺人必然不快，甚或因此误了三郎，大王也将恼恨我。莫如掐头去尾，只言事，不提及人。”

结果，李世民先医正一步到贻椒殿，问李恪的病状及病因。

陆离推说自己不懂医理，不知孩子为何发病，只一味抱着李恪摩弄，默默地流泪，引得李世民生出怜意：“她爱护我的儿子，这一点无可挑剔。母子连心，病在儿身，痛在娘心，正是这般情景。”

等医正随瑾瑜抵达，评过脉，询问饮食等情况，白苏代替陆离回答：“吃了逡巡酱、菠薐菜拌粟米饭，饮了麦门冬饮、牛乳、赤瓜子饮和橘汁。”

医正看见李恪头上的伤，联想燕芃的情形，不由得有些紧张：“长沙王这伤是何时摔的？”

“今日。”白苏答道，又恐触怒瑾瑜，连忙补充一句，“长沙王年小，玩耍时不留神，就摔到石头上了。”

“嗯。”医正下了诊断，“这便是主因了。可巧，燕贵人那边的侍婢，说她被杨贵人怎么剐了一下子，也摔伤头部，引发呕吐。长沙王的呕吐同理。腹泻，病根子在逡巡酱上。长沙王的胃肠，略寒弱了些，不服逡巡酱。孩童饮食，可更加精心一点儿，最好不过。”

陆离的心里话由他道了出来，自是称心如愿，禁不住抬头看李世民，他的脸色果然有变。

他陡地忆起了洛阳的那具无名女尸，死因便是被人推倒，头部撞击石头，造成挫裂伤。李恪、燕艽的伤势没有那么严重，但也可算得侥幸，细思令人后怕。

瑾琋勘透了李世民的心思。

照此看来，伤害李恪的，是承乾，她的亲生子，她自身也有责任；伤害燕艽的，是修能，她的仰慕者。

如此情势对于主母的威信显然无益。

在陆离投向李世民的那一瞥中，瑾琋也读出了同样的感受。

“嗯，陆离学聪明了呢！那么，我有些话，也不宜立时说出口。”瑾琋清清浅浅地笑了一笑，答道，“医正所言有理。是我有所疏忽。”

◑ 6 ◐

回翠华殿的路上，李世民婉言提醒她：“观音婢，我小时也常和弟弟们打架。承乾，待我明日训诫他，凡事不可过度，下手须讲分寸。对于杨修能，你多多管束。”

瑾琋应道：“是。我适才已知自己多有疏忽。安排饮食，忽略了三郎的体质。承乾、修能，我也未教导好。想来我不过二十出头，平日怎就自许为称职的主妇呢？可见年少轻狂，不知高低深浅。二郎不是邀家母、我四兄、五弟齐来作客吗？他们一会儿就到。趁此机会，我要虚心向家母及颜氏嫂嫂请教。”话音渐渐哽咽。

李世民最见不得她这样，忙安慰道：“何须如此自责？”

瑾琋认真地说：“你把这个家交给我，我却使你担心。这不行。呜呜呜——”

“我没有责备你啊……”李世民扶着她，好一通解劝，方才止住。

高氏一行来了。李世民邀长孙无忌、长孙无逸去书房谈论江南战局，瑾琋陪母亲高氏、嫂嫂颜穆清、弟媳谢子翕说话。子翕出身陈郡谢氏，是东晋名臣谢玄、谢灵运的裔孙，武德三年秋与无逸完婚。

瑾琋讲述了发生的事及自己的推测，调兵遣将：“二郎来时，阿娘，您就如此这般的训斥我……然后，嫂嫂，您就说……弟媳，阿娘训斥我，你只需保持缄默，及至餐毕，你……”

李世民与一大一小两个舅子谈得尽兴，仍带他们回正殿用饭。这顿晚餐按小型家宴的规格准备，设于翠华殿正殿。

到了廊上，便听见高氏训女的声音：“观音婢，你在家时，我每常教导你，月盈则亏，水满则溢。而今，你犯下这许多差错，便是骄傲自满所致。”

颜穆清帮小姑子解围：“阿家[21]，您且息怒。那也不算大的失误……”

高氏一口驳回：“但凡事涉孩童，就无分大小。又是呕吐，又是腹泻，成人都禁不起，何况童子？还不算大失误？”又训斥女儿，“旁人若指责你身为主母，不能对异生子视若己出，反而多有忽略，致使孩子受害，这罪名，你也禁不起……”

李世民步入殿门，见瑾琋垂首受教，呜呜地哭着，好生可怜，连忙

21　儿媳对婆母的口语称呼。

劝阻岳母："快用餐了。您就别责备她了。"

高氏舒了一口气，点点头："依礼，我如今原不该教训她。可我一听那些事，就急了。"

晚饭后，谢子翕提议："头部创伤不可小视。有的伤者，负伤之初没有大碍，隔二三日竟恶化为大症候，甚至……最好请名医诊治。当世民间名医有二，孙思邈、吴景贤，比太医署还管用。前者萍踪不定，后者，吴景贤今年进京定居，可请他来看看。"

吴景贤是隋朝第一流的医家，善治各种疑难杂症及外伤。隋炀帝东征高句丽，召他担任从征军医，救人无数。

瑾琋极口称善，到底央求李世民派人带着夜行符信，把吴景贤接进弘义宫。

初来乍到，这位民间名医的套路貌似与太医署医正并无区别，望、闻、问、切，给出的诊断却有天冠地屦的差异："若说长沙王的症候为头部受伤及逡巡酱所引致，景贤不敢苟同。长沙王额头仅是轻微皮肉伤，不致引起呕吐。来贻椒殿之前，景贤先去了清芬殿，燕贵人的伤势也不重，不致呕吐。她的病因是胃气受寒。长沙王，先天体质强健，没有胃肠寒弱的脉象。病因在于牛乳、橘汁、赤瓜子饮。"

陆离惊疑不已："怎么会？他今日游玩回来，乳媪喂他吃了牛乳，我担心不好克化，便给他喝了橘汁和赤瓜子饮，以助消食。两种饮品都很新鲜，牛乳也没有异样。"

吴景贤解释："饮牛乳后半个时辰内，又饮赤瓜子、橘汁，三者结合，形成一种凝块，胃肠克化不动，导致呕吐、腹泻。"

瑾琋不语，也不笑，平静地旁听。她读书涉猎很广，虽谈不上通晓医理，却正好读过牛乳与果饮混合可致病的记载。起初在贻椒殿，听到白苏的陈述，即猜测病因在此。暂时隐忍，只为取得最好的效果。今由名医吴景贤道明真相，她比自己畅所欲言更加舒心快意。

吴景贤对症下处方，施以针灸，李恪、燕芃的病情迅速好转。

陆离感到一种深重的失望。潜意识里，她是多么希望瑾琋犯错啊！然而，与稍早前相比，两人的境地已完全互换。

她，杨陆离，李恪的生母，因才疏学浅，害得亲生子患病。

瑾琋，李恪的嫡母，爱众子如一，药到病除的名医也是她的母家亲眷推荐，并由她力主请来的。可以说是她解除了庶子的病痛。

“杨孺人不善于照顾人，爱孩子的方法错了，反伤了孩子。”李世民笑道，“果然还是王妃的主意妥当。岳母错怪自家女儿了。不过那太医署的医正，号称胃肠病圣手，居然同时误诊两名病患，令人咋舌。”

“太医署的方子，能否治好，另当别论。横竖治不坏的。”颜穆清暗指太医署多庸医。依照宗法，李世民的庶出子女也是她和无忌的外甥，因此她也跟来探望李恪。

“嗯……”李世民看看吴景贤，心思转动起来。

瑾琋会意，笑道：“前秦王府典医丞另有高就，自我家迁入弘义宫，典医丞一直空缺。今日终于觅得最为优异的人选。”

“好，好！”李世民连声称妙，“吴景贤，出任我天策府典医丞！”

他也想补偿瑾琋所受的委屈，一面率众步出贻椒殿，一面与她嘀嘀咕咕：“岳母他们多住几日再回，饱览这弘义宫中的园林胜景和宫外的丘陵风光……你和辅机都爱吃单笼金乳酥，长安城中有一家糕坊，做得比宫里的庖厨好，明日我上朝，遣人买了送回来……”

过去家居太极宫承乾殿，他也无权将妻子的兄弟留宿宫中。如今迁入弘义宫——天策府，他是名副其实的“主公”，可以尽量满足妻子与娘家亲属团聚的愿望。这亦是他挥洒血汗，建立功业，为家人挣得更加优越生活的一种体现。

“然而，那不是为我挣的。我有无与娘家亲属团聚的愿望、我爱吃什么，从不在他的考虑之中。我与恪儿的前路，在何方？”陆离立于廊上，目送他们离去，莫名地泪下沾襟，“他是恪儿的父亲，却终究不是我的丈夫啊！”

距离越远，李世民与瑾琋交谈的身影就越像是紧密贴合在一起似的。

秋风吹过，杨陆离是一片落叶，因孤单而怅惘，在清冷中自危。

◑ 7 ◐

韦珪回娘家已有三个多月。李世民与瑾琋商量，想接她进宫，理由是他反复琢磨过的：“弘义宫的人手正在逐步配置，韦氏是籍没的罪婢，国有国法，岂容她常年闲居在外？”

瑾琋毫无拖泥带水地应允了：“改辟一所器物齐备的两间居室，韦珪、韦尼子、王菩提一并入住。概不分派使役，按我身边留荑、繁缕的份例供养。”当下也不多问，顾自去杞国府找于斯滢。

李世民暗自欢喜，急命赵顺去办。

瑾琋却与斯滢议论：“呵呵，他分明是在哄我。韦珪有刘燕婉之长，而无刘燕婉之短，本宗门第高贵，美貌更胜，风韵更胜，教养尤佳。我原想送韦珪回娘家试试，时日一长，兴许他也忘了。而今看来，他喜欢，不会抛弃。”

“那就……”斯滢替瑾琋烦难。

“顺其自然，无为而治。”瑾琋取出一只鱼鳞纹金镯来，微笑着端详。

斯滢问：“新的？未见你戴过。”

“嗯。在洛阳得的。”瑾琋收起金镯，“咱们微服逛逛，顺路探一个地方。然后，就好去我堂兄家了——嗯，坐你的牛车吧。”

近日长孙安世的心情略宽松了些，瑾琋、无逸两姐弟相约，充当亲族代表，登门探访，叙叙亲情。安世的夫人侯莫陈氏[22]是于斯滢的姨母，故而斯滢也应邀出席。

高门贵家就是如此，枝枝蔓蔓，世代连络有亲。

顺路经过的那个地方，斯滢却觉不出有任何出奇之处。躲在近处候了一阵，所见不过是家家户户都有的人丁出入场景。

“没什么啊？”斯滢深感纳闷。

瑾琋附耳告诉她一个秘密。

“哎哟！呵呵！”斯滢忍俊不禁，“何不告知秦王？”

“他挂念韦珪，要接她来家，我偏告知他此事，好教他觉得我是市井长舌妇、小气妒妇吗？”瑾琋笑道。

“那你预备如何处分？”

“且看韦珪为人如何，秦王待她又如何……”瑾琋举目平视前方。

那里是韦珪娘家的宅邸。一小队车马正向韦宅行进。内有一给使模样的人，可不正是赵顺吗？

瑾琋合拢牛车的窗帘，也生出些许恚恨之情，冷笑道：“呵呵！这算不算‘迫不及待’呢？嗯……且先由着他。我们去吃酒食是正经……”

她们抵达光德坊，赋闲以来早睡晚起、每日睡足六个时辰的长孙安世尚在洗漱。

舀一小勺齿药含在口内，侍婢菖蒲奉上泡过水的杨柳枝。安世把它塞进嘴里，咬开，杨柳纤维支出来，如同细细的木梳齿。他用这根齿木蘸着齿药，刷牙，再端起一只弦纹高足白瓷杯，灌入一口用皂荚、荷叶、青盐等物研熬而成的“口齿乌髭”漱了口。尔后，安世表情木讷地吩咐夫人侯莫陈氏：“今日是十一月十一，有贵客至，你得作陪。你也该猜到，

22　三字复姓：侯莫陈。历史上长孙安世的夫人为陆氏，小说中因对长孙安世夫人生平艺术加工较多，故设计为虚构人物“侯莫陈氏”。

是哪一位贵客。”

侯莫陈氏亲拿木梳为他梳头结髻，看着镜中那张短短数月间变得沟壑纵横的脸，叹道：“唉！你纵然万念俱灰，也不该失了礼数。你堂妹秦王妃、无逸小夫妻俩，以及我那于家外甥女，齐来探望你。你拉个外人来做什么？好歹也该先说与我知晓，跟无逸他们知会一声。”

安世无所谓道：“人多热闹。我这免罪白丁之身，不愿为虚礼俗务所羁绊。再者，是他们有言在先，只叙家礼，不论品秩。若他们不乐意了，日后不往来也使得。”

侯莫陈氏眉头一锁，提高了音量：“那么，你好赖笑一笑。不要做出这副脸色，教人家看了还以为你不高兴呢！”

安世咂咂嘴：“啧啧，你逼我也无济于事。嗯，长男家庆夫妇去他岳父家了，就命次子阿祥同他媳妇出来相陪。我笑不出，有他们在。”

“你再晚些告诉我另有贵客，午饭也不够吃了。”侯莫陈氏给他扎竹篾巾子固定发髻，戴襆头，颇想扯他的发根几下。

安世出去见客。大家一通行礼寒暄，坐下说话。

长孙祥问道：“堂叔到了武侯卫比先忙碌吧？”他比无逸年长两岁，论辈分，须称无逸为“堂叔”。

无逸把左手伸到小火炉上方取暖：“无非是辅佐中郎将管领左、右六街昼夜巡警，整日处置偷鸡摸狗、打架骂街的破事。”他新近升任右武侯卫右翊府右郎将。

侯莫陈氏问：“有趣吗？”

“别人可能嫌无聊，我觉得有趣。哈哈——”无逸笑答。

安世回顾前尘往事，冷不丁插了一语：“比跟着你姐夫出去打仗好。如今这样是对的、对的……”也不管瑾琋在座。

侯莫陈氏深恐他旧话重提，打岔道：“五郎，冬日能做出这么好的逡巡酱来十分不易，单是鲜鱼就很难得。你们自己不吃，给我们送来。

我委实过意不去。”

“嫂嫂何须客气。我们要时，总有办法。”无逸说，“今拎来的一盒，早晨现杀鲈鱼做的，量不多，日内吃完最好，过了夜，鲜味便差了。”

众人皆回避安世所忌讳的政事，专一谈论无逸在武侯卫亲历的里坊轶事。

安世甚少开口，有一搭无一搭地听着，慢慢为无逸的讲述所吸引，露出闲适的微笑。众人察知，无不暗喜。

临近午饭时分，贵客到达。即是清河县君，窦建德的遗孀曹氏。虎牢大战，窦建德被俘，曹氏逃回河北，后投降唐朝。李渊处死窦建德，对曹氏却加以优待，册封为正五品县君。

安世感念窦建德为救援王世充而身死国灭，不避嫌疑，与曹氏保持往来。

适才侯莫陈氏已向瑾琋一行说明曹氏也将出席，大家体谅安世的心境，也愿意见一见那位传说中的巾帼英雄。

第五章 夺命凤凰胎

◑ 1 ◐

曹氏果然不是凡俗女子，目光如电，两道剑眉飞入鬓角，行止有豪侠气，大马金刀地步入正堂，落落大方，与众人逐一见礼。虽是一身素服，也难掩勃勃英姿。

开席之前，曹氏开导安世："内史令不要再闭阁自责了。我一介妇人也看得明白，天命在唐，非人力所能阻挡，因此献土归降。内史令七尺男儿，无需纠结于往事，无以自拔。"安世在王世充手下任内史令，故曹氏仍以此称呼他，毫不忌讳瑾瑶等人在场。

安世迟缓地点了一下头："县君所言甚是。"

曹氏笑道："若按读书人那一套，我即便不殉夫而去，也该清净守节。丧夫半年不到，就卸去斩衰孝服，四处游逛，可谓大逆不道。呵呵，可我不要理睬这些，我孤身一人，不比内史令儿孙满堂，不出来串串门是要憋疯的。"

她招一招手，贴身侍婢苜蓿献上一个食盒，内有一只黄釉流水纹绞胎盘，装着几个凤凰胎。

曹氏说：“我自来都城，始知‘八水绕长安’之妙。河泽密布，水网纵横，在这冬日里，也有渔人凿冰，捕得鲜美的鲢鱼，现剖洗净，我家庖人掏出没有下生的鸡蛋，用鲢鱼鱼白包裹，做成凤凰胎。这凤凰胎虽用那不见天日的食材，但最是养人，我与内史令一家及诸位贵戚共享。”末一句表明她处在热孝期也要茹荤。

侯莫陈氏谢了曹氏，命厨房把凤凰胎加热，仍盛在那只绞胎盘中，作为午饭的一道主菜。

室内饮宴行分餐制，各人一张食案、一套餐具。每一道菜肴端上来，按各人喜好分配，各自进食。

凤凰胎第一个传上，侯莫陈氏命侍婢菖蒲先呈给瑾琋取食。

瑾琋谦让道：“今日原说好的，但叙家礼，不论爵品。我是长孙家的小女儿，县君是贵宾，理应先奉与县君。”

曹氏略作推辞，便接受了。苜蓿拿起自家食盒内的一只錾花鸟头细柄舌形银勺，手腕一翻，舀起一个凤凰胎放在曹氏盘中。

“分凤凰胎是很考手艺的，就由我家侍儿奉与各位吧。”曹氏以目示意。

苜蓿手持银勺，依次走到各人面前，为他们每人舀一个凤凰胎。

最后剩一个，安世说：“我家大郎爱吃凤凰胎，这个留给他晚上吃。我替他谢过县君了。”

菜一道比一道考究，用主食的时候，无逸送的逡巡酱上来了，侯莫陈氏仍令首先奉与曹氏：“这是我家五郎送来的，请县君赐光谬领。”

苜蓿连舀了好几勺倒在她盘里，又一次把已空的勺子探进逡巡酱中，曹氏阻止道：“不用了。你这婢子好没眼色。这酱量不多，我不能吃独食。快奉与内史令。”

苜蓿红了脸，收回勺子，放入自家食盒内，盖好食盒盖子。

长孙家的侍婢菖蒲拿着青瓷勺，将部分逡巡酱舀进安世的白瓷碗中，与饭粒搅拌均匀，呈给他吃。她的动作不如苜蓿轻快灵敏，但也很细腻，没有发出瓷器碰撞的声音。

瑾琋近来吃了好几次逡巡酱，腻了，看见那酱，竟有点儿犯恶心，就不吃这道菜。

苜蓿给侯莫陈氏分了些。酱所余无多。无逸夫妇、斯滢都推辞不吃。长孙祥夫妻也不好意思要，吩咐厨房留作晚餐。

安世夫妇吃着逡巡酱拌饭，菖蒲退下，另取木勺来分盛葵菜汤。

瑾琋称赞："如此可保留菜蔬本真的味道。"

"不错。"曹氏喝了一大口汤，附和道。

用罢午餐，饮了一盏热饮，曹氏告辞回家。其他人到花园散步消食。

冬日萧条，榆树、槐树俱已秃顶，安世咕哝道："了无生趣。"

瑾琋接了一句："万物在酝酿明春的生机。"

安世不语，负着手缓缓迈步。侯莫陈氏劝道："你今听了清河县君一席话，就该如她那般，前事淡然，后事泰然，安享天年……"

安世忽然揉着胸口俯下身子："我有点儿难受。"

"唉，我也有点儿……"侯莫陈氏按住了胃部。

长孙祥夫妇赶上前，分头搀扶父母。安世、侯莫陈氏各自倚着儿子、儿媳走了几步，抑制不住恶心，在一棵大树下"嗷嗷"地呕吐。

瑾琋大约受到这一幕刺激，有点儿晕眩，喉头犯堵，竟也冲口而出地呕吐起来。

留荑等随行侍婢慌了手脚，斯滢与无逸计议："估计胃气着凉，不服油腻。"因命安世家的厨房烧姜汤暖胃。

瑾琋喝了，感觉大好，动身返回弘义宫。无逸、斯滢两家也告辞。

安世和侯莫陈氏年纪大了，他们患病，长孙祥不敢疏忽，派家奴请医诊治。

长安城配有医学博士一人，助教一人，率领三十名医学生负责全城百姓的医疗。僧多粥少，长安城平民想找他们看病也很难，一般的病痛都请各坊的闾阎医工诊治。尽管如此，到博士医馆求医的病患仍然排成长龙，从医学博士、助教到各位医学生，人人忙得饭也吃不好。

安世没有官职，不够资格请翰林医官，家奴只好来挤博士的门。

医学博士和助教自然无暇分身治疗一个小小的风寒，念在长孙安世是秦王妃的堂兄，少不得照顾情面，打发一名成绩最为优异的医学生骑马上门诊治。若非这层关系，连医学生也不派，直接支给光德坊的闾阎医工。

医学生看了，诊断为胃气受寒，开了一服药。

谁知药汤尚未煎熟，安世夫妇的口唇、舌尖和指端俱都麻木起来。

医学生见状，心头一紧，问长孙祥："令尊、令堂莫不是误食了鳀鱼？"

长孙祥答道："不可能。今日吃的逡巡酱是用鲈鱼捣的，凤凰胎的鱼白取自鲢鱼。不曾进食其他鱼肉。"

医学生感到病症古怪，跑回去禀报医学博士。博士闻讯，丢下怨声载道的病患，赶到光德坊长孙宅，发现安世、侯莫陈氏全身麻木，四肢无力，眼皮都搭了下来。

博士大惊："分明是中了鳀鱼毒！快取蜂蜜水和芦根煮汁，给病人灌下去！"又告诉长孙祥，"令尊、令堂病势沉重，我这方子未必有效。我劝郎君，一发的连翰林医官、太医署也不必请，秦王妃是令尊的堂妹，速请她派吴景贤来救治！"

接到安世家通过长孙无逸送来的急报，瑾琋原本和悦的面色变得严峻起来。典医丞吴景贤派出去了，事态走向依然难料。

天黑了。夜色暗沉，树影幽深。分散各处的宫婢在同一时刻点燃了道旁的石灯。如一条蜷缩作一团的金蛇忽然抻直身体，一根火链曲曲折折地甩了出去，庭院霎时间明光锃亮，暖如春朝。

如此宁静的夜晚，难道将有大凶之事发生？

瑾琋想连夜赶往光德坊。应该知会李世民一声，但他没有回翠华殿吃晚饭，不知在哪里。

瑾琋猜到了一个地方，问繁缕道："你去瞧瞧，赵顺是否在淇奥殿？若在，教他带个话……"

淇奥殿是一座供李世民日常消遣用的偏殿。此时，赵顺的确在淇奥殿外值守。因为，李世民在殿内，召幸韦珪。

数月不见，倍觉新鲜。韦珪回娘家滋养这些时日，气色比先更好，灯火照耀之下，真是皎如秋月，灿若春华。

李世民目光幽邃地凝视她，笑道："我暂放你回韦家，果然是对的。"

韦珪郑重地行稽首礼，眼圈禁不住泛红："大王万福安和，别来无恙。"

李世民嘲笑道："又掉眼泪。呵呵。你那个小爱哭鬼是随你的。"

韦珪忍着泪："奴婢以为大王已将奴婢忘却了。"

经过刘燕婉的事，李世民最忌讳被女子欺骗，不轻信婢妾的所谓真心，因此不动声色，收敛所有的表情，默默地审视她，看得她局促不安地低下头去，感觉这个女子是诚恳的，展臂揽住她，星目微转，聚精会神地巡阅美人的容颜，一时情不自禁，抬手轻抚她的面颊，念出西汉李延年的诗句："一顾倾人城，再顾倾人国。佳人难再得——谁能轻易忘却？我未曾忘记洛阳事……"

最后一次离开她的身体，李世民问道："你初来弘义宫，这一日做了些什么？"

韦珪极力调节呼吸，与他喃喃细语："承蒙大王、王妃恩典，奴婢等三人以游逛、读书为消遣。奴婢并受崔氏婶娘之托，充任尼子和菩提的督课女师。"

对于王妃的安置，韦珪感觉一种说不出的滋味。在尼子和菩提，当然是仁义之举；但在她，总有一种明扬暗抑之感。令她与尼子、菩提同住，虽是便于她们彼此照应，但也使李世民对她的居所望而却步。

待两个小女子日渐长成，玉英盛开，可与姐姐逞妍斗色之时，韦珪自己也会有所顾忌。

《诗经·召南·小星》云：“嘒彼小星，三五在东。”夫人无妒，惠及小妾，小妾得以进御于夫君，从而牢记命有贵贱，尽其心力。但要使小妾甘居下位，夫人就不能一味施与宽容慈悲。

韦珪曾为人嫡妻，于此也有感触。而秦王妃，想必深谙此道。

“哈哈！比普通宫婢逍遥自在。”李世民满意地说，心想：女子一定要嫁得良人，譬如观音婢嫁给我；若所嫁非人，没落潦倒，便如韦珪、韦尼子这般可怜。

俄顷，他又换作凛若冰霜的神色：“你退下。”

韦珪匆忙整衣告退。

须臾间，这个男子变回垂绅正笏的庄严模样，离开了淇奥殿。

在殿门外等候的赵顺迎上前，低声禀报了长孙安世夫妇中鳀鱼毒、病情危重的消息。

李世民惊问：“王妃来过吗？”

“繁缕来了，托奴婢禀报大王。王妃已持夜行符信去光德坊了。”赵顺答道。

李世民严厉地盯了他一眼：“值此长孙家突遭惨祸的非常之时，你应知什么当讲，什么不当讲吧？”

他指的是淇奥殿召幸韦珪事。赵顺叹道：“奴婢若连这个分寸也没有，就不配在您身边使唤了。”心里却说：“您这点儿风流韵事能瞒住谁？还用我告密吗？”

李世民驰赴光德坊长孙宅，安世夫妇呼吸困难，皮肤出现紫绀，言语含混。长子长孙家庆夫妻赶回家之后，安世、侯莫陈氏双双陷入昏迷。

吴景贤拨开病人的眼皮看了看，抱憾道：“下官来晚了。”

武德四年十一月十一，长孙安世及夫人侯莫陈氏暴亡于光德坊私宅，享年五十一岁。

◑ 2 ◐

瑾琋从侯莫陈氏的卧室退入长孙祥为她安排的居室。亲友的哭号声在耳畔轰鸣。她卸了妆饰，素面朝天，眼睑微红，盯着红彤彤的炭火发呆。

李世民走到跟前，她才注意到他，勉强问道：“啊？二郎，你来了？”

“是。”他轻搂住她，“我径直去了你堂兄的病榻前。当时你在堂嫂房里。”

瑾琋哽咽着说：“他夫妇二人没有吃鳀鱼，怎会中鳀鱼毒？二郎，我堂兄协助舅舅促成我们的姻缘，帮补我的陪奁。我不能坐视他冤死。”

“好。我绝不放过凶手。”李世民爱抚着她的背，“另外，我原想任命长孙家庆为承乾的上侍读。出了此事，就等他重孝期满再上任。眼下，我们先预备赙赗[23]之物和吊唁时的穿着，料理好后事，为你堂兄夫妇风光大葬……”

安世和侯莫陈氏平日身体康健，对身后事毫无准备。家人仓促治丧，行招魂之礼，清扫内外，置办丧服等必需之物，搭建灵堂，分头赶往各家亲友宅邸报丧，又要追究安世死因，忙得不可开交，顾此失彼。

长孙家庆继任一家之主，主持丧事，率亡人诸子、男孙，着白色麻袍，披发赤足，儿媳、待嫁女、小妾着青缣衣，摘除首饰，分男女两班于灵前号哭，拜谢宾客。

---

23 送给死者的布帛、车马等财物。

安业、无忌、无逸等堂兄弟服大功丧，换戴素色襆头，着素服。无忌及叔父长孙敞之子长孙无傲负责应酬男宾。无傲之妻豆卢氏身体欠佳，由无忌之妻颜穆清、无逸之妻谢子翕负责应酬女宾。

瑾瑶为已出嫁的堂妹，服小功孝，换穿素服，插戴素白银簪绾发。李世民不用服丧，改穿深色袍服和素色襆头以表哀悼。他二人自然不用担负任何执事，吊唁毕，就去督守长安县衙办案。

当着秦王及秦王妃的面，仵作和吴景贤共同以银针检验长孙安世吃剩的午餐。

葱醋鸡、蕃体间镂宝相肝、升平炙、红罗饤、葵菜汤、蒸菘菜、果品……统统无毒；酒水、热饮，无毒；清河县君曹氏赠送的凤凰胎一只，确为鲢鱼鱼白包裹鸡蛋制成，无毒。

最后轮到逡巡酱。吴景贤用银针扒着鱼酱检验，与仵作商议："是鲈鱼。"

"嗯，是。"仵作附议。

突然，瑾瑶的面色变得惨白——吴景贤拔出的银针变黑了。

长孙无逸闻讯，瞠目结舌："逡巡酱是我送来的，这、这、这，怎么会！"

瑾瑶神色沉凝道："据典医丞及长安县仵作勘验，堂兄、堂嫂所中鳀鱼毒，发作缓，毒性重，并非天然鳀鱼毒，是人为调制过的。这种鳀鱼毒，遇酒、皂荚之类，毒性更烈。而午餐时，堂兄夫妇都饮了酒，以致毒性凶猛，典医丞也回天乏术。长安县已向同食逡巡酱的曹氏通报了消息。"

无逸把手肘支在黑漆十八足几上，抱着头，泣道："为何如此？"

安业向来看不起这个庶出弟弟，因无逸年纪轻轻，获授郸县公爵位，拔擢至正五品上右武侯卫右翊府右郎将的实缺位置，他身为兄长，不愿做监门校尉，便只得一个从五品下游击将军的武散官虚职，早浸了一缸醋在内，逮到这个机会，便一掌拍在几案上，斥问道："五郎，你与堂兄、堂嫂何冤何仇，而下此毒手？你偿命事小，明朝传扬出去，我们代北长孙氏颜面何存？”

瑾琋出声维护弟弟：“三兄此言未免武断。一者，那逡巡酱，清河县君曹氏也吃了些，安然无恙。再者，诚如三兄所言，五郎与堂兄情分尚可，没有作案动机。”

谢子翕深恨安业，当场揭他的短：“三伯，您醉了吗？适才我看见您的家奴从厨房出来，拿着腌薤、胡饼、一壶黄醅酒，转进一个旮旯里，奉与蹲在那里的一位郎君。此人身着大功孝服，就着腌薤，一口胡饼，一口酒，尽情吃喝。我以为是五郎违礼犯禁，定睛一看，是三伯您啊！”

安业恼羞难当。服大功孝须三餐不食，九个月孝期内不饮酒、不茹荤。他耐不得饥渴，谁知热孝破戒的一幕落进弟媳眼中，嚷道：“弟媳，陈郡谢氏雅道相传，有德素传美、节义流誉之名，人称德门，不信能教女儿与夫兄吵架的。堂兄、堂嫂吃了你家做的逡巡酱中毒薨逝，我若是你，都无面目立足此地！”

子翕寸步不让：“三伯自幼欺负弟弟惯了，他而今过得好些，您却看不惯。他安守着您扔给他的一所小宅、少许田林、几个家奴，又不要求重新分家析产，您还不知足？三伯快漱个口吧，一会儿要陪堂侄守灵，给丧主闻到酒味儿算什么？好说长房有丧事，二房偷着乐？”

安业大怒：“你什么意思？骂我口臭？五郎杀堂兄，你、你如此放肆！”

子翕满面涨红，继续道：“五郎不可能杀人。假如死者不是堂兄，而是某位亲兄，别人怀疑五郎，倒还有点儿道理。”

“你是说，我这个亲兄该死？”安业冷不防捋起袖子，啪地抽了弟媳一耳光，待要再打，被无逸拦住。

瑾琋护着子翕出去：“你不要说话。”

其实她很认同子翕的观点：假如死者是安业，还可怀疑无逸有动机。然而事实并非如此。

安业揪着无逸闹：“好啊！你指使你妻，冒犯兄长……”

叔父长孙敞立在窗外偷听，本不想管闲事，因闹大了，终于进门训斥：“安业，你做大伯子的不应同弟妇拌嘴，更不该动手！无逸，你妻也行止逾矩，言辞过激！这是何时何地，你们吵吵闹闹，安世夫妇在天之灵也难安。都散了，出去各尽其责！”

长孙敞隋末留守禁卫，唐军入关时，他率子弟谒李渊于新丰，获授将作少监一职，复又出任杞州刺史，在族中威信较高。

安业不好顶叔父的嘴，一口气胀得肚子都大了，次日早晨也没有完全消退，偷吃了为宾客预备的热蒸饼，提一壶酒，从后门策马奔出，信马由缰，在马背上一口接一口地灌酒，不觉有了醉意。

他悠悠荡荡来到护城河边，想起达奚氏的话：“你无寸功于唐，充其量只是天子的次子的大舅子，这拐弯抹角的关系，配得游击将军。你是无爵，但你是秦王妃、上党县公、郸县公的亲兄，这面子并不小。”越发的气恼疯癫，跃身下马，翻到护城河的冰面上，踉踉跄跄朝前跑。

一位年轻的垂钓者焦急地冲他大喊：“这位郎君，止步！前面……”

话音未落，安业脚下踩空，周身冰冷浇湿，竟是掉进了冰窟。他一激灵，酒醒大半，赶紧屏住呼吸，放松四肢，浮了起来。

垂钓者把他拖到冰面上，抱歉道：“这是我凿的，钓鱼用。”

安业的五脏六腑都要冻硬了，记不清自己如何回答，只在回到光德坊宅邸时，忽然想起，刚才在那冰窟中，恍惚看见清浅的河底有一个四四方方的物事，为水草、泥沙裹挟，缓缓向下游移动。

他把此事告知妻子达奚氏：“没准儿是前隋时期，谁家遗弃的宝物。你派两个家奴去捞。”

达奚氏懒得理这疯话，转背说与小姑子瑾琋听。

瑾琋问明冰窟所在位置，感到有些意思，或许与安世夫妇之死有关：“那却未必是疯话。嫂嫂无需劳动，我带人去一趟。”

到了那冰窟，那位垂钓者在收拾钓具。瑾琋装作在冰面上漫步观景，等他离去，命随从轮班跳下冰窟，潜水向下游搜索。

结果哪有什么宝物？

“三兄醉眼看花了？”瑾琋无奈，折返光德坊长孙宅。

李世民问她去了哪里？她避而不答，只问案件侦办进展。

李世民告诉她：“长安县衙把这里及无逸家的奴婢俱已盘问一遍。万年县衙访问了城东清河县君宅邸，曹氏不以为忤，把昨日午宴上，她家侍婢苜蓿使用的那把錾花鸟头细柄舌形银勺及其他有关器具，全部交付县衙勘验。验明并无疑点。实则不验也可知，曹氏吃了那银勺舀的逡巡酱，且身体未出现不适，说明鳀鱼毒并非来自银勺。况且，银勺若沾染鳀鱼毒，就会变黑，而你们自始自终都在场，那么多双眼睛，并未发现异样。”

瑾琋提出一个人：“县衙有未怀疑亡人的侍婢菖蒲？她昨日用一只青瓷勺为亡者添加、搅拌逡巡酱，瓷勺遇毒药不会变黑。”

“县衙确实怀疑她在青瓷勺上做了手脚。可是，案发时，青瓷勺已清洗干净，自然验不出什么。”李世民答道，“菖蒲辩解，她每日侍奉主人洗漱，如想害主，泡杨柳枝的水或‘口齿乌髭’下毒都容易，不用在侍宴时冒险。”

“口齿乌髭！”瑾琋抓住他的手，“昨日吴景贤说，这种鳀鱼毒遇皂荚则毒性加剧。口齿乌髭含有皂荚成分，残留于齿缝口腔中，与之后入口的毒液相混，增强了毒性。人们漱口习惯各异，不是所有人都用口齿乌髭。凶手了解亡者每日以口齿乌髭漱口的习惯，应与亡者熟识！”

李世民被她的手狠狠地冰了一下，低头察看：“那么，菖蒲的嫌疑更重了——咦，你的手为何这般凉？”

“大约是因为，去了一趟护城河……”瑾琋讲述了护城河寻宝无果的事。

“他酒后疯话，你不该当真。好好的偏生去那冰封的所在白跑一遭，倘若受寒，又要生病。”李世民拖着她的手，按在手炉上。

外面有家奴拖着长长的尾音，高声通报：“清河县君至——”

◑ 3 ◐

李世民仿佛没有听清，问道：“清河县君？窦建德的遗孀曹氏来了？”他尚未见过曹氏。

瑾琋左手握着手炉，右手扶着留荑，款款起身：“是的。二郎，我陪你去一睹她的风采。”

他们不想惊动他人，只隐于帘内窥探。

因只有亡人的至亲才能进入灵堂致祭，曹氏同其他宾客一样立于庐前吊唁，逐一慰勉家属：“真真是再想不到的事……请诸位务必节哀……”

颜穆清把她请入内堂燕息，丧家依礼管待午饭。

“曹氏夫人气度从容，上马能战，下马能谋，窦建德不屑听取妻言。”瑾琋抒发自己的观感，又问侍婢留荑、繁缕，“你们看呢？”

两人表示，曹氏的神采比平阳公主不差什么，不过，公主金枝玉叶，有书卷气，曹氏像一位江湖侠客。

平阳公主是李渊第三女，系穆皇后窦氏所出，嫁入邢州将门柴氏，驸马即柴绍。

李渊晋阳起兵前，派遣使者秘密赴长安召唤女儿、女婿。柴绍既想追随岳父，又顾虑家眷安全，因与妻子商议：“尊君将要起兵平乱，我打算迎接他的义旗，但我们一起离开不可行，我若独自出走，又害怕你有危险，如何是好？”

平阳公主果断决策：“绍郎，不要慌，你快走！我一个妇人，容易躲藏，自能设法保全。”

于是，柴绍狠心抛舍家眷，抄小道逃往太原，半途与从河东潜出的李建成、李元吉兄弟俩会合，三人结伴穿越雀鼠谷，奔赴李渊麾下。柴绍在霍邑之役中参赞军机、上阵力战有功，又攻克临汾，平定绛郡，并率先登城冲锋。

平阳公主则潜回鄠县李家庄园，连柴绍婚前所纳的通房侍婢重葩也没有抛弃，带至鄠县安置。公主在鄠县，女扮男装，自称“李公子”，变卖产业，赈济灾民，招兵买马，联络各路反隋义军。四五支兵力强盛的起义军也对公主五体投地，纷纷归顺李氏。

公主率军一次次挫败隋军的进攻，并连续攻克多个州县。她令出必行，军纪严明，得到军民广泛支持。老百姓抱着钦佩与感激之情，尊称她为“李三娘子”，将她统帅的军队称为“娘子军”。

隋大业十三年九月，唐军主力渡过黄河，进入关中。柴绍率领数百骑兵，迎接平阳公主，夫妻团圆。两人各领一军，各设幕府。公主挑选出万余精兵，与李世民会师渭水北岸，一同攻取长安。此后，公主不再出征，但英名已传遍四海。

将曹氏与平阳公主相提并论，是极高的评价，李世民并不赞同：“言过其实。我姐姐平阳公主，襄助父亲成就大业，辅佐姐夫封爵拜将。曹氏于辅佐夫君的大节上一败涂地。且公主连举二子，教子有方。曹氏与窦建德成婚多年，既不生男，也不生女，也不容侍姬小妾生育。慑于她的雌威，窦建德只有一个养子。一山不容二虎，夫妇间同样如此。窦建德自为枭雄，其妻亦强悍张扬，二人之才智反不能形成合力，终致败亡。”

瑾琋却称叹曹氏：“这般悍勇，堪称奇女子……”

饭点到了。依礼，亡人的妻妾子孙三日不食，无忌等大功亲三餐不食，瑾琋等小功亲两餐不食。昨晚至今晨，她饿了两餐，中午可恢复进食。因恐骤然饱腹伤身，就只传了一盏胡麻粳米粥，一小碟醋芹，小半个绿荼。

李世民吃着馎饦汤，与瑾琋议论案情：“你堂兄原非虎豹，今连牙齿也没了，空顶着伪郑旧臣的虚名，不可能有人忌惮他。凶手的动机应无关政事。但，假如侍婢菖蒲果为凶手，她的动机何在？你堂兄夫妇素不虐待奴婢的……”

他不疾不徐地熟思审处，忽然起意戏弄无逸，做出质疑的眼神谛视这位小舅子。

无逸如坐针毡，搁下饮热水用的白瓷盏，问道：“大王，您也怀疑我？”

李世民不出声地笑了。

瑾琋瞪他一眼，嗔道：“你嫌我三兄闹得不够。”

“那么，关于此案，你有头绪吗？”他问道。

瑾琋把银箸放好，正容亢色地回答道：“昨日，十一月十一日。四个月前的十一日，即七月十一，窦建德被处死。之于清河县君曹氏夫人，昨日是一个特别的日子。”

“你怀疑曹氏寻仇？”室内只有无忌、无逸，李世民就直言不讳了，“她与亡者原为盟友，若寻仇，针对你更合适——且慢！据繁缕禀报，你昨日午餐后也呕吐了，莫非，曹氏欲杀你，因失手，给你下的毒剂量不足，却误杀了你堂兄夫妇？”

他被自己吓得不轻，也不管两位舅子看着，展臂搂住瑾琋，支使无忌道：“辅机，你还坐着？速去召吴景贤！”

◑ 4 ◐

瑾琋握着两个小拳头，轻轻抵住他的胸膛，哭笑不得：“我若中了毒，不拘剂量多寡，昨日也不可能喝一碗热姜汤就大痊，都没有请医呢。不过是胃气略堵了一下。你快放开我……”

无忌说：“五弟告我，昨日曹氏带来凤凰胎，每一位出席者都吃了，并无异常。剩下一只经勘验，确证无毒。县衙曾假设，曹氏可能对部分凤凰胎下毒，并做标记，指使她的侍婢苜蓿专一把有毒的凤凰胎奉与堂兄夫妇。但堂兄家的庖厨陈述，那些凤凰胎，外观根本无法区分，且经他们加热，随意盛进盘子，完全打乱了原先的摆放顺序。因此，这种假设也不成立。”

瑾琋拔出绾发的银簪：“假如是曹氏主仆所为，就在我们一众亲族的眼前，当面毒杀堂兄夫妇，她们是如何做到的呢？”她的身子猝然发软，几乎不曾歪倒。

“速传吴景贤！”李世民刚刚回到原地的心又高悬起来，把瑾琋抱到墙边的一张小榻上歇卧，“还说没有中毒？吴景贤昨日验明，那鳀鱼毒的特性之一是发作缓。你显然是因摄入剂量少，性命无妨，只是毒性缓缓发作，损害你的身体。观音婢，无需惊恐，纵然上天入地，我也要觅得灵丹妙药，治好你……”

吴景贤来诊了脉，却微笑道：“大王勿忧，王妃绝无中毒事，只气血略有虚亏，加之服丧断食，有所加重。宜进补，吃些荤食。”

瑾琋犯了难：“小功孝期五个月，我不能茹荤。”

留荑禀道：“弘义宫把冰窖里冻的杏酪，还有平阳公主府给的蜂蜜糖一并送来了。这两个不是荤腥，奴婢拿去这宅子的厨房熬粥。”

蜂蜜逢寒天凝结，平阳公主府干脆做成蜂蜜糖，用糯米纸包裹，冻在冰窖里储存，近日送了一些给弘义宫。

“快熬！”李世民催促。

瑾琋叹道：“当年服穆皇后之丧，我执子媳礼，三日不食并未怎样。如今年方二十一岁，两餐不食已至于此，大概因三度产育之故。”

李世民与她低语：“那就养好身子再生育。我母亲育有四子三女，你生的孩儿至少也须达到这个数目，越多越好……”

“嗯……”吴景贤停止了诊脉，拱手禀报，“启禀大王，王妃有孕。

近闻王妃早前有晕眩症状，太医署未能诊出，或许因那时喜脉还较弱之故。而今算来，临盆之期当为明年六月末……”

因他确诊瑾琋没有中毒，李世民原本露出笑意，此时，这笑意便淡淡地黏在唇边，阻止他道出任何言语，适逢安世夫妇之丧，也不能大笑，憋得着实难受，良久，吭吭哧哧地说道：“太医署险些误了大事！唔唔唔，我方与王妃谈及生育事，就诊出身孕。唔唔唔，莫非我有先见之明？咳咳——典医丞及翠华殿侍奉人等俱各有重赏！”

他又责备瑾琋：“你真不小心，早该延医诊断才是。”

瑾琋红着脸道：“是我之过。可偏巧逢堂兄夫妇之丧……”

“按《礼记·曲礼》，居丧期间身患疾病或年事已高，允许食肉养身。怀孕当然同理。即日起，你要如孕育承乾、青雀、阿鹞时一般地进食滋补。”李世民的口吻近乎命令，“你堂兄、堂嫂泉下有知，也必赞同我。”

瑾琋只得依从。随着她返回弘义宫养胎，光德坊长孙安世夫妇中毒案也陷入了泥潭。

◑ 5 ◐

武德四年十一月下旬，天子冬狩。太子李建成监国，李世民、李元吉随驾出行。李世民携瑾琋同去，另带韦珪、林润润同行。

林润润也就罢了，冬狩期间常有聚饮，需舞伎助兴。韦珪却在弘义宫的众媵妾宫人中激起一波蜚短流长。譬如郑蔚，大不爽快，在瑾琋启程前，私下向她控诉：“娘子有孕，大王携带媵妾侍姬也无不可。只是众人都不明白，那韦珪究竟何德何能？分明是罪籍宫婢，穿戴妆饰却如高门仕女，独居一室，游手好闲。她进天策府比谁都晚，却大摇大摆地跟着大王、王妃去冬狩游玩。因此众人愤懑不平。”

瑾琋隐约地笑。她给予韦珪丰厚的供给待遇，是为了防止韦珪的可怜处境勾起李世民的保护欲，将来亦不排除根据形势的演变，进一步调整。

关于携带韦珪的理由，李世民如是说："观音婢，呵呵——韦珪年长，有生育、抚养女儿的经验，还会烹饪。你今有身孕，留荑、繁缕一干人都年少无知，有韦珪在，替她们查漏补缺，我也放心。呵呵，观音婢……"他一面解释，一面半是担心、半是恳求地看着妻子。

瑾琋痛快地应允了，心说："你的聪明哪里去了？什么乱七八糟的荒唐借口？我已生育三胎，经验恐怕多过韦珪。实则你是喜欢韦珪侍寝，谅你不敢明言。只是我怀孕了，不答应又能怎样……哼哼。"

可是面对郑蔚，瑾琋又须换个说辞："郑刀人，你想着腹中孩儿明年四月即将出世，是你曾盼望多时也未盼来的宝贝，不抱希望时竟有了，就该乐以忘忧才是——对了，自武德二年起，你陆续要了我写的字幅去看，说要练字，可有成效？"

郑蔚的脸颊飞起两朵绯云："妾坐不住，看得多，写得少，每隔七八日练一次。"

"嗯，比完全不练的好。不过，我听闻，韦珪每日练字，并担任韦尼子、王菩提的女师。"瑾琋笑道，"所以，我的那些字，你务必留着，勤学苦练啊。"

郑蔚帖然无辞。申憖娘又来了，向瑾琋请求归宁："妾有一娘家弟弟，名唤申敬良，在赵郡王南征军中充任队正，在南方订了一门亲事，现随军班师，回家完婚。娘家希望妾能回去喝喜酒，小住几日，特来请娘子示下。"

申家当年将憖娘卖给李府为婢，救了全家性命。等憖娘生下千光照，李府又额外给了申家一些照应。李唐建国，憖娘扶为正五品孺人，申家水涨船高，迁至长安县郊区置下房地安家。

赵郡王李孝恭由李靖辅佐，南征萧铣。近日萧铣投降，东南归顺。憖娘的弟弟在萧铣的都城江陵相中一个女子，合过八字，用打仗挣来的奖赏下聘，将恋人带回长安。申家父母原为贫苦佃农，没有那么多讲究，既然儿子争气，自己赚够娶妻成家的钱财，八字也相宜，便认可了，张罗着办喜事。

此亦是当世礼俗稍微宽松带来的好处。尽管私奔者只能做妾，未成年而自为婚姻者非法无效，并处杖刑八十，但是，成年男女在外自主成婚，六礼齐备，律法即予以认可。何况申敬良只是自行订婚，也征得女家父母同意，自然是无碍的。

瑾瑶欣然应允："这是喜事啊！"特请高嫣来交代，"申孺人的弟弟即将成婚，除了依例应给的贺礼，我因想着，申孺人于至尊潜龙之时即服侍诸位公主读书，后又侍奉大王多年，诞育长女，与别人不同，应额外有所添加。"

高嫣向憋娘道了喜，又对瑾瑶笑道："东南归国，有情人终成眷属，我们族叔也得以返京。这喜讯啊，何止成双？"

她所说的族叔即是瑾瑶的舅舅高俭。高俭贬谪岭南，追随交趾太守丘和，领兵平定钦州之乱，后审时度势，与丘和一同归附萧铣。近日，唐军南下，丘和、高俭率部投奔李孝恭。丘和的儿子们俱出仕唐朝，其中，丘行恭一直跟随李世民征战，正是在洛阳青城宫血战中，力保李世民和飒露紫杀出敌军重围的大将。因此，李渊对丘和、高俭的归降十分欢迎，特遣丘和之子南下迎接。目前，高俭、丘和正在返回长安的途中。

瑾瑶思及此，不禁喜气盈腮："我原是念兹在兹，因堂兄、堂嫂命案未破而抱恨。眼下时局大好，借着这股运势，相信此案也将云开月明。"

"好！"李世民回翠华殿了，盘膝在瑾瑶身边坐下，命人呈上一只鎏金鹦鹉纹圆银盒，"观音婢，你来看看。"说着，瞟了两位媵妾一眼。

憋娘、郑蔚都是明白人，懂得这不是给她们看的，相携告退。

"制成了啊！"瑾瑶欢笑着掀开银盒的盖子，取出一枚圆形方孔钱的蜡样，上书四字：开元通宝。

唐初沿用隋朝五铢钱，钱币轻小淆杂，不利于经济民生。武德四年，朝廷整治币制，废隋钱，开铸“开元通宝”，置“钱监”之职于洛、并、幽、益、桂等州，监管钱币铸造发行。天子李渊特赐秦王李世民、齐王李元吉各铸钱三炉，裴寂铸钱一炉，以示荣宠。

“开元通宝”四字由当朝给事中、书法大家欧阳询题写，字体庄重匀称，疏密适中，而又自然灵动，富有活力。

李世民赞道：“这就是大唐的气象！”

瑾琋似水明眸向他微转：“你也是，大唐的气象。”

李世民凝神看她，会心地一笑：“至尊赐我三炉铸钱，明示我依然是他信赖的爱子和臣子。”

瑾琋輾然微笑，把蜡样放回盒中。不想，手指滑动，修剪成椭圆形的指甲在蜡样上划出了一道印痕。

“这可如何是好？是我太粗心了！”她又惊又愧，脸颊浮起潮热的红。

李世民低头看了看，那道痕迹状若月牙，歪打正着的别致，朗声笑道：“哈哈哈！更好了。想那些妄图私铸铜钱的不法之徒，纵然事事齐备，又去哪里寻这一般无二的月牙痕呢……”

瑾琋随驾去了冬狩猎场，自然只能做个看客。白日里，时常拉着杞国夫人于斯滢、任城王妃王珀、齐王妃杨静闲一道游览。四人乘坐铎舆，东游西逛，若遇平缓地势，侍婢就搀扶她们下舆散步，将当地的地皮都踏熟了。晚间出席各种宴饮，品尝山珍野味，享受着一种有别于京城生活的快乐。

某日黄昏，李世民设宴招待李元吉、李道宗、李道玄及窦信等一干亲贵子弟。席间，天策府舞伎林润润献舞，引得众人拍案叫绝，元吉不服，隆重推出齐王府舞伎藤子，与林润润一较高下。

王妃、夫人们坐在另一边，杨静闲目睹藤子起舞，哂笑道：“四郎连这个也要与他阿兄比试。殊不知林润润和藤子每日在宴会上碰面，往来多了，已成密友，并不争长论短。”

有些人交头接耳的议论：“听说林润润侍过寝的，秦王命她献舞，这份待客的情分很重。未知藤子侍过寝吗？”

“没有呢。齐王不喜舞伎，喜欢歌伎……呵呵呵……”

静闲闻听，未免难堪。斯滢和王珀都担心地看看瑾瑺，但见她全神贯注于食案，一门心思扑在吃喝上，根本不听别人飞短流长。

散席后，李世民与瑾瑺漫步溪边。

因地势特殊的缘故，冬狩营地的山溪终年不冻，一条银带子汩汩地流淌，晚上溶溶的月亮升起来，在水里一漾一荡。

李世民指着水中的月亮：“观音婢，你的脸快有它那般圆了。这一次，你要给我一个胖儿子，还是胖女儿？我觉得儿子好，纵然生得肥壮，亦可称为‘相貌甚伟’，若是女儿，你们母女俩都肥肥大大，如何形容是好？哈哈哈！”

瑾瑺近来胃口甚好，比起前三次怀孕，饭量大增，人也变胖了些。

“你嫌我胖？”她有些恼恨，噘起嘴埋怨，“难道是我自己想吃那么多饮食？是谁使我怀孕的？”

李世民伸手握住她的嘴，捏了捏，笑道：“不过是句顽话，你就恼了。这撅着的是何物事？可以挂一串项链了。哈哈！慢说分娩后自然变瘦，就算你真的胖了，我也不嫌。”

瑾瑺转怒为喜：“你说的那件物事呢？”

“制成了。”李世民挥挥手，命卫士抱来一只木头雕刻的水獭。

那木制水獭与活物一般大小，但是雕得并不精致，不太像水獭，却像一只野鸭，蹲在一尊天然石台上，望之极为寒酸。

卫士将一根绑着饵料的渔线系于木獭口中，自腹底的活动门放入石块，然后，把木獭沉入溪水。

不一会儿，水面“咕嘟咕嘟”冒起泡泡，木獭伸着头颈，摇摇摆摆地浮上来，一尾银光闪闪的鱼在木獭嘴里拼命扑腾，水花四溅，被合拢的嘴卡得死死的。卫士把木獭捞起来，对准一只水桶，再转动木獭的鼻子，鱼就掉进了桶里。如是再三，捕得满满一桶鲜鱼。

瑾瑶乐不可支，问道："这是什么幻术？"

◑ 6 ◐

李世民指着木獭的各个部位，逐一解说："用了机关术。木獭嘴里安放有与饵料连动的机关，遇有鱼来食，机关被触发，闭合木獭之口，将鱼卡住，然后弹开腹底的门，释出石块，木獭衔着鱼上浮至水面。"

"从哪里得的？"

"郴州的工匠造的。我一闻知，就命人抄得图纸仿制，竟成了。"李世民喜笑颜开，"若能活用机关之术，造些奇巧的兵器，岂不妙极！我已命他们研习设法。"

瑾瑶笑道："我事先已命随从运送炊具、餐具、佐料及石冻春、九酝、郎官清三种名酒来此。将鲜鱼以胡麻油、盐、秦椒、豆蔻、桂皮、陈皮、豆豉、葱、桂姜、饧等佐料腌渍，做成烤鱼，连同酒水，赐予随行的天策府校尉、卫士们分享。你不是说阿韦善于烹饪吗？劳烦她来此料理烤鱼，顺便享用美食，可好？"

李世民大喜："我家娘子思虑周详，就依娘子之言。"因命一名卫士传话给林润润，命她回住处时，顺路通知韦珪。

月影在溪水中荡漾，瑾瑶心头一动，叫道："二郎，机关！清河县君曹氏的錾花鸟头细柄舌形银勺！"

瑾瑶推测，那勺子通体錾花，是绝佳的保护伞。假如鸟头中空，蓄藏毒液，把一根一头削尖的管子埋在细柄内部，连通鸟头与勺子，曹氏的侍婢苜蓿舀起一只凤凰胎，操纵柄上的某个机关，开启日常封堵毒液的暗门，毒液流入细管，透过柄尾为錾花所掩护的细孔，推出尖头，刺破凤凰胎，注入毒液，再拨动机关，针头缩回细柄中藏好，暗门重新关严，锁住毒液，随后把凤凰胎倒进目标餐盘。为其他人分盛凤凰胎时，则不触动机关。

如此，就能做到只毒杀目标，而不伤害他人，剩余的凤凰胎也无毒。

“案发当日，逡巡酱上来，侯莫陈氏嫂嫂说：‘这是我家五郎送来的，请县君赐光谬领。’逡巡酱之后，是葵菜汤。”瑾琋脸颊绯红，自言自语，“曹氏临时决定，以逡巡酱为掩护，把水搅浑。苜蓿为她舀了几勺，她道出‘不用了。你这婢子好没眼色。这酱量不多，我不能吃独食。快奉与内史令’，便是暗号。她主仆二人想必悉心预谋了各种预案。那时，苜蓿又将银勺探入酱中，得到这声指令，复依前法在逡巡酱里施毒。之后，她将银勺收回自家食盒内，盖好，再未使用！曹氏与我们一样，用堂兄家的木碗、木勺吃葵菜汤……她、她就这样，当着我们亲族的面，毒杀了堂兄夫妇！”

鳀鱼毒的来源，长安县衙盘查了所有可能制售毒药的药肆、医馆……乃至鱼肉行等，仍然一筹莫展。

假如确系曹氏所为，这就不难解释。做过叱诧风云的一方王后，藏有奇毒易如反掌，无需求助长安城中的有关行肆，外人无从探寻。

瑾琋合上双目，微微摇了一下头。这一切推论毕竟只是建立于想象的基础上，半点儿实据也无。万年县衙登门勘验过曹氏的银勺，未曾发现异常。

设若那把银勺子是凶器，曹氏一定早就做了处理。

“护城河。”瑾琋拾起一块小石子投入溪水，“案发次日晨，我三兄声称在护城河某段的河底看见一个盒子形状的物事。那一段，恰在城西光德坊长孙宅至城东清河县君邸的半道上。我当时一度怀疑曹氏在她携带的银勺、绞胎盘等餐具上做了文章，闻听此事，猜测她于回家途中，命奴婢跑到护城河边抛弃凶器。然而，我的随从没有在河底发现任何物品，县衙又在曹氏宅邸勘验了她带去长孙宅的所有餐具，证明她没有抛弃餐具。我就打消了原有的怀疑。”

李世民说：“我明日派人驰回长安，送信给雍州署，命他们把你关于银勺机关的推测透露给长安县衙。剩下的，就看他们的本事和运气了。”

“嗯。”瑾瑜转身眺望营地，“林润润到阿韦住处了吗？”

林润润一边行路，一边怨念：“果然秦王酒量比齐王差远了，喝不多少就闹幺蛾子。你看齐王席终就散了，下人多省心。”

主动陪她一程的齐王府舞伎藤子安慰道：“权当散步消食罢了。再者，秦王做烤鱼还想着给你们吃，倒是挺有人情味。”

“秦王是命阿韦去做烤鱼吃，可没提及我。”林润润撇撇嘴，“她是落难的世家娘子，自当多加怜惜。我呢，贱婢就是贱婢呗。”

提起韦珪，藤子的脑海里映现出一个身穿丁香色衫裙、绀青色半臂的绝色少妇身影，早晨她见过的。

她蓦然感到自己舞后更衣时熏的艾草太过了些，得亏林润润不介意，因笑道：“依我看，你竟不必如此。韦娘子与你同为洛阳宫出身，有她在秦王面前为你美言不好吗？明面上，你和她相处也还过得去啊！”

林润润朝地上啐了一口，道：“呸！做梦呢！她若能如此，我哪有见不得别人好的？她慢说别人，现放着一个堂妹在那里也不扶持。对谁都‘好好好’，内里只顾自己，我可看不惯这种人。明面上是另一码事。我们这种人没资格讲究什么嫉恶如仇、表里如一。呵呵。”

“她的堂妹就是先前的伪郑太子妃韦尼子了？怎么不扶持？”

“近的先不说了。昔日在洛阳，韦珪在秦王跟前算头一份儿，”林润润酸了一下牙根，开始直呼其名，“那时外人不能随意探访王世充家的罪妇，韦尼子娘家捎信给韦珪，托她向秦王求个情，她居然不敢。当初她蒙难时，韦尼子一家如何照应她啊！末了，她半点儿恩义也不讲。”

藤子顺着她的口气贬了韦珪一通，接下来的对话变得空前的投机。

一溜绑在路旁的照明火把映出林润润脸上光彩的艳红，藤子眸光一闪，赞道："你的项链很亮嘛！"

林润润戴着一根水晶项链，由数十颗白水晶珠子串成，配有四枚金扣子，紫水晶、蓝宝石、玛瑙和绿松石吊坠各一颗，是她最贵重的几件首饰之一，因眼笑眉飞地说："我能有什么。昔日在洛阳宫为秦王献舞，他一时高兴，赏了这个给我。就指着它撑门脸，不为跳舞还舍不得戴出来呢……"

林润润和藤子抵达营地之后，某一时刻，山溪边的李世民从左右随从的说笑声中捕捉到了两声呼救声，那声音属于女子，万分的惊悚，就在对岸。

山溪不宽，水流平缓，搭了一座木桥以供通行。

李世民与众卫士跃上马背，冲过溪流，爬上浅坡，挥鞭敲断了干扰视线的树枝，高擎火把观察。

浅坡下方的草地上有两名女子站在一棵大树后，其中一人轻微地晃了晃，瘫软在地，另一个抱着树干，全身僵硬，已不能出声。

在她二人前方，有一只体态精干修长的活物，四肢粗短，周身黄底黑斑，在草木中穿行过来，逐渐接近两个女子，竟是一头豹子。

李世民一行都是老练的猎手，知道这畜牲潜到适宜的距离，就会跃起攻击猎物，当即挥舞火把，鼓噪恐吓，一面散开队形，飞驰包抄下去。那豹子并未被吓退，只是瞬间犹豫，陡地蹿跳起来，扑向猎物。

说时迟，那时快，李世民手中的横刀对准豹头狠狠地飞了过去，众随从同时从不同方位向那畜牲的要害部位射来羽箭。

那抱着树干的女子迸出一声哀号，豹子也爆出一声嚎叫，比人声更洪大惨烈许多，好像在和她对喊较劲似的。

一把横刀直插进豹头，豹身多处中箭，颓然栽倒，抽搐着渐渐不动了。

那女子啼哭不止，李世民下马察看，却是粗使宫婢扶桑，他带来照顾韦珪起居的。

吓晕在地的女子正是韦珪，此刻方才醒转，孱弱地呼出一口气来。

树下的浅水洼中有一具熄灭的火把，是她俩的照明工具，受惊脱手了。

李世民见扶桑已然吓傻，就自己搀扶韦珪起身，问她情由。

瑾琋也乘坐拏舆到达事发地点，目睹此情此景，心中涌起一波醋意。幸而她笼着幂篱，泛酸的神情没有为旁人所察觉。

李世民松开韦珪的手臂，转向瑾琋，问道："观音婢，你身怀六甲，天气寒冷，路也黑，何必来呢？"

瑾琋笑道："你是知道我的，偏爱往出事的地方跑。有火把、有手炉，也不需自己行走，当然要来。怎么？打扰你了吗？"

李世民觉得，瑾琋此次怀孕，不惟食量亢进，感情似乎也变得有点脆弱。不知腹中孕育着一个怎样古灵精怪的孩儿？把母亲也教"坏"了。时机也不凑巧，致使她看见那一幕。今后还须小心为上。当下，他口里就只回答"胡说"二字。

留荑、繁缕扶瑾琋下舆，忽有个男子的粗嗓门大嚷："斑郎！斑郎！你们、你们，为何杀死齐王的豹子？"

原是驻在稍远处的一队军士听见适才的鼓噪打杀声，赶来察探，领队的一位将军看清豹子的尸体，跳下马出言质问，待认出李世民，便缓和了脸色，客客气气地行礼，自称"齐王府护军薛实"。

天策府的随从说明了事情经过。李世民从豹头里拔出自己的佩刀，豹血汩汩而出。他一面在树皮上擦拭刀刃，一面问薛实："这畜牲为何跑了出来？"

宗室贵家子弟豢养豹子、猞猁，跟从主人狩猎是寻常事，李世民也有。李元吉养的豹子取名"斑郎"，难怪周围远远近近分布有不少火把，它都不害怕，也不畏惧猎手们的威吓，原来是混熟了的。

“下官也不得其解。它平时都被关在笼舍中，有专人驯养看守。”薛实回禀，突然想起养豹子的人还没有现身，大怒，“阿牟那个懒驴何在？”随即遣人去禀报李元吉。

瑾琋环视四周，看清韦珪和扶桑藏身的大树在一条宽约十五尺的土路旁，斑郎倒毙在路上。路对面再有百余尺便是豹舍，虽说是为冬狩临时建的，但很牢靠，唯一的门以铁链封锁，除非名唤“阿牟”的豹奴失职，否则不应发生豹子逃逸伤人的事件。

“方才，斑郎似是在撕咬什么物事。”韦珪刚恢复了一点儿血色的脸色又变白了，“奴婢二人相扶至此，斑郎就直奔奴婢而来，我们吓得退到树后呼救，斑郎却停步撕咬那物事，再转向我们。奴婢便晕厥过去。”

扶桑泣道：“幸好那畜牲先发现了别的吃食，若它直接扑咬韦娘子和奴婢，我们就等不及大王来救了。”

她和韦珪想的不是一码事，别人却都听懂了韦珪的意思，遂整队往豹舍方向搜寻。

两个女人惊魂未定，行不动路，天策府一名校尉将乘马让给她俩骑乘，自己在前面牵马。

李世民低声劝瑾琋：“你不宜劳动。在此等我回来。我又不做别的……”

“大王勿虑，妾只想查明此事。大王英雄救美，莫非妾还能阻止美人对大王以身相许吗？”瑾琋换了口吻，谑笑道。

她仍坐上拏舆，随众行进。

搜索了一段路，在扶桑指示的方位找到豹子撕咬过的东西。

瑾琋只瞧了一眼，脱口叫道：“天！”

众人俱各惊骇不已，扶桑晕了过去，天策府卫士将她抬到草地上灌水救治。

韦珪则是听说“死人”二字就软在马背上，阖紧双目根本不敢看。

那是一具赤裸的尸体，背朝上，头梳抛家髻，腰部被豹子撕咬得血肉翻飞，一件飘散着艾草香味的雪青色短襦揉在尸体身侧，也有豹子咬过的痕迹。如果遮住尸体的创口，却是一副冰肌玉骨的好架子。翻转看时，果是一具女尸，眼口微张。

◑ 7 ◐

瑾瑶惊呼："藤子！"

"阿牟！斑郎咬死人啦，它自己也被杀了！你这天杀的打脊奴，还不出来请罪！"齐王府军士一边呼叫，一边寻找。

"哎——我在这里——"豹舍背后传来回应，"我受伤了——"

众人转至发出回应的地方。果见阿牟背倚豹舍，瘫坐于地，左腹和右肩都中了刀伤，血淋淋的，吓得繁缕等侍婢转头不敢正视。

瑾瑶却不大害怕，掀开幂篱，看视阿牟的伤。

李世民十分不满，轻声阻止道："观音婢，此地外男众多。你掀起幂篱，细看豹奴，可是失礼之举。"

"喔——"瑾瑶只得重新笼好幂篱，悄悄告诉他几句话。

待她说完，李世民走到阿牟身边，检视了他的伤口，命人给他裹伤，又问道："你因何受伤？"

阿牟忍不住偷看尸体几眼，浑身直哆嗦："奴婢谢过大王！奴婢来给斑郎那畜牲喂食，谁知走到豹舍后面，一个蒙面人蹿出来砍了奴婢两刀，奴婢无能，痛昏过去，刚才醒来，竟出了这样的事！"

李世民慰勉道："不怨你。下去养伤吧。"

阿牟被抬走，侍婢们搀扶瑾瑶随李世民、薛实等人绕行豹舍，察看了一周。

豹舍的门敞开着，铁链、锁和钥匙扔在右侧。门口原有两堆火，原是防豹子逃出的，也灭了。豹食乱摊在阿牟昏倒的地方。

看来，蒙面人砍伤阿牟之后，从他身上摸出钥匙，扑灭火堆，放出了斑郎。

李元吉赶来，见到这般情形，气得暴跳如雷。但豹奴是极稀缺的，阿牟遭遇偷袭也属无奈，藤子和斑郎之死虽说可惜，也没有理由迁怒于阿牟，只好严令追查蒙面歹徒，立时将附近闹得鸡犬不宁。

李世民与瑾瑶商量了一会儿，又带领一名卫士爬到豹舍顶上勘察。

元吉苦着脸问道："阿兄在找什么？莫非那蒙面人藏在豹舍里？"

"好大骚臭的所在！蒙面歹徒倘若藏得住，倒还是个人物。"李世民爬下来，略带嘲意地回答，转身吩咐随从，"将豹舍背后十尺之内的地土，深掘三尺！"

李元吉质疑道："蒙面人还会遁地术不成？"

李世民笑笑说："会不会的，待会儿你就知道了。"

元吉品味着他言语神态中的嘲谑意味，心头忿忿，暗骂他自高自大，目中无人。

瑾瑶想起一个疑点，将韦珪唤到身边，问道："阿韦，你们为何来此？"

韦珪从帐中步行去溪边并不远，而来豹舍这边虽然路程远不了多少，却绝非必经之路，也不是捷径。

"不是大王及娘子召奴婢来的吗？"韦珪诧异地反问道。

瑾瑶将这个疑问转告了李世民。他略一思忖，林润润那张稍嫌小家子气的脸冒了出来，不禁勃然大怒，吩咐扶桑："你跟一名卫士回去，将林氏那贱婢带来！"

韦珪满面忧惧地禀道："大王，她不是一个人来传话的，还有……"却有些犹豫，抖着嘴唇说不下去。

"谁？快说！"李世民剑眉一挑，厉声追问。

"就是，藤子！"韦珪泣诉道，"王妃认出尸体时，奴婢因恐惧并未听真，后听见校尉们提及死者的身份，方才知悉。”

这一段话引出了数种可能性，在瑾琋脑海中赛跑，耳畔仿佛回荡着“咚咚咚”的足音。

她望着豹舍背后的土地。掘地三尺已毕，监工的校尉立直身子，禀报道：“大王，地下无人！”

李元吉嘲弄地斜睨着李世民，却听那校尉继续禀报：“但有一把刀！”

他撕了一块衣角包着刀柄提过来，呈给李世民兄弟及瑾琋过目。

瑾琋看看那刀，对元吉说：“四郎，快终止追查，以免惊动圣驾。瞧，这就是阿牟所述的蒙面人！或者说，蒙面人即是阿牟自己！”

元吉吃了一惊：“依二嫂之意，是阿牟自伤，还放出斑郎？”

“正是。此豹舍因系暂时之需，形制并不高大，相较于成人的体型可称低矮。阿牟熟悉斑郎习性，事先在豹舍背后掘一小坑，用草木石块遮蔽洞口。今晚，他带上平日料理豹食所用的菜刀，趁斑郎未醒，先扑灭门口的火堆，将锁打开，但不把锁摘下，然后爬到豹舍顶上躲藏，等到斑郎睡醒之后的某个时刻，他俯身用驯豹的皮鞭把锁挑落，再依次挑开铁链和舍门，发出日常驱赶斑郎的声音，指挥它向前捕猎，接着，阿牟便伏在豹舍顶观望事态。”瑾琋答道，“可是，意外出现了，我们赶来杀死了斑郎，阿牟只得按原计划滚到豹舍背后，用这把菜刀自伤，最后把刀塞进那小坑中，按原样遮盖好，预备明日凌晨取回。”

“二嫂指控小郎府中的奴婢，可有凭据？”元吉有点儿不高兴。

李世民从嘴角嗤出一声笑语：“呵呵！最大的凭据，便是阿牟的伤！四郎，你也打过很多仗，见过各种金创伤，未知有否留意，细看创口形状、深浅及方向，可知他先用右手持刀砍伤左腹，复以左手持刀砍伤右肩，旁人并不能那样伤他。你二嫂读书极多，记得书中的记载，察觉有疑，让我抵近检视他的创口，就越发笃定了。”

元吉确实未曾留意过，但也感觉李世民和瑾琋作此推测是有底气的，因问：“即或兄嫂所言不差，那么，阿牟为何如此？他等到什么时刻放出斑郎？”

瑾琋答道：“详情就要问他本人了。不过，我可作个猜想。藤子的环佩首饰和衣物均不知下落，陈尸处仅残存一件短襦，阿牟有无可能因婪取财物而杀人？而他放出斑郎的时机，是冲着韦珪去的。然而，斑郎中途撞见现成的食物——藤子，也许因为是嫌弃藤子已死，抑或厌恶她熏过的艾草味道，那畜牲放弃了藤子，转而试图扑食韦珪这个活人。”

薛实憋不住，插嘴问道：“藤子不是被斑郎咬死的吗？大王的意思是，藤子躺在那里时，已经是一具尸体了？”

瑾琋转向他说：“我们认出藤子尸体之初，非常惊诧，又急于寻拿阿牟，故未留心。后来细察，藤子的颈部有手臂和布帛勒过的两种伤痕，凶手武功高强，但使的不是扭断颈骨的招数，而是以膂力压迫颈部，阻断血脉，须臾就致藤子昏迷，再用某种布帛——也许是藤子的披帛——勒死了她，抛尸在豹舍前。”

薛实豹眼圆睁，愤怒道：“这凶手便是阿牟？杀了藤子喂豹子？好生狠毒！”

“尚不能断言。我们一路搜寻来此，途中有许多马蹄印，包括出入藤子陈尸地点的。因此，凶手可能驰马将藤子的尸首运到豹舍前抛下，又火速撤离。之后阿牟才着手行动。”瑾琋说，“按阿韦所忆见到藤子及林润润的时辰，藤子回程途中遇害并被抛尸于此，是有可能的。可惜日间骑马经过这里的人很多，各种马蹄印混杂，无法确认。”

元吉思考了一阵，接口道：“阿牟倒是很可能有那等功夫和体力。不过，藤子是长身女子，阿牟虽说身形矫捷，但个头偏矮，除非他立在高处……哎，二嫂，何以见得阿牟是看见韦珪之后，伺机放出斑郎的？难道他还想杀她？”韦珪没有正式的名分，元吉在对她的称呼上也不讲究，并不屑于唤一声“韦娘子”。

瑾琋轻轻摇了一下头，怀着对藤子的怜悯答道："因为亡者的那件短襦，雪青色的。阿韦穿着丁香色上襦。二者颜色相近。藤子遇害前，通身着装颜色应该和阿韦差不多，两人身形也相似。所以阿牟认错了人。他的目标是藤子，为此，他有可能故意饿着斑郎，且在今晚用作伪装的豹食中做了手脚，使斑郎不屑于吃，否则，斑郎未必会伤人。"

藤子衣裙的颜色在林润润那里得到了证实。

但是，众人仍然有疑问。藤子陪同林润润给韦珪传话后折返，阿牟如何预知藤子今晚必然出现在豹舍附近？

众人沉默着，元吉突然发问："林润润，藤子该不会是你杀的吧？你是最后一个见到她的人，身量也够长！你把她的首饰衣物藏到何处去了？！"

林润润本来在痛哭，也为某件事而忧心，闻言惊得跪倒在地，转向李世民哀求："哎呀，大王，绝不是奴婢啊！奴婢与藤子交情好，做什么要杀她！藤子返程路上可能遇见别人，奴婢不一定是最后见她的。大王要为奴婢做主啊！"

李世民却问："你先交代为何篡改我的话，教韦珪到这里来？莫非你与阿牟串通，要害韦珪？"

林润润的眼泪把脸上的香粉冲成了一绺一绺湿黏的粉白线条，继续哭诉："奴婢不敢篡改大王教令，实实未曾说错，若藤子在，可为奴婢作证！但是，呜呜呜，可怜的藤子啊！奴婢想，是韦娘子听错，或者行路弄错了方位，把溪水右岸误为左岸……"

韦珪默不作声。林润润和藤子去她帐中传话时，扶桑如厕去了，只有她一人在，现今和林润润对质也讲不清楚。

李世民审视林润润良久，终于放缓了口吻，对元吉说："四郎，林氏纵有那心，体力也足与亡者抗衡，可是，断无那般武艺。"

元吉明知他推断有理，却不肯服软，微含怨气道："阿兄单会怀疑我的奴婢，我疑林润润，你就护在头里。你待侍婢如此尽心，就不怕二嫂伤心吗？我自会审讯阿牟！不过阿兄，林润润的嫌疑，你也不能无视！"

李世民原知自己与韦珪在洛阳的传闻，元吉是第一个散布的，听他再提那倒三不着两的话，未免有些恼火："林润润我也会审！四郎，我论的是事实和情理，你扯什么没用的？！"

最终大家不欢而散。不过，李世民依然履行前约，将今夜捕得的鲜鱼及三种名酒分赐给随行校尉和卫士。

回到营帐，瑾琋忽然"扑哧"一笑，抱住李世民的后腰，仰面看着他，扭嘴撒娇道："我信你啊！四郎那张嘴，惯造口业，你不必理睬。肺腑之言，二郎，我信你。"

"当心，不要顶着腹部。"李世民喜上眉梢，扶着她立直，"但凡你不与我置气，我才懒待理他。"

"嗯。"瑾琋摸摸一边腮帮，是胖了，可她无心介怀自己的胖瘦，"未知四郎审讯阿牟，可有结果？"

齐王府连夜审讯搜查，在阿牟所居帐篷的地下挖出藤子的首饰衣履，坐实谋财害命的罪名，作案手段与李世民、瑾琋的推断一致。

李元吉性情本自凶暴，甚觉恼恨羞耻，也不执送法司查办，私刑处死了阿牟。

但瑾琋仍有疑问，与李世民谈论："阿牟何以预知藤子当晚会途经豹舍，而精心预作谋划？四郎不曾查清这一点，遽下杀手，实在是草菅人命。"

李世民深以为然，对藤子之死也甚是悼惜。

然而，即便李元吉有处置不当之处，李渊获悉此案，也未作任何表示。

毕竟，儿子与豹奴，贵贱亲疏，判若云泥。

李世民只是兄长，又能如何呢？

第六章 男子发簪之谜

1

冬狩结束，战事又起。

窦建德旧部刘黑闼于河北聚众起事，来势汹汹，在相州自称汉东王，复立窦建德的夏国，定都洺州。李渊诏令李世民携李元吉领军出征，定于十二月十五启程。

十二月的前半段，瑾瑜自感比往昔加倍忙碌，筹算李世民出征所需之物，琢磨安世夫妇鳀鱼案，偶尔还会思考齐王府舞伎藤子遇害案。

李世民不许她费心劳思，晚间回殿，寻些琐事转移她的注意力，对她道：“孩子一日大似一日，你肚腹渐隆，现有的衣裳统统不合身。我命赵顺邀了尚服局的女官，明日来给你量体，做些新衣裳吧。”

“嗯。好。”瑾瑜嫣然一笑。舍不得他走——这种情绪一直存在于她的心底，某些时刻格外的澎湃。譬如，此刻。

她摘下他的襥头，要亲手为他解散发髻。

不过，当她伸手去拔他的发簪时，手却扑了个空。

李世民的束发簪不翼而飞了。

今晨，瑾琋亲手为他插好的，绝不会记错。论理，自早晨梳洗至方才，他应该都戴着襆头，发簪不为人所见，也不会拔出。

他的发簪去了何方?

瑾琋凭空画出三个字：淇奥殿。

她捏住他的发髻，使劲揉一把，假装拔下了束发簪，又取下束发巾子，拆散发髻，拿玉梳子梳直发丝，嘴里道："呵呵，二郎的头发传承自母亲，浓黑直韧，再留长些，可梳女子的发髻了。"

"哈哈哈！"李世民笑着抓住她的手，说道，"若搭配两撇虬须，岂不更妙……"

次日早起洗漱，繁缕诚惶诚恐地禀报："大王、娘子恕罪，奴婢等疏忽，未及时打磨铜镜，两面铜镜都糊了。"

李世民解散发髻不需镜子，结髻戴冠还是要照镜子的。

瑾琋怕他发作于繁缕，抢先回应："唉！你们今后务必仔细啊！今晨，你和留荑充当镜子，我亲手为大王梳髻。玳玳，你来打下手，传递器具、饰品。"

梳头，结髻，扎巾子，插上一支簪子，最后，戴上襆头。

留荑、繁缕、玳玳齐声称颂："大王威仪赫赫。"

李世民心花怒放，趁她们低垂着头，轻咬了瑾琋的脸蛋一口："我这位面如满月的小娘子，量好新衣裳，等我回来。"

他在外奔忙整日，傍晚于淇奥殿设宴，与各位从征将领聚饮。

酒过三巡，他因有了醉意，就由着众将在淇奥殿前殿观赏歌舞，自己退居后殿，往隐囊上一歪，稍坐了片刻。饶是醉玉颓山，乱花渐欲迷人眼，依然助长某种兴致蠢蠢欲发。终是按捺不住，吩咐身边宫婢："传韦珪。"

事毕，他慵懒地闭目歇卧，喝了韦珪喂的解酒汤，小睡半个多时辰，精神复振，便起身回翠华殿。

殿中铜镜已磨好，瑾琋让他亲身试一试。

梳头婢摘除了襆头，瑾琋含笑盯着镜中的他，预备欣赏他惊讶的表情。

然而，镜中的景象却令她本人暗暗吃惊。

李世民笑道："观音婢，你今日给我用的仍是昨日那支簪子。明日换一支。"

他昨日遗失的那支簪子，失而复得。而瑾琋今晨插在他髻上的那支发簪，却失踪了。

而他，似乎自始至终浑然不觉。

瑾琋抿了抿嘴，道："明日用玉簪好了……"心中嗟叹："我可谓作茧自缚吧？呵呵……"

此事略显神奇。可想而知，与此相关的人都不便言语。她要搜寻那支发簪自然也有诸多不方便之处。

冬日的太阳又一次普照长安城。负责交通采买的给使阿胜路过韦珪三姐妹的居所，朝门内探一探头，韦珪正在监督韦尼子和王菩提读《杂文》一篇。

他问道："大韦娘子，我要出门了，你托我带给府上的物品呢？"韦珪是李世民的新宠，因此阿胜待她比较热忱，前几天约好帮她到韦宅送东西。

韦珪展颜而笑，交给他一个赤色的瑞锦纹锦盒，道："有劳你将这些人参带去。多谢。"

阿胜迈下石阶，去另一处与林润润汇合同行。

自迁入弘义宫，瑾琋立下规矩，宫女、给使每年有若干假日，可结伴出游或省亲，众人无不拥戴。譬如林润润，就是要去城中寺庙为亡友藤子祈冥福的。

他们行至一处转角，撞上三路人马：宫婢阴兰因臂挽一篮鸡蛋，往厨房送；贵人燕芃携侍婢二名，从翠华殿后花园读书出来；贵人杨修能携侍婢二名，去翠华殿后花园练习吹笛。

燕、杨两人在廊上相向而行，行至这处转角，阴兰因自庭中斜向上阶，篮子别了燕芃一下。本来不算什么，兰因道了歉，燕芃也不介意，她的贴身侍婢夕雾却是个泼辣人，迸出一句："掖庭罪婢别忘记在掖庭学到的规矩才好。"

此话一出，旁人没关系，杨修能不答应了，觉得夕雾仗势欺辱兰因，必须有人伸张正义，出面指责道："不过是个意外，并非她的过错。你责备她已属无理，还戳人家痛处。依我说，你别忘记规矩才好。"

夕雾不阴不阳地回嘴："杨贵人，此事不与您相干。教训我也有燕贵人。"

修能撇开她，直接问燕芃："燕贵人，我也曾为掖庭罪婢，素来不以为耻。你是读书种子，应该教导侍婢懂得君子慎言、温恭自虚的道理啊！"

燕芃无奈答道："自然。杨贵人见谅。"

夕雾趁势向修能躬身施礼，佯装抱歉："是，请杨贵人饶恕奴婢，不爱读书，不是'君子'，不懂'慎言'。"

修能的侍婢朝颜听出她字字带刺，抢上一步，欲与她理论，不防一个趔趄，身子朝前扑，合在夕雾怀里。

夕雾一仰，又撞着阴兰因。兰因也撑不住，身子一歪，眼看篮中鸡蛋将倾，阿胜眼疾手快，侧身用臂膀一顶，扶了她一把。

林润润忙把锦盒接过去："锦盒呢，仔细挤着了。"

夕雾和桔梗不依，与朝颜、薜荔对垒争辩。修能抱手不管，燕芃苦劝。

阴兰因感激修能，不愿和朝颜、薜荔作对，又不好得罪燕芃，只念经似的唠叨一句话："朝颜不是有意的，朝颜不是有意的……"

林润润实心想看戏，假意劝解。一帮人堵着路，吵得热闹非凡。唯有阿胜以绝对的沉默和适当的距离为盔甲，保护自己不为他人的纠葛所伤。

“咱们有事要办，绕道吧。”他呼唤林润润。

“哦哦。”林润润答应着，转身走出是非圈，“咦，什么？”握锦盒的手触到了一点儿湿润。

阿胜抬头看看，说道：“屋檐上挂的冰凌融化，沾上了。”

“渗到盒盖缝里了，别湿了人参啊！”林润润退至庭中，“韦家和大韦娘子岂不怨我们粗心，有负重托？”

“打开瞧一瞧，若湿了，就敞着晒干。”阿胜说着，把锦盒拿回来，打开盖子。锦盒沾上的水不算多，料想湿得有限。

“韦珐这个罪籍宫婢，能送出人参孝敬生母，秦王必定赐给她许多赏用。”林润润随着盒盖的开启，将含酸的目光向锦盒内一瞬，却看见一种不属于人参的颜色，惊叹道：“人参结出了红珊瑚珠子？”

刀人郑蔚挺着五个月孕的肚子走近，问道：“有这等奇事？”

她低头看锦盒里的物事，第一眼不敢确认，第二眼就低声叫了起来：“王妃的嵌红珊瑚珠金簪！”她替阿胜盖好盒盖，警觉地望望仍在那边拐角处纠缠的燕芃等人，确信她们没有留意这边的情形，便告诫忍冬等随行侍婢不得声张。

阿胜、林润润也不能外出了，连同锦盒一并被郑蔚带到翠华殿告状。

瑾琋沉吟道：“这金簪，我有些日子不戴了，平素也并非每日点检首饰，不想已遗失。只是，潜入翠华殿行窃难于登天，阿韦竟能办到？看来这弘义宫中，门禁防守仍有漏洞。”

韦珐及韦尼子、王菩提奉召前来对质，噙泪跪拜道：“娘子明察，婢子于昨夜就寝前装好这只锦盒，尼子、菩提都在场，可证明婢子并未夹带其他物品。这支金簪的由来，婢子委实不知。”

瑾琋不答，问尼子和菩提：“你们能证明，她装好锦盒之后，就再未开启吗？”

韦尼子似乎吓呆了，倒是年龄更小的王菩提嗫嚅着答道：“姐姐每夜比我们晚睡，但婢子可担保姐姐的清白。”

亦即不能证明了。她的担保没有任何效力。

林润润转头窥视韦珪的神色，不料，这一瞥竟又带来新的发现，惹得她目中射出两道灼人的光，指着韦珪脖颈上戴的项链说：“好巧啊！这颗紫水晶吊坠，与我在冬狩营地丢失的那颗一个样儿，你在那里捡的吗？”

韦珪不自觉地轻按吊坠：“不是。这话从何说起？当时不曾听你提及吊坠遗失之事。”

林润润的回答也算克制：“那晚我和齐王府的藤子给你传了话，便各自回去歇息。摘项链时发现紫水晶吊坠没了，遍寻不着。此后大王传我去藤子陈尸的地方，我又难过，又害怕，便顾不上旁的。直至启程回长安前夕，才又悄悄找了一阵，仍是没有。现今那吊坠挂在你的银项链上，自然需问一问。”

如同听见开战的鸣金声，郑蔚尖刺的目光也扫向韦珪，暗想：“你这位京兆韦氏的女儿，居然不具备拾金不昧的美德。可叹你前夫家绝灭无人，衰败已久，娘家又没有男子支撑门户，只有生母和独生女相依为命，家业萧条，做出盗窃宫中财物、资给娘家的行径也不奇怪。”

韦珪对于紫水晶吊坠的问题却是出奇的镇静，淡然应答:“当真不是。”

林润润被她噎得小脸微红，追问道：“那你这颗是哪里来的？”

韦珪谨慎的看看瑾琋，使自己的口吻尽量显得谦卑：“是大王在洛阳宫赐予婢子之物，今日首次佩戴。”

瑾琋怔怔地没有出声，然而并不是因李世民赏赐别的女子首饰而不悦。林润润和韦珪的问答一槌接一槌地敲响一面金锣，盖过所有杂音，讲述着藤子遇害前后的某些情景。

而林润润被韦珪的回答打了一记耳光，两边脸颊生疼，憋了片刻，想扳回一城，也不考虑瑾琋、郑蔚在侧，发动脸部皮肉牵拉出一个大大的笑容，道："是我误会了，对不住你啊。实在是我那整条项链也是大王在洛阳赏赐我的呢！故而对一颗吊坠也格外珍视。"

瑾琋只是笑："吊坠之事不必提了。适才郑刀人、阿胜和林润润已说明事发经过。此事待我细想。近来我遵医嘱，少食多餐，每日进六餐，庖厨刚做了二十四气馄饨送来，你们和我一道吃吧。"

众人猜不透她的心思，拌着馄饨，吃了一肚皮的官司进腹。

"都吃好了啊？嗯，丰登，你领郑刀人、阿胜、韦氏姐妹、菩提和林润润到翠华殿后面那大花园里逛逛，等我传召。"瑾琋丢下这句吩咐，由留荑、繁缕搀扶起身，去正殿廊上散步，密令玳玳赴淇奥殿把洒扫宫婢淡竹带来。

这个婢女于武德元年牵涉香球案遭谴，从此对瑾琋愈加敬畏。待她行毕礼，瑾琋单刀直入抛出问题："淡竹，据典闱女官南宫娘子回禀，昨日是你打扫淇奥殿的后殿。你拾得大王的束发簪，事情前后是怎样的情形？你给了谁？"

淡竹的脸颊浮出羞红："娘子……"

"无需顾忌。有我护你。"瑾琋微笑道。

"奴婢谨遵娘子之命。"淡竹吃了定心丸，禀道，"淇奥殿后殿的卧榻旁有一张读书时安置卷轴用的书几。昨日晨，奴婢在书几底座背后扫出那支男子束发簪。奴婢愚笨，也知能把束发簪落在那里的男子，只有大王。入内清扫之前，奴婢原听说，大王前日在那里召幸宫中女子，奴婢就明白了……"

她暂且打住，偷瞟瑾琋的脸色。男子摘下襆头行房是自然而然的事，但拔下束发簪则多为兴之所至，要么是男子故意把那簪子朝女子发髻上插，以调情，要么是动作激烈，无意中刨掉的，要么是……无论哪一种，倘若引起瑾琋想象，那画面定然极不美好。

◑ 2 ◐

瑾琋却是安之若素。一切皆在她的推测之中。况且，此时，她的心思投注于案情本身，只平静地回应："但讲无妨。"

淡竹顿首道："娘子恕罪。那时，奴婢思量，这等事体不可言说。因大王宴后，例必进淇奥殿后殿休憩，奴婢就将那簪子置于书几底座上，先去洒扫别处，过一时再去后殿门口，提醒殿内侍奉的人指那簪子给大王看。奴婢盘算着，只需如此，大王自会明白。那人应了，奴婢便退下了。"

瑾琋怀孕后，李世民经常先在淇奥殿召幸媵妾侍姬——韦珪为主，再返回翠华殿。"宴后例必进淇奥殿后殿休憩"之语是以曲笔描述事实。

瑾琋感到淡竹有所进益，比先前稳妥了许多，又追问了几个问题，特赏她一把铜钱，嘱她继续保守秘密。

遣退了淡竹，瑾琋稍加思忖，即传郑蔚、韦珪回翠华殿，命林润润、阿胜、韦尼子、王菩提："自去取便，不必过来了，且不许再议论此事，不得教大王知晓。"

留荑、丰登等人道是她要揭晓谜底了，她却对郑、韦二人虚应了一通："此事业已解决，阿韦清白无疑。详情？不便告知。大王行将出征，后院纵令有事，亦须息事宁人，不可以细故使大王分心。我只能透露一点，此事，也怪我有些粗心。好了，你们自便，不得向大王透露，否则，便是扰乱战局的罪人！"遣退令斩钉截铁，不容追究。

郑蔚、韦珪挂着满头雾水，告退而去。瑾琋忽又吩咐丰登："避开她们，密将林润润领回。"

然而，领回也不问话。她只挥退左右，让林润润喝五香饮："怪冷的，喝些热饮吧。"

林润润暗自忖度："王妃为什么亲近我？当是认可我林润润的才干人品，想笼络我为一员干将，好压制韦珪？"

想得正美，但闻瑾琋一声笑语："呵呵呵。林润润啊，藤子遇害之前，与你说了些什么？"

一口五香饮含在林润润嘴里，凝结为冰霜，吞咽不得。

瑾琋继续说："你不方便讲，我来讲。那时，藤子给你出了个主意，把大王召韦珪去的地点调换到山溪对岸，她陪你去知会韦珪，好为你作证，证明你未曾篡改大王原意，是韦珪自己弄错了。"

"娘子恕罪！"林润润囫囵吞枣，哽着喉咙咽下那口五香饮，伏地拜道，"既然娘子已知底细，奴婢但求娘子救奴婢一命！"

瑾琋敛容正告："此间唯有你我二人，再无第三个人听到你所说的话。望你如实供述，我就不会让大王知晓。"

"是！其实，只是个玩笑……藤子说，豹舍里的豹子夜晚嚎叫磨牙，那声音可以唬韦珪一唬，教她还敢不敢趁着王妃有孕，整日挖空心思邀宠……"林润润禀道。

瑾琋轻笑道："呵呵。藤子遇害那晚，韦珪出现在豹舍附近的缘由，终得确认。林润润啊，人贵有自知之明。你的舞蹈技艺艳压群芳，你的计谋则是雕虫小技，破绽百出。今后深宜扬长避短。"

林润润不敢抬头："奴婢谨遵娘子之命。"

"呵呵。眼下，你的话音全然是颤音呢！'谨遵娘子之命'——只要你言必信，便无需忧虑。"瑾琋品着热饮，怡然自乐，"还有这支嵌红珊瑚珠子金簪的故事须讲解，就由我讲述。前日，大王于淇奥殿后殿召幸宫人——应为韦珪。期间，因不可言表的缘故，大王的束发簪落于书几底座背后，但他未曾察觉，离开前，戴上襆头就走。至昨日晚宴前，洒扫婢清扫，方才发现。洒扫婢为尊者讳，默默地把那发簪安置于书几底座之上，尔后离开。大王酒醉，退入淇奥殿后殿，结束献舞的你为邀宠，跟进去伺候。大王醉眼朦胧，未注意身边宫婢是你，命你传召韦珪。目睹大王的醉态，希冀怀孕生子而少有侍寝机会的你想到了大王第三女的来历，那年大王醉卧承乾殿偏殿，偶然临幸了侍立在侧的粗使宫婢，事后即忘怀此事，直至宫婢诊出身孕。你来长安，即闻知此事，昨日，你认为自己也可争取一次。于是，你伪装传来了韦珪，实际是你以身代之……闲言少叙，之后，大王入眠，洒扫婢返回后殿外，轻敲殿门，当时，你在屏风后穿衣，听见敲门，就转至门后应声，以免吵醒大王。洒扫婢请你提醒大王看书几底座上的发簪。你立刻明白了前日大王与韦珪之间所发生的……情形，想到一招整治韦珪的计策。你拔下大王发髻上所插的簪子——就是这支嵌红珊瑚珠金簪，用书几上的男子束发簪取代。大王如不发话，事毕，媵妾侍姬均须退出，你便顺势逃离。你曾在冬狩期间见我插戴这支金簪，虽不清楚为何插在大王的发髻上，但只要能羞辱韦珪就好。你甚至没有仔细算计采取行动后可能出现的不利局面。你之前与阿胜约定今日一同出宫，阿胜告诉你，他要途经韦宅，帮韦珪送物品。你决定努力把握这个天赐良机。嗯，于你而言，的确是一次良机，如果只有前半段。在你思索如何把那锦盒要到自己手中时，路遇燕、杨两贵人冲突，你得以做到这一步，随即趁着混乱喧闹的局面，背过身，微掀开盒盖，从袖中抽出金簪塞进去，再转身，故意让屋檐滴落的冰凌水淋湿锦盒。接着，你诱导阿胜打开锦盒，发现金簪。如果说燕、杨二位在这件事上是你的贵人，此刻，又有一位贵人降临，亦即郑刀人。她也曾见过我插戴这支金簪，因而代替你成为更为适宜的出首者。林润润，你为何如此？仅仅因为嫉妒？”

林润润的眼眶湿润了，辩解道：“还为了藤子。奴婢怀疑，藤子之死与韦珪有关。也许是韦珪识破了奴婢与藤子设下的恶作剧，而设计报复？苦无证据，奴婢也没有大能耐，只好出此下策。可是，敢问娘子是怎样怀疑到奴婢头上的呢？”

瑾琋举起双手，食指对食指、拇指对拇指，挨拢合为一个长椭圆，笑道：“我因你昨日献舞淇奥殿，今日接触过那锦盒，而对你有所怀疑。另外，希望你不会生气，你与洒扫婢说话时，衣衫不整，腿尚是赤裸的，她透过糊门棂的窗纱及门缝俯视，看见了你的腿。我问她，侍寝宫人的小腿是弯的，如我的手这般，还是直的？她说，是弯的，很特别，因此印象深刻。林润润，夏日里你数次不着长袴献舞，我都有份观赏，你的裙裾飘逸翻飞，露出膝盖以下的部位，我就记住了你小腿的特征。至于你所怀疑的韦珪与藤子命案的关联，我也直言相告，我认为是有关联，然而，是否为韦珪设计报复，尚不能作出推断，需要证据。此案，你须深埋心底，切勿与旁人议论……”

◑ 3 ◐

十二月十五，瑾琋亲手为李世民插戴好一支发簪，送他出征。

之前，发现他遗失束发簪，由此推想出淇奥殿中的“消闲”场景，瑾琋心中万般滋味，难以言喻，起意捉弄他。

她与贴身侍婢们串通，哄骗李世民两面铜镜都不能使用，给他插上妻子的金簪。原来设想，当他发现自己头插女子金簪，那惊愕而啼笑皆非的神情该有多么好笑？却被林润润搅了局。

“我无法预料的事也有很多。”瑾琋向玉龙子倾诉衷肠，“现今唯有一宗大事，祈愿心想事成，便是二郎平安凯旋。”

武德五年正月，李世民率军抵达获嘉。刘黑闼数度以轻骑兵与唐军交战，全部失利。不久，双方在徐河展开激战，刘黑闼军再度大败，损兵八千。唐军收复了洺水县城。

李世民命彭国公王君廓率一千五百名骑兵守卫洺水城，另遣翼国公、秦王府右三统军秦琼率五千兵马佯攻刘黑闼的援军，将其引诱至洺水河边痛击。李世民率主力转进，于正月十七日收复邢州，逐渐对刘黑闼老巢——洺州形成合围之势。

开局顺利，军中开始滋生乐观情绪。李世民告诫部属：“洺水县城虽小，却至为重要。今刘贼急攻洺水县城，我三次引兵增援，均遭其顽强阻击不能进。眼看洺水县城危在旦夕，王君廓全军残破，我意派遣精兵强将接替，谁堪当此大任？”

罗士信接下了这副重担。罗士信原为隋朝齐郡通守张须陀部将，后归降李密瓦岗军，在与王世充交战时重伤被俘，改投王世充麾下。因不齿王世充的为人，又率部投奔李世民，封为剡国公。他对李世民的知遇之恩铭感五内，抱定士为知己者死的信念。

李世民登上城南高坟，目送罗士信率部入城，回营途中在一座村庄歇脚饮马，见村旁有一所寺庙，便入内为罗士信及洺水守军祈福。

这座庙宇半是荒废状态，只有几户逃难百姓在此寄居。一位老者说：“大家都躲避战乱去了，村民尚且十室九空，寺庙哪来的香火？”

李世民深感惭愧，与老者谈论当地民情。李元吉趁机带着随从四处游逛，不一刻就走散了。

齐王府库直[24]宇文鑫进了后院，见左侧廊屋门口立着一位年约十四的少年，一脚蹬在门槛上，手中擦拭一把直刃刀。那刀是隋朝式样，刀柄、刀鞘皆髹黑漆，缠有多个银质箍环，刀柄处环首通体鎏金，环内透雕云雀，刀身寒光锃锃，似乎吹毛可破，与少年一身田舍人家装束极不相称。宇文鑫为齐王府护军宇文宝之弟，和李元吉是自小一起游猎的朋友，酷好宝刀，不免动了心思，向那少年求购。

少年抬眼将他一张，既不对他周身的甲胄和贵气表示敬畏，也不对

24 官名。东魏、北齐置。亦作库真。是诸王及主要大臣的侍卫。

他的出价表示兴奋，干干脆脆地回答："祖传宝刀，不卖。"

宇文鑫见他年纪小，想唬他一唬，因说："田舍家有如此好刀，容易被刘黑闼军盯上，莫如卖给我。"

少年说话像个小大人似的："有你们在此，刘黑闼必不敢来。若来了，田舍家正该用此刀自救。"

宇文鑫翻脸道："田舍汉怎会祖传这样的刀？定是盗墓偷来的！姑念你年幼，不予送官查纠，照价卖与我便罢，也不亏你！"

住在廊屋里的一位青年男子血气很旺，听不下去，出来维护那少年："是田舍汉，祖上富过，不许啊？！你是贵家郎君，什么没见过，小孩子的财物，不肯卖就算了，怎好要无赖诬蔑人？"

两侧廊屋里有好几双眼睛窥探，宇文鑫失了脸面，之前又喝了点儿酒，脑袋热烘烘的，抽出佩刀就砍，青年不想闹得太大，并不还手，只灵活地腾挪躲闪，与他言语周旋。宇文鑫不得理也不饶人，招招下死手。那少年不哼不哈，举起环首刀来帮朋友，一招一式竟也颇有章法，与那青年一个牵制，一个主攻，少年挥舞环首刀专拣宇文鑫所披铠甲的丝线、甲钉下手，虽说自己也挂了点儿彩，但把宇文鑫的铠甲拆散小半幅，划破了里面的衣裳。

旁人本来看看热闹，见他们动刀，慌忙劝架。格斗吵嚷声引得前面的人进来看视，直府左车骑将军谢叔方出面拉架，劝宇文鑫照顾李元吉的体面，他还犟着不依。李世民一看宇文鑫的模样，又好气又好笑，问明了情由，严加申斥，并安抚那少年及青年男子。

少年从李世民和宇文鑫的对话中得知是秦王，收妥刀，拱手为礼道："凉州安元寿，拜见大王！我二人本欲往大营拜见，不意如此谋面，甚感失礼。"

这少年身手不凡，颖悟早慧，李世民本已有些惊讶，听了这话，便知他必有来历。果然，少年摸出一张右武侯大将军、凉国公安兴贵的名刺，说明自己的来历。

原来他是安兴贵之子，奉父命赴河北探亲，遭逢刘黑闼叛乱，探亲不着，反与大半随行家奴失散，身边只剩那青年家生，在战火夹缝中钻隙西归，听说了李世民驻地所在，就想前往投奔，不想在这荒村野庙偶遇。

宇文鑫后悔不迭，只得赔了不是，又言："小郎何不早报身份？可省一场误会。"

安元寿说："我不知你为人，岂敢轻易暴露身份？慢说贼军，就是官军中也有害群之马，凭你是贵家富户、庶民百姓，都敢烧杀抢掠，因此凡战乱波及之处，士民莫不自危。此刀确系祖传之物，家父亲手赐我，拼死也不能给人。"

李世民斥责宇文鑫："你一来就强买强卖，拔刀伤人，还怪人家不自报家门。依你之意，若安小郎是庶民子弟，就可任你欺凌，设若人人如此，士民必然倍受兵燹之苦。武德二年你随齐王在并州是经历过的，休忘当年并州失陷的教训！"言毕，带着安元寿主仆二人离开。

宇文鑫兜着破甲烂衫跟在后面，只跨出几步，某件物事"叮"的一声掉到地上。

◑ 4 ◐

众人低头一看，见是一颗紫水晶吊坠。

之后，刘黑闼军从东北方筑甬道连续猛攻洺水城八昼夜，因天降大雪，唐军多次增援均不成功。罗士信以寡敌众，顽强抵抗，在他牵制刘黑闼于洺水县城期间，唐军主力相继夺回定、栾、廉、赵四州，俘获刘黑闼重臣。

洺水县城完成了自己的使命，于正月二十五日陷落，罗士信受伤被俘，拒绝刘黑闼招降，慨然赴死，终年仅二十三岁。

李世民惊闻噩耗，悲不自抑，重金赎回罗士信遗体，遵照其生前的愿望，安葬于北氓山裴仁基墓旁，谥曰“勇”。

在简朴而肃穆的葬礼上，李世民正告三军：“士信赤胆忠心，可称表率，今为我而死，我亦绝不负士信！必以贼兵头颅血祭之！”

正月二十九，李世民率军夺回洺水县城，实现了在罗士信灵前许下的诺言，旋即安排返京信使，携带安元寿主仆同去长安。

元寿不想走，请求在李世民麾下从军，李世民婉拒道：“你年方十四，宜返凉州，在令尊膝下多加习学，今后机会是尽有的。”到底把他送回了家。

罗士信殉国的消息传到长安，瑾瑶立即前往剡国府吊唁，并厚赠赙帛。身边的人劝道：“娘子有孕，不宜劳动，何况那是丧家，倘有闪失，大王怪罪，奴婢等消受不起。”

瑾瑶态度坚决：“此事不同，须依我而行。即使大王见责，我绝不让他怪罪到你们头上就是了！”

罗士信无子，本宗亦无近支男丁，丧事悉由朝廷委派监护丧仪的大臣料理。罗士信夫人出身河内司马氏，为两晋宗室后裔，单名“蒺”，年轻新寡，率诸幼女、姬妾在灵前哭得音容凄断。

瑾瑶素衣淡服，早早的亲来致祭，剡国府上上下下都很惊讶。司马蒺忍悲含泪，伏地还礼道：“秦王妃身怀六甲，怎可亲至？妾感篆五中，深觉惶恐。”

“剡国夫人切莫如此。”瑾瑶跪坐于地，拉着她的手抚慰，“剡勇公事国以忠，事秦王以义，名义上固有尊卑之分，实则情同手足。秦王与我，皆永志不忘！”

瑾瑶联想李世民戎马生涯中经历的种种险恶，倘或稍有差池，这披麻戴孝、哀婉凄绝的少妇或许就是自己，由此对司马蒺的悲痛感同身受，不禁泪如雨下，久久不能释怀。

自克复洺水县城，李世民在洺水以南扎营，并分兵驻洺水以北。唐军暂避正面大战，遣奇兵斩断刘黑闼粮道，沉焚冀、贝、沧、瀛诸州的水陆运粮舟车。

双方相持六十余日，刘黑闼粮草消耗殆尽，铤而走险，暗中突袭徐世勣军。李世民率李道宗领军袭击刘黑闼军侧后，以救援徐世勣。混战中，二人及少量随扈被刘黑闼精兵包围。

随扈暗暗叫苦，李世民本人却指顾从容，道出："道宗，随我来。"

话音未落，李道宗已紧随李世民策马冲出，两人手中的横刀卷起两道寒光，刀锋过处，敌人的身躯喷出浓艳的血花。随扈无不勇敢相从。

尉迟恭也率勇士杀入包围圈，内外夹攻，李世民、李道宗一行化险为夷。唐军的危机解除了。

"怯懦坐困亦死，何不置生死于度外，决死一搏，向死求生？"李世民在致瑾瑜的家书中这样描绘他在此役中的心境。不过，他不知弘义宫发生的某些事，也就未曾在意宇文鑫的紫水晶吊坠，没有写入家书。

经此恶战，李世民料刘黑闼粮草已尽，命人在洺水上游筑堰，截断河水，"让水位低一点儿，再低一点儿！哈哈！"

"大王作何打算？"部下困惑地问。

李世民略略微笑："但行好事，放他渡河。"

三月二十六，刘黑闼因河流变浅，无需舟桥即可通行，欢喜地大喊："天助我也！"果然率两万步骑兵，南渡洺水，孤注一掷。

李世民先遣轻骑出战，消耗刘军体力，后亲率玄甲军出击，大破刘黑闼骑兵，并乘胜践踏其步兵。刘黑闼率军拼死抵抗，战斗从中午持续到黄昏，刘军终不支，死伤万余人，败兵如山体滑坡一般滚回洺水岸边，人人争先恐后涉水北渡，以逃脱唐军追击。

一位少年士卒与新入伍的好友相互扶助，也趟进水里。少年在后卫军中，好友是伙夫，也在队尾，同为第一批往北撤退的人。

好友下水前，看到岸边泥沙半埋着一块破船板，招呼少年一起捡起来："有这个好！我不识水性，万一摔倒呢！"

"哪有那么容易摔倒？"话虽如此，少年还是顺着他，两人各执船板的一端，踩着齐及膝盖的河水，向北岸跋涉。

"大王，贼众已渡至河中央……"部下悄声提醒。

李世民挥舞令旗，以旗语向洺水守吏发出了信号。

守吏当即指挥士卒、民夫动手毁坏河堰。湍急的洺水隆隆咆哮，一泻千里。

刘军众将士惊恐地发觉，河水陡然从膝盖蹿到腰部，犹在不断爬升，潺潺的水流变得狂暴，人和马匹立足不稳，不断被卷入激流。

"洺水龙王发怒了吗？"少年的好友叫喊着，二人抱紧船板身不由主地栽进河水，打着转东漂西浮。未几，旁人再看不到他们的影子。

唐军将士停在岸上，眼看着适才还可徒步横渡的河水，瞬时升高到丈余深，刘黑闼军避之不及，眨眼间变成巨浪中绝望挣扎的蚂蚁，呼号惨叫不绝，虽为敌人，亦不忍卒听。

最终，仅剩刘黑闼率二百余骑残部北逃突厥。

硝烟散去。唐军清理战场，安葬阵亡者。重点是收埋洺水中溺亡的人畜尸体，防止遗体腐烂，污染水源，避免加重战事对百姓生业的影响。

北岸的灌木丛里发现两具仰躺的尸体，兀自紧抱已然五马分尸的船板。明晃晃的阳光把两张年轻的面容晒得惨白。

和家中幼弟一般年龄——唐军一位伙长喟然长叹："可怜，收了吧！"

手下兄弟抬起那两人，突然，一具尸体的眼皮动了。

"啊！"唐军士兵大惊失色，手臂发软，两具尸体随之跌回地面，齐齐呻吟："哎哟——"

伙长肝胆俱裂，过了一刻醒过味来，叫道："活的！嗨！遵秦王教令，带回医治！算你们命大，贼兵没死的不剩几个！"

听见"秦王"二字，两人想逃，奈何浑身无力，只得任由他们抬进唐军营帐。

军医入内检查刘军残兵伤势，手指刚触到那个伙夫的胳膊，虽隔着衣服，也感觉对方皮肤紧绷起来。

"别怕，你哪里受伤了？"他安慰道。

伙夫语调含混地说："一点儿皮肉小伤，不劳诊治，容我歇歇，有口热粥喝就好。"

神志清楚，说话流利，证明脑袋没事。军医默念着。再看那伙夫的脸，被污泥糊了大半个，气色是观察不了的，估计只是体力枯竭。自己很忙，对俘虏差不多就行了。

"让他们洗洗，喝粥，若无碍，便按规矩给资遣散。"军医向看守军士作了交代，转身出帐。

伙夫倒抽一口冷气，与躺在旁边的同伴少年交换庆幸的眼神。

若强撑跑路，实在支持不住。粟米粥热腾腾的香味也在勾引前心贴后背的肚肠。

"先留下。"年龄较大的伙夫拿了主意。

两人把腌臜的脸手稍加洗濯，吃饱喝足，睡了一觉，力气复苏，便领取路费，相携踏上归途。

走了一段，未出营地，巧遇唐军主帅巡视营垒，抚恤伤兵，犒赏将士，两个俘虏被唐军士兵引至路旁暂避。

年轻的主帅生有华星秋月般的双眸，眼神明润而犀利，不经意地从周边扫过，视线边缘一张低垂的侧颜忽与深埋于记忆角落的某张脸重叠在一起。

眼前的这个人灰头土脸，但脸型和五官轮廓是不会变的，不同的人眼中散发的光彩也会打上各自固有的烙印，他人无法仿效。

主帅的亲随校尉走近那个伙夫，命他去主帅的大帐，有话相问。

他预感到自己的结局，抬头微笑着对少年说："你先回家，找你阿娘和媳妇。"

"不能！"少年心如火焚地摇头。

伙夫拧眉斥道："你在此何用？你阿娘有世故，总能替我设法！你如不走，无人报信，岂非有意害我？"

少年涌出眼泪，但也知他所言在理，迁延再四，终于对他说出"小心"，顾自离去，也不敢回首。

伙夫见少年脱身，再无牵挂，晏然处之，昂首挺胸进到主帅大帐，向上参拜之后，便端坐于草席上一言不发。

李世民冷冷质问："你是男是女？"

因他漠然不答，李世民愠怒地走到他身前，狠狠抓住他的下巴往上举起，另一手撕掉他的衣领，闷声下令："水！"

随从们也很好奇，未知有何故事，一名校尉麻利地拧开一个鎏金舞马衔杯纹仿皮囊银壶的盖子，奉与李世民。

大捧冰凉的水泼到那伙夫的颈上。随从明白了，不等李世民吩咐，立即递上一张面巾。

李世民自上而下擦拭伙夫肮脏的脖子，每擦一把，就如幻术一般露出一路细白如虬蛴的肌肤，全无男子的粗糙。脖子修长平整，没有喉结。

李世民狞笑着松手，吩咐道："到附近村子买一身女子的衣物，并雇请两位老阿婆来，将此妖物打回原形！"

伙夫面不改色，只冷哼一声，别过脸，看也不看他。

为躲避战祸，附近的幼壮人口大多携浮财逃入山林，仅剩少数不愿奔波的老人守家。唐军付给帛米，找了两个老媪外加一套女装，一并带至营地。

军士在一顶军帐外停步，示意她们自己掀门入内："就在里面，请二位帮她沐浴更衣。"两个老媪撩起门帘，探头一张，只见一个戎装少年被反绑双臂跪在地上，旁边几只木桶装满滚滚热水，外有一盆柴灰、一把剪刀，哪来什么女子？

"哎呀！"二人惊叫出声，摔上门帘，"明明是个士卒！"

军士笑道："阿婆，没错，这可是个花木兰呀！"

二人方嘀咕着进帐，关紧门帘，解开那人的发髻，一头腻满污垢的长发披散下来。确实是女子的头发。

先用柴灰给她洗了头，以木簪绾发。洗澡就犯难了，一个老媪隔帐询问："能给这孩子松绑吗？不好洗啊！"

"不行！她是个妖女，须防她作妖逃跑！那里有剪刀，二位老人家都是饱经风霜的，办法你们一定有。"军士压低声音答道。

两人只好操起剪刀，剪掉她大半幅衣服，只剩捆绑处不动，仍以柴灰帮她洗澡洁面，冲刷干净。最后，谅她赤身裸体也不能如何，才与她松绑，清洗手臂及后背。

一个靡颜腻理的女子出现在面前。

两位老媪一边为她擦身穿衣，一边怜惜地叹问："孩子，你这是造了什么孽？为什么被裹挟到刘黑闼军中？"

"命，命……"一直沉默的女子总算吐出两个字。

她被押回李世民帐中。穿一袭打着补丁却还整洁的麻布裙服，半干不湿的浓密乌发草草用木簪挽着，冷漠无言地跪坐在地。

李世民目光阴冷地看了她一会儿，一字一顿地说："招供吧，武德元年的事！"

女子冷笑道："还以为大王总得先问问奴何以在此呢！"

"先告诉我，武德元年你的秘密，我也告诉你一个秘密，"李世民耐着性子，"我为何不死的秘密。"

女子不由得转头看他。历经三年多的风霜雨雪，他鸿渐之仪，龙章凤彩，今更胜昔。

女子目中溢出一丝风尘契阔的感慨："大王如此逼问，可见很多事已经了然。时至今日，奴也说不上还有何秘密……"

◑ 5 ◐

陇西归唐，宗罗睺被斩首于西市，夏侯紫菀怀着对唐军的怨念，携荀氏和阿罴迁居长安，复仇无门，心如死灰。

某日，在一户高门的酒宴上，一位贵宾专心致志听罢她的琵琶曲，主动与她结识，原来是邢国公李密。

"奴初时以为他的用意与其他男子没有两样，谁知他只以礼相待，且认真深通音律乐舞，与奴言谈甚为相投，引为知己，别无所图，并不视奴为色艺娱人之贱流。"夏侯紫菀眼神恍惚，沉浸在回忆中。

有一次，李密忽然对她说："夏侯娘子，战场上刀剑无情，若宗罗睺战死沙场，尚不能归咎于与他对阵之人。可惜……"

夏侯紫菀搁置琵琶，惊疑地问："邢公话中有话，怎知奴与宗罗睺之事？"

李密微笑着为她斟上一盏五香饮："夏侯娘子勿惊。瓦岗寨不乏能人侠士，我既经营瓦岗，探听这些故事不难。"

夏侯紫菀目中泪光一闪："奴曾设想，宗罗睺纵然被贬为平民，籍没私财，一贫如洗，奴尚可资给，以报昔年放良供养之恩情。然当今天子不肯全他性命，奈何？"

李密深叹一口气："天子圣断之时，我在御前力保薛氏部将性命，但我的话不管用啊！秦王在旁进谏，反对我的建言，说旁人留之不妨，宗罗睺勇猛，非杀不可！”

夏侯紫菀骇然道：“秦王面许保全他们身家，量才录用，且与他们一同狩猎，为何背信弃义！”

李密苦笑道：“夏侯娘子终究是女子！帝王将相、英雄豪杰，莫不是翻手为云，覆手为雨。秦王倘不示以仁厚，一众陇西悍将就不可能乖乖投降，任他献捷太庙。诸将恐怕直至被绑赴刑场，方知自己为那个年轻人宽宏大度的表象所惑。”

“结果……”夏侯紫菀涕下沾襟。

“天子本性倜傥豁达，任性真率，宽仁容众，然听了秦王的谏言，不仅杀了宗罗睺，还杀其同僚多人，”李密站起身，凭栏远眺自樊川蜿蜒至渭水之滨的龙首原，“今愁古恨，夫复何言！”

“于是，他教你复仇。”李世民心中原本汹涌的怒潮已然退去，“你想过吗？如果我心虚，在你自述与宗罗睺有旧时，就当猜疑你，将你擒拿，不可能再……”

夏侯紫菀惨绿愁红地一笑：“大王所言固然有理。但，奴当时想不了那许多。况且隋季多少反王，一朝败亡，其妻妾女儿任凭是何出身，依律贬入贱籍，沦为胜者的奴婢甚或玩物，谁敢抗拒？遑论复仇！奴是乐籍出身，无名无分，宗罗睺仅是奴的恩客，想来，大王可忌讳奴什么呢？”

李世民沉心静气地说：“不论你信与不信，我须把真相告知你。当年，李密为薛仁杲部属求情不假，但我的意见分明与他相同。我确想令宗罗睺等将领才尽其用，故力劝至尊留之。然至尊另有考虑。李密在场，明知我意，却以谎言煽动你取我性命。联系他日后叛唐之举，你今当洞悉他的意图了吧？”

夏侯紫菀无声地啜泣起来。关于李世民对宗罗睺是保是杀，他本人今天的陈述，与紫菀逃出长安后听到的民间传闻，是一致的。于今潜心静思，不容她不信。

李密视李世民为实现宏图霸业的绊脚石，将来若兵戎相见，自己必然付出惨重代价，犹自胜负难料，故只要有暗害的机会，必设法取之，先是试图挑拨他父子兄弟关系，后利用夏侯紫菀实施暗杀。

“你害怕事泄，便逃到河北？那日你们出西面城门，伪装西逃，实际却声东击西，折往东方。”李世民报以赞赏的微笑。

夏侯紫菀收住眼泪，想起那几天出没于开化坊的各种神秘人物，嗤笑道：“李密劝奴女扮男装，与他同赴黎阳，远走高飞。但是，奴看出他城府极深，心比天高，与他同行，也许很安全，然也可能很不安全，便自己设法出走。”

“他是否嘱咐你，他出京那日，一早派两个扮作宫女的部下去接你，约定敲门时自称秦王妃派来的人，以此为号？”李世民暗暗咬了咬牙。

夏侯紫菀有点儿惊讶，问道：“大王如何知晓？确有其事，约好来人男扮女装。奴佯装应承了。”

李世民审视她一阵，感觉她实不知情，因想着怎样告诉她为好。略一低头，见案上一支宣城紫毫诸葛笔淋淋漓漓地搁在青釉水滴形十六足辟雍砚上，便将那笔在笔洗中清洗了，置于笔床上。他的军中不携带婢女，贴身随从俱为五大三粗的军人，生活起居自然照应不周。

“你刚走，即有两名自称宫女的人上门，房东葛氏偏生于此时携婢女秋菊前去查看房舍。不久，两名‘宫女’离开，葛氏主仆却再未出来，至午被发现时，已遭人扭断脖子，暴卒于室内了。”李世民轻声讲述。

夏侯紫菀杏眼圆睁：“什么？！葛娘子她！”

“她替你死了。想必两名凶手于那小宅中搜寻商议，葛氏和秋菊闯入，见有两个陌生女子在内，非常惊异，来不及呼叫，就被心狠手辣的凶手杀害了。”虽然解开多年谜团令人欣慰，但想到无辜的死者，李世民不免有哀矜勿喜之感，继而愤怒地拍案而起，“李密虽有叛逆之心，但在赴黎阳之前尚首鼠两端，是在启程后，因至尊突然召他返回，方临时举事的。估计他本想杀你灭口，防备我一旦毒发，至尊下敕严查，追到他头上。他令凶手自称秦王妃派来的宫女，有意使开化坊居民听见，可将嫌疑引向秦王妃，制造她因你勾引我而嫉妒杀人的假象。如此，既开脱了他自己，也可对我不利。这个怙恶不悛的奸贼！”

夏侯紫菀僵坐半晌，掩面痛哭。

“这个女子很聪明，犯蠢时，又蠢得无可救药。”李世民怜悯地看看她，在心里说。

等她止住哭声，他才又开口：“你不必过于伤感，我不怪你。毕竟你也是为李密所欺骗利用。李密已自食其果，两名凶手想必也与主公共赴黄泉，亡人应能瞑目了——你可否告我，你为何在此？”

◑ 6 ◐

荀氏故乡在河北洺州，武德四年之前，此地是窦建德的地盘，唐朝鞭长莫及。夏侯紫菀逃亡至此，改名换姓，出私财置了一点儿田地农舍，由荀氏母子照管，她自己由春儿一人陪伴，在洺州城里的青楼、教坊担任教习，有时也被大户人家请去表演琵琶歌舞。遗憾的是，仍不时传来李世民四方征战的消息。“凤凰于飞”之毒竟未能夺他性命。难道他真有天命？

夏侯紫菀想，李世民虽侥幸未死，也必受尽病痛折磨，丢尽颜面，家宅不宁。由是心下稍安。后为春儿觅了一门好亲，出资将其发嫁了。

武德四年，河北归唐，她害怕被李世民寻仇，特避居乡下，与荀氏、阿罴一起生活。后刘黑闼起兵反唐，定都洺州，她返回城中，继续以乐舞教习为业。不幸阿罴刚刚成亲，就被刘黑闼的叛军拉入伙，充当士卒。

“谁料，刘黑闼的弟弟刘十善知道了奴，非要奴与他做妾，奴不肯，他便到处搜寻逼迫。战火频仍，无处可逃，因阿罴那孩子谈起，刘军风纪松散，兵员管带混乱，奴就女扮男装，由阿罴引荐，入营充当伙夫。”夏侯紫菀讥讽地笑了，“刘十善找到天边也想不到，他兄长军中一个脏兮兮的伙夫就是他要搜寻的人！奴原意随刘军流动，遇合适的时机带着阿罴逃跑了事，然而很快遭遇洺水之战，被大王擒拿。”

李世民笑问：“你今后作何打算？”

“奴在洺州置有薄产，意欲定居于此。洺州诸景——北河春柳、南寺清泉、龙潭月影、佛阁灯光，还有赵陵秋草、翠柏连云、信宫故址、檀台反照，莫不令人流连。”夏侯紫菀莞然而笑。

李世民劝道：“这样虽好，但你须知，刘黑闼投奔突厥，我料他必会勾结北虏入侵中原，届时河北重陷刀兵之灾，你与荀娘子皆为女流，恐难自保。阿罴年少，仍将被贼兵强征入营，吉凶难测。莫如携浮财及她一家三口，随我大军暂返长安。洺州的房产田地，地契在你手上，早晚跑不掉的，可谓两全之策。”

夏侯紫菀着实感佩，不觉潸然泪下，拜道：“谢大王厚恩！”

李世民问：“你想知道我何故未死吗？”

“自然！”

他温和地看她一眼：“当日，我确曾对你动了心思。但你去沐浴时，我又想起宗罗睺。我答应保他，却未能做到，而以你和他的关系，他尸骨未寒，我不能……因此，我走了，命窦宅的人向你解释，并将一个金银平脱镂金丝鸾衔绶带漆盒交与你，里面是我赠予你的首饰。”

“啊！大王，你没有！”夏侯紫菀顿觉天旋地转，瘫软于地。那晚，那个与自己楚梦云雨的男子，是谁？

“没几天，窦宅的主人，我的表兄窦信生病，险些殒命，遇民间神医为其消灾解难，查明乃‘凤凰于飞’之奇毒所致。”李世民有些不忍，又深感窦信还需教训。

紫菀回忆，窦宅家奴交给的不止李世民提到的物件，还有一个雕漆舞禽花树纹漆盒，也装有首饰。那一定是窦信给的。

“呵呵！”紫菀笑了，“那么，奴非回长安不可。”

李世民给她安排一处独立的营帐居住，请两位老媪暂且与她作伴。次日接取荀氏、阿罴、阿罴新妇杭氏及浮财细软，带他们一同返回长安。

夏侯紫菀自往城东安家。开化坊葛氏主仆命案，由李世民将真相告雍州署，转给长安县结案，但隐去了李密唆使夏侯紫菀行刺李世民及发生在窦宅的隐秘之事，只说夏侯紫菀因与李密有来往，察知李密有反心，李密阴谋灭口，夏侯紫菀事先发觉，离京避祸。

抵京次日，李世民晚间回翠华殿，神采飞扬地告诉瑾琋：“观音婢，去年冬狩，齐王府舞伎藤子命案，有新的线索了！我方才听说，林润润项链上的紫水晶吊坠于藤子遇害当晚遗失。而我在河北战地，亲见齐王府库直宇文鑫携有一颗紫水晶吊坠，感到与林润润、韦珪的紫水晶吊坠一般无二。只是当时，我不知林润润遗失紫水晶吊坠之事，无从联想，只当女子的珠玉多有相似的，应为宇文鑫的妻妾给他的信物。今日方知林润润于藤子丧生当晚丢失了吊坠，之后这吊坠出现在齐王府库直宇文鑫身上，宇文鑫参加了去年的冬狩，案发当晚，他就在营地。你想，这证明了什么？”

瑾琋明知故问道：“啊！与紫水晶吊坠有关？不过，二郎，你怎知林润润丢失吊坠一事？”她没有把林润润因吊坠与韦珪发生误会的事告诉李世民。

李世民仿佛不慎跳入了自己挖掘的深坑，难为情地观察瑾琋眼色，取下襆头，摸了摸以巾子箍紧的发髻，掩饰尴尬的心情：“适才，我在淇奥殿，韦珪禀报……”

经历一场战事的隔离，他对韦珪热情依旧不衰。而韦珪貌似隐忍，如今看来，实则不然。她没有刘燕婉的冒进，从不制造事端，尽力与他人和睦共处，随时衡量自己在李世民心中的份量，稳扎稳打，步步为营。长此以往，也不令人省心。

“吊坠证明了什么？”瑾琋重复了李世民的问题，心说，总不会证明林润润与宇文鑫私通吧？

第七章 又见鳀鱼毒

◑ 1 ◐

宇文鑫和李元吉趣味相投，在女人问题上风评不佳。

李世民自问自答：“依我之见，林润润的吊坠丢失在与藤子一同去韦珪处传话的路上，后为宇文鑫所得。其间需要一个桥梁，是谁呢？极可能就是藤子。宇文鑫的行径，观音婢你也有所耳闻，他极可能与藤子有染。”

瑾琋抚了一下自己项链上的吊坠挂钩，说道：“林润润的吊坠脱落，勾在藤子的衣裳上。那块吊坠小，轻巧，彼时二人皆未察觉。假如藤子急着去见某个人的话，就更好解释了。”

“对。然而我不能完全肯定。假如是宇文鑫杀害了藤子，为何单单收藏那颗吊坠？”李世民拈着瑾琋的吊坠，冥思苦想。

“二郎，可先解答另一个问题：凶手为何将藤子的遗体面朝下抛弃，还留了一件短襦在那里？应该是他对藤子尚有些许感情，把藤子视为他的女人，想给她的遗体遮遮羞。短襦原是他盖在藤子身体上的，后来被豹子咬开了。”瑾琋凝眉叹息，“藤子是在裸身且摘除首饰的情况下遇害的，可见当时应在与凶手幽会。人心叵测，如何逆料？凶手的内心是分裂的，爱之深，恨之切，一方面因故恨藤子入骨，痛下毒手，另一方面余情未了，特保存那颗吊坠，想留个念想。只是他不知吊坠并非藤子所有，而是别人的。”

李世民问：“那他为何不为藤子穿好衣裳再抛尸？”

瑾琋答道：“因为他的时间所剩无几了。藤子的遗体，口眼微张，但舌头没有吐出，表明他做了处理，企图掩盖死因，或许也因念及旧情，想让藤子的遗容好看些，而做处理占用了他一些时间。”

“那么，豹奴阿牟呢？”李世民盘膝坐下，把手肘搁在抱腰隐几上，“难道是阿牟自己想杀藤子，碰巧和宇文鑫选在同日动手，却不知宇文鑫赶在他前面出手，还抛尸于豹舍前？”

瑾琋心中已有答案，却不说透，启发他道：“这样一来，问题就变成了两个，一是阿牟为何想杀害藤子？二是宇文鑫为何抛尸豹舍前，莫非就是想让阿牟目击藤子的遗体？”

李世民攥拳轻擂了一下几案：“阿牟！这两个问题的答案，阿牟都知道，所以四郎急匆匆杀阿牟灭口，目的是包庇宇文鑫！他们把藤子的遗物埋在阿牟所居帐篷的地下，再挖出来充作阿牟的罪证。宇文鑫及其兄宇文宝同为四郎的腹心，宇文鑫更是他的狐朋狗友！”

瑾琋应道：“如此说来，宇文鑫是真凶的可能性就极高了。依二郎看来，阿牟所掌握的两个答案是怎样？”

李世民流出一丝男子聚谈艳闻时惯常的狡黠坏笑：“藤子风流冶艳非常，一脚踏两船，每常先与这个幽会，再与那个幽会。宇文鑫和阿牟都发现了，怒极，竟同时起了杀心。那晚她先见宇文鑫，后见阿牟，故死于宇文鑫之手，假如调换幽会顺序，则会死于豹子斑郎的爪牙下。”

“横竖是个死”，说的就是那一夜的藤子了。瑾琋真心希望李世民和自己的推断全是错的。

不管李元吉的态度如何，李世民决定婉转地向他提一提这条新线索。透过元吉及宇文鑫的反应，也能判断自己和瑾琋的推论正确与否。

瑾琋猜想，阿牟才是藤子教唆林润润把韦珪指引至豹舍附近的真正原因。但这一层，瑾琋不会告诉李世民，毕竟对林润润做过承诺，要保护她，保守她的秘密。

“阿牟和宇文郎不一样，待我十分殷勤体贴。”藤子飘进林润润的窗户，对熟睡的林润润说，“然而，跟一个豹奴终归不能长久，人要力争上游，我与他来往只是为了好玩呀！可是，每次试探着提出绝交之意，他就跪地恳求，痛哭流涕，闹得我无可奈何。所以我骗了你，想彻底摆脱阿牟。我利用体型、衣着与自己相似的韦珪为诱饵，阿牟把韦珪误认作我，必定如往常一样跑上去迎接；韦珪见夜色中有男子奔向她，一定会惊讶地加快步伐；阿牟以为是我在逗他玩，就会追在韦珪身后，韦珪必定越逃越快，扬声呼救，直至阿牟意识到认错了人。但他已经说不清了，说不定被闻声赶去救援的人抓个正着。韦珪必然要向秦王哭诉。届时阿牟没有好果子吃！我打了这个主意，却不知宇文鑫和阿牟已向我举起屠刀！如今说什么都晚了，只想向林润润你表达我的歉意……”

“哎，这玩意儿如何在此？”那一夜，正在宇文鑫面前宽衣解带的藤子发现了勾在半臂上的紫水晶吊坠，欢笑着把它摘下来。

但她没有说出那是林润润的。

假如紫水晶吊坠是藤子的，或者，假如宇文鑫没有恃强凌弱，与安元寿打架斗殴，李世民就不会发现他的嫌疑。

可惜，林润润不记得这场梦境。

李元吉得到李世民的提示，惊怒非常，怨责宇文鑫道：“你居然留着那什么吊坠！人家推测出了一切，只不过证据尚不充分，又碍于我的面子而已！”

案发当晚，阿牟供认，因发现藤子周旋在他和宇文鑫之间，确实放出了斑郎进行报复，但结果大出意料："……我原以为藤子对我是真心，大王赐我的赏用虽多，架不住被她捣腾了不少去，她要弄我、侮辱我，还吸我的血，玩够了拍拍屁股就走，哪有这样便宜的事？但她真的不是我害死的！那晚，她只说侍宴之后来找我，具体时刻定不了，教我等着，我就知道她一定是先去幽会宇文郎！"

这就是说，藤子那晚离开韦珪住处以后，先与宇文鑫会面，然后变成了一具尸体俯卧在豹舍前。

阿牟其实隐晦地道出了对宇文鑫的怀疑。

于是，李元吉私下询问了宇文鑫……在宇文鑫的请求下，他牺牲了阿牟。

宇文宝带着弟弟宇文鑫向李元吉跪地忏悔："藤子固然可恨，舍弟对她仍念旧情，却是更加可恨！如今唯有托庇大王！"

元吉笑道："你们畏惧秦王，我不！当场我就抢白了他，叫他不要猜疑我的属官！何况，还有太子殿下，做我们的靠山……"

◑ 2 ◐

自武德五年元月起始，长安城内开始发生飞贼入室盗窃案。盗贼使用带有钩爪的绳索攀墙入户，盗取便于随身携带的贵重财物。第一宗案件没有伤人，只是案发地的一个小风波，越过坊门就鲜为人知。

随着案件频发，尤其是天暖以来，飞贼以盗取的金器攻击闻声而来的家奴，先后造成数人负伤，引发士民热议，长安人心骚动。

韦珪的生母祝氏居住的韦氏旧宅也遭到飞贼入侵，财物损失惨重，幸而无人伤亡。

消息传至弘义宫，瑾琋想象着祝氏和孩童的可怜行状，女人共有的同情心浮泛起来，命玳玳速寻韦珪，送她回娘家省亲。

玳玳去了一会儿，很快回来复命："她，在淇奥殿……"话中尽是难堪。

韦珪在淇奥殿做什么，就不必问了。必是侍寝，不会有第二个答案。

李世民此次回京，并不能久留，不日即将出发，讨伐在山东响应刘黑闼叛乱的徐圆朗。

正因此，春宵一刻值千金，李世民对韦珪的迷恋业已加深到白昼宣淫的地步。

恰在弘义宫探访的于斯滢也知韦珪其人其事，听了这话，不由得窥探瑾琋那张看似静影沉璧的面庞。

"我们去抚慰韦家。"瑾琋笑对斯滢道，"表嫂坐我的车。用你家的车帮我装运财帛。"

侍婢繁缕问道："娘子，世上哪有主母屈尊访问婢妾母家的道理？何况大韦氏的生母也只是个良人出身的妾。"

瑾琋的话音风和日暖："我不是去访问婢妾母家，是去慰问遭难的亲戚。京兆韦氏与我有亲。譬如，我的外甥女王婉是韦家的孙媳，呵呵。"

血缘再远也是亲，她所需的只是一个理由。

途中，斯滢将自己所闻所思告知瑾琋："听闻夏侯紫菀那狐狸精回京了，虽说查明她不是开化坊文家葛氏主仆命案的凶手，但也毒杀信郎未遂。外人不知此事，秦王却是知情，为何不主持公道，听任那狐狸精在帝都横行无忌？我深恐那只狐狸精对秦王施了媚术，万一……某日，她再使出什么妖毒，危害秦王贵体，亦有损秦王声誉。譬如庐江王李瑗，王妃想必有所耳闻，他家与我家多有交往，那李瑗除了懦弱寡能、耳根子软，原也没有大毛病，就是每为外面的女色所诱惑，弄得不成体统。"

李世民一回京，即把事情始末告诉了瑾琋。但瑾琋亦明白斯滢的好意，专注地听她说完，微笑应道："多谢表嫂提醒。此事我知道一些，个中隐情暂不便透露，但你相信我，夏侯紫菀确无心加害表兄，只因种种三差五错，致使表兄遭受荼毒，她自己也蒙受了冤屈。至于将来，二郎与她……我当听取表嫂诤言，多加留意。”

于斯滢微觉失望，但她一向认为瑾瑶是个可靠的人，定有其道理，自己若多言多语倒有挑拨之嫌了，便聊起了别的：“武德二年初，我将王妃惠赠的剪柳含珠玉燕梳转赠与开化坊文家的小娘子添箱，近闻她果已订亲。”

“嫁到哪一户人家？”瑾瑶关心别人家务琐事的热情其实不亚于普通女子。

“一户做皮毛生意的富商，姓尚。可巧正是接手葛氏主仆遇害凶宅的人家，比文家更为殷富。”

瑾瑶笑道：“这就是奇缘了。她的兄长呢？”

“孝满除服，于近日迎娶了未婚妻。武德元年因夏侯紫菀而起的那场横祸，算是终结了。”斯滢欣慰地笑，继而又怅然若失，“但是，光德坊长孙宅的鳀鱼毒案，仍然告破无期。”

她是长孙安世夫人侯莫陈氏的外甥女，瑾瑶是长孙安世的堂妹。若论娘家姻戚辈分，她比瑾瑶低一辈。若论夫家姻戚，她是瑾瑶的表嫂。故此不便称呼，只以“光德坊长孙宅”指代。

瑾瑶的心抽搐了一下。藤子遇害案的真凶宇文鑫，因李元吉、李建成袒护而尚未受到应有的惩罚，可是终究有了答案。而长孙安世及夫人侯莫陈氏的冤魂，全然无以告慰。

奔赴韦宅的道路，有一段毗邻长孙安业声称发现水底宝物的护城河。瑾瑶命车马稍稍绕道，沿河徐行，派遣随从询问各处垂钓者，依然无果。

进入韦宅，见到韦珪的生母祝氏，瑾瑶蔼然可亲，言谈开门见山：“祝娘子，我惊悉府上被盗，特来探望，顺便接韦娘子的女儿波奈罗，以及儿子李椅，一双儿女入弘义宫，与母亲小聚数日。”

一语震得祝氏惊慌失措。自家隐瞒多年，连孩子也受长辈教导、对外守口如瓶的隐情，竟然为瑾琋所知。

“祝娘子无需忧惧。此事原与我无涉，我不是来问罪，却是为孩子的前程而来。”瑾琋安抚道，“韦尼子的妹妹韦檀特，因姐姐坐罪籍没，婚事受到影响，与伪郑旧臣杨汪之子杨政本订婚，政本迄今尚未谋得官职。士族之后尚且如此，在外名不正、言不顺，无父母依傍的孩子，日后仕途、婚配将会如何？”

祝氏叩首泣道：“谢王妃垂怜。只不知王妃如何得知？”

瑾琋不愿向她透露，叹道：“一个十二岁的男孩儿，岂能长久瞒过世人的眼睛？我虽年轻，也育有二子一女，腹中还有一个……委实不忍坐视前隋的悲剧延续至今。”

斯滢助阵道：“正是。祝娘子，我和王妃不明白韦娘子有何考虑，或许她有旁人未可理解的苦衷。但孩儿何辜？须以孩子的前程为先啊！”

祝氏虽然才蔽识浅，这基本的道理却也是通达的，当即涕下如雨，唤韦珪的一双儿女出来拜见秦王妃和杞国夫人。

◑ 3 ◐

在生下遗腹女波奈罗之前，韦珪还有一次生育。她十五岁即生有长子李椅。因卜者测算，李椅与生父李珉、生母韦珪的生辰八字有冲，假托为李珉之兄所生，落地即由伯父抱养。隋炀帝大业九年，韦珪的夫家因参与杨玄感叛乱而遭到灭门之灾。为给李珉合族保留一条血脉，谎报三岁的李椅夭折。事发前蒙恩放良成婚的前家奴四德、前侍婢五蕴，伪装携子逃荒，背着李椅遁入四德老家的深山，男耕女织，打猎采药，拉扯李椅长大，后也生育了一对亲生儿女。

武德元年，唐朝建国，大赦天下，李椅随四德、五蕴一家从隐居的穷乡僻壤返回长安。李珉家已绝灭，祝氏接纳了李椅一行，聊慰膝下荒凉。但因韦珪流落洛阳宫，在王世充治下，命运难测，祝氏顾虑李椅克父，唯恐他再克生母，对外只道他是李珉家故人四德、五蕴之子，使用逃难期间的化名，绝口不提他是韦珪与前夫李珉所生。

武德四年，韦珪回到长安，出于某种考虑，延续了祝氏的做法。

李椅现年虚岁十二，逃难时落下的功课马马虎虎赶了上来。

瑾琋问他："我带你和妹妹进宫见你阿娘。好吗？"

李椅饱受磨难，言行绳趋尺步："儿担心对阿娘不利。"

瑾琋和斯滢好不怜惜，也不知韦珪在娘家的三个多月，灌输了些什么给孩子？

于是一人一个，分别搂了李椅、波奈罗，问长问短："妹妹相貌像阿娘，小阿兄像谁啊？"

祝氏代为回答："他也不记得了。像他生父。"

瑾琋问她此番被盗，损失几何？

祝氏答道："我家迭遭离乱，于财帛上头着实比先年寒素了。那飞贼想来体力甚强，珠宝珍玩、金铤铜钱，足足掠走了一大箱。我最宝贝的一条嵌珍珠宝石金项链，与隋炀帝曾外孙女的陪葬品系出同源。早年，先夫的嫡配夫人独孤氏娘子待我宽厚，我也爱敬她。她病将不起的时节，把那条项链给了我。去岁波奈罗回京，我就给她留着，想日后出嫁可做陪奁。这次也被那飞贼盗走。"

她所说的那条嵌珍珠宝石金项链，瑾琋也有耳闻，因安慰道："我送来一些财帛，望可稍微弥补府上的损失。"

辞别韦宅前，瑾琋察看了飞贼出入的院墙，可见爪钩的抓痕，此外别无痕迹。

斯滢劝道："歇歇吧。王妃不可能管尽天下不平事。一个小蟊贼，谅必不会酿成大害，由着衙司侦办即可。”

瑾琋也觉有理。

从韦宅出来，斯滢回杞国府，瑾琋带着李椅、波奈罗返回弘义宫。

四德、五蕴随行，下了车，各牵一个孩子，跟随宫人们进宫。眼前阆苑琼楼，飞阁流丹，韦宅也是不可比的。他们亦步亦趋，唯恐犯了王府规矩。

瑾琋悄声吩咐五谷：“召韦尼子、林润润来，与波奈罗叙旧。”

入翠华殿，瑾琋命人端饮品和洞庭贡橘来给客人们吃，令韦尼子、林润润也坐下相陪，又言：“大韦娘子现不在居所。你们不要拘束，在我这里歇歇，待她回房，我使人送你们过去。丰登，给四德、五蕴在祭酒台附近的浅坡上安排一间客室。”

因问了他们许多话，及至听了四德、五蕴保护李椅逃亡又回归长安的故事，瑾琋不禁与留荑等人相视慨叹：“真乃忠义之士！”又问四德、五蕴现今如何谋生？

五蕴笑答：“先主人家没人了，祝娘子雇我们给韦家管管田林账簿，整顿家计。”

“这是极好的。”瑾琋由衷称许，命人单独拿些财帛，赏赐他夫妻二人。

谈了一刻，李世民回来了，看见波奈罗，大感意外：“你是叫那什么罗的，为何在此？”

留荑低声导引道：“秦王至。快行礼。”

四德、五蕴慌忙拉着李椅和波奈罗跪拜。到底是韦宅教养的，礼数周到，并无纰漏。

瑾琋盈盈欲笑：“韦宅昨夜被盗。我获悉此事，想那一老两小，无人商议，岂不惊恐？因遣人送阿韦回母家看视，却寻不见她，便带了些财帛赴韦宅探访。波奈罗和她的小阿兄想念母亲，我接他们进来了。孩子们数月未见母亲，怎能不昼思夜想呢！”

李世民诧异地看看李椅，问波奈罗道：“你还有个阿兄？堂兄，还是庶出？”

女孩答：“是同母兄。”

瑾瑶指指四德、五蕴：“李小郎与杨贵人的异母弟杨台经历相似，由赤胆忠心的故人保护，流落山野，逃过一劫，于我朝开国时恩赦回京。李小郎多亏这位郎君及娘子冒死相救。”

林润润插嘴道：“大王，通常子肖其母，依奴婢的拙眼，李小郎长得像大韦娘子吧？好清俊的小郎君！”

李世民啼笑两难。他如何知道这孩子长得像谁！反正看着不怎么像韦珪……

林润润暗笑，嘴上却和风细雨地问韦尼子：“小韦娘子，你看呢？”

韦尼子心性单纯，不懂得林润润曲曲折折的心思，天真无邪地回答：“我也是初次见他。不过，我见过他的生父。他父子俩的相貌、体态，竟是一个模子里铸出来的。”

李世民闻言，难免有些不自在。

瑾瑶偷瞄着他不尴不尬的神色，心情分外舒爽，装作一无所知，命玳玳去看看韦珪是否已回居所。

答案当然是肯定的。李世民已从淇奥殿回翠华殿，韦珪自然也回去了。这一场相会，时间很长，大有难舍难分之势。

瑾瑶派人送波奈罗、李椅去韦珪处团聚，韦尼子和林润润也告退而去。

她俩都完成了瑾瑶期待她们完成的使命。只不过尼子无意，而由瑾瑶事先面授机宜的林润润，是有心的。

外人退下，李世民便愀然不乐。韦珪一直有言：“婢子只生得波奈罗一女，后落下宫寒之症。蒙大王恩宠逾一载，仍不见喜脉，深自惶恐，愧对大王厚爱。希望病体早痊，为大王诞育一男半女，平生之愿足矣。”

想不到，韦珪隐瞒了一个如此重大的事实，一个酷肖前夫的儿子。

而他李世民当时却豪气地回答："我最不缺的，一是子嗣，二是美人。阿珪无需为无子而忧虑。我也不仅仅是悦你容貌。"

韦珪会不会暗想："大王真是烂漫！"

"二郎，那两个孩子可怜见的，莫如，你收养了吧？"瑾琋提议。

"不可！于礼法不合，且违制。"李世民断然否决。

"我的大王，这不过是你一句话的事。反正他们也姓李，和我们是一家。"瑾琋似是唇齿之戏，又似是认真提议。

李世民瞪她一眼，恼火地打断话头："荒谬！此李非彼李！我们是陇西李，他们是渤海李！何况宗室籍属，岂容随意攀附！"

瑾琋呆望着他，眼圈发红，泪腺已控制不住，侧过身子，悄悄用罗帕拭泪。

李世民便觉自己待她太暴躁。想来女子怀孕，感情变得纤细，母爱泛滥，情有可原，提议虽不可取，却也是她天性良善宽厚所致。又不知如何化解，只得轻声抚慰："观音婢，我并未责怪你。"

"你所言不错。是我想错了。"瑾琋抽噎着，"那就，特许大韦氏每旬回家省亲一次，头一天早晨去，第三日宵禁前回，可好？"

"好，好，"李世民扳着她的脸细瞧，"观音婢生就菩萨低眉的面善模样，更有一副菩萨心肠。对了，你也是今日方知韦珪有子吗？"

瑾琋坦诚回答："不是。在洛阳，钟五郎交出无名舞伎遗下的鱼鳞纹金镯，小卒符桓认出是他姨母蓝氏得自洛阳宫的节赏。我看着喜欢，就问他换了来。"

她取出那金镯给李世民看，接下来的话语就对事实及顺序重新做了些编排："嗣后，我把玩这金镯，发现内壁刻有'渤海李椅'四字。节赏不可能刻这样的字，金镯的主人必与'渤海李椅'有关。但蓝氏出身庶民，与渤海李氏毫无瓜葛。我推测这只金镯原归属一位与渤海李氏相关的洛阳宫人，韦珪就是这样一位宫人。我又想起符桓当日告知，蓝氏曾事奉洛阳宫庖厨。之前我已知悉，韦珪前隋时代籍没洛阳宫，大半时候从事文牍事务，但中间也有一个短暂时期充役庖厨。由此，我推测这只金镯原属于韦珪，因友情或其他缘故，她将这金镯赠予蓝氏。能在她的金镯内壁刻上名字、作为纪念的渤海李氏有谁？无非是她的前夫、儿女。周知她的前夫名唤李珉，女儿叫作波奈罗，李椅只能是她的另一个儿女。我想，此事，她自会告诉你，你不提，我也不便问，更不宜随便向你谈论她的旧事。未曾料想，你竟是毫不知情！这个金镯，我有意还给李椅，物归原主。”

“我家娘子这般忠厚，我还有什么可说？”李世民与瑾琋相顾浅笑，恍若“真正”结为夫妻的那一夜，进一步认识了彼此。

次日，瑾琋命五谷去安邑坊一家以加工石材、制作赏玩器物著称的米家作坊挑两件奇巧的玩器，给那小兄妹俩补送见面礼。

安邑坊在东市南边。五谷去米家作坊看了一遍现货，入眼的都是别人已订购的，最后挑中两块黑色灵璧石，色如墨，声如磬，其一形似山岳，另一个形似麒麟，稍加修整琢磨，就是可登大雅之堂的佳品。作坊主交给一个名叫柯倬石的工匠制作。

五谷见这位工匠年轻，有些顾虑，与作坊主相商：“请派一位老成的匠人吧！”

作坊主拍着胸脯说：“别看他年轻，做灵璧石最好的老匠人也不及他。”

五谷只好依了。收货时发现果真名不虚传。李椅兄妹回家那天，就连同鱼鳞纹金镯一并送至韦宅。

然而，自李椅兄妹入弘义宫探母那天起，韦珪一直未蒙李世民召见，她惶惶不可终日，大有莫名失宠之势。

直至李世民出征前一天，才召她去淇奥殿。会面也不叙离情，兜头就是一句：“你还有个那么大的儿子？”

愠恚的神情令她的心颤抖发冷。

“是。”她垂首答道，两行涓涓细流已从目中淌出。

“为何从不告诉我？”李世民的话音提高了一度。

韦珪涕泗交流，伏地泣诉：“婢子慕爱大王，唯恐大王嫌弃婢子两度产育，且那孩子的八字与婢子相冲，故不敢言。那金镯，波奈罗也有一只相若的，内壁刻有她的名字。当年诀别之际，婢子原想把刻有李椅名字的那只给李椅，刻有波奈罗名字的那只留在身边。惶急之间，竟拿反了。留下了李椅那只，把波奈罗的给了李椅。后因感激洛阳宫庖厨同事蓝芙蓉的照拂，把金镯赠予了她。”

“十五岁就生了孩子。未曾想到，你如此能生会养。”李世民的嘴角忽然浮出微笑，“当年抄家，你的首饰没有被尽数抄没，还保下一个儿子，较之别的罪官家眷，堪称极其幸运。”

除了这只赠予蓝芙蓉的金镯，韦珪在洛阳宫时另有少量得自前隋时期及王世充伪郑时代的金银饰品。他都见过。韦珪也禀报，有些是抄家后，因韦珪叔父——舒国公韦匡伯的求情，还给她作为抚养幼女家底的，有些是堂妹韦尼子嫁给王玄应之后，王家赠予她的。

但自从李世民赏赐首饰与她，她就只佩戴李世民所赐的首饰，返回长安后，索性把旧首饰全部给了女儿波奈罗。

“然而你偏偏要隐瞒育有儿子的事实！”李世民怒道。

韦珪只是伏地不起，恳求他宽恕。

李世民复又沉下脸：“你生了多少孩子在其次，首要是不当瞒我！”

“是。婢子知罪。”韦珪愈加胆战心惊，哭得梨花带雨，整个人沉入铺天盖地的浓雾里。

在这难捱的绝望中煎熬良久，那熟悉的话音终于穿破浓雾：“你须牢记此教训！原想与王妃商议，封你为刀人，迁居至一处偏殿。且再等等，以观后效。”

言罢，李世民没有令她侍寝，径直起身回翠华殿与瑾琋厮守。

韦珪揣摩他的话语，自己算是得到他的谅解了吧！但原想提出与韦尼子和王菩提分开、自己独居的请求，终归无法出口了。

◑ 4 ◐

次日，李世民携李元吉出征山东，大破徐圆朗，收复十余座州县，顺路到割据淮泗的杜伏威地盘上耀武扬威。杜伏威畏惧，自请离开根据地丹阳，入朝为官。唐廷拜杜伏威为太子太保兼行台尚书令，封其子杜德俊为山阳公，任命杜伏威助手辅公祏、王雄诞驻守丹阳。至此，河、济、江、淮等地一举平定。

鉴于徐圆朗的残余势力不足为患，李渊只留下淮安王李神通、行军总管任瑰和徐世勣继续进攻徐圆朗，于武德五年七月初召李世民回京。

虽说归程早于预期，李世民依然没有赶上第二个嫡出女儿的出生和洗儿礼，这个孩子于六月末呱呱坠地。

在此之前，刀人郑蔚产下一个庶女。大暑热天，家中有两个产后未满百日的女人，李世民预先传免众人齐集迎接的礼数，瑾琋只和亲生的四个孩子在翠华殿等候。

她分娩不足一月，不能外出，怀抱新生的小女儿迎至殿门内侧。学会走路说话还不久的阿鹞不明白今天家里人为什么都很欢喜，但也受大人们的感染快活地笑着，在母亲身边东插一脚，西踩一腿，咿咿呜呜地说话。承乾、青雀分别为四岁和三岁，不需要人牵引，自己在廊上跪迎父亲。

那个做父亲的人在小兄弟俩行毕礼之后，一面应答，一面将他们扛起，放到自己左、右两边肩上。

阿鹞拍手欢呼着跃上来："耶耶，耶耶！阿鹞也要！"

李世民只得将承乾、青雀还给各自乳母，左手抱起阿鹞，右手从瑾瑶怀中把新生的女婴夹过来细看，喜得合不拢嘴："我这小女儿，小字可唤作攸乐。"

"好。把她们给乳母吧。该吃奶了。"瑾瑶笑道。

李世民抬起头，正迎上她那张柳莺花燕的笑颜。

李世民问岳母高氏在哪里。

瑾瑶说："她原在此陪我的。今日，因我四兄说家里有稀客，接她出去了。"

"巧了，我也带了稀客来。"李世民神秘地笑，命赵顺接引贵客进殿。

一阵杂沓的脚步声自下而上，似有多人同行。展眼已到殿门口，一位四十多岁、仪表堂堂的男子搀着瑾瑶的外祖母陆氏入内，赵顺在侧，殷勤导引，鲜于氏、高氏紧跟在后。那中年男子却不是旁人，正是高俭！

"舅舅！"瑾瑶由惊转喜，急趋上前迎接，热泪早已奔涌而出。

李世民拉着高俭的手，笑对瑾瑶说："哈哈！我故意要吓你一跳。舅舅素有才望，至尊已应我所请，敕令舅舅接任雍州治中了。"

陆氏喜极而泣："我原想自己半截身子入土，不能再见他，谁知竟回来了，死也瞑目。"

李世民安慰道："阿婆，您会长命百岁，享五世同堂之福。"

无忌也携妻子颜穆清、五岁的嫡长子长孙冲尾随进殿。长孙冲带承乾、青雀一旁去玩耍，宫婢们搬来吃食饮品，主宾依序落座，叙说别后情形。

满室其乐融融，欢声笑语，尽兴方散。

瑾瑶喜气盈盈，对李世民说："待肃清刘黑闼和徐圆朗的余孽，宇内再无战事，就有机会游历远方了！"

李世民问："你想去什么地方？"

瑾瑶的双眼闪烁着憧憬："我生长于北地内陆，希望有朝一日见识海天一色的壮美风光。饱览草长莺飞的江南春色亦是我的夙愿。”

李世民的笑容顿时消退，冷冷地问：“看海倒也罢了，江南有什么好？”

瑾琋见他表情古怪，不解地反问：“不好吗？自晋室南渡，三百载经营，江南山温水软，物产富饶，地杰人灵……”

“呵呵。那是。”李世民冷笑着顾自往浴室去了。

瑾琋不明白犯了他什么禁忌，也不想影响今朝团聚的心情，待他沐浴洗漱过，就让他歪在隐囊上合眼小憩，自己亲用浴巾擦揉他刚沐过的满头湿发。伴随着瑾琋手上轻柔体贴的动作，似有若无的笑意渐渐重回李世民的嘴角。

“哈哈！”瑾琋突然迸出笑声。

“笑什么？”李世民睁开眼。

“我想，若是男子均不束发，就如你此刻这般披头散发地上朝、打仗，该是何等滑稽？”瑾琋难抑笑容，“大约会增添一种格斗招数——薅头发。”

“哈哈哈！”李世民大笑，“你当是母夜叉打架呢！即便是女子，若剃了发，这一招也使不上了。譬如，前隋南阳公主！”

瑾琋说：“据说她已留起头发，但仍长伴青灯古佛，居家清修，矢志不渝。去年，东宫杨良娣和我们家的杨孺人结伴去看望她，她竟闭门不纳……”

武德二年，窦建德消灭宇文化及。突厥颉利可汗之妻，亦即隋朝义成公主迎接隋炀帝遗孀萧皇后、遗腹孙杨悫（字政道）入突厥。宇文化及全家被诛，唯有其弟宇文士及投奔唐朝、其妹宇文氏早年滞留长安被李渊纳为昭仪而幸免于难。窦建德曾有意保全南阳公主与宇文士及所生的儿子宇文禅师，但公主异常决绝，将儿子交给窦建德处死，自此出家为尼，寄居河北。

武德三年，宇文士及因追随李世民平定刘武周有功，复封新城县公，得李渊赐婚，娶李唐宗室女寿光县主为继妻。

武德四年，窦建德败亡，南阳公主从河北回到长安，唐廷对她也很怜恤，把她安置在宫城外居住，按月拨给帛米供养。

提及南阳公主拒见杨淑慎、杨陆离的事，李世民短暂地沉默了一会儿，缓缓说道："在她看来，那两位异母妹妹委身于敌，辱没家门——你知道吧？寿光县主为人温厚贤良，对她素无妒意，特资送她财帛，她也不要。其实我朝给予她的抚恤不薄，本无需他人周济，是她自己非要刻苦自持。"

南阳公主在返回长安途中，曾路过洛阳，当时随李世民暂驻洛阳的宇文士及请求与她会面，公主坚决拒绝。宇文士及立于户外，固执不去："士及原以为与公主重圆无期，奉敕续娶寿光县主。今公主复归，当上表请求与寿光县主和离，与公主复为夫妇。"

南阳公主在门内愤怒地回答："我与君是仇家，恨不能手刃君，只因令兄谋逆之际，君并不预先知情罢了！况且婚姻非儿戏，我连君的儿子也交窦建德诛杀了，与君家恩断义绝。君既有新妇，理当礼待之，与其相敬如宾，岂能轻言离异？唐廷亦不能容你！君宜速离！"

宇文士及仍请求见她一面，南阳公主厉声制止："君若实心求死，就可进来见我！"士及知她心意已决，洒泪拜辞而去。

寿光县主在这样的情况下也不计较，确属不易。

"士及当日一时冲动而已。寿光县主乃至尊赐婚，因平定洛阳，士及因功进爵郢国公，兼任中书侍郎，以他的秉性，纵然不忘前妻，实不可能与寿光县主离异。"李世民轻声说。

瑾瑶惋惜地说："唉！南阳公主姿容俱美，言行有节，为隋炀帝特所钟爱，出降宇文士及，为妇谨肃有礼，事翁姑至孝，世以为贤。落得这般结局。"

李世民不以为然："她执拗刚烈得过了头，近乎迂腐，其实于人、于己均无益处，更无益于时。何者为贤？她深受其父宠爱，却坐视其胡作非为而听之任之，全无劝谏，不能称贤。"

瑾琋擦了一阵，觉得他的头发不像先前那般湿漉漉了，就让他坐正了梳头。她捧着他的脸看看，只见一头黑发半干不湿，揉搓得凌乱支离，像一只在水洼里打了滚的刺猬，不禁又笑出声：“哈哈哈！”

李世民嚷道：“笑！”

瑾琋越发地笑弯了腰：“不要生气嘛！好似一头雄狮！”

李世民听说自己像雄狮，比较满意，抓住她的胳膊说：“瞧你现在这副无礼的模样！你只在我面前放肆，外人不明真相，还赞你婉婉有仪，造次必循礼则，怎知我私下的苦楚！”

瑾琋忍住笑，从已经憋得脸蛋通红的玳玳手中接过梳子，使他转身坐好，为他梳理头发。

李世民闻着她的馨香，心驰神荡，忽又想起她产后未满月，不得不忍。这一忍，就忍到了秋天。

◑ 5 ◐

武德五年夏秋之交，突厥分三路入寇，颉利可汗亲率突厥主力十五万骑进攻并州，分兵数千骑，进攻灵州和原州，又增派一万骑，配合刘黑闼进攻山东和定州。

李渊敕命太子李建成出幽州道，抵御进犯灵、原二州的突厥偏师，命秦王李世民出秦州道抵御颉利可汗亲领的突厥主力大军，调任城王李道宗为灵州总管，以备针对突厥的长期防御，另诏淮阳王李道玄为河北道行军总管，讨伐刘黑闼。

颉利可汗得知李世民亲率唐军主力来袭，其麾下的并州、汾州两路唐军已经在对突厥作战中赢得较大战果，感到唐朝要和自己玩真的了。无独有偶，朔方割据势力梁师都引数万突厥兵包围灵州，李道宗据城固守，寻隙出击，也大败突厥军。

颉利筹谋全局，结绳计数算了一笔账，自己只为求财，搏命不值得，便率主力拨转马头，出塞北归，同时遣使赴长安议和、要钱。

因突厥主力退却，李世民的将佐也建议他按兵不动，观望风向，避免作无谓的牺牲。

李世民慎思再三，回应道："突厥以战求和，必定狮子大开口，如果我们不战而和，无异于怯懦示弱，致使敌人轻视我方，助长其贪欲，陷我于被动。"

幕僚提醒道："但内患未已，若与北虏大战，可能给割据豪强以可乘之机。"

李世民笑道："当然不必与之力战，出小部奇兵，给颉利一个教训即可……"

颉利很快得到了唐军停止前进，安营扎寨，原地休整的消息，不禁喜溢眉间："李世民到底年轻，不敢与我硬碰。下面我们只等中原的粮帛美色送上门来了。"

可汗的玉言火速传遍全军，在狂欢的氛围中，夜幕不知不觉降临。可汗大军后队押送一批劫掠所获的物资、人口，此时放慢了脚步，轮流警戒、休息。

两名年轻的哨兵缓辔徐行，一面观察周遭形势，一面轻松愉快地聊天。忽然，一个竖起耳朵，问同伴："你听到了什么？"

另一个侧耳细听，后方出现一波"嘚——嘚——嘚——"的声音，转瞬壮大为"哒——哒——哒——"的声浪。

他惊叫："有敌……"话只喊出一半，喉头已被羽箭刺穿。

同伴虽然恐惧，仍机敏地打马狂奔，发出敌人夜袭的警报。

但李世民率领的精锐铁骑展眼就穿透了他们的队伍，截断去路，将他们封锁在一张坚韧的暗网中，往复碾压，来回砍杀，终撕碎为齑粉。

幸存者抛弃缁重及俘虏，拼命向着夜幕深处的缝隙鼠窜狼奔。

李世民制止部下追赶，朝着逃跑的残敌射出了一支大羽箭。

“嗖——”一根小铁棍似的东西从一撮突厥溃兵身边划出一条迅猛粗硬的线，深深地切入面前的沙丘。

有人把它拔出来看：“什么？啊！箭！这么长！这么粗！”

“啊什么啊！唐军追上来了！还不快跑！”别人拽着他，加速奔逃。

不知跑出多远，天边露出鱼肚白，他才意识到自己由于紧张，一路攥着那支形制、尺寸异于常人的箭，没有扔掉。

“究竟是什么箭？”他翻转着箭身刨根追底。

上面刻着几个字。他不识汉字，便交给了上司。上司早年掳掠了一个能读书写字的汉女，强娶为妻。年深日久，上司也学会了说汉话，还可读懂一些汉文。

那几个字原来是：“秦王李世民”。

大羽箭，乃为李世民特制，因他所用之弓远比普通的弓大，一般的弓弩手张不开，箭矢长大，射距大幅超过正常水平。

上司惊叹不已：“神器，神器！”他舍不得放手，仿制了一支收藏在家，原物进献颉利可汗。

突厥这场十拿九稳的胜利回师竟在途中吃了大亏，损兵折将，威风扫地，众多抢掠来的人丁粮帛财宝被唐军夺回，颉利可汗七窍生烟，对那姓李的年轻人也不得不在心底竖起大拇指，发狠道：“把李世民的大羽箭奉为神器，每逢出征，祭拜祈福！有朝一日，再用我的弓箭百倍地回敬他！走着瞧，哼！”

颉利主力撤退途中，李建成率部与突厥偏师交手，接连取得三观山、崇岗镇、恒山、甘州等多场局部胜利。

武德五年的突厥入寇至此告终。

李渊以击溃刘黑闼，徐圆朗，收复多地并击退突厥的功劳，敕令李世民领左右十二卫大将军。李元吉趁着这阵子的喜庆气氛，要在押回长安的突厥俘虏中挑选奴婢自用，两位兄长都依了他。

然而，这大唐尘世的一切喧嚣，都与南阳公主无关。她只属于前隋，那个逝去的短命王朝。

◑ 6 ◐

南阳公主天性爱洁，皈依佛门后更加斋心涤虑。唐廷投合她的心志，将安置她的宅邸命名为莲净苑。

这一日，南阳公主照例早起诵经，等待侍婢们准备沐浴所需之物。

“呜呜呜，阿娘，阿娘，儿舍不得阿娘！不要杀儿！呜呜呜——”记忆中宇文禅师凄厉的号哭不断打乱公主默诵佛经的音律。

武德二年的某日，窦建德在公主的首肯下，派兵士将十岁的禅师拖了出去。孩子凄厉的号哭，泪眼四处寻找母亲的身影。

公主只是咬碎银牙，隐入卧室，心中不停地默念：“你不是我的儿子，你是弑君逆贼的骨血，你该死……”

宇文禅师的乳母弓氏嘶声哭喊着追赶：“公主，您快来救禅师啊！”

原来陪伴禅师的宫女不明就里，有的帮助弓氏救孩子，有的奔向公主卧室报信。

试图抢回禅师的宫人敌不过窦军将士，报信的人则被公主拒之门外。

禅师幼小的生命就像武德五年夏日在莲净苑这间佛堂门口发现的那只蝉，抽搐了几下，就消逝了。

“薏苡，茵陈和卫仁还没回来吗？”南阳公主努力挣脱回忆的梦魇，询问身侧的侍婢。

历尽离乱，原来侍奉公主的人陆续失踪、亡故，贴身近侍之人仅剩其乳母慎氏及追随公主多年的宫女染菽、剪秋罗、茵陈、薏苡。

莲净苑的大量役使由唐廷配给的宫婢和给使承担，按照公主的意愿，这部分人数也很少。外面有人猜测这些人肩负监视公主的使命，但另一部分人认为，一个无夫无子、不问政事的弱质女流没有威胁，朝廷单纯是派人照顾她而已。

茵陈一早跟着给使卫仁出门采买，薏苡算算时辰，答道："公主，应该快了。"

"这是上等的婆罗门参，补气益血最好的。"弓氏走出郢国府偏门，交给茵陈一小包东西。

宇文禅师死后，弓氏总是躲着南阳公主，偶然四目相接，就用两道母兽痛失幼崽的眼神刺向公主，仿佛她才是禅师的亲生母亲，公主是捕杀幼兽的猎人。

去年，即武德四年，原为宇文家奴婢的弓氏回归宇文士及的郢国府，侍奉士及与寿光县主。

南阳公主如今过着食不二味、居不重席的修行生活。身边人见她身体孱弱，面色苍白，苦劝进补养身。她不肯向唐宫索要，也不愿购买昂贵的补品，只给了茵陈一点儿钱，让她买些质次价廉的婆罗门参："不用多，先服两天试一试。"

茵陈照办了，暗地里却向郢国府求助。士及不在家，寿光县主命弓氏把最好的婆罗门参给她："若不够，让她随时可再来取。"

弓氏讽刺道："公主自命芝兰玉树，可不知受前夫及新妇照应的事已有几次了。她是深宫娇养的，不懂行情，不识货，你们回去把好的次的混在一起，她看不出。"

茵陈对她笑笑，道了谢，与卫仁骑上各自的乘马，赶回莲净苑。

水快烧沸了，染菽从存放公主沐浴洗涤物品的箱子里拿了些皂荚，去厨房门口交给粗使宫婢山茄，嘱咐道："手脚利索点儿。"

山茄在鼻子里应了一声，转身步入厨房。

染菽忍气不与之计较，看着她从烧水的大锅里舀出少量将沸的水，连皂荚一并倒入小火炉上的一只铜铫，拿一根铜勺开始搅动，便自去了。

山茄是唐宫分派来莲净苑的，觉得这里的隋宫旧人不配管她。听着染菽的脚步声走远，她撇撇嘴"哼哼"两声，重重地把醋洒进铫里，一壁自言自语："沐浴不买澡豆，非要学庶民百姓用皂荚，跟自己过不去，给我们添多少活计。修行？干脆用草木灰、米浆洗浴呗，大家方便！"

"噗——噗——噗——"另一个火炉上的铜铫煎着婆罗门参汁，煮开快要溢出来了。

"哎呀！"山茄连忙用湿布垫着手，举起药铫，将其中多余的婆罗门参汁倒了些在皂荚水里，"嘿嘿，公主节俭，这么好的东西，不能浪费，拿来泡澡也能强身嘛。"

她一边叽咕，一边把煎好的婆罗门参汁沥入一只朵花纹白瓷碗。

薏苡走进厨房，见她正用一个小勺搅着碗里的婆罗门参汁，忙说："不用你搅，交给我们就行。"

山茄不瘟不火地答道："薏苡姐姐，我不配做细活。这汁里混有婆罗门参渣，我好心，想把它挑出来。"

薏苡支吾着："我是说你不必太辛苦。"端起药碗走了。

山茄望着她的背影在回廊转弯处消失，冷笑一声，回头料理皂荚，已被醋煮烂了，大锅中的水也在"咕嘟咕嘟"地冒着热泡。她赶紧把皂荚水沥入大锅。

两名给使进来，将整锅沸水抬去浴室，倒在盛有凉井水的浴斛中，旋即退下。

染菽和剪秋罗搀扶南阳公主步入浴室，泡进浴斛。染菽抱着公主换下的衣服离开，只留剪秋罗一人服侍。

“突厥全面退兵，刘黑闼孤木难支……”剪秋罗持瓢，为公主冲洗脊背，谈论最近的要闻。

醋的酸味盖住了山茄掺入的异物，南阳公主毫无觉察，呆滞地静听剪秋罗的诉说，轻声叹道：“他们谁胜谁败，与我何干？”

此时，莲净苑之外，瑾琋照例将李世民此次带回的战利品及所获赏赐辟出相当部分，按李渊后宫诸嫔妃各自的喜好拨分赠送。

数日后，她又带着李宽和各式礼物，再入太极宫，赴承庆殿探望万贵妃。

李宽是楚王李智云的嗣子，在万贵妃的心目中自然有超乎寻常的地位。他的每一次到访，都令万贵妃不胜欣悦。

“这孩子虽则瘦弱些，可也长高好多了呢！”她把李宽抱在膝上，脸摩着脸地亲昵，又对瑾琋说，“二郎何须破费，你们知道我和有的人不同。”

瑾琋微笑道：“姨是看着二郎长大的，他当然知姨，姨也知他。自从五郎走了，于他而言，姨更不同以往。这是他的心意。”

万贵妃的思绪飞回李渊起兵、智云惨死的那段日子。亲生儿子的血，她未曾见到，这是她的幸运。当唐军把她救出掖庭时，智云已入土为安。

她命宫婢带李宽去花园玩耍，把声音压到极低，吐出深藏心底多年的憾恨：“当年若是二郎在河东，一定能带着五郎一起逃出去！至尊百年后，五郎如在世，我倘能侥幸苟活，终可依制随五郎去封邑，以楚国太妃的名分安度晚年。五郎没了，我只剩苦守先帝别庙，孤独终老这一个结局了。”

言及此，话音已带了呜咽。

瑾琋一愣，连忙抚着她的手背，轻声劝说：“往事如烟，切勿过悲。多加保重，来日方长。”

万贵妃平复了一会儿心情，笑道：“上次你与我提起，原在尚宫局做女史的司马藜不错。这些日子我看她年纪虽小，却很机灵，为人端方，众人宾服，不愧是剡勇公罗士信的小姨妹。果然你的眼力是好的。我已让她补了一员正八品掌言女官的缺。”

瑾琋略显腼腆地答复：“我年轻，不谙世情。姨用过说好，自然是好。”

话犹未了，一名宫婢入殿急报：“启禀贵妃，住在莲净苑的前隋南阳公主不好了！”

万贵妃统摄六宫事，南阳公主也交她照应，发生严重事件要报她决断。

今日，南阳公主突发恶心、腹痛，卫仁报请太医署派员诊疗，把脉时继发口唇、舌尖、指端麻木症状，太医署怀疑误食鳀鱼中毒，正在全力救治。

“鳀鱼”二字一出，有如一记重拳击中瑾琋的胸口。

世上真有如此巧合的惨事？

万贵妃惊得合不拢嘴：“误食鳀鱼中毒？！快派一名侍御医去救人！另，遣人报至尊知晓！再速传尚食局，宫中饮食务必加倍小心！”

宫婢奉上香茅饮，万贵妃喝了两口压惊，细思有何遗漏之处，又命人报知东宫杨良娣和秦王府杨孺人，她俩是南阳公主在此仅有的近亲属。

瑾琋说：“我家的杨孺人就由我知会吧，姨且放心。”

她携李宽回弘义宫，突然意识到一个问题——南阳公主吃斋念佛，怎会吃鱼？

瑾琋把李宽交给澹台徽，自己携吴景贤转赴莲净苑。南阳公主是李渊的表侄女，亦即李世民的表姐，论亲戚，自然可以去视疾。

公主的乳母慎氏无法相信医正的诊断，失态地拉着瑾琋哭诉：“秦王妃为我们做主啊！他说公主是误食鳀鱼？绝无！公主茹素，连鱼汤也不喝！”

瑾琋却是骨寒毛竖。她原还抱着一线希望，而事实却迫使她面对一种令人恐怖的可能性——并非意外，乃人为下毒，死因与长孙安世夫妇相同。

她唤过卫仁，悄悄说出自己的疑惑，命卫仁速去报信。郢国府和宫廷都应当立即知悉此事。

不久，宇文士及抵达莲净苑，李渊派遣的侍御医、南阳公主族侄——袭封酈国公的杨行基及公主的两个异母妹也都赶来。

南阳公主的情况很不妙，麻木不适之感向全身扩散。吴景贤和侍御医均明示：凶多吉少，想见一面的，须得趁早。

到了这个地步，经瑾琋劝说，慎氏也不好阻拦宇文士及了。

他走进公主的病室，正坐于地，恭默守静，呆望着榻上那个咫尺天涯的女人。

她却没有撵他，气若游丝地笑道："看来我快死了。她们竟许你入内。"

宇文士及潸然泪下，颤声说："公主何出此言？名医在为您悉心治疗。"

她合上双目："我累了啊……"声音一个字比一个字低，终化作无声的呢喃。

士及大恸，再顾不得礼节，俯身在公主唇边凝神细听。她似乎已神志不清。

"禅师——禅师——"这是她留给人世最后的话语，尔后陷入昏迷。

吴景贤及侍御医虔心竭力救治，仍未能击退鳀鱼毒素。

武德五年深秋，隋炀帝与萧皇后的爱女南阳公主，暴薨于长安莲净苑。

宇文士及失魂落魄，难以自制，伏在她尚余体温的躯体上大放悲声："禅师！公主！呜呜呜——"

曾经的儿子，曾经的妻，过去的那个家，都已不在。宇文士及的过往终结于此，只剩一地伤心惨目的碎瓦颓垣，任烈日暴晒，听风吹雨打。

外面的杨淑慎和杨陆离看到周围的人涕泗滂沱，醒悟南阳公主已逝。她们同亡人从未真正建立亲情，就连礼尚往来亦被其拒绝，自然无法对她的去世产生诚挚的伤痛之情，但联想自己的身世，也未免见哭兴悲。

她们将为亡姐服九个月大功丧，并于出殡之前暂居莲净苑守灵。

李渊下敕，内库出资礼葬南阳公主，派礼部官员监护丧事，公主中毒的原因令莲净苑所属的万年县追查。

“又是鳀鱼毒。”瑾琋双手环抱着李世民的脖子，央告道，“我怀疑此案与去年十一月我堂兄夫妇的命案有某种关联，想去莲净苑协助查案。万年县、长安县都隶属于雍州署，你领雍州牧，舅舅任雍州治中，不需你出面，请舅舅知会一声即可。”

李世民搂着她的腰，就势把她拎起来，双足离开地面，感受她体重的变化：“嗯，你果然瘦了。你说什么？雍州牧之妻想查办雍州下辖万年县的案子，却由雍州治中出面关说，外人岂不见怪？以为你我怎样了呢！你要去就去，我写一纸王教给你。不过，你不许住在莲净苑，每日乘厌翟车往返……”

瑾琋赴莲净苑查案的第一天，即隔着行障询问万年县尉：“去岁末，光德坊长孙夫妇中鳀鱼毒身亡，至尊冬狩期间，雍州署曾提示长安县注意清河县君曹氏家中的一柄錾花鸟头细柄舌形银勺，怀疑那银勺暗藏机关。据闻万年县协助长安县连续数月暗查曹氏及其左右，请问可有进展？”

“回禀秦王妃，一无所获。那把勺子早先就是由本县上门勘验的，并未发现机关。”万年县尉答道，“今前隋南阳公主又死于鳀鱼毒。我们两县会商，也怀疑公主之死与长孙安世案有关，但应当与清河县君曹氏无关。”

瑾琋笼好幂篱，自行障后走出，携带随从，与县尉及众胥吏、仵作一道在莲净苑内巡察，寻找公主所中鳀鱼毒的来源。

南阳公主很少外出，无人往来，饮食清淡节制，勘验食物垃圾也未发现毒物。

巡至厨房后门，瑾琋察看了簸箕内的一些残渣，问仵作道：“仵作请看，这是皂荚残渣和婆罗门参残渣的混合物吗？”

◑ 7 ◐

仵作翻检片刻，点头道："正是。"

瑾琋命五谷请慎氏过来相问："慎媪，这皂荚和婆罗门参是谁用过的？"

慎氏眼皮浮肿，话音喑哑："是公主。她每日煎皂荚沐浴。前两日又熬婆罗门参汁服用滋补。想是粗使婢女山茄顺手把两种残渣倒在一处的，因公主病亡，昨日至今，苑中大乱，没有及时将垃圾运出。"

此话立刻引起万年县尉注意，追问："婆罗门参有无存货？"

慎氏悲从中来，重又哭泣起来："呜呜——没有。原准备先服两日，有效验再买，昨日早晨服了最后一道。新的未及采买，公主就发病了。"

县尉希望王妃在秦王面前为他美言，表现格外积极，挥手下令："马上封存这些残渣，勘验！为慎重起见，起出库存未用的皂荚，一并交仵作勘验。"

瑾琋补充道："所有餐具均须勘验，并探查有无机关。"她又想到清河县君曹氏的那柄银勺了。

结果是残渣有毒，库存的皂荚却无毒，餐具均无异常。

仵作用银针反复拨弄那一小堆残渣，犯难地向瑾琋及县尉回话："王妃、少府[25]，这两种残渣是连汤带水一起泼出来的，互相渗透，分不出哪一种带毒。毒源可能是皂荚，也可能是婆罗门参，两种都有毒也有可能。"

县尉跳脚斥道："你干了多少年了，连毒源都分辨不出！光德坊的案子至少还查出是逡巡酱有毒嘛！难道非要请长安县的仵作来验吗？我们万年县的脸面往哪里搁？"

25　对县丞、县尉等的称呼。县令称"明府"。

仵作是衙门摔打惯的老油子，也不怕他，爽性借梯下楼：“好，就请长安县来验！”

瑾琋在行障后笑道：“我请来了天策府典医丞，请他也验一验。”

果然，吴景贤及长安县的勘验结果也同万年县相同，只是吴景贤指出，这种鳀鱼毒与长孙安世夫妇所中鳀鱼毒一样经由人工调配，并非纯天然。

仵作趁机回敬县尉一顿：“少府，我们仵作可不是一般的活儿。千百年传下来的本事，到今日只能做到这个地步，要把莲净苑的鳀鱼来源鉴别清楚，大约再等千百年就行。”

县尉计无可出，“嗯嗯”地闷哼两声。

瑾琋温言调和：“列位都辛苦了。依我之见，皂荚、婆罗门参可一并调查。皂荚存货无毒，可见毒源最有可能出在婆罗门参和昨日使用的那部分皂荚身上。暂圈定下列人等为嫌疑人，逐一排查……”

宫女茵陈、给使卫仁——采买婆罗门参，茵陈并独自存放买回的婆罗门参，逐次取出适量交给山茄。

宫女染菽——从库存的皂荚拿出当日需用的量交给山茄，无他人监督。

粗使宫婢山茄——婆罗门参、皂荚都由她一人煎煮好，再倒入药碗和浴汤。

宫女薏苡——把盛有婆罗门参的药碗端给南阳公主。

抬浴汤的两名给使，阿成、阿平。

宫女剪秋罗——公主入浴后，每每由她单独侍奉，有条件背着公主在浴汤里下毒。

其中，茵陈、染菽、薏苡、剪秋罗是南阳公主身边的“老人”，不但与公主之间素无芥蒂，彼此之间也是一团和气。

卫仁、山茄、阿成、阿平是朝廷派来照顾公主的，与公主感情不深。

但是，卫仁、阿成、阿平均无单独行动，尤其是卫仁需与茵陈串通才能得逞，难度更大。

因此，万年县衙倾向于山茄嫌疑最大。

瑾琋感到，如此定论为时过早，亲自询问各嫌疑人。结果是众口一词，均坚称自己清白，唯有薏苡提供了一点儿有用的情况：“昨日，我去厨房端熬好的第一道婆罗门参汁，看见山茄手持一只勺子在搅动那药汁。如今回想，她有没有可能在拌勺毒药呢？”

在行障外旁听的县尉浑身一激灵，有点儿激动了：“你再回忆一下，药汁中有异样物事吗？”

薏苡谨慎地答道：“未曾留心。莲净苑人手少，除了山茄，旁人少有出入厨房。我有自己的执事，来去匆促，一般的也不会细看。”

县尉大喜，来回搓手顿足，连声叫嚷：“有啦！有啦！王妃，下官愿亲审那个山茄。”

瑾琋忍笑道：“有劳少府。”

不料那个山茄，不仅无所畏惧，还气壮理直地跳起来大吵大闹：“敢问少府，主人的药汁里有药渣，不匀净，做奴婢的就手给挑一挑、拌一拌，还有错啦？！你怎不褒奖我忠勤事主呢？！那日薏苡数落我多管闲事，我就再不费那精神了，后面再没做过！她是前隋旧宫人，我是外四路的粗使婢女，不当抢她的活儿，乐得清闲！”

县尉一时无辞。

山茄知道是薏苡挑头怀疑她，自不肯饮恨吞声，一头躺到地上撒泼打滚，故意大声嚷嚷，好让别人都听见：“薏苡仗着自己是隋宫旧人，凭空诬赖好人，少府当问她一个诽谤，不然我是不依的！”

薏苡在门外听得面赤筋爆，拔步就走。山茄的吵闹犹不停钻进她血气上涌的大脑，生生地钻出一条裂缝。

走远了，山茄的泼闹声没了，冷风吹入薏苡脑内的那条缝隙，一件之前忽略的小事在退烧的血液下泛出来，霎那间无比的寒凉。

薏苡摇摇头，想摆脱那件无谓小事的纠缠，自言自语道：“唉，不会的。我这多思多虑的性子该改了，何必告诉县衙？实在忘不了，等丧仪毕，问一下就完了。”

查案、审讯的所在就设在莲净苑后院，前院在大办丧仪，闹大了也不妥当。

县尉急得满头大汗，破口与山茄对嚷：“哎呀！她也没有咬定你哪！女孩儿家不要这般刁蛮！你和她皆属一面之词……”

众胥吏因这位县尉业能不精，又年轻气盛，一贯对下属吹毛求疵，颐指气使，故而巴不得他倒霉，只在旁偷笑，不帮忙解围。

县尉只好打发了山茄，坐下喝凉水喘气。

瑾琋命随从取酒食来，慰劳万年县衙众人，缓和一下大家的情绪。

正吃着，卫仁来了，一脸如临深渊的神色先把县尉唬得脊背发寒：“王妃、少府，我有要事禀报。公主服用的婆罗门参，少说有一半是郢国府给的，另一半才是我和茵陈采买的。”

县尉翻着眼睛，原地打转。

卫仁说明了详情：“……我也是掂量许久，才决心说出口。”

瑾琋吃了一惊：“如此说来，至少有一半婆罗门参经过郢国府侍娘弓氏之手。长安高门贵家广有传言，这个弓氏原为宇文禅师的乳母，因禅师之死，与公主积怨甚深。”

县尉低声说：“弓氏背后是否有人指使？您想，明知弓氏怨恨公主，还将公主要服用的补品交弓氏送出……”

瑾琋明白他暗示的是什么。

莲净苑的奴婢亲眼目睹了宇文士及在公主房内伏尸痛哭的场面，风闻他曾有意与寿光县主和离，与南阳公主复婚，而今看来并非虚情假意，果然是难以忘怀。那么，按常理，最忌讳南阳公主的人应当是寿光县主。

室内沉寂了片刻。

瑾琋轻轻回答："县主雅量宽宏，善待公主，郢公也深为感念。"

县尉理了理乱麻般的头绪，点点头，又摇摇头："王妃所言甚是。但也有一句老话，人心不古。谁知寿光县主是真心同情南阳公主，抑或另有良苦用心，故作姿态呢？暂且不能提，若真的疑到县主头上，也须上呈案卷。下官只能先查弓氏。"

"这么说，就连郢公也未必清白了。"有个胥吏咕噜了一句，"南阳公主杀了他的儿子，他不恨吗？"

仵作不理睬县尉，悠然打岔："公主自前日起，服食七道婆罗门参，沐浴两回。致命的究竟是哪一次？"

县尉端出舍我其谁的气势，扬声断言："鳀鱼毒的潜伏期最长一个半时辰，肯定是末次！"

仵作笑道："少府所言是食鳀鱼中毒的通常情形，体质特异的人潜伏期可能更长，何况南阳公主所中鳀鱼毒为人工调制。另外，毒素是从口而入？还是从体肤而入？这也会影响发作时间。"

县尉不耐烦，问道："说这么多，到底你能鉴别出来吗？"

"这个嘛，不能。"

"废话！"县尉翻了翻白眼。

瑾琋不希望他们吵架耽误时间，出言将棋盘抹乱："请少府传弓氏来此问话。"

不过，弓氏居然跟随寿光县主前来吊唁，免了县衙一趟跑腿。

县尉及胥吏们混在庐前的两侧人群里，暗中观察。瑾琋出面与寿光县主应酬。

县主形容庄敬，眼含不忍，弓氏不戴幂篱，大敞着一张全无悲戚之意的脸庞，眼神游移不定，似乎心事重重。

瑾琋迈开步履，准备上前招呼，恰在此时，负责导引宾客的执事人宣赞道："天策府澹台刀人至。"

瑾琋、澹台徽与寿光县主见了礼，各自去庐前吊唁，随从献上赙赗金帛。

致祭毕，澹台徽把为陆离带来的生活用品送入内堂。

瑾琋向寿光县主引见道："这位是万年县尉，欲向县主手下的弓娘子讨教南阳公主生前之事，还请行个方便。"

弓氏抢先冷言冷语地推辞："奴婢与公主一年多未曾谋面，恐怕没什么可告诉少府的。"

"不打紧。但凡弓娘子知道的，凭它是多么久远的陈年往事，只需知无不言，对我们就很有用了。"县尉紧咬不放。

寿光县主吩咐弓氏："你跟他们去谈谈，无碍的。"

弓氏只好应了，跟着胥吏们到后院。

瑾琋望着他们离开，回头叫住澹台徽："阿徽，等等，我也进去。"

一行人步入内堂，在此燕息的淑慎、陆离见瑾琋进来，少不得欠身欲行礼。

瑾琋卸下幂篱，劝止道："二位是丧家，备极辛劳，不必。"

澹台徽向淑慎、陆离两姐妹行了礼，又命侍婢萱草将带来的物品交给陆离的侍婢。

陆离没有看到李世民的身影，心海泛起失望的微澜，但自尊心仍不愿承认这一点。

"秦王本也要来，忽有急事脱不开身，出殡时当路祭。"瑾琋这番话使陆离脸上潮热，以为被窥透了心思，抬头发现她原是在与淑慎交谈，并未注意自己。

淑慎参与丧仪只为尽情面，根本不在意谁来谁不来，答道："妾等深谢秦王及王妃。太子殿下和齐王也来不了呢。"

论亲戚，李世民可亲来表姐南阳公主灵前哀悼，但因半空里劈下来另一个惊天噩耗，使他完全失去了吊唁南阳公主的心情：淮阳王李道玄战死于敌阵中，年仅十九岁。李渊追赠李道玄为左骁卫大将军，赐谥号“壮”。

道玄殉国噩耗传来，正在练字的李世民心如刀绞，掷笔大哭，对左右泣道：“道玄常随我征伐，见我喜欢深入敌阵，想要模仿，以至于此！”

他深为道玄之死而痛惜，自然无心顾及连面也不曾见过的南阳公主了。

瑾琋与淑慎、陆离交谈数语，留下澹台徽与两人作伴，自携随从回后院，旁观县尉询问弓氏的情况。

弓氏露出一抹“汝等无奈我何”的微笑：“婆罗门参是郢国府管库的家生拿出来给奴婢的，那之前如何奴婢不知，亦未动过。奴婢的确深恨公主，但奴婢更愿意看着她孤苦伶仃地活受罪！”

问来问去就只这几句答复，不多时就放她回去了。

按弓氏所言，万年县找了郢国府的管库人询问，其人强硬否认与公主之死有关。仵作死马当活马医，提取了府内库存的婆罗门参，经勘验完全无毒。

瑾琋动身回弘义宫。澹台徽将在莲净苑守灵一晚，以尽隋宫旧情，就不叫她了。

途经庐前，一位貌似低级官员的素服青年行毕礼，正在起身，腰间革带九节银銙正中那一节的花纹有些别出心裁，眼睛飞快地向旁边溜了一下。

瑾琋循着他的视线看去，是一位跪在灵位左侧的女子，着青缣衣，生麻绾椎髻，显是服斩衰重孝。这女子似乎感觉到男子在看自己，把脸转了一个角度，谢绝他的关注。

◑ 8 ◐

这女子是染菽，瑾琋问过她话。

灵位右侧另有一个女子，打扮与她一样，是剪秋罗。

公主无儿无女，下葬前就由四个旧宫人轮流充孝子孝女之职，为的是丧仪好看些。

瑾琋命五谷打听那名男子的底细，原来那人名叫章守中，原是宇文士及的侍读家生，追随士及投唐，立有战功，放为良民，授予官职，现任中书省主书，从七品上。章守中的情况与前唐国府家奴马三宝相似。三宝辅弼平阳公主，为大唐开国立下战功，因此脱离贱籍，步入仕途，现任太子监门率。

宇文士及在莲净苑设好灵堂后祭拜了公主，厚给赙赗，之后再也不便亲临，由他的旧属章守中前来祭奠公主也是合情合理的。

南阳公主安葬，案情依然胶着。

莲净苑的人自此各奔东西。乳母慎氏出身良民，隋朝时采选入宫哺育南阳公主，今予以资遣，儿子接她回郊外的故乡去了。染菽、剪秋罗、薏苡、茵陈四人也是采选入隋宫的良家女，赐给金帛，放归民间。

由唐宫配给莲净苑的人手另行安排役使，例如卫仁，被瑾琋要到了弘义宫。

唯独山茄因有嫌疑，由万年县胥吏监视，留在莲净苑看守房舍。

南阳公主化为陈迹。起初，她的死尚是人们茶余饭后的谈资，有一种传言说她与隋恭帝杨侑的死亡都是唐朝的计划。但这个传闻并没有引起民间太多的兴趣，随着时间的推移，连谈论这个话题的人也寥寥无几了。

唯独瑾琋难以释怀。李世民特地带她及无忌夫妇同赴长安乡下，郊游散心。

此地是乳母刘氏的二女婿陶郎所居乡村。地上一块接一块地铺开黑色方棋纹，庄稼的残茎、树木、野草，鸦青色、枯黄色，点缀于纹理之间。方棋纹的尽头是一潭清冽的蓝，自头顶高高地倒扣过来，罩着整个初冬的大地。

苍穹的蓝色与方棋纹的黑色之间夹着一条透明的银练，河水绕村，尚未封冻，沿着龙首原逶迤的脉络涓涓地流淌，汇入渭水。

村庄是一条长街，两边密密麻麻坐落着农舍。从房舍的规模、用材、装饰，即可判断主人的贫富。

一位家道小康的年轻农人从自家小院里赶着两头驴出来，一头驴上骑着妻子，挂着鸡和鹅，另一头驴扛着粮袋，在田地旁的土路上一摇三晃地行进，要到集上换些布帛铜钱。

田间土路上另有两人散步过来，是本村一户小地主家的儿媳周氏陪着一位女客。那女客来此有些日子了，并不面生。

农人夫妻俩与周氏彼此招呼客套着，女客微笑着旁观不语，发髻上插着一支簪子，亮晃晃地让农人的妻子好生羡慕。

“我也想打一根那样的簪子。就当是攒钱，也是可以的嘛。”她对丈夫说。

农人推搪道：“年末盘点了今年的结余再说吧。”

妻子噘着嘴埋怨：“去年也这么说！”

“咦，你看，来了好些生人。”农人用鞭子指了指前方，引开话题。

果然有一队男女，城里中等人家主仆打扮，骑马乘骡，向村里行来。内有一人，是本村富户陶家的女主人丁黛娘，在做他们的向导。丁黛娘在村人眼中有一种神秘的尊崇感，因为她的母亲刘氏是秦王的乳母。

“看了长安城里见不到的田舍风景，觉得稀奇罢了。”农人的妻子依然不太高兴。

双方彼此行着注目礼，擦身而过。

瑾琋对身旁的颜穆清说："幸好没戴帷帽幂篱，乡里没有女子戴。我们若与众不同，旁人定会生疑，失了微服郊游的乐趣。"

颜穆清笑道："这却不合礼法。"

瑾琋说："他们在龙首原上游猎，回陶宅一定晚于我们，如何得知？礼法归礼法，既来乡间就应入乡随俗！"

李世民、瑾琋及无忌、颜穆清两家来此游玩，预备小住两日。刘氏也随行，只是她早看熟了当地风光，宁肯窝在宅子里含饴弄孙。

无忌和李世民在龙首原狩猎。这个季节除了不冬眠也不南飞的刺猬、野羊、麻雀和熊，也猎不到什么。主要目的在于散心。

李元吉征伐刘黑闼残部不力，反折了宗室李道玄，李渊决定易帅。但李世民并未得到任命。因为，太子李建成主动请缨了。

起因是太子中允王珪、太子洗马魏徵向李建成提出中肯的建议："殿下位居嫡长，但军功不高，未能广泛建立声望。而秦王勋业克隆，威震四海，人心所向，殿下何以自安？今刘黑闼残部不足万人，粮道阻绝，败卒疲弊，诚为强弩之末。请殿下亲率大军出征，可不战而胜，且以立功，并结交山东才俊，深植根基。"

元吉也进言道："仲兄一面在外攻城略地，笼络人心，譬如上次征刘黑闼，当着一干庶民的面痛斥我的库直宇文鑫鱼肉百姓，扯出我在太原的旧事，反衬他自己体恤民情！一面派二嫂出面结交嫔妃，拉拢后宫，如今，尹德妃、张婕妤等人虽不夸他，却也不在御前数说他的不是了。开国之世，勘乱者居首功，长兄此时不在军中树立威德，更待何时！"

李渊亦有考量，以刘黑闼的现状，建成有能力消灭他，此役将是终结国内乱世的最后一役，应当给予建成扬名立威的机会。

于是，李渊于武德五年十一月初七，敕令太子李建成挂帅出征，将李世民旧部、洛阳之役担任骁骑将军的常何调归李建成麾下，随同出征。

李建成并答应了李元吉和宇文宝的请求，将齐王府库直宇文鑫调入自己军中加以保护，摆脱“杀害舞伎藤子”的传闻困扰。

“好吧，就让兄长去吧！人不能独占好事，我不能独占功劳。”李世民立于陶宅内堂小楼上极目远眺。

从龙首原下来，反而看清了龙首原的全貌。他的志向不止在沙场。

但是，他的笑容很快凝固了。瑾琋领着颜穆清及一帮奴婢从外面回来，幂篱不见踪影，远远就能看见她朱唇榴齿，在马背上笑傲风月。

他皱皱眉，对身边的无忌抱怨道：“瞧你的妹妹！”拂袖回陶宅安排的客室去了。

无忌也不辩解，待瑾琋一行进门，便低声责备颜穆清：“你若依礼戴了幂篱，她怎好不戴？由着她说什么就是什么！”

“她言之有理，由不得我不听。”颜穆清做出一脸笑骂从汝的姿态，“你们回来比我们预想的要早。”

乡间的宅院比之城里有所不同，室内概不铺设木地板，与回廊铺着一色的青砖地，再铺上草席与室外相区别。因来了贵客，主人比往年提早在草席上添了茵褥和珍藏的地衣，以供坐卧。

瑾琋脱下锦鞠靴，蹑手蹑足地跪坐下来，膝行到盘腿闲坐的李世民身后，猛地环抱住他的腰，脸儿顺势贴在他背上。

李世民不回头，冷笑道：“知错了？”

“啊？我是谢你带我郊游。田园风光，见之忘俗。”瑾琋咯咯笑着。

李世民气得转身抓住她的两个肩头：“观音婢，你！”

但她那无辜的眼神瞬时扑灭了他的恼火。

“在别处我不会如此！扮作中等人家娘子，却跑到乡里戴幂篱，岂不为怪？”她钻进他怀里。

李世民心热了，想把她按在茵褥上，她又像泥鳅似的滑出来，躲着他。

他追在后面要捉住瑾琋高腰襦裙的系带。

她却吃吃地笑着，灵巧地窜向窗户那边，在李世民揽住她腰肢的刹那，她拉开了窗帘。

阳光把二人照得无处遁形，李世民不得不放开她，懊恼得脸红脖子粗。

窗外一道银光刺得双目微微作痛，瑾琋手搭凉棚仔细张了一张，忽用压抑的声音呼唤李世民："二郎，你看！"

陶宅是村里唯一盖有小楼的人家。这间客室位于二层，一览众山小。邻居院里，一位女子发髻上的鸟头银簪，便在陶宅楼中人的视线里熠熠发光。

"我明白你的意思。但那是簪子，不是勺子。相似的鸟头装饰也不罕见。"李世民说。长安县向雍州署呈报了在清河县君曹氏府邸查到的錾花鸟头细柄舌形银勺图样，雍州署复制一份送入弘义宫，他和瑾琋都看过。

那个女子好像觉察到什么，抬头向他们所在的窗畔瞄了两眼，但她的角度不能发现窥探之人，把眼睛揉了一揉，大概以为是幻觉。

瑾琋目送着女子进屋，喃喃地说："可是，那张脸……"

那张脸，她在南阳公主灵堂庐前见过，是四个为公主服斩衰重孝的前隋宫女之一，姓穆，名唤"剪秋罗"。

瑾琋询问丁黛娘，黛娘答道："那人是邻舍孙家的客人。可巧了，孙家的老母慎氏原为前隋南阳公主的乳媪。村人说，我们是两个皇家乳母做邻居。"

瑾琋携卫仁、留荑、繁缕及安元寿去孙家访问。

元寿于武德五年在河北与李世民相识，无意中揪出了杀害齐王府舞伎藤子的真凶宇文鑫。近日，元寿年满十六岁，选拔为秦王右库直，司职守卫、陪从、鞍马等事务。

剪秋罗见到孙家人引入的三位访客，颇为吃惊："秦王妃！卫给使！

二位怎知剪秋罗在此？”

瑾琋笑道：“我与兄嫂出游，住在邻舍陶家，听闻你在孙家做客，特来一晤。这位是安小郎，刚入天策府仕事。我有一事请教你。”

剪秋罗秋波微荡：“妾实不敢当。”

瑾琋直截了当，向她借鸟头银簪勘验，明言那银簪可能与公主中毒有关。

剪秋罗大惊，僵直着身子一动也不能动，继而又如抽离了骨骼，肌肉失去凭依，竟吓得瑟瑟发抖。

瑾琋握着她的手，安抚了好一会儿，她才镇定下来，拔出鸟头银簪呈上。

然而，那只是一支普通的錾花鸟头银簪。哪里有什么机关？

她把簪子递给卫仁复验，问剪秋罗道：“能告诉我这支银簪的来历吗？”

剪秋罗答道：“是染菽赠予妾的。我们四人分别时，互相都送了纪念。”

卫仁对这银簪上的鸟头装饰有印象，原是莲净苑宫女戴过的。不过，他与她们接触有限，平素也不关注女子妆饰，记忆淡薄。他仔细看了几遍，确无秦王妃特别指示要留意的所谓“机关”，便将簪子交给安元寿验看，又问剪秋罗：“记得你是京畿泾阳县人，何不回家？”

“已回家安顿好行李。应慎媪之邀，来她家作客。”剪秋罗笑答。

瑾琋问她：“将来有何打算？”

“将来？我家世代为收验、押运地方贡品的流外吏员，也有私产，尽管家资饶富，并无品秩。我和染菽四个，十岁左右采选入隋宫，今已二十多岁，是老女了，早误了嫁人的花季，”剪秋罗的眼神黯淡下来，“天下初定，总有一些家世般配的鳏夫想要续弦。走一步看一步罢了。”

瑾琋默默地叹息。安元寿却毫不在意，一心一意检视那簪子，确认无异常，交与留荑、繁缕验看，问道：“剪秋罗姐姐，请问你可知染菽何时得的这支簪子？”

瑾琋不禁暗暗称许。李世民善于拣拔、任用人才。安元寿的机警超越了他本身的年龄，有他随行，瑾琋更加省心。

剪秋罗答道："这簪子颇有些年头，是隋宫有一年的节赏。但原来没有这个鸟头装饰。今年夏天，茵陈得了一支鸟头银簪，染菽想学着改个样儿，将簪子送出去打了这个鸟头。"

"如此说来，染菽很容易出门？茵陈的银簪又得自何处？"安元寿追问。

剪秋罗接过繁缕归还的银簪，重新插戴好："染菽家在长安县乡下。自我们去年随公主回到长安，她的父母兄弟每次进城，顺道接她在城里小聚，公主都放她暂去。她要办点儿事还是方便的。茵陈家就在长安城开金银作坊，给自家女儿打一根簪子，那不是手到擒来？"

安元寿打破砂锅问到底："茵陈也容易出去与家人相会吗？染菽改自己的簪子，是不是托茵陈家的作坊做的？"

剪秋罗笑道："呵呵！小郎君猜详得不错。染菽是托茵陈家帮忙改的簪子。"

安元寿不再出言。瑾琋询问薏苡的去向，剪秋罗答道："她回登州文登县的故乡去了。"

瑾琋惊问："山东刘黑闼余孽尚未翦灭，她返程恐不太平啊！"

◑ 9 ◐

剪秋罗也有些忧心："慎媪劝她来此暂住。她说思亲甚切，想走。大约不想拂了慎媪的好意，一时未把话说死。离开莲净苑的前一日，我路过茵陈的屋子，听薏苡在那屋里说，有贩海货的远房亲戚进京，暂住宣阳坊，正要返乡，她和他们搭伴走，万一遇到战事，大不了就停步、绕行。茵陈说，家中长兄要来接洽明日派车马接取行李之事，问薏苡有没有人接，若没有，她可告诉长兄，多带点儿人手和骡车，送薏苡去宣阳坊亲戚处。薏苡说不用，已同做法事的万善尼寺讲好，一早搭寺里的牛车。慎媪得知，再度劝说，但薏苡决心已定，就随她了。”

隋朝取代北周之后，隋文帝杨坚敕令度北周皇后嫔御以下千余人为尼，出居万善尼寺，杨坚的曾外孙女李静训九岁夭折，亦厚葬于此。请万善尼寺为南阳公主超度，也算唐廷给予前朝公主的一种礼遇。

瑾瑶与剪秋罗闲聊，问了一些杂事，包括南阳公主身边四位宫女读书识字的情况、染菽家和茵陈家的住址等。

卫仁等人大惑不解，不明白瑾瑶为什么关心这些。繁缕猜测：“王妃想选拔女官吗？可她们已放归民间了啊！”

瑾瑶却在结束此次郊游之后，提出去染菽家探访，略微绕一点儿道而已，顺便体察民情。李世民也依了她。

染菽姓刁，家中俱为朴讷诚笃的农人。一所开阔而简朴的村居，泥墙灰瓦，男耕女织，养鸡养羊，温饱有余，但与陶家、慎氏家的境况无法相比。

柴门大敞，院中情景一目了然。染菽在闺房中凭窗读书，瑾瑶侧耳静听，是在磕磕巴巴地读学童启蒙课本《千字文》，看来她字认得不熟。不过，与那做酱菜的母亲、喂鸡的长嫂、织布的二嫂、劈柴的三嫂相较，深宫生活十余年的染菽似乎是从另一幅画卷中抠下来，硬嵌进这幅农妇劳作图中的。

卫仁出面招呼：“染菽。”

“卫给使！”染菽丢下书卷迎出，“你怎么来了？”

她看见瑾瑶，迟疑了片刻，张口惊呼：“王……”

卫仁忙捂住她的嘴：“这位是我的友人太叔娘子。别惊动家人。那几袋粮米、绢帛，是我给你家的心意，快收下。进去说。”其实是瑾瑶准备的礼物。

染菽揉着系带，不知怎样向家人介绍："阿娘、嫂嫂，这位是卫给使、太叔娘子……"她不认识李世民等人。

瑾琋为她解难："这是我兄嫂，太叔大郎、颜娘子。"所指的是无忌和颜穆清。又瞥了李世民一瞥，笑道，"这是我仲兄，太叔二郎。"

李世民偷偷怒视她一眼，默默地抗议："为何不说是你的夫君李二郎？"

安元寿、几位天策府卫官分别被瑾琋冠以"太叔某郎"的化名。幸好侍婢留荑、繁缕无需化名，其余随从守在村口，没有进来，否则编化名也够头疼的。

刁家人热情淳朴，请他们进染菽闺房坐。那是刁家唯一铺了砖地再铺草席，又置有坐榻的房间，家具也是新的。其他房间一律是泥地找平、草席一铺，几方形状不一的草垫子充当坐褥。对于做过宫人的染菽，家人们都抱有敬意，唯恐她受了委屈，尽量给她最体面的生活。

瑾琋询问鸟头银簪的由来。染菽的回答与剪秋罗一般无二。至于清河县君曹氏府上的錾花鸟头细柄舌形银勺，染菽说："妾不知情。妾等随公主寄居河北二载，与曹氏夫人算是经常会面。因窦建德不方便见公主，有话都由夫人转达。然而从来不曾一起用饭，没有机会见那银勺。"

想那錾花鸟头细柄舌形银勺的真身好好地躺在清河县君曹氏府里，县衙验明毫无出奇之处，毒药来源也访查无门。突然发现疑似长孙安世案凶器的鸟头装饰，竟在南阳公主鳀鱼毒案的关系人处有个孪生兄弟，瑾琋暗自激动，扼腕抵掌，结果却只是巧合？

瑾琋问："茵陈家住何方？作坊在哪里？她近况如何？"

染菽答道："茵陈家姓童，作坊设在长安城东常乐坊，住宅置于常乐坊北面的道政坊，另在东市开设一间金银饰品行。她在家闲居。"

瑾琋与李世民交换了一个惊愕的眼神，彼此会意："好巧！武德二年朝邑县令嵇暹命案，帮凶楼钰用来转移视线的银扣子，正是定制于东市童家金银行。”

刁母张罗着管待客人午饭，教儿媳杀两只鸡。

李世民阻止道：“老人家不必客气。我们就想吃乡间的家常便饭。”倘若推辞，恐拂了人家的好意，可也不愿让这户农家破费。

无忌赞同：“正是。那是下蛋的鸡，杀不得。”

刁母觉得太叔二郎有点儿奇怪，说是二郎，竟比大郎还要神气。那太叔大郎倒是一直在看二弟的眼色行事。

粟米饭、汤饼、几种酱菜，还有刁母非加不可的鸡蛋。如此饱餐了一顿。

染菽的两个嫂嫂另用篮子装了更加简单的饭食，送去田里，给刁家的男子们吃。

瑾琋一行告辞回城。李世民慨叹：“我们平日酌金馔玉，不知稼穑艰难。若去那饭也吃不饱的人家，我更要羞死了。单单消灭各路反王哪里够？还须改善百姓生计！”

“是。不过，须得循序渐进。”瑾琋微微一笑，“二郎，明日，我去探访童家。”

李世民觉得有点儿不妥：“城内不比乡下。道政坊、常乐坊都有高门宅邸，有熟识你的人，若被人认出，动静就大了。倘或扰了童家的生业，殊为不美。”

瑾琋摸摸下巴，说道：“我自有办法。请舅舅稍作安排。”

次日晨，李世民睁开睡眼，瑾琋已不在枕边。留荑等人在帐外轻笑。

他坐起身，问道：“笑什么？伺候洗漱。”

有人破开帷幔，探首入内，笑问：“大王睡好了？”

竟是一个髯须男子，右脸颊上还有一块青紫的胎记！

声音却是瑾琋无疑。

李世民立时笑倒在榻上：“哈哈哈！妙极、妙极！但你不能独自去，丰登、玳玳没有去过莲净苑，命他二人护送。”

于是，瑾琋女扮男装，掩盖真容，丰登、玳玳也扮作胥吏，混在万年县衙的胥吏中，先去探访道政坊的童家小宅。

茵陈正忙着和母亲、侍娘、婢女一起做女红，被褥、帷帐、衣履，无所不缝。因他们来了，茵陈和母亲少不得丢下活计，做出笑脸来接待。

为首的年长胥吏负责开口问话，茵陈答复：“我也不知什么錾花鸟头细柄舌形银勺。原是家兄给了我一支鸟头银簪，染菽后来托我家把她的簪子也改为鸟头也确有其事。鸟头图样是我帮她描的。”

她印证了染菽和剪秋罗的陈述。

瑾琋环视这间正堂，与染菽家比较，可谓判若天渊。虽为小宅，陈设装饰却甚为富丽，激起了她窥探的兴致。

年长胥吏与童母闲聊：“府上真是福禄双全的人家。”

童母本来因衙司上门而烦心，听到他的话，舒坦许多，笑道：“仗着祖传的一点儿手艺，有碗饭吃罢了。我们还眼红您吃皇粮，旱涝保收呢。”

“我可比不得府上，不管累死累活，就那一点儿禄米！我们去过染菽家，还觉得她家境况不错，原来府上更要强得多。”胥吏口吐莲花，看上去又颇为真诚。

童母也很谦逊：“不敢当，不敢当。染菽家和我家是同乡，两个孩子的情分也比别人深。现今我家在乡下老家置的田宅，日常还靠她家帮忙照拂呢。”

“府上在乡间还有产业哪！”胥吏啧啧称羡。

瑾琋一边旁听，一边偷瞧茵陈。

茵陈的发髻上插着那支银簪，鸟头装饰与染菽赠予剪秋罗的那支犹如双生。

瑾琋以目示意安元寿，向茵陈索要银簪一看。

此时方才看出，这支与剪秋罗戴的那支一样是通体錾花，单从鸟头着眼不易区分，但如果细观簪体上纹样的差异，还是可以分辨的。

而同清河县君曹氏的那个錾花鸟头细柄舌形银勺相比，錾刻的花样似是像又不像，总之都是金银器纹样的常见套路。

安元寿问："目视手触，这簪子的成色很新啊！用什么法子保养得这般好？"

童母满面欢悦道："小女一回家，我就让她兄弟把她的首饰全部淘澄打磨一遍。她不小了，出嫁要用的……"

茵陈为人与其母不同，周旋深宫多年，嘴紧，话少，嘴角始终挂着浅淡的礼节性微笑，当即截住话头："阿娘，您怎么说这些？不知道的以为我家开作坊经商的就不讲闺教呢！"

"啊，没关系的！敢问是童小娘子的哪一位手足翻新的这根簪子？好手艺啊！"安元寿将话题拨到瑾琋想要的轨道上。

茵陈笑答："解铃还需系铃人。当然交还长兄去做。"

一众胥吏又去常乐坊童家作坊转了转。规模着实不小，处处热火朝天，亮光四溅。

提及茵陈的鸟头银簪，工匠们都说不知，想必是少主人带着他的助手——一个叫伏景的年轻工匠做的。不过，伏景已经回乡去了。

染菽的银簪，则有一位在场的工匠认下来，说是由他改制的。

童家的活计，一般的给坊里工匠做，顶尖的仍由主人操刀，稍次的或是童家人自用的饰物由主人的儿子们担当。

"是这样。我的活儿少，有一搭无一搭地也就为舍妹做了。"茵陈的长兄童维运拿着布巾擦擦脸，炉火映得他脸色紫红，汗水渍着尘灰，油腻腻的，"染菽的也不是我存心轻慢，因当时手上恰好有其他活计，便交下面人做了。"

安元寿说："普通工匠也做得那般精美，怪道府上家大业大呢！"

童维运笑道："哈哈！您过誉了。我家既然吃这碗饭，必得不断精炼技艺才行。”

元寿问伏景的情况。童维运介绍道：“伏景是滑州人，小时家贫，十岁进我家作坊学徒，十五岁返乡奔丧，为父守孝。赶上隋末大乱，武德元年末才得回京。今年入秋，他母亲捎信来，命他回去成婚安家。他自己也想孝养寡母，就回滑州了。我家虽不舍他，但他父亲在日，他就没能送终，如今当然得成全。”

“最近有伏景的音讯吗？”

维运说：“还没有信来。”

瑾琋回弘义宫，支使李世民道：“烦你两件事。一是向滑州打听伏景其人，二是派安元寿与莲净苑粗使婢女山茄见面，细问她一个问题……再留意一个人的动静，此人便是，中书省主书章守中……”如此这般地阐明用意。

“你倒会使唤人。我一日多少事，你还让我与你充胥吏。”李世民曲起左手的食指和中指，夹住她的右边脸颊轻轻的拧，“该当如何酬谢我？”

她听懂他的弦外之音，不安的挪动了一下身子。有一件重要而紧迫的事，不得不向他明言了。

“二郎，我须得搬到翠华偏殿独寝。”瑾琋的言语毫无玩笑之意，字字尽是和柔与沉毅。

“做什么？”李世民疑惑瑾琋又在捉弄人，不由得绷紧了面皮。

瑾琋露出羞颜：“攸乐出生后，吴景贤有言，我生育过于频繁，若不节制，恐有妨害。未来三四年之内，以不孕为宜。医者不便对你直言，只能禀报我。”

李世民有点儿头昏脑闷：“那……”

当世妇人避孕不外乎四种方法。

一用“蚕故纸避孕法”，见于南朝陈延之《小品方·妇人门上》，把家蚕蛾卵子孵化后的卵壳烧成灰，和酒饮服，据说可致终身不产。

二用“五毒汤”，每日空腹服大枣一枚，拌油煎水银吞下，可致妇人绝育甚至中毒身亡。

三为多食茄子或服用紫茄子花，据汉代医书《生生编》记载，此法可伤妇人子宫。

四用零陵香或麝香，可致流产或不孕。

若论实际效验，四种方法要么无效，要么对女子的生育能力造成长期乃至永久的损害，伤及性命的也不鲜见，因此，常人极少采用。

想要安全有效地避孕，只有一条路可走——分居。

第八章 冰窟里的裸尸

◑ 1 ◐

“好。”李世民闷声回应，“你的身子要紧。”

瑾琋傍着他坐下，绨袍恋恋地握住他的手腕，像是安慰对方也安慰自己：“二郎，我也十分不舍你，但虑及长远，必得节制。翠华偏殿距此，不过转半圈回廊就到了，并未远离。你还有很多媵妾婢女……”言及此，话语中已有了呜咽的悲声。

“那不一样。”李世民托起她的脸庞，心中轻怜重惜，一浪一浪地汹涌，“你不必搬来搬去地劳动。我挪到翠华殿偏殿即可。”

瑾琋害怕一味缠绵，他又要节外生枝，便擦了眼泪：“那两件事劳你部署，因我明日要去万善尼寺探问薏苡的行踪，分身无术……”

万善尼寺位于休祥坊，朱雀大街以西。换作衙司胥吏，尼寺未必肯接待。瑾琋以“秦王妃长孙氏”的名号上门询问，知客尼不好搪塞，据实以告：“薏苡娘子并未去宣阳坊。”

瑾琋全身发凉。这个回答带来了一股不祥的凄风。

应瑾琋的恳求，知客尼尽力回顾与薏苡接触的情景：“她说亲戚为节省盘缠，寄宿于平康坊的末等青楼。她羞于向莲净苑的人吐实，要去平康坊保唐寺暂住，以便与亲戚同行。鄙寺就送她去了保唐寺。”

瑾琋不理会随从的劝阻，转赴平康坊，保唐寺知客尼回忆良久，答复道：“薏苡娘子入住当日几乎闭门不出。翌日，鄙寺开设俗讲，她当是闷得紧了，出来听了一场。第三日，她就跟随亲友离去了。”

瑾琋问：“可记得那亲友是何模样？有未通报姓名？”

知客尼答道：“是一位年轻女子，生得浓眉大眼，相貌清秀，身量高挑，系一领斗篷。贫尼恍惚记得那女子自称是慎媪家雇的仆妇。”

“慎媪？！”瑾琋感到那不祥的妖风从万善尼寺追及保唐寺，越刮越猛，似乎要掀翻保唐寺的大门，“请详谈。”

“那仆妇说，慎媪获悉薏苡娘子住在平康坊，好不吃惊，特地赶进城内相见，现在寺外等候。贫尼将此事转达薏苡，她大惊失色，连忙出来会客。”知客尼忆道，“薏苡与那位仆妇似是初次会面，互报姓名，行礼寒暄……”

薏苡问：“慎媪如何知悉我住在保唐寺？”

仆妇答：“慎娘子家派去莲净苑接她的长工里有个管事的，名叫招财，往日经常进城给慎娘子送东送西，各位娘子也都知道他这个人。你们离莲净苑那天，各家在阇室装车，彼此都有照面。薏苡娘子应该也记得。招财前日在城里办事，逛平康坊三等青楼消遣，恰逢这寺里开设俗讲，他也跟着来听俗讲，也不知他是听比丘尼们议论，还是看见薏苡娘子了，总之回去禀报慎娘子说，‘怎么有个原来侍奉南阳公主的宫女在保唐寺，也不回家，莫不是入了青楼？’慎娘子就猜到是薏苡娘子。她教我来说与薏苡娘子，保唐寺虽为方外之地，到底在平康坊内，以薏苡娘子的身份，住在平康坊很不相宜。若有难处，只管说得，她可接您去乡间暂住。她因来平康坊，唯恐被人看见说嘴，在骡车里等您呢。”

仆妇晃一晃罩在手上的帷帽幂篱，难为情地说："奴是田舍妇，进平康坊也戴这个，薏苡娘子出门，戴着的好。"

薏苡知道慎氏家是小地主，雇有村人使役，有些脸红："我坐万善尼寺的牛车来的，不曾外出。"遂入内戴上帷帽幂篱，跟着她出去见慎氏。

去了约一炷香工夫，那仆妇回来接行李，说薏苡决定跟慎氏去乡下，保唐寺派人帮忙搬出大门。慎氏的车夫与那仆妇一道将行李搬上车就走了。之后的事，保唐寺不得而知。

瑾琋又问："薏苡与慎媪交谈时，贵寺有人在场吗？可记得骡车和车夫是何模样？"

知客尼摇头："只见仆妇搀扶她进了慎氏的骡车。车夫是一位年轻男子，比丘尼不便靠近，未看清其相貌。后来仆妇接行李，比丘尼也只帮忙抬出寺门即止，任那车夫与仆妇搬上车。那是一辆平常的车，骡四头。"

离开保唐寺的时候，瑾琋的双腿仿佛陷入淤泥中，无论如何也不能举步上那厌翟车，几乎是被留荑、繁缕抬上去的。

她深为薏苡的命运担忧。

剪秋罗在慎氏家，说薏苡回登州家乡了，慎氏也不曾提及保唐寺只言片语。

究竟是谁有所隐瞒？

雍州治中高俭把瑾琋在万善尼寺、保唐寺访查的情况传递给万年县衙。县尉立即率领众胥吏杀向慎氏家。

然而足足闹了整日，毫无进展。慎氏、招财一再澄清，根本不知薏苡曾寄居保唐寺，且招财没有逛过平康坊、保唐寺，所谓经由招财获悉消息、赴保唐寺与薏苡会面等情节，纯属子虚乌有。

县尉悻悻而去，慎氏忽然抽泣着追出来："出家人不打诳语，想必尼寺不会说谎。老身担心，薏苡是被歹人冒名拐骗了！她的行李虽少，只有一口大衣箱、一个妆奁、一口小箧，装的却是历年积下的贵重衣饰、金银铜钱，说要带回家做嫁妆的。少府，你救救她啊！”

万年县衙由此怀疑薏苡遭到拐骗或抢劫，张贴告示寻人。

一个月之后，瑾琋翻阅着安元寿询问山茄及访查中书省主书章守中的情况呈报，欣喜地对刚刚回殿的李世民说：“二郎，你来得正好，此案有解了！若能寻到薏苡……”

“观音婢，我正想告诉你。”李世民神情沉重，“灞桥附近的河里，发现了一具女尸……”

事起一个月前，开化坊杂货肆冯万才的小妾乔半夏临盆，产下一个女婴。

半夏泼天滚地大哭：“进门四年就得一个女儿，我这辈子没指望啦！哇——哇——哇——”

稳婆劝说：“乔娘子莫要伤心，先开花，后结果嘛！本坊邓娘子，头胎养女儿，家人多少失望，隔二三年就得子了……”

万才打断道：“我本以为命中只有儿子，年届四十得女，分明是喜事！”吩咐次子冯同光，“快去买鲜鱼，河里现捕的，给乔娘子补身子。”

一个月下来，长安八水，同光跑了一半。今日听说灞桥附近产鱼多，便赶了过去，原来是一户渔民新凿的冰窟大丰收。

同光跑得厌烦，索性一次性买了两桶，回家养着吃。到家甩给家里雇的仆妇。那姓苗的仆妇嫌多，皱着眉头捞起一条收拾，数说道：“冯二郎，大冷天，买多了不好养。你家没有家奴，你大嫂刚过门，不可能管你阿耶的……小妾。我每日宵禁前回南城自家，那个临时雇来的阿婆光照料那母女俩且得晕头转向。这又多出两桶鱼，你养吗？若死了、病了，可不好给乔娘子熬汤的。”

同光耐不住道：“每顿洒点儿黍，我管就是。吃不完还能卖给街坊，赚点儿小钱。”

苗氏剖着鱼，忽然摸到一个半硬不软、椭圆形的物事，纳罕道：“咦！这是什么？”

原想离开的同光也好奇地凑过来。

苗氏洗净那东西，托在掌中一瞧，二人的眼睛登时直了，苗氏大张开嘴好一会儿，惨叫出声：“啊——啊——啊——”

灞水鱼腹惊现指甲盖，万年县尉组织人力奔赴灞桥，令冯同光引路找到卖鱼的渔民。

那人吓得筛糠，连说：“鱼钓出水就给这位小郎君了！我可没有做手脚！”

他连滚带爬把胥吏领到那口冰窟边，县衙现场出资，招募几个擅长潜水的年轻渔民，轮番下水察看。

搜索了一阵，一个渔民冒上来，面白如纸，嘴唇抖得像扑扇的虫子翅翼，嗓音大变，尖声呼救：“快！拉我！抽筋！”

众人连忙拖他上来，又是搓手又是揉脚，还灌几口热汤。

县尉暗骂不中用，白拿钱干不了活，没好气地吩咐另一个渔民换班入水。抽筋的那人咽了一口酸水，阻止道：“不用了。想办法捞吧！往东一点儿，有一具、一具，尸首……”

围观人群大哗，胆小的纷纷闪躲，深恐目击那无法承受的场面。胆大的，譬如冯同光等少年，自是举首戴目，想看看是何情景。

县尉重新整备人力、工具，多番努力，终于把一具从整体形状和黑发尚能认出是人的尸体请出了灞水。

一个人存活过的躯壳无声地卧在了岸上。因自然腐败加之鱼虾啃啮，已体无完肤，皮肉残破，面目全非。

帮忙的渔民、踮脚旁观的百姓立时“嗷嗷”地响起一片呕声。冯同光双脚发软，跌坐在地，把今日吃进去的饮食全吐了出来，失声嚷道：“难怪这眼冰窟聚集的鱼多！恶心！幸好我家那产妇没吃！”

死者颈骨扭断，身体蜷曲，一丝不挂，躯干捆绑两块大石，从石头的质地、颜色来看，应是就地取材于灞水岸边，未找到衣履和首饰，疑似谋财害命，沉河毁尸。

仵作可从骨骼、头发识别男女，推测粗略的年龄，并根据颅骨形态勾勒死者大致的脸型。但依往年的经验，仅凭这些特征很难在短期内查到准确的尸源，少不得对尸首析毫剖厘，进一步勘验。

仵作拨着尸首的满头长发一点一点地搜索，乌黑茂盛的发质透露着死者生前的青春与健康。

突然，一线细弱的银光在仵作的指缝间滑过。

"啊！这是……"他网住那一丝银色，好似于月沉星隐的夜幕下捕捉到了亡灵的呼唤。

那是一根柔韧的银线，实则是银头绳，妙在虽然纤细，通体却刻有石榴花结纹，清晰、流畅、传神。

银线箍着中间一束头发，是女子绾发髻的一个步骤，因被满头浓发所遮挡，凶手来不及梳篦死者的头发，未能发现，所以保留下来。

万年县衙发布了认尸告示："死者身长约五尺四寸，椭圆脸，年约二十五岁，发箍银线，女。"

由于年貌特征与薏苡相近，推测死亡时间恰好在薏苡失踪前后，县衙直接传慎氏、剪秋罗、茵陈、染菽来认尸。

剪秋罗第一个开口："我想看一看那……银线。以银线箍发这一条，令人不安！离别时，我送给她的纪念便是束发银线，和我自己的那根是一样的。若遗体上的那根不是，就安心了。"

县尉问："那银线是什么样的？"

剪秋罗自腰间掏出一个香囊，从里面徐徐抽了一根银线出来，求助似的问他："遗体上的那根，必定和它不同吧？"

县尉无言以对。

剪秋罗的这根银线，与死者头上的那根，粗细、长短、石榴花结纹，分明如同彼此的分身。

胥吏带她们去认尸。四个女人无一例外被尸首的惨状吓瘫，剪秋罗捂着口鼻，强打精神多看了一时，说道：“面貌看不清，不能肯定。但，身形、轮廓、头发，像她……”

胥吏端上热饮压惊。她们仍然呕吐了，继而又是一番痛哭流涕。

等她们安定下来，胥吏把死者的银线给剪秋罗过目。

剪秋罗察看一阵，眼泪如断线珠子般滚滚而下：“是我给薏苡的分别留念。”

“算来，薏苡离开保唐寺就遇害了。”李世民说完，把已经泪流满面的瑾琋轻揽入怀。

“薏苡觅了一处安全的居所暂住，预备在山东平定后回家乡，还为自己准备好了嫁妆，憧憬着新的生活，却为奸邪所害，魂断异乡。他日，故乡亲人获悉噩耗，该如何伤心！”瑾琋渐渐止住抽泣，掏出锦帕擦了眼泪，毅然挣脱李世民的怀抱，“二郎，我要去灞桥。”

◑ 2 ◐

次日清晨，他们携随从微服出宫，沿着灞水查访。途经一座邸店[26]，瑾琋勒住了马头。

这座邸店的大门毗邻官道，隔着官道与灞水岸边的密林相望，在店中一眼望不到河景，实际距离却不远。邸店背后为农田和树林，再往后是一座村庄，村里并不能目击邸店附近的情形。

---

26 一种旅馆，但主要针对运送货物的客人，提供住宿加临时仓储服务，多设在城市郊外。

瑾琋对李世民说："倘若歹徒穿过岸边密林，弃尸河中，此地倒是相宜。"

李世民点点头，看了一眼那邸店。却见一位年约二十许、婀娜多姿的女子正步出邸店大门，似水明眸在月白色轻容纱幂篱下朦胧地向他一瞄，一位中年妇人跟随在侧。

瑾琋注意到那女子与李世民之间的眼神碰撞，问道："二郎，那是夏侯娘子及其仆妇荀娘子吧？"

李世民吓了一跳，问道："你如何知道？"

"呵呵。你与她相视的眼神都流露出惊讶，是那种亲朋故旧不期而遇的惊讶。"瑾琋谑笑道，"你所认识的女子中，这般年龄、风姿、举止，由一位中年仆妇贴身陪伴，且是能随意在城外邸店出没的身份，也只有夏侯紫菀了。陪伴夏侯紫菀的仆妇当然就是荀氏。若不是夏侯娘子，大约是你又瞒着我在外眠花卧柳。哼！"

"什么'又'？我几时在外眠花卧柳了？我可不是窦家表兄！"李世民急了，唤夏侯紫菀过来作证，"夏侯娘子，我是李郎啊！这位是内子，太叔氏。"

紫菀何等机灵，立即欢笑着接应："郎君万福安和，娘子安和好在。奴昨日应邀来这后面庄上一家大户侍宴，他家娘子不肯留奴住宿，便在邸店歇了一夜。竟在此巧遇二位，幸甚！"

两拨人进入邸店坐下，李世民悄声说明来意。

紫菀表示爱莫能助，荀氏却插言道："若说四头骡拉的车，薏苡离开保唐寺的那日，我倒是见过。"

李世民催促："请速速道来！"

偏生那荀氏一点儿也不体谅他们的心情，慢慢答道："当日小儿阿罴陪我去灞桥附近的村庄采买。那是我第一次见到什么灞桥霜柳的景色，所以记得很清楚……"

那一日，母子俩误了宵禁，无法入城，投宿这座邸店，在后院看见一辆四头骡子拉的车，店伙正在帮一个青年车夫卸骡下货。

货物装了三口大箱，两口小箧，看他们搬运的神态，东西应该很沉。

有个小媳妇模样的女子在侧，跟那车夫同宿一室，当是他的妻子。

邸店是供行脚商人储货住宿的旅舍，这样的情景再平常不过。母子俩只看见那男子的背影及其妻的侧脸，男子身形健硕，女子身材很高，侧面轮廓像是个美貌女子。

荀氏摸摸鼻头，继续说："那女子不是小鼻子细眉细眼那种，长得疏朗大气。第二日，我母子早起回城，没再见到那对小夫妻。"

安元寿请来邸店主人，给了一吊开元通宝，询问当时的情况。

邸店回忆，那对小夫妻不等城中解除宵禁就动身了。时方五更，户外伸手不见五指，伙计们点燃火把，帮他们装车、开门。冬日如此赶早的客人极少，所以有印象。去向何方就不知道了。

他们装货的箱箧无分大小都盖严锁紧，做法与其他运货的商贩脚夫没有分别。

李世民问三口大箱子的尺寸，伙计比了比，众人莫不心头狂跳——装下薏苡蜷曲的尸体及沉尸用的大石块绰绰有余。

瑾瑶叹道："薏苡被扭断颈骨而死，凶手疑为双人。二郎和夏侯娘子都还记得武德元年末，开化坊葛氏主仆命案吗？也是扭断颈骨，两名疑凶男扮女装。"

李世民与夏侯紫菀新近约好，要举办一场小小的宴乐，当然记得此案。

紫菀愤怒地说："永远忘不了！如今看来，杀害葛娘子主仆的凶手或许并未追随李密殒命，而是苟活至今，还杀害了薏苡！"

"想必，那个假冒慎氏仆妇的凶手搀扶薏苡上车，薏苡掀起门帘一角探首入内，发现慎氏不在车内，察觉有诈，但凶犯手法神速，借由车帘和身披斗篷的掩护，瞬间扭断了薏苡的脖子。可怜薏苡未及喊叫，便含恨惨死。凶手堵住车门，做出扶她落座的假象，顺势将她轻轻置于车内褥垫上，自己紧随而入，关好门帘。”瑾琋在脑中模拟凶手行凶的过程，脸色不觉变白了，指尖冰凉微颤，“充当车夫的凶手全程警戒，干扰他人视线。进入车里的那名凶犯则趁着死者的肢体仍然柔软，尽除其衣衫饰物，蜷曲遗体，藏进箱中，佯装作货物，再回保唐寺骗得行李，驾车逃逸。他们不敢在日间弃尸，故投宿邸店。当晚在房内把装在另一口箱中的大石搬出来捆绑在死者遗体上，重新藏尸箱中。次日凌晨，趁灞水尚未冰封，沉尸河底。裸尸沉河，一则尽量掩盖死者身份，力求毁坏遗体，使之难于辩认，二则凶手贪图死者财物，连衣服亦不肯放过。”

李世民向安元寿下令：“传话给雍州署，令万年、长安两县在全城骡马行访查凶手所驾骡车。”

瑾琋提醒道：“请衙司特别询问骡马行，薏苡遇害当日或前一日，有没有一个名唤伏景的年轻男子来赁骡车。”随后告诉紫菀，伏景是前隋宫女童茵陈家曾用过的一名工匠。

李世民问：“你果然怀疑他？原因何在？”

瑾琋笑道：“有一些原因，暂不方便说。且只说两条，一者，你无暇阅览滑州的呈报，故而不知，滑州没有寻到伏景的踪迹，他母亲有别的儿子孝养，伏景不曾回家，也未写家书告知自己的下落。二者，诸位周知，滑州曾有一极富盛名的所在——瓦岗寨！据童维运说，伏景原在童家学徒，隋末回乡，武德元年末返京。想必他曾于瓦岗寨习武，追随瓦岗首领李密。武德元年末，李密降唐复叛，他不愿相从送死，潜回长安，做了金银匠人。”

一行人回城等待骡马行的消息。李世民和瑾琋返回弘义宫翠华殿，乳母侍婢们领着承乾、青雀、阿鹞来定省，半岁的攸乐由她的乳母抱在怀中，一齐跪拜行礼。

瑾琋搂了攸乐，李世民抱着阿鹞，承乾、青雀挨近父母坐下说话。

庶出子女和有名分的媵妾也依例晨昏定省。瑾琋有求必见，李世民则要看时间和心情。若有他在，定省的人就不一定能入殿面见。

今日，他只许孺人申懋娘和长女千光照进殿。其他人，得赵顺一声转达："大王及王妃已受礼，甚悦，今日事冗，无暇会面，请自便。"就散了。

孺人杨陆离在为异母姐南阳公主服大功孝，也不过来。

阿鹞被父亲抱一会儿便烦了，摆手蹬足地要自己坐。李世民将她放在暖席上坐好，拿一个玩具提梁瓷罐给她玩耍。

阿鹞玩着瓷罐，忽觉眼前七彩异光闪烁，比夜空中的繁星更加美丽，挣着身子要去摘，咿呀呜地叫着。

她相中的是千光照颈上戴的七宝璎珞项链。七宝者，黄金、白银、琉璃、颇梨、美玉、赤珠、琥珀。

李世民想教长女借项链给妹妹看看，千光照已主动解下项链，塞进阿鹞手里，笑着说："玩吧！可不能放入口中。"

阿鹞感激地向她绽放清莹无邪的笑容，低头兴趣盎然地摆弄项链。

李世民喜道："千光照年仅十岁，即有推梨让枣之德，懂得友爱弟妹的道理了。"

懋娘羞涩地微笑。李世民在诸姬妾中单单召她进见，于她而言，已是出人意外的荣宠厚遇。

"懋娘，你弟弟调任右武侯卫徼巡队正，明日即可到署。"李世民抚着阿鹞的小肩膀说。

懋娘的弟弟申敬良厌倦沙场征伐，掂量自身能耐，军旅生涯也已到头，想调入长安城找个能顾家的事情做做。

应懋娘之请求，李世民为他安排了司职长安城内巡查警备的右武侯卫徼巡队正一职。职务虽不高，却是申敬良能胜任的，亦可在城里安家。

得了这个准信，慜娘自然神怿气愉，正要谢恩，李世民又言：“我因事多，几乎忘记此事，幸有王妃提醒。”

她懂得李世民的心思，赶紧将快要出口的话咽了回去，拜道：“妾深谢大王，深谢娘子。”

李世民笑道：“近日喜讯频传，长兄督师进讨刘黑闼余孽，取得馆陶大捷。四郎在魏州击败了刘黑闼之弟刘十善。刘黑闼率残部北逃毛州，背靠永济渠作背水一战，长兄、四郎统领一千余骑与之激战，歼灭刘黑闼军数千人。”

慜娘附和道：“妾听闻报捷露布入京，民心振奋，俱都喜气洋洋，准备过年。”

“是啊！再过几日，便是武德六年了。人们都希望沾一沾前线大捷和新年的喜气。”瑾琋笑道，“譬如，安元寿回禀，他探知中书省主书章守中也要赶在年前定下婚事，我预备去讨杯喜酒喝。呵呵。这位章守中出身贱籍，虽有文武才，因功做到从七品上的中书省主书，但世人结亲重视门第血统，他难入一般官宦人家的青目，更不要奢望与名门世家结亲。不过，择定的婚配对象是他喜欢的，也是很多人修不来的福气。纳采、问名，俱已悄然完成，预定后日举行纳吉之仪，把卜婚的吉兆通知女家，下婚书、送聘礼，行奠雁礼，正式订婚。只是冬日的北方猎不到大雁，听说他正为此事犯愁。”

慜娘不解，盲目地凑趣道：“若实在找不到大雁，找一只大鹅代替也是可以的。”

瑾琋一本正经地颔首：“孺人所言极是。”

次日，瑾琋收到雍州署汇总报来的骡马行访查结果，随即委派安元寿、卫仁疾驰至长安县乡下的刁家寻染菽。

卫仁进门就问：“大婶，染菽在吗？听说染菽有事，我特来探望，看看有没有我能出力之处。”

刁母笑道："卫给使来啦！她没有什么事，方才收到城里送来的一封信，就嚷头疼，刚回房躺下。我去叫她。"

刁母走到闺房前拍门，室内传出砰的一声响，却不说话。

卫仁惊呼："不好！"与安元寿一同急步上前，撞破房门而入，只见染菽吊在梁上，身子仍在扭动，一个充笙蹄用的草墩翻倒在铺地草席上，犹在滚来滚去。

刁母呆了，跌足哭号："我的儿，你怎么了？！"

卫仁抱住染菽向上托举，安元寿拔出横刀，纵身一跃，砍断绳索。

染菽颓然倒地，面如死灰，双目半闭，只是"呵——呵——"地喘气。

她的三个嫂子原在各自房里，一边带孩子，一边织布，闻声扔下机杼赶来，揉胸的揉胸，推背的推背，喂水的喂水，忙活了好一阵，总算把个半死不活的小姑子弄得气顺神定，脸色平复。

卫仁款语温言与她说道："染菽，秦王妃愿为你指一条生路。跟我进城吧！"

染菽空洞的眼神渐渐有了生命的气息，泪泉自眼底慢慢升起，漫出眼眶，翻转身子，抢过嫂子手里的面巾，捂着脸发出呜呜的悲声。

◑ 3 ◐

卫仁和安元寿把染菽带进崇仁坊的高俭私宅。瑾琋在此等候，与染菽叙谈。

悲凉的冷雨在染菽脸上流淌不绝，话音仿佛一颗颗沙粒，渐次为雨水淹没，变得混浊泥泞。她向瑾琋坦白："南阳公主，妾的确恨她。妾自十岁起，抛别家园，侍奉她左右，扈从隋炀帝御驾游荡四方。武德四年回京之前，妾与亲人绝少会面，通信也不得自由。兄长们娶妻、生子，时隔许久，妾方知喜讯。妾看着宇文禅师出生、长大，公主常命我们陪他玩耍。禅师可令妾想象未曾谋面的小侄子。谁能想到啊！虎毒不食子，公主竟忍心残杀亲生骨肉！她只记宇文化及弑杀隋炀帝之仇，却不想想隋炀帝害死多少臣民！她只知前夫并未参预宇文化及的弑君阴谋，故不当死，却忘了年幼的禅师更不当死！”

染菽擦干眼泪，继续供述：“茵陈也恨公主。而妾与章郎，曾相恋数年。他追随郢公投唐，妾原是绝望了，幸在长安重逢。妾因年纪渐大，也想有条出路，寄望公主赐予自由身，但她所给的不外乎允许妾时常会见家人。茵陈劝妾同她一起……决断，为禅师复仇，也好成全妾的心事。妾应了。她拿出一只錾花鸟头细柄舌形银勺，教给妾那施毒机关的用法，说妾是乡间长大的，惯会捉虫子，逮一只蝉试试，或许有用。妾用那银勺果真毒死了蝉。茵陈便诈称娘家送她一根鸟头银簪，将那鸟头银勺冒充簪子，插戴在发髻上。过几日，奴声称艳羡，把自己原有的簪子交童家作坊改为同样的鸟头样式，又暗暗与她的银勺互换，戴在发髻上，彼此掩护。妾按她所教，每日在皂荚中刺入毒液，再给山茄熬汁，供公主沐浴。但连续多日，未见效验，毒液却所剩无多。茵陈说她会另外设法，用妾的银簪把那银勺换了回去。可是，翌日公主就毒发身亡！茵陈与妾密议，想那毒汁自体肤渗入血液，积累到致死量需要一定时间，那日定是时辰到了！妾毕竟害怕，就在离开莲净苑之前，将自己的银簪送给剪秋罗，心想从此再不见那鸟头式样为好。实在对不起剪秋罗……”

瑾琋幽幽地说：“谁知公主是死于皂荚之毒，还是婆罗门参之毒？”

染菽惊诧地问道：“王妃何意？”

“你先说完。”瑾琋温言回答。

“是。回家后，妾一心等待章郎迎娶。今晨接到他的书信，居然是说他人在官场，婚姻大事不能任情使性，要娶家境富裕的茵陈。并说茵陈贤淑，与妾是故交，必不相难。他也不想委屈了妾，已相看长安城中一所小宅，用以安置。就是要妾，给他做别宅妇。呜呜——”染菽哭泣不止，“妾美梦成空，方惊悟自己为茵陈所利用。她定是借省亲之机，引诱章郎。她家富有，章郎见利忘义，弃旧迎新，犹欺瞒妾许久！他信中写道，茵陈教他一直隐瞒到完婚为止，以免妾伤心闹出事来。但他思前想后，还是决定背着茵陈，在纳吉之前告诉妾真相。妾既背负人命债，又被恋人和好友背弃，但觉山穷水尽，悲愤之下动了轻生的念头，幸为卫给使、安库直所救。呜呜——”

瑾琋命人拿五香饮给她喝，拎面巾让她擦脸，安慰道：“你嫁不了章守中是真。人命债，则未必。”遂从薏苡之死着手，条分缕析，备述茵陈的嫌疑，“……茵陈诓你退还银勺，实则是她等不得，亲自在婆罗门参中施了毒，毒从口入，一举致命。她还要使你误认为是你毒杀了公主，以备日后把罪责全部推给你！”

染菽深觉后怕，好一阵说不出话来。她默想片刻，感到瑾琋的推断仍有缺漏，因问：“王妃如何察觉章郎与妾，以及茵陈的关系呢？”

瑾琋本不想触痛她的伤口，故压下一些话不谈，因她执意求解，只得说与她知：“我在公主丧仪上偶然目击章守中悄悄看你，但他腰间革带的九节银绔，刻有一个‘童’字，做得像个花纹。‘童’字与‘章’字，形状相近。后来，我获悉茵陈姓童，家中经营金银作坊，万年县衙去她家访查时，合家女眷都在赶做女红，岂不是在准备嫁妆？她归家不久，郎君会是何人？我就派人留心章守中和你的行动，得知他欲行纳吉之礼，女家竟是童氏，因担心你出事，即派卫仁等人赶赴你家探视，你果然想不开。”

“明白了，九节银绔革带是茵陈让她家里做给章守中的定情信物！”染菽倒在坐榻上，重复哭泣，“奴识字不多。茵陈识文断字，通晓文墨！”

染菽与茵陈读书程度的差异，瑾琋在陶家郊游时，就向剪秋罗打听到了，印证了她对章守中、染菽及茵陈三者关系的猜测。

瑾琋耐心开导染菽，约好明日一起去办一件大事。

到了她们约定的时辰，道政坊童家的小宅院洒扫庭除，铺设了颜色红火的崭新地衣，正门大开，童茵陈端坐闺房，上下人等喜笑盈腮，迎一队贵客进门。

那队伍由一名使者抱一头大鹅做先导，次为手捧锦盒的副使，锦盒装有记载卜婚吉兆的彩色笺字纸和婚书，一帮人扛着花红热闹的各式聘礼跟在后面。

染菽下了牛车，堵着童家大门问道："你们要行奠雁礼了吗？"语气阴冷凄怆，声调高亢，主宾都被她震得愣住了。

童维运走到她跟前，看看这个头戴帷帽幂篱，身穿荼白色絮羊皮高腰襦裙的女子，面貌在脑海里依稀有点儿影子，却叫不出是谁，因好言问道："请问这位小娘子是不是找错人了？"

染菽笑道："您是茵陈的长兄，幼时我也跟着她呼您为兄。我是刁家的染菽，听说茵陈喜得佳婿，特来致贺！"

她身后有一辆牛车，一圈男女牵着各自的坐骑围随。居先者是一身秋香色衣裙的女子，也戴着帷帽幂篱，立于染菽侧后，仿佛其腹心膀臂。

刁家哪有这些人物？维运觉出她来意不善，害怕在坊街上闹起来，自家受辱，便赔笑与之周旋："染菽啊！长大了，戴上幂篱，不认得了！多谢，多谢！快入内观礼！"

染菽领着一行人昂首进院，维运使个眼色，家奴立时关好院门，挡住外界的目光。

男家使者正欲行事，那个身着秋香色衣裙的女子——正是瑾琋，携众人闪至怀抱大鹅的使者面前，笑问："派各位来下聘的郎君，是中书省主书章守中？刁小娘子接到他的报喜书信，急忙带着我们赶来。万幸大错尚未铸成！”

使者大概猜出情由，作色掩饰道：“小娘子玩笑开大了。今日是章、童两家的好日子，请莫出言不吉，速速让条路，我们要行礼了。”

“章主书将与背负血债的人家结亲，岂非大错！”瑾琋冷不丁地朗声说道。

一语石破天惊，下聘的人们张口结舌地看着童家人，进也不是，退也不能。

立在正堂廊上等待行礼的童父勃然变色，戟指怒目地呵斥道：“你是何人？敢情不是来贺喜的，是来踢门的！撵出去！”

童维运兄弟率领仆妇拥上来，瑾琋带来的少年们是以安元寿为首的天策府库直、卫官，都有一副好身手，左一拳，右一腿，片刻把童家人打得腰闪腿扭，满地找牙，却连瑾琋的衣角也不得沾一沾。

一番打斗将男家纳吉的主使推了一个趔趄，不慎手滑，大鹅扑打着翅膀腾空飞起，落在童家一名仆妇头顶，“噗”的拉了一泡稀屎。

这一幕让众人暂时忘记了眼下的混乱，庭中充斥着笑声，墙外行人不知道的，还以为在大办喜事，演参军戏呢！

那头大鹅得意于自己的壮举，“嘎——嘎——嘎——”，曲项向天歌。只可怜那个倒霉的人，“哎哟——哎哟——”迭声叫苦，窜进后院，抓起一只瓢，舀大水缸里的井水冲头发。

瑾琋、染菽等不速之客趁着混乱，堂而皇之地步入童家正堂，安元寿还将童维运也拎了进去。

童父浑身发抖，顿脚怒骂：“染菽，我家做什么得罪了你？领一群泼皮无赖来我家闹事！看在你父母兄长的份上，你快叫他们出去，我不追究你，不然，我马上报官！”

“无需报官。万年县衙的胥吏们快来了。在他们来之前，明辨真相，以免县衙把府上无辜之人一并锁拿审问，砸了童家的招牌。”瑾琋悠悠地说，“章主书的纳吉使者们一并请进，做个见证。”

后院女眷接到奴婢报信，跑了出来。茵陈虽则心中愠怒，面子上也还意气自如，一看卫仁伴在染菽身旁，笑问：“卫给使也来了？真不知她说了什么醉话？”

至于那着秋香色衣裙的女子，茵陈觉得，身形似乎见过，但笼着深色幂篱，看不清面目。

卫仁摇头不答。茵陈转身直视染菽的眼睛，问道：“你对我有何误会？其他人是？”

染菽与她视线相撞，目光宛如针尖对麦芒：“他们是我的三亲四眷。你是知道我的，若为那件事，我不会找到你家说话。”

茵陈不在意地问：“哪件事？”

“真会装糊涂。”染菽羞愤脸红，当着众多外人，自然不能说破，“你不必打岔，避重就轻。我并不为那事。”

童母听她两个九曲十八弯，耽误纳吉礼行事，急得火烧眉毛，催问道：“究竟为什么？说开了，我也好替你们化解！”

染菽看了一眼瑾瑶。瑾瑶缓缓说道：“我来替她说。诸位可知，与茵陈、染菽一同侍奉南阳公主的薏苡今冬遇害，沉尸灞水？”

“知道。我猜测她是在返乡途中，被同乡远亲谋财害命。可怜，都没出京畿地界呢！”童母合掌念了声佛，忽的醒过味来，质问道，“你的意思是，你为此事来的？我家可没有对不住薏苡的地方！”

瑾瑶看向茵陈：“莲净苑的粗使婢女山茄，曾被列为毒杀南阳公主的凶嫌。近日，有人找到她再作询问，她回忆多日，想起了一件小事——案发当日，茵陈把南阳公主的最后一道婆罗门参送入厨房，山茄已照例备好了一铜盆清水。不过，茵陈没有如常将婆罗门参递给她处置，而是顺手扔进那盆水里浸泡。虽是举手之劳，有人分担，山茄也颇感窃喜，哼着小曲背过身，搅和铜铫中的皂荚。”

“我不记得有此事。确定山茄没有记错吗？即或属实又如何？”茵陈皱皱眉。

瑾琋答道：“山茄没有看到的是，当时薏苡路过窗前，无意中侧目厨内，透过窗纱，目睹你——童茵陈，用鸟头银簪在泡婆罗门参的清水里点了一点。你当时侧对窗户，低着头，专注于手中的银簪，未曾注意她。是何事使你心无旁骛？你自然是有数的。”

她稍事休息，继续讲述道：“那一日，童茵陈所用的那根银簪实为一只錾花鸟头细柄舌形银勺，但插入女子丰浓的发髻，则与银簪无异。鸟头中空，蓄有人工调制、无色无味的鳀鱼毒液，由一根细管连通至柄尾。把簪子伸进水里，拨动柄上錾花掩盖的机关，打开暗门，毒液流入细管。那细管底部削尖如针，机关启动时，针尖经由细孔探出，将毒液注入水中。施毒者再轻拨机关，针尖缩回柄内，暗门关闭，封锁住鸟头中剩余的毒液。经过掺进鳀鱼毒的盆水浸泡，婆罗门参沁入了毒素，加之山茄把婆罗门参夹进铫中煎煮时，不可避免会带一些已掺入剧毒的水，如此熬得的药汁，公主服下，必然中毒身亡！”

◑ 4 ◐

瑾琋描述至此，停下来观察茵陈的神情，因她仍是一副置身事外的模样，便盯着她继续说道：“茵陈，当你施毒时，在薏苡的位置是看不清水下部分的，并不知那实际是一个勺子！若不特别注意你手指的细微动作，还以为你在用银簪试毒。可是，公主自出降宇文家，饮食就不再试毒，你忽然拿一支簪子试什么毒？薏苡因此不能释然。”

章守中的使者们惊讶万分，副使打开锦盒，瞄了一会儿笺纸，问道：“你们弄错了吧？卜者合婚，说童小娘子的八字，是精金良玉的品格。”

瑾琋笑答："八字是父母赐予的，品格是自己养成的。"

茵陈冷笑道："染菽，你家亲戚好利口！她说的那些是谁编排的？难道是薏苡托梦告诉她的？每日那个时辰，少有人去厨房，薏苡更不会去！谎也得编圆了！可惜薏苡不在了，不能当面对质！"

"薏苡若在世，我们就不会这么快找到府上了。幕后黑手杀了薏苡，也杀了自己。"瑾琋提高了音调，"薏苡为何伪称去宣阳坊与亲戚汇合，实则去了平康坊保唐寺？因为她想逃避某种可能的危险！"言罢，示意染菽继续。

染菽补充道："薏苡在长安，最信任的人应是我们四人。但她为何对我们也不说实话？因为，她面临的危险，正来自我们之中的一人！那就是你，童茵陈！当日，你提议送她去亲戚处，也是一种试探，她谢绝你，加深了你对她的忌惮，你以为她掌握了确切的证据，并极有可能告发你！"

茵陈反驳道："呵呵。然则，若我果有不轨，她在保唐寺住了三日，每天都可告发我，为何没有？你们含血喷人，县衙快来人了吗？好！分证明白！"

瑾琋收敛一以贯之的清浅笑意，沉声应道："诚如薏苡在不该出现的时辰去了不该去的地方，目击你下毒一样，大抵都是命数。薏苡对你有疑问，但没有证据，又放不下多年积累的信任与情谊，暂且只想自保，没有及时告发你。而你利用她的犹豫，先下手为强，害了她性命。此亦是上天安排她做你的掘墓人！"

童维运怒道："越说越可笑！试问薏苡做了什么？舍妹莫名其妙就知道她对自己有所怀疑了？"

瑾琋不理他，只对茵陈说道："茵陈，剪秋罗所听到的，薏苡与你谈论她去处的那段对话，发生在你的房里。这场谈话中有一部分剪秋罗没有听见，便是薏苡问你公主中毒之前，你在厨房的那个奇怪举动吧？我想，你们是这样聊的……"

“茵陈，你使簪子在泡婆罗门参的水里试毒了吗？那时银簪没有变色，证明鳀鱼毒是煎煮之后掺入的。”薏苡说。

“嗯？没有啊！你这些天忙傻了，记差了吧？”茵陈嘲笑道。

薏苡也笑：“啊！是的！”

但薏苡知道自己没有记错。茵陈为什么否认？也许是茵陈忘了，也许是……

“哈哈，你想演参军戏吗？”茵陈笑问，“若我在水中下了毒，那银簪为何不变黑？”

瑾琋也报以淡静的笑：“很简单。因为你只是将针尖探入水中，针尖、细管均不是银质。何况，你事后擦拭勺子、插回发髻，纵然勺子有所变色，如此亦可掩盖，接着再沐发、洗罗帕，就不会留下痕迹。薏苡在窗前掠过，这些情景，她看不到。”

童父忍不下去，嚷道：“说的比戏里唱的还精彩！我家女儿怎会制作机关？你讲！”

瑾琋将银簪戴好，不慌不忙地答道：“您且息怒。前些日子，我命人在护城河边访问凿冰捕鱼者，有人言及令郎童维运水性极佳，喜在那里捕鱼、凫水，但武德五年七月某日以后，再未在护城河畔见过他。而那个如同分水岭的日子，剪秋罗、染菽皆有忆，是令嫒茵陈省亲探家的日子……”

童母猛地支着矮几立起，气冲冲斥问：“护城河是什么非去不可的所在吗？我家孩子爱去就去，不爱去就不去！小女哪天探家也要外人管啦！”

瑾琋不羞不恼，顾自娓娓道来：“那个有机关的银勺子，的确不是您家儿女制的，乃他人之物。鸟头中的毒液也是原主用剩下的。原主应是把银勺子用布帛层层包裹严实，置于一密闭的器皿中，投入护城河。斗转星移，天缘凑巧，移动至令郎身边，被他所布的渔网缠住，令郎潜水发现，以为是什么宝物，带回家砸开却是一柄精致的银勺，便送给最为疼爱的妹妹。岂料，聪明的妹妹发现了银勺的机关！”

“你在写志怪笔记呢！”茵陈讥讽地截断她的话。

瑾瑶唇边荡开一抹成竹在胸的笑意，也不正眼瞧她，只说：“染菽，你讲。”

“夏日里，公主佛堂前死了一只蝉，抽搐着死的。”染菽的话音微微发抖，“剪秋罗、慎媪，都记得此事。那是茵陈你在试验银勺暗藏的液体有何效用！”

纳吉主使问道：“说来说去，你们有证据吗？那个设有施毒机关的银勺何在？”

染菽的双目流泻出恐惧，举起颤抖的手指向某处。

众人一看，是茵陈头上的银簪。

“茵陈发现那银勺的妙用，竟与其兄童维运串通一气，谎称银勺是长兄送她的银簪，利用银勺杀害南阳公主后，又借筹备嫁妆之机，仍由其长兄将勺子改制为真正的簪子，錾花也改了些样儿。若非薏苡惨死，恐公主暴卒的真相永无大白之日。”瑾瑶说着，感到自己的手指也有点儿发麻，“童维运在作坊的助手伏景，应当知晓他兄妹二人的谎言。但由于伏景是同谋，他们就不必担心了……”

长安、万年两县衙司联合访查全城骡马行，发现曾有一人在一家骡马行订了一辆车、一头骡，另一人在别家骡马行订了三头骡，时间都在薏苡遇害那日。

订骡车的两个人用了化名。不过，阅人无数的骡马行主人根据其中一人手上的老茧和体格，判断其为铁匠、金银匠或石匠，对其年貌体格的回忆与灞水邸店对疑凶的描述，相似之处颇多。

“那么，城中铛斧、金银或石材作坊，若有匠人与薏苡同日失踪，便有可能是凶嫌。”瑾瑶笑道，“之前，万年县衙去童家作坊探访，童维运说伏景回乡了，日子差不多。因此伏景占了一个。他的外形，只需县衙向童家作坊的匠人们打听，也能够描画。另查得，米家作坊善作灵璧石玩器的柯倬石亦于那日离京，年貌体型接近两名疑凶中的那个车夫，也符合骡马行主人的描绘。尤为巧合的是，柯倬石、伏景皆为滑州人，县份不同而已。列位必定知晓，滑州是瓦岗寨的所在地！米家作坊说，柯倬石于武德元年末进京。而伏景也于同时返京。不难推测，他二人曾为李密手下爪牙，练就了一手杀人的暗门功夫！”

童家人闻此，益加的心劳意攘。伏景长相清俊，手指纤长，嗓音柔和，凡是见过他的人都说，他若着意装扮，活像一个女子。

瑾琋又道：“伏景与童维运相交莫逆，向他透露了自己的经历，童维运果然义气，庇护伏景始终。今年伏景及柯倬石欲携私蓄出走，伏景表示，临别要报童家容留之恩。童维运受妹妹撺掇，向他提出除掉薏苡，其财物归伏景支配。二凶闻此，岂有不肯的？”

“一派胡言！”维运目眦欲裂，大声叫道，“他们怎知薏苡在保唐寺？”

“以茵陈的狡猾，又有何难？当初，童维运你提前一晚赴莲净苑，商量派人马接她的事，她指使你，次日令伏景混在奴婢当中，前往莲净苑，再独自乘马，偷偷跟踪万善尼寺的车，查清薏苡是否真去宣阳坊。结果，伏景侦知，她是去了平康坊！”瑾琋眼中射出寒光，将茵陈脸上沁出的细汗冻成了冰，“由此，你想到薏苡在躲着你，她并没有什么亲戚带她同回登州；你更想到她在平康坊不可能寄宿青楼，唯一的住所，只可能在保唐寺。于是，你让你兄指使伏景下了毒手。那冒充慎氏家仆妇的凶手推出你们都知晓的一个人——慎氏家的长工招财，作为幌子，欺骗薏苡上钩。那所谓的‘仆妇’如何对薏苡谈论招财的？‘不知他是听比丘尼们议论，还是看见薏苡娘子了’——其实凶手只知保唐寺于某日开设俗讲，因为这是众所周知的事。他根本不确定薏苡是否也出去听了俗讲，故意说得模棱两可。”

纳吉主使蹙眉道："此案多系你们推测，定案还须有衙司缉查。若县衙查实与童家无关，便是你们欺辱人了。"

然而，订亲一事可以暂时不提了……

瑾琋的话音满溢着喜悦："伏景、柯倬石在外地被捕，供认不讳，不日押送进京。今日，县衙即将锁拿童家有关人等回去，恐不会放出来了。"

卫仁接口道："染菽的这位亲戚——太叔娘子，受聘于雍州治中府邸为女师，消息只怕比县衙还快些。"

纳吉使者们便一声也不再言语。

茵陈的眼珠爆出丝丝血线，使得那张原本娟秀的脸庞稍显可怖，声音如颠似狂："哈哈哈！染菽，贱婢！分明是你拿了那个毒勺子在蝉的身上试毒，并趁着取皂荚的机会，刺穿皂荚壳，注入鳀鱼毒交山茄煎煮。公主日复一日，用有毒的浴汤沐浴，毒液渗入肌肤，不断累积，终毒发身亡！"

"茵陈，倘若如你所言，请问，你如何知晓染菽有那个勺子、并在皂荚中施毒？莫非你看见了？何不早早揭发？或者，你与染菽是同谋？"瑾琋抛出一连串质问，"你有杀害公主的动机，别人没有。你想早日与章守中双宿双飞！我朝礼待南阳公主，若公主薨逝，依循古事，自会遣散旧人。你嫌公主不死，碍着你的前程！"

茵陈忽然伸手，钳住染菽的肩膀："染菽有！在隋时，章郎为郢公家侍读，南阳公主与郢公彼时尚是一对恩爱夫妻，章郎与公主的近侍宫女有交往。染菽对他单相思，想早日放归民间嫁给章郎，此事只有我知情。这便是她加害公主的缘由！去年，我们跟从公主回京，我因不时与郢国府暗中联系，得与章郎接触，章郎对我有意，要娶我为妻，染菽得知，自然嫉恨我，破坏今日纳吉之礼，泼我脏水！弃你我自幼情谊、两家交情于不顾，你好狠心！"

染菽直直地盯着她的眼睛，切齿吐出五个字："你，好不要脸！"

卫仁拉开染菽，对茵陈说：“实不相瞒，染菽自从薏苡确认遇害，便托了这些亲眷帮忙查探案情。若无十分把握，谁敢冒着吃官司、挨唾骂的风险，拆一桩婚事！”

正僵持着，外面传来“砰！砰！砰！”的响声，似有数人敲门：“我们是万年县衙的，有事询问，请开门！”

瑾瑞笑对茵陈及童维运道：“来了！二位有话，自与伏景、柯倬石去对质吧！”

纳吉使者们赶快扛上东西，向童父、童母打马虎眼：“今日事有不祥，我们得先走，必如实报给男家。”言毕，便要开溜。

茵陈的面色忽阴忽阳，突然悲怆出声：“南阳公主，我们服侍她十余年，成了老女。李唐待她不薄，她念佛诵经假慈悲，骨子里却恐惧外人环伺，孤寂至死，想拖住仅剩的前隋旧人陪伴自己，故不肯积点儿阴德遣散我们！宇文禅师，她的亲生儿子，可说是我们在她身边能感受的唯一生趣，亦被她毁了！我自寻了出路，便不许她绊住我——染菽，你敢否认吗？这些也都是你的心声！”

纳吉使者们一听，这不是承认有罪了吗？慌忙奔至庭中，抓着那只大鹅，从后门跑路。

“砰！砰！砰！”敲门声再起，“怎么还不开门？”

童家奴婢适才因主人不发话，没有动，现在有点儿稳不住了，瞅瞅童父等人，他们却僵在坐榻上，好像什么也听不到了，童母沙哑的声音在哭叫：“不，不，不！不能开门！我的孩子们不能教衙司抓进去！”

茵陈猝然往外疾奔，童家一时竟无人反应过来。

染菽与卫仁惊醒，急步追赶，已来不及了。

“砰——”一声闷响，茵陈的头实实地撞上院中一尊麒麟石雕，鲜血四溅，脑浆迸出。

楚腰卫鬓，转眼间，花落黛残。童家人扑上去，她只剩出的气了。

◑ 5 ◐

“茵陈——”染菽嘴唇惨白，身子剧烈颤抖，需要卫仁扶着她，方能勉强撑持。

瑾瑶也觉怵目惊心，由随行侍婢搀扶起身，喃喃叹惋道：“孽缘……孽缘……”

她定了定神，嘱咐卫仁留下陪伴染菽，好生配合县衙。

她率领其他随从，一行人自后门离开，向弘义宫而去。

繁缕问道：“娘子，染菽也不是全然无辜，为何容得她，不容茵陈？”

瑾瑶拂了拂秋香色的衣袖，直言正色道：“茵陈最可怕之处，在其宁我负人，毋人负我。她杀害薏苡即是明证。周知宇文禅师的乳母弓氏仇视公主，茵陈就以弓氏为盾牌。她对待染菽尤为无良。而染菽，可怜痴儿女，为迷情所误。”她回忆染菽痛哭的一幕，感慨万端。

进入弘义宫，众婢女扶她下车，换乘辇舆回翠华殿。

路上，留荑提出一直困扰她的一个问题：“娘子，伏景、柯倬石，果真落网了吗？”

瑾瑶粲然一笑：“正在搜捕。”

翠华殿到了。瑾瑶拾阶而上。五谷和丰登正在更换殿门两侧的桃符。新的桃符上，“神荼”“郁垒”二神分外鲜明亮丽。

《山海经》记载，东海度朔山有一棵大桃树，蟠屈三千里，其卑枝东北有一道鬼门，万鬼由此门出入。神荼、郁垒把手鬼门，早晚检阅众鬼，消灭其中的害人之辈。自汉至晋诸书均有记载。世人在木板上书写二神大名，画其肖像，以为“桃符”，悬挂门旁镇邪驱鬼，每到新年就要更换新符，遂成习俗。

明日是腊月二十八，武德五年即将成为过去。武德六年在向人们招手。

万年县综合已有的查案成果，加上刁染莪、卫仁等人在茵陈自尽现场的证词，并访问章守中的纳吉使者，确认南阳公主毒杀案的真凶、薏苡沉尸案的幕后黑手皆是童茵陈，其畏罪自杀，不再追究，童维运系薏苡命案的帮凶，依律逮捕治罪。

案件完结，瑾琋厚赠染莪财帛，派人送她回家。

染莪搭乘牛车驶出长安城，体验着归心似箭的心情。

离家两日，倒像走了数年。昔日，她不自觉地与茵陈比较，时而自惭形秽。

如今，茵陈横尸家人面前，童维运锒铛入狱，童家年关难熬。

薏苡，曾无数次自豪的回忆故乡大海的湛蓝，却最终没能活着与那片北方的海重逢。

染莪深感自己是幸运的，遇到秦王妃，施以再造之恩。否则，“刁染莪”这个人，不是已经上吊死了，就是以谋害南阳公主的罪名，押入大理寺狱等死。

“染莪，有人在路边等你。”车窗外，卫仁提醒她。

染莪掀起车窗帘子张望，是章守中骑在马上。他愧疚地看着她，抱歉道：“染莪，我对不起你。亏得你眼亮心明，揭穿茵陈的罪恶，也救了我。”

染莪轻笑道：“呵呵，我没有这么大本事。不过是字也不识一箩的田舍女，因做了多年宫人，学会些许宫廷的言谈礼节罢了。你同我海誓山盟，又与茵陈暗通款曲，愚弄我……你和她相好一年有余，她刚辞世，你就说得如此不堪，未免太薄情了吧！”

章守中红了脸，恳求道：“染莪，等年过了，我上你家，与令尊、令堂说说……”

“说什么？问他们，你需要支付多少买妾之资，才能纳我为妾？”染菽瞪着他，不得不承认心底尚存一丝期许。

章守中沉默了。良久，他艰涩地张开口：“染菽，世道如此，我有苦衷。”

最后的期许破碎了。染菽心底为这个男子涌动的那部分血液，凉到了冰点。

她坐正身子，不再看他，冷漠地答道：“农人之女不配嫁给中书省主书为妻，贱籍出身者也不配纳良家女儿做妾——卫给使，请这位章主书该做什么，就做什么去。”

第九章 情敌归来

◑ 1 ◐

武德六年正月初五，刘黑闼率领一百余骑败逃饶阳，被饶州刺史诸葛德威拘捕，献俘李建成。

捷报传来，李渊趁兴敲定了皇太子及有功皇子乳母的礼遇制度，李世民的乳母刘氏获封“陇西夫人”，从平民跃升为贵族。刘氏的大女婿舒秉谦获授少府监右尚署从九品下监作之职。

但也有不愉快的事情发生：李世民的左右因公至燕郡王李艺营中，无故遭李艺殴打。李渊怒责李艺，但又命他统领天节军，镇守泾州。

瑾琋得到这些消息，是在梳晨妆的时候。梳妆宫婢请她挑一个玉梳背，她拣了一个阔叶花卉纹的，插在鬓边。非对称的美感为整个妆容平添了三分活泼。除此之外，头上仅有零星银饰、一朵紫色绢花而已。

李世民从翠华殿偏殿跑来，拿一个她没挑中的鸿雁纹玉梳背，在她光滑的脸蛋上刮着：“如此可以嫩肤养颜——观音婢，那个李艺与长兄过从渐密，殴打我的人是在向长兄剖白心迹呢！大人仍旧左右安抚。”

瑾琋安静地任他顽皮了一回，回应道：“李艺本姓罗，是前隋监门将军罗荣之子，在隋为虎贲郎将，入唐后因功赐予国姓，纳入宗室籍属，其生性凶暴狡黠，刚愎固执，不讲仁义，唯知汲汲功名，自然要为长远的富贵打算——二郎，你若再盘桓于此，就不要用早膳了！”

李世民笑着住手。进了早餐，外出理事。临走叮嘱瑾琋，晚间同赴杞国府宴饮，他不回弘义宫，直接去杞国府等她。

瑾琋也悄悄离宫，与染菽汇合，前往清河县君曹氏府邸。

破了五，人们开始探亲访友。曹氏独居长安，没有几个亲眷故交可走动，单等正月十五上元节看个热闹。

逛逛自家花园，风景都已看得烂熟。传进耳中的沙沙足音，也只有自己的。

别家儿孙成行，每逢佳节人声鼎沸。自家膝下荒凉，形单影只，是有些无趣。

家奴报有客来访，曹氏有片刻欣喜，及至听说客人的姓名，又觉有点儿古怪。

刁染菽，前隋南阳公主的宫人。在窦建德保护公主的那两年里，曹氏认识了她的几个贴身宫女，但无深交。去年吊唁公主，在丧仪上重逢，仅此而已。

不过，新年没有拒客的理，先请进来再问。

染菽携三位女子同来，所献年礼装在一口没有髹漆的桃木箧里，是一双簇新的卷云高缦缎履，几件乡间土产。

“妾出身田舍农家，无体面之物可赠，只有这双缎履，是妾与嫂嫂们亲手做的，望夫人笑纳。”染菽施礼道。

曹氏倒不在乎，笑道：“我原也生长于乡间。”

染菽因做客，特穿戴起宫人时期的华丽服饰，以示郑重。另三位女子是她的亲戚，陪同前来的。

其中两名女子皆为布衣平民装束，另一女子年龄稍长，披着一领粗糙的麻布斗篷进来，遮住周身衣物，看似出自普通人家，落座时解掉斗篷，露出里面的衣服，曹氏就感到其不同寻常。

她妆容清淡，发饰简素，衣裙也无繁复艳丽的纹饰，然而，从画眉的眉黛到衣服的针脚，均透出一种雅致精绝的格调。这不是一般人的品位。

曹氏细观她的相貌，终于认了出来："秦王妃！为何微服光临？"

瑾琋笑问："请夫人恕我冒昧。我今来，一为陪同染萩贺年，二为打听一事。南阳公主命案告破，夫人想必已知。不过，你可知凶手是用何种手段杀害公主的吗？"

曹氏不知道。县衙没有对外披露案件细节。

染萩俯视着她盏中的一物："是用一柄银勺在公主饮用的婆罗门参里注入鳀鱼毒。听说凶器与夫人的这把银勺形似双生。只是凶器有蓄毒、施毒的机关，眼前这个没有。"

曹氏拎起盏中的錾花鸟头细柄舌形银勺给她看："这个？我常用的。不会弄错吗？"

"正是。"瑾琋肯定地回答，"凶器是凶手偶然从护城河水底得来的。河水不会生出银勺，更不会生成机关。当是原主人扔下去的。"

"这……我恐怕帮不上忙。我这把勺子是从河北带来的。哪家作坊做的嘛，我却不知。莫说当年我忝居夏王后之位，即或今日，我也素不过问微末小事，由着下人们料理。"曹氏微笑着，将勺子在盏里舀了一点儿羊酪吃。

瑾琋莞尔一笑："夫人，我堂兄长孙某去世前的最后一顿午餐，你的婢女苜蓿，用一把錾花鸟头细柄舌形银勺，为宾主分盛凤凰胎，又舀了逡巡酱奉与你……"

她详述一遍那银勺的机关施毒之法："……夫人用此法，毒杀了我堂兄及堂嫂。"

“砰！”曹氏将矮几一拍，冷冰冰抵喝道：“送客！”起身欲走。

瑾琋不以为意，只管心平气舒地劝道：“夫人稍等。我以为，夫人为人，堪称勇往直前，锲而不舍。”

曹氏回头看看她，嗤笑道：“呵呵，我怎么听出欲抑先扬的味道？”

瑾琋一双笑眼，宛若弯月，从容回敬曹氏：“夫人从光德坊归府的路上，在车里包扎好银勺，放进事先准备的容器里，沉入护城河底。回府后，马上取出另一把外形相同的普通银勺——就是目下你在用的这把，应付胥吏的盘查。须赞银勺机关之巧妙，苜蓿手法之敏捷，夫人布局之精心。须有何等的决心，方能成就此事？毕竟，你自己也要冒中毒的危险——万一苜蓿失手的话。至于他人的性命，就更不在你顾虑之内了。”

曹氏正颜厉色地盯着她，却不言语。

苜蓿代替主人下达逐客令：“你们大正月地跑到别人家说一大篇疯话，真是无礼至极！诸位请便，恕不远送！”

客人们一齐起身，装扮为染菽亲戚的留荑、繁缕极自然地靠过来，护卫在瑾琋、染菽左右。

“夫人恨我的堂兄，他为救王郑，秘密贿赂夏王部将，致使夏王不听夫人之言，一战亡于武牢；夫人恨大唐，夏王曾俘虏当今至尊之妹同安长公主和堂弟淮安王，待如上宾，礼送归唐，夫人献土降伏，也有意换取夏王的性命，但大唐依然处死了夏王。”瑾琋分风劈流，一席话捅进了曹氏的心房。

曹氏一震，旋又定住心神，不怒反笑，也不急着撵他们走了，逼近几步，声气阴阴地问道：“说的像那么回事，可是你有证据吗？若没有，便是你侮辱我。”

瑾琋犹如在闲谈无关痛痒的市井趣闻，神怡心静地微笑着：“据我所知，长安、万年两县受南阳公主案的启示，暗中将清河县君府邸重新纳入视野，沿着护城河自东向西排查。但这对夫人而言，可比不上另一件大事紧要。”

“何事？”曹氏柳眉耸动，喝问道。

瑾琋挑衅地直视她的双眼，语调突变为咄咄逼人：“夫人期盼旧部祸乱天下、恢复夏王旧业的迷梦，彻底化为泡影了！刘黑闼已沦为皇太子的阶下囚，您即将看到露布，听见百姓的欢呼！那是万兆黎民厌恶割据战乱、渴望一统太平的心声，谁若逆流而行，便是螳臂挡车！夫人即使杀一千个长孙某，也只是无谓泄愤，换不回丈夫，换不回一去不复返的峥嵘岁月！”言罢，带着染菽和两名侍婢，转身扬长而去。

曹氏默然片刻，望着她的背影厉声问道：“你说什么？你懂什么？”

瑾琋没有回应，披好斗篷，上了牛车，闭拢车帘。驶出清河县君邸，她从怀中掏出今早戴的玉梳背，抚摸着它，狡黠地笑笑，插在鬓边。

玉梳背唯有皇室及贵家女子方可插戴。为避免清河县君邸的阍者察觉她的身份，而报曹氏防范，她把它藏了起来。

今日是长孙家的事，不是李家的事。但因正主——长孙安世及侯莫陈氏的儿子长孙家庆、长孙祥仍在三年斩衰孝期中，所以瑾琋自己来了。

◑ 2 ◐

李世民对此并不知情，晚间轻装简从，如约去了表兄窦信的宅邸宴饮。

说是宴饮，其实只有四个人：窦信、于斯滢、李世民、瑾琋。

酒菜是李世民出资置办的，还自带一名乐师助兴。这样的安排多少有点儿奇怪，可李世民给窦信捎的话里就没有给转圜的余地。四年来，由于夏侯紫菀事件的影响，窦信从不敢对李世民的意志说三道四。

起先，窦信的心情并不踏实，传杯弄斝的热烈氛围中似乎飘荡着一股诡诈的寒意。

不过，坐在一幅京兆隔纱帷幔后面的乐师弹奏了几支轻松欢快的琵琶曲，窦信也就开怀畅饮，乐在其中了，问道："大王几时觅得这位乐师，身形恍惚是个女子。王妃知道吗？"

李世民笑道："这等事体，我若未告诉她详情，她也不追问。"言下颇有些欣然自得。

窦信啧啧称羡，转向斯滢道："你瞧瞧秦王妃。我为何没有秦王的福气？"

斯滢斜睨他一眼："你有秦王的分寸吗？"

李世民吩咐乐师："弹一支醒酒的曲子。"

乐师低低地应了，将拨子在弦上一拂，一曲不知何方的民谣，鳌愤龙愁，悲愤激越之情，声声叩问心弦。

窦信听得呆了。

那一直隐于纱幔后的乐师缓缓起立，怀抱紫檀木画槽四弦四柱琵琶，边弹边走，身姿如穿花戏蝶，撞破轻纱，来到主宾面前。

她停住拨子，乐曲戛然而止，微微躬身，招呼窦信道："你认得我吗？"

窦信凝神一看，这面容、身段、声音，无不记忆犹新，脱口惊呼："夏侯紫菀！"

他突然意识到来者不善，跳起身做出防御姿态。

夏侯紫菀从怀里拿出一只雕漆舞禽花树纹漆盒，狠狠砸在他脸上："还给你！"

漆盒掉到地上，滚出两只璀璨夺目的金镶玉指环。

斯滢听到"夏侯紫菀"的名字，已是吃惊不小，又见她全无尊卑贵贱之分，直以"你"称呼窦信，掷还贵重的礼物，忖度二人的关系曾经何等亲密，窦信对自己不知有多少隐瞒，恼恨不已，奋身而起，回向里间，拔出窦信日常佩戴的横刀，就要去砍夏侯紫菀。

"夫人，该挨刀的是您那位无良的郎君！"夏侯紫菀边说，边跑向李世民那边躲避。

于斯滢追着夏侯紫菀不放，口称：“我先砍了你，再砍他！”

瑾瑺叫道：“快夺刀！快夺刀！”

唯有李世民安坐烟霞，不慌不忙地品着檀香饮，微笑欣赏窦信出乖露丑的模样。

底下一众奴婢有在前面挡的，有在后面拉的，总算把于斯滢止住。

窦信抢上去劈手夺下刀，丢给家奴佑宁，自己拦腰抱着斯滢，拖至坐榻上按住。

李世民也起立安抚道：“表嫂且听她说完，再动手不迟。”

夏侯紫菀安置好琵琶，瞪着窦信，瞋目竖眉地几乎要吃了他：“夫人，是他摸黑假冒大王，偷入鸳帐，骗得奴的身子！奴虽微贱，也不会许身于自己瞧不上的男子！奴在那之前根本没有见过他的面，亦不知其人！”

于斯滢不信，抓着窦信的袖口问道：“信郎，她必是诬赖你，对吗？”

窦信垂下头，不能分辩。俄而额头负痛，原来是夏侯紫菀抄起舀酒用的长曲柄银勺，冲到他面前，劈头盖脑地打起来。

他急忙捂着头跃身逃跑，吵嚷道：“有话好说，妇道人家，出手殴人，不成体统！我不过是让着你，真要动武，你吃不消！不信且问秦王，我窦信十八般武艺，无一不精！”

斯滢完全明白了，气得心头打战，紧咬了一下嘴唇，默不作声奔到里间，将刀鞘握在掌心，出来也下手痛殴窦信：“你不讲体统在先，还要别人讲体统！平素收婢纳妾、出入平康坊也就罢了，竟然做出骗色的勾当，枉为世家子弟，愧为穆皇后亲侄！教幼小的儿女们如何看待你这个做大人的！”

窦家的奴婢想拉架，李世民的随从却挡在头里，或假装劝阻夏侯紫菀和于斯滢，或牵着手做个路障，拦着窦信的逃路，或移开家具，方便两个女人施展。

窦信理亏不好意思还手，闹得狼狈不堪。

李世民一边观看他挨打，一边止不住地窃笑。瑾琋欲出言解劝，也被他拉住。

夏侯紫菀出了气，按事先答应李世民的，给窦信夫妻一个台阶下，便丢弃银勺，拔出簪子，做势要戳窦信的眼睛。

斯滢大为惊骇，扬臂以刀鞘格住她的手，护在窦信身前："夏侯娘子，请勿伤他太重！"

李世民打圆场，命随从和窦家奴婢把他们分开坐好，笑言："终究表嫂是回护表兄的。表兄之所为，确乎卑陋龌龊，禽兽不如！不过，二位打也打够了，且给我一个面子，饶他一次，如若再犯，重罚不赦！"

夏侯紫菀告诫窦信道："看在尊夫人和秦王的面上，姑且留你一命！自今日起，你若敢去平康坊厮混，教奴碰见，不死也要破了你的相！"

窦信被打得鼻青脸肿，哪还有颜面说话？唯有低首下心，闷声不响而已。

于斯滢别过身子掉眼泪，也不睬他。

"夏侯娘子宽宏大度，既往不咎，但表兄应该补偿她所受的委屈，方不失男儿道义。"李世民没有玩笑，口吻、神情皆是严正肃然。

窦信点头，眼睛犹不敢抬，轻声问夏侯紫菀："夏侯娘子要我怎样？"

夏侯紫菀竖起三根手指道："呵呵！你当年视奴为贱流，拿珠宝做嫖资打发，故要还给你。若说补偿，确乎是你理当赔付的，奴绝不扭捏作态！烦请你装满三箱金帛，也就罢了！"

当下偃旗息鼓，主宾静坐散心。待到心平气顺，已闹过了半夜。

于斯滢打起精神，安排李世民和瑾琋就寝，另命自家奴婢引夏侯紫菀至一间单独的客房安歇。

李世民睡在枕上，回味着方才的一幕："何曾想到，表嫂那般泼辣！下手比我预想的重！"

瑾琋却鼓掌称赞："该打！打得好！她的泼辣都是令表兄气出来的。换作是我，打得更重！"

李世民握紧她双手，把她拉近自己："你如此野蛮？呵呵，我不会给你这种机会的——实则我那表兄武功高强，得亏他尚属知耻，脾气也好，打不还手。一般男子难以做到。"

瑾琋笑道："的确。不过，他做的那种事，一般男子也难以做到。"

她未卸晚妆，说笑的时候，益发显得唇如朱丹，齿如齐贝。

李世民看得入神，伸手轻抚她的檀唇："你昨日妆饰清湛，今日又这般眩丽，真是变化多端。"

"总是不要因循守旧的好。"瑾琋黑白分明的双眸向他一瞥，莹澈的目光流出与周身打扮不相称的清寂。

他低头咬她的耳垂。

瑾琋安然耐受片刻，摆弄着腕上的镶金虎头白玉镯，轻巧地躲开："不能。"

"我只亲一亲。"李世民不肯即刻放了她，将她的脸转过来。

次日晨起，窦家果将三箱金帛交付夏侯紫菀，各自散了。

◑ 3 ◐

这一日事情很多，李世民照旧抓大放小，绝不肯做那舍本逐末、举轻若重的无用功。但凡无需他决策的事务，只略听一听，放手让下属各展才能。

诸事完备，李世民去了演兵场，与天策府护军、库直、众校尉及卫士们一道练武。结束时，又接获一条新闻：窦建德的遗孀、清河县君曹氏于本日在府邸中以横刀自刎而逝，足蹬一双全新的卷云高缦缎履。

长安、万年县衙沿护城河追查錾花鸟头细柄舌形银勺，因距事发已有一年多，找不到证据来证实对曹氏的怀疑。而今她居然自行了断。

护军尉迟恭与同僚议论："听说，昨有四名女子造访曹氏宅邸，今日，这曹氏就自尽了。真是奇事。"

李世民猜到那"四名女子"包括谁，跑回翠华殿问瑾琋，眼神竟有威肃之势。

瑾琋毫不回避这样的目光："是我。我当面揭穿她杀害堂兄、堂嫂的毒计，并告诉她，窦建德的旧部已覆亡，请她眼穿心死，勿存杂念。"

李世民眉峰挑起，正色道："太危险了！你应该告诉我。"

"她虽习武，但我料定她不会动手。"瑾琋拢了拢狐皮披袍，"我若先问你的意思，你必会阻拦我。可我只想代替家庆、阿祥两个堂侄，做该做的事。"

"好吧。但这样的事，不得有第二次。"李世民严厉而又无奈地回答。

瑾琋慵懒地把下巴倚在他肩头，望着后面的琉璃雕镂牧马屏风。

此物是从旧居——太极宫承乾殿搬来的，流云漓彩，其下慢慢浮现出曹氏那双变得混浊的眼眸。

她拿出染菽送的那双卷云高缦缎履，以手指感受着缎面上花纹的凹凸感。苜蓿本来要扔掉这双鞋，被她制止了。

"你是给我送寿鞋，供我上路穿的意思啊！"曹氏笑了。

瑾琋温婉地微笑着，不予回答，只把身子更深切地偎进李世民的怀抱。

武德六年二月，太子李建成在洺州将刘黑闼及其弟刘十善一并斩首，山东平定。李世民旧部常何留镇洧州，建成为了拉拢他，赏赐十分优厚。

杀害舞伎藤子的齐王府库直宇文鑫，却很不走运，班师途中意外坠马摔死，莫名其妙地为藤子偿了命。李建成为他虚报军功，按阵亡待遇抚恤遗属。

李元吉、宇文宝自然悲痛万分，怨恨李世民逼迫宇文鑫远征河北，终致殒命。

而夏侯紫菀，本应返回洺州，却改变了主意："奴不想走了。阿罴携带他家娘子和新生的孩儿回洺州照管产业，也使已出嫁的妹妹春儿有娘家人照应。荀娘子留在长安。"

"为何？"李世民问。

她目视着他，笑道："奴依然眷恋长安这片锦绣膏粱之地。"

此地为雍州署后院，李世民命王府校尉扮作官员的家奴，将乔装为婢女的夏侯紫菀接来，询问其打算，以便为她安排。既然她不想走了，也就不用深谈。

"那也好。我派人送你回宣阳坊。"李世民站起身，准备离开。

紫菀叫住他："大王，宗罗睺的事，已为飘逝多年的雨迹云踪了。"

李世民听得出她悬悬而望的心意。身边仿佛经过一百年的杳寂幽静，鹅卵石"咕咚——咕咚——"投入玉潭，是她的心跳声。

"若有难处，可来此捎信，我会帮你。"他只深彻地看了看她，转身离去。

夏侯紫菀怊怅若失，不多时，又展颜微笑起来。

缘如风，风不定。世间事，大抵如此。

正月过后，天气日渐回暖。待到春江如练，瑾琋微服出宫，约紫菀至灞桥会面。

灞水两岸春柳如烟，垂下千万条嫩绿的丝带。

瑾琋折了一根柳枝，投入灞水，寄语薏苡的亡魂："百川东到海，这一脉东去的碧波，将把你带回故里。关山重重，江水迢迢，一路平安。"

又笑对紫菀道："夏侯娘子留在长安，甚好。"

"王妃当真不介意？毕竟奴曾引诱秦王。"紫菀直言，"前几日，奴仍在向秦王暗示，往事已矣，愿以身相许。被他婉拒。"

此事，李世民已告知瑾琋。

她没有立即回答，折下一条更长的柳枝，编织了一顶帽圈，徐徐说道：“谁能不介意？不过，夏侯娘子身处十丈红尘，优游于车水马龙之中，内心却是怀质抱真，傲雪凌霜。这样的女子思慕秦王，也可证明我所嫁的人，堪称一时之秀、杞梓之才。”

紫菀笑道：“岂止。秦王是拨乱之才。奴在平康坊教习乐舞，闻听一些士人议论，北斗之南，唯秦王一人。去平康坊消遣的将士们，更是崇敬秦王。”

瑾琋欣悦地笑，继而敛容蹙眉，轻叹道：“唉。越是如此，我越是忧虑。自古以来，功高望崇的皇子，往往没有好下场。远的不论，北齐兰陵王高长恭，国之干城，多次击退北周进犯，屡建殊勋，因此遭到天子猜忌，被迫受贿敛财以自污，患病也不肯医治，以此表明自己胸无大志，希望换取天子的信任。然而，北齐后主高纬还是赐死了他。兰陵王终年仅三十三岁。这不过是五十年前的故事。秦王为人耿介豪爽，苍松翠柏，不屑于明哲保身，也不满足于独善其身。上有君父、嫡兄，秦王处高临深，实际是把自己置于不存之地。不是我诅咒丈夫，我实在是担心，他的下场，将比兰陵王更加凄惨。我也只能以九死不悔之志，誓死相随……”

紫菀只觉阵阵惊心。那个谅解她、救助她的男子，在她的心目中，有擎天架海之能、降龙伏虎之力，却终将逃脱不了兔死狗烹、鸟尽弓藏的宿命吗？

◑ 4 ◐

夏侯紫菀问瑾琋：“有什么办法，可化解秦王的危局？奴愿尽绵薄之力，以报秦王恩德！”

“秦王与我，自当设法。”瑾琋答道，“只求夏侯娘子，利用平康坊的便利，但凡你认为有意思的人、事、传闻，都请告知雍州署，以便秦王裁夺。”

紫菀欣然应允：“旁的事，奴也许无能为力。这件事，不难。”

瑾琋破颜微笑，把柳枝帽圈递给紫菀：“这个，可遮挡烈日，犹如秦王对夏侯娘子的承诺。请你相信秦王，他最是感恩怀德，只要他在，自当庇护恩人一生，绝不相忘。我也同样。”

紫菀坚定地回答：“秦王及王妃所托付之事，奴愿以铁胆铜心，一力承担。”

瑾琋返回弘义宫，卫仁禀报染菽、剪秋罗的近况。剪秋罗已出嫁，夫婿为泾阳县尉虞旦。染菽用王妃的馈赠为娘家添置田林，修整房舍，所有房间及回廊都改为青砖铺地，俨然成为小地主之家；也在议婚，只嫌高不成、低不就。

瑾琋笑道：“你替我送些贺礼去泾阳。”

她心中也有些感慨。夜间躺在卧榻上回忆童年往事，联想刁染菽、剪秋罗，这两位前隋宫人比她略微年长，今才谈婚论嫁。而她十三岁就将双鬟髻改梳妇人妆，嫁给李世民，生育两男两女，几乎忘记在娘家做女儿的情形了。比之婚龄较晚的女子，可谓各有得失，不能一概而论。

次日晨起，瑾琋拉掉大红色的镜袱，揽镜自照，镜面有点儿雾蒙蒙的。这面金银平脱四神十二生肖铜镜该磨一磨了。

“昨晚照着还好，怎么一夜光景糊了。拿磨镜药来磨一下吧。”瑾琋说，“这面铜镜宽阔长大，最为合用。”

玳玳抱歉道：“娘子，只怪奴婢粗心，没有照应好。”

瑾琋答道：“这也是想不到的事。以后按一定时日磨一次，大概就无碍了。”

婢女们先翻出另一面铜镜，小得多，将就服侍她梳妆罢了。

申愍娘和千光照进来定省，瑾琋面妆已上，捧着一纸书信在细读，任凭婢女为她梳头绾髻。

金银平脱四神十二生肖铜镜立于她的后方，玳玳跪在铜镜旁边，正偏着头打磨，时而抬首看看瑾琋后脑乌发和梳头侍婢的手，又扭头观察镜面的变化，渐渐在那宽大的镜中纤毫毕至的映照出瑾琋的头发，由披至地面的瀑布化作生动灵转的随云髻。

愍娘母女问安，瑾琋单手将挡了下半截脸的信纸移开，应道："请先坐一坐，等我一起进早膳。我舅舅巡视京畿诸县，今有信来，容我失礼，还有一小段，先读了再与你们说话。"

"您请。"愍娘笑答。

瑾琋歉疚地笑，把信纸复归原位，不一会儿阅毕，合起来递给留荑收好。

玳玳满意自己的成果，但仍不歇气地打磨，好像定要白圭无玷才肯甘休。

愍娘旧年在李世民房中做侍婢，也时常打磨铜镜，此刻玳玳同记忆中的自己重叠如一体，由衷地赞道："您这位婢女当得'谆勤'两字。"

"孺人夸你了，快来拜谢。"瑾琋召唤玳玳上来给愍娘行礼，打趣了一回。

不日将回娘家省亲，与阔别十年的表兄陆钲重逢。瑾琋感到小小的兴奋。陆钲是她短暂的婚前生活的一部分，留给她的都是纯真温馨的回忆。

如依礼法，妻子归宁须先征得丈夫同意。但近日李世民亦因公务之故不在京中，长孙无忌同行。况且，李世民对瑾琋的省亲计划向来无所不应，自己不在家时一律任她安排。所以，此次他虽事先不知，却也不妨事。

愍娘母女告退后，瑾琋又取出舅舅高俭的书信细读，信中详谈了陆钲的别后情形及近况。

高俭之母陆氏太夫人的侄孙陆钲，幼随父宦居长安、洛阳，前隋大业九年跟从父母回归苏州吴郡老家。隋末天下大乱，如他这样的世家子弟出仕无着，又不愿俯就那些出身贫民、趁乱盘踞吴越的反王，诸如杜伏威、李子通等，只好投奔西梁宗室后裔萧铣，屈就萧梁尚书省令史。

及至萧铣降唐，陆钲非但未能施展抱负，反而在逃离江陵时折损不少私财，凄惶东归，蛰居吴郡。

嗣后，他安顿好家人，欲北上谋事，连遇刘黑闼两次作乱和突厥入寇，故迁延至今才得成行。

近日行至骊山脚下的新丰县，眼看长安城在望，又染上风寒，咳嗽、发热、流涕……症状严重。陆钲思忖，若就此投到姑祖母门上，病症传染给老人，岂不是大罪一宗？就自拣了新丰县衙附近一所干净的旅舍小住治病。店家收下他的赏钱，帮忙请医煎药，殷勤照应。

因闻知雍州治中高俭巡视京畿，途经新丰，陆钲遣家奴长龄赴官舍投了名刺及家书报信。高俭不畏风寒，亲赴旅舍探病，嘱他养好身体，即刻入京会亲。

高俭公务在身，不得停歇，特又捎信给家人，请夫人鲜于氏派遣奴婢赴新丰，送药侍疾。

战火累年阻隔，亲情依旧浓郁如斯。

陆钲倍感宽慰。风寒是常见时疫，不管服药与否，照样挨上六七天，也就一日好似一日地痊愈了。

病愈后，他重新出发，进入长安城，寄居高俭府邸。

瑾琋归宁当日，长孙家太夫人高氏邀陆钲至长孙无忌宅邸款待，并奉迎母亲陆氏、嫂子鲜于氏同来消遣。高俭公干未归，不能出席。

阔别十载，但这些年各自的情形，彼此都大致知晓。

面如冠玉，目若朗星——陆钲的外貌不曾有变，只是光阴荏苒，稚气少年褪尽青涩，长成了一名男子。

瑾琋看着他，人生最初十三年某些花光柳影的清新画面浮现于脑海，一幕一幕，历历在目。

高氏尚未见过陆钲的妻儿，深感遗憾：“为何不带娘子和孩子们一道进京？当初你在观音婢婚礼之前回南，我们无缘得见你迎娶吴郡朱氏闺秀的盛况，迄今连面也不识。”

陆钲说：“儿能否谋得官职、出仕何方，都在未定之天，拖家带口徒增烦忧。所以留他们在家侍奉严慈。失礼之处，还请表姑容谅。”

隋大业九年南归以后，陆钲经父母做主，与吴郡朱氏联姻，婚后育有三子一女。陆钲是少有的未在婚前收纳婢女的高门子弟，婚后也不纳妾。此次动身前，妻子朱氏想要携侍婢随行，被他婉谢：“带着女子多有不便，白使你们吃苦。武德四年逃离江陵时，就是因人口太多，落得如丧家之犬一般。”最终，他只带着几个家奴，人各一匹骏马，轻装进京。

瑾琋笑问：“钲兄睽违京都十载，而今重返，观感如何？”

陆钲望着她，抑制着心海的波动：“我进入长安城，但见城中坊、市分隔，条条街道经纬纵横，槐树、榆树沿道路两旁不间断地种植，春风雨露几度，枝枝爆青，鸟儿于碧叶间啾啁翩飞。若从高处俯瞰，全城好似一盘停僮葱翠、生机盎然的大棋。果真是令人神往、流连的帝都。”

的确如此。但长安城中，更有他难以忘怀的人——长孙瑾琋、观音婢。

他不敢有任何妄想，只要与她呼吸着同一座城市的空气，能以亲戚的身份见面，就知足了。

瑾琋由他的回答联想到一桩热闻：“国内战火止息，武德六年的长安之春本应更加安恬和乐，然而，自武德四年末开始肆虐的那个飞贼持续作恶，入室盗窃、伤人案频发，着实搅得这一池春水大乱。长安、万年两县衙门自不待言，也引起左右武侯卫的关注，加强京城街铺徼巡。我家五弟无逸担任右武侯卫右翊府右郎将，也须分心督办此案。”

颜穆清说："那飞贼身手矫捷，体力惊人。衙司怀疑他可能有习武从军的经历。更奇的是，风声紧的时候，他蛰伏不出，专拣武侯卫及衙司有所松懈的里坊作案，仿佛有内应似的……"

此事令陆钲忆起在新丰县养病时的一段经历，莫名地不安。

"谈这些唬人的事做什么？"陆氏打岔，"说点儿别的。"

"钲兄闲时还会吹笛子吗？"瑾琋吟吟微笑着问道。

"当然。"陆钲会意地一笑。

颜穆清对陆家的亲戚一点儿也不熟悉，听不懂他们说的往事，单是无聊地陪坐。偶然侧首瞧一眼室外，恰看见无忌陪同李世民来到廊上，正在做手势制止奴婢通报。

她连忙呼唤："四郎回来了！还有大王！"

李世民不期而至，众人有点儿措手不及。

陆氏要把上首让出来，李世民固执不肯，单膝跪地扶着老人劝阻："请阿婆安坐。家里不是外面，不论品秩。外孙女婿岂能位居您之上？"

到底由着他的心意，陆氏坐上首，他在瑾琋身旁坐了。

瑾琋心中欣慰，背着人悄悄给了他一抹春和景明的笑意。

他仿佛没有看见，别过脸不理睬。

他的面色是和畅的，一双明眸却隐隐射出回寒倒冷的幽光。这微妙的怪异处，旁人看不出来，瑾琋却感到不对，但不解其意。

李世民与众人聊些闲天，也向陆钲询问江南局势，如渔耕行商是否兴旺、民心是否安定，等等。

陆钲逐一作答，感觉秦王的声音似乎在哪里听过，但确乎是初次见面。

李世民观察陆钲的形容，当得起《世说新语·容止》对嵇康的评价——"萧萧肃肃，爽朗清举"，答话也有条有理，简直挑不出半分毛病，心头涌上万般滋味。

若单论面容，公平地说，陆钲比他李世民更加俊秀。难怪方才在廊上窥探到，瑾琋对陆钲作出那副戴目倾耳的神态，面色艳如三春之桃，衬得发髻上的迦陵鞶伽双鸟衔牡丹镂花金钗、嵌红珊瑚珠金簪双双黯然失色。

瑾琋呼陆钲为“钲兄”，也嫌过分亲密。李世民在廊上听见，鸡皮疙瘩撒落一地，恨得牙酸手痒。

主宾共进午餐。席间有一味“遍地锦装鳖”，系羊脂、鸭蛋黄浇在蒸甲鱼上而成。

陆钲顺带着提了一句：“在吴郡，如今是吃松鼠鳜鱼的时节。”

松鼠鳜鱼采用春天新鲜的太湖野生鳜鱼，切出鱼花，炸个鱼皮酥脆，外焦里嫩，以胶牙饧汁和柑橘汁入味上色，咸鲜酸甜俱全，是吴郡名菜。

此话勾起陆氏的乡情，叹道：“风烛残年，恐无法归省故里，品尝家乡的菜肴了。”

“阿婆，您必有机会回乡一游的，儿还要陪着您领略吴郡风光。”瑾琋说。

陆氏十分欢喜，一转念，又教诲她道：“我去使得，你去不去，自己不能妄言，须得二郎许可才是。”

李世民呵呵一笑：“阿婆不知她背着人时，是何等的恣意妄为。我怎管得？”说完，低头小酌一口“灵溪博罗” ——这是高俭带回长安的岭南名酒，送了两坛给妹妹高氏及外甥无忌。

众人当他在说笑，俱都一笑置之。唯独无忌明白，暗暗朝瑾琋使了个眼色。

这令瑾琋想起，自己曾谈及游历江南的愿望。那时李世民的反应就甚为古怪，联系今日的种种迹象，前后忖度，总算醒悟过来。

餐毕，一起品了桃花饮，宾客打道回府。

高宅和无忌宅邸同在崇仁坊，举步可至，车马也不用，陆氏、鲜于氏乘坐辇舆，陆钲步行相从。

众库直、校尉及卫队军士们簇拥着李世民策马西去，瑾琋所乘的厌翟车跟随在后，车旁有成群的宫婢、给使骑马陪侍。

陆钲目睹此景，顿生“今非昔比”之感。

少年时那个春花秋月的梦，早已照亮了别人的窗棂，温存着别人的衾枕。

而那个“别人”让这个梦臻于至善至美之境，是自己所不能给予的。他与李世民的区别宛如云龙井蛙。与李世民结合，或许是命运为观音婢做出的最好安排。

李世民回到弘义宫，在瑾琋身后疾步踱了两圈，终于吐出三个字：“观音婢——”

侍婢们欲为王妃摘除发饰，因早瞧出李世民脸色阴晦，一听他出言，即刻停止动作，且看他作何道理。

“你们都下去。”他沉声将众人支走。

◑ 5 ◐

瑾琋久知今夜必有一场暴风雨，面若平湖，轻巧地拔掉迦陵鞶伽双鸟衔牡丹镂花金钗，安放在妆奁中。在镜子里正对上李世民那双轰雷掣电的星眸，便向他报以温腻笃定的一笑：“二郎，怎么了？”

恰似一盆清润的井水泼进焦躁的土地，李世民的盛气竟有些衰了。

但他不想中了熏风解愠的圈套，复燃起火来，质问道：“装什么？不会反躬自省？”

“我的确不解，请你明示。”瑾琋把嵌红珊瑚珠金簪也摘下放好。

“归宁母家为何不事先报知我？”

“往日你不在时，皆是如此。今日有何分别？”

“……” 李世民一张脸憋得发红，一撩袍角，盘膝坐下，怒视着她，“你擅见外男！失礼！”

瑾琋只拿清隽的眸光瞅着他，言语依旧柔婉：“这个罪名可大了，我禁不起。自小彼此看着长大的表兄妹，如何变成了外男？长辈们、嫂嫂都在座，众多奴婢伺候着，‘擅见’二字，亦是不确的。”

“他不是外男，我是，对吧！” 李世民穷极无赖，忿恨地说。

少年时代，尚未订婚的时候，之于瑾琋，陆钲是有血缘关系的表兄，李世民更加接近“外男” 这个身份。

理论了半日，实则他也举不出恼怒的正当理由。

瑾琋低头哂笑，扬臂想拔掉发髻上仅剩的三枚细巧的珍珠簪。

李世民按着她的手：“笑得出口！拔、拔、拔，我叫你不好好答话！”赌气“唰、唰、唰”风卷残云摘了她的珍珠簪。

这三支簪子是式样拙扑的鎏金簪，只在簪头各镶一颗莹白色的珍珠。一经摘掉，满头黑发倾泻直下，映着她欺霜赛雪的肌肤，竟惹得他挪不开视线。

瑾琋温煦和暖的声音又起：“我笑的是二郎居然自认外男，忘了我所爱重的男子，唯有你一人而已。”

这番话令李世民大感怡悦，面子上却不肯立刻软化，仍以低沉凝滞的话音斥责道：“你戴着我送给你的首饰，对着陆钲作葵藿倾阳之态……”

“你要我在亲戚面前冷心冷面吗？”瑾琋眼含深味地看他，“听来听去，着实纳闷，二郎想什么了？”

李世民没好气地说：“陆家曾打算向长孙家提亲！岳母也是糊涂，请他做什么？”

“二郎，我娘不曾得罪你。”瑾琋正容答道，“陆家议亲没有正式提过，两家素无恩怨，总不能老死不相往来。”

李世民自知失口，放缓了声气：“我不怪岳母。但你——”言及此，又扬声发泄道，“反正我不喜欢你去见他！”

“你若不允，我不敢不从。可是对外如何解释？难不成说秦王，嫉妒？”瑾琋无奈地笑，“所谓疑人偷斧，就是没来由地先疑心上了，怎么瞧都觉得别人歪心邪意……”

“胡言乱语！”李世民拒绝承认，“我乃大唐秦王、天策上将，难道会嫉妒区区一个伪萧梁尚书省的令史？”

瑾琋低眉抚弄着襦裙的系带，红霞晕染了双颊：“当年有意与长孙家议亲的不止陆氏一门。然而，我想嫁的，始终只有李家的二郎。”

此话既出，李世民自然神怡心醉，嘴上却刚硬地回应：“你原本生得笨头笨脑，天可怜见，教你聪明了一回！”

瑾琋只是浅笑，也不争辩，自拿了一把梳子梳头。

没梳两下，被他抱住，贴着耳朵“心肝肉儿”地诨叫起来。

瑾琋慌乱地挣扎：“不可！”

她担心他把持不住，破坏避孕养身的计划。

李世民不依：“自从武德四年十一月发现你怀上攸乐，之后，又遵医嘱分居。一年多以来，我不曾与你颠鸾倒凤。今日无非是抱一抱、亲一亲。你放心，我最爱护你的。”

瑾琋红着脸依了他。果然不曾出事，他尽管十分留恋，依然忍心去了翠华殿偏殿独寝。

过了几日，他上朝回来，冷不丁地对瑾琋说了一句：“陆钲职务定了，补太常寺一员协律郎的缺。”

太常寺主管礼乐，协律郎为正八品上职事官，掌管音律事务。

“定了就好。”瑾琋淡淡地回应。这个职务还是比较适合陆钲的现状的，待他展现了才能，方可有别的机会。

李世民满面雍肃：“你不要以为我做了手脚。全是舅舅设法，我没有过问。舅舅学富五车，在前隋人到中年仍只是一员九品治礼郎。陆钲先在萧铣手下，于军机政务皆未显露长才，我朝也无一步登天之理，正八品上协律郎可不算低就了。凭他，哼，不值得我插手！”

瑾琋静静地听他说完，绽开笑靥：“我从无怀疑你啊！巴巴儿地表白这一大篇。”

“呵呵。我应当庆幸你没有犯糊涂。”李世民笑笑。

“看来，我素习是常犯糊涂的了。”瑾琋戏谑地瞥他一眼，转身往外走。

李世民怔了怔，省悟过来，笑骂着追出去：“我纵得你这样刁钻，变着法子嘲弄我，真是自作自受。”

闹到殿门口，几簇人领着承乾、青雀、阿鹞、攸乐，笑嘻嘻地上来，二人连忙换上庄矜的微笑。

那边陆钲安定下来，随即接取家眷进京。

头一件需解决住房。陆家在长安未购置宅邸，他不知能担任京官多久，长安城住宅售价不菲，不想靡费，就在修德坊看了西市富商张家的一所闲置宅院，租过来安顿家口。

早前陆钲初至，向京中亲友馈赠了江南特产，朱氏又带了些礼物来。高家、长孙家皆有回礼，瑾琋也有赠送，大多为实用的家具和装饰居室用的玩器摆设之类。陆宅很快有了家的气息，还节省了不少开销。

朱氏原对入京后的生活有诸多忧虑，由此也闷怀顿释。

入住新居当日，她去书房察看，侍娘正在擦拭一口平朴陈旧的髹朱漆木箱，不经意地说：“这口箱子很久没有开过锁了。”

朱氏略微发呆。这个箱子是陆钲寄居高宅时置办的，搬来修德坊之后再未开启，她不知箱子里装的什么。

“锁着好，不落灰。”她说着话，迷惘四顾。

嫁入陆家快十年，陆钲的书房依旧给她一种生疏感。

临窗的书案上有一个长方形锦盒，那是装陆钲的笛子用的，另有一个冰纹端溪石箕型砚、一个白瓷龟形镇纸排列在侧，旁边散乱地搁着几件小幅字画，看不清内容，应该是陆钲的作品。

陆钲工书善画，喜爱翰墨丹青，如果是别人的赠予或收藏的名人书画，必定妥善装帧存放，不会这样随意处置。

“那一箱装着重要物品，锁牢是为了防盗。”他突然进来了，将书案上的字画叠放齐整，纸背朝上放好，再用那个白瓷龟形镇纸压住。

这是不许人偷窥的意思。陆钲所作的书画从不随便示人，家人无敢违拗。

新婚燕尔时，朱氏在吴郡祖宅的书房里看到一帧小画，半掩半卷地伏在案上，想铺开观赏，却被他夺了去，说是信笔涂鸦，不忍污人眼目。

但朱氏感觉，是陆钲不愿与她分享某些事。如同那口髹朱漆木箱，天经地义地向她封闭着。因为在陆钲的心目中，那是不需要她涉足的所在。

“那个飞贼还没有捉住。”侍娘说，“防得严些总是好的。”

“什么物件？”朱氏萌生一探究竟的念头。

陆钲顿了顿，好像意识到之前没有告诉她是一个疏忽：“有你想不到的。”遂拿钥匙开箱，内里装着多种珍本古籍、卷轴和一只螺钿楠木小箧。

朱氏想了好一阵方才忆起，惊喜交加地叫道：“在江陵丢掉的装古人字画的小箧！”

“我在新丰县养病，有人送还了这三件。虽只三件，已是千金难换的幸运了。”陆钲摊开箱中字幅给她看了两眼，复又放好，叙述了事情经过，重将髹朱漆木箱上锁。

半夜，朱氏内急，唤婢女点着油灯去厕所，出来身心舒爽，睡意更浓，拄着婢女的肩膀回房，婢女也呵欠连天，只求尽快缩进被窝。

主仆二人拖着骨软肉酥的步子，也不辨走到了哪间屋子外面，突然听见轻微的“哐啷”声连续数响，原不能开启的直棂窗竟开了一半，在夜风里乱晃。

紧接着，一条黑影从廊上窜出，三两步就攀上墙头，翻过去不见了。

朱氏和婢女猛吃这一吓，动弹不得，舌头也仿佛冻硬了，傻立一会儿，尖叫道："不好啦！有贼！"喘出的粗气又吹熄了油灯。

这一夜是个阴天，且朱氏节俭，院中不许点燃石灯，油灯熄灭，房舍幽暗的轮廓恍若憧憧鬼影，二人的尖叫声随之更加高亢刺耳，至于嘶哑。

陆钲惊醒，循声奔至书房前，点燃附近的一尊石灯，朱氏和婢女略微缓解，连哭带喊地叙述了所见所闻。

家奴们闻声赶到，院里一具一具地燃起火把，绕墙巡察。

这所宅子规模中等，格局比较简单，不多时在一面墙头发现几个爪钩的凹痕。

众人抽了一口冷气："是那个飞贼！"

盘点损失，一大箱绢帛及书案上的冰纹端溪石箕型砚、白瓷龟形镇纸、陆钲自作的几幅书画全部被盗。

盗贼还打开了锦盒，但没有看上盒中的十孔湘妃竹笛，大约因为只是竹子，不是玉石所制。

而陆钲自作的那几幅书画想必是被盗贼误认为名家手笔了。

陆钲哭笑两难，次日早起派家奴报官，也不指望追回，唯有加强门户戒备。

陆家被盗后，城中继发多起新案，衙司束手无策。

及至时令由春入夏，盗贼似乎金盆洗手，不复作案。城内静晏，衙司疲了，陆家也死了心。长安"夜半飞贼"之名却已传遍大江南北。

武德六年春夏，因亲友日常往来、红白喜事等机缘，陆钲与瑾琋又数次会面，相谈甚欢。

某日在无忌宅邸，应瑾琋之请，陆钲帮她重新抄了一份《高山流水》曲谱。她带回弘义宫，就召贵人杨修能来翠华殿正殿合奏。

于是，古琴与笛子合奏的一曲《高山流水》，巍巍洋洋，在翠华殿的梁柱间鸾回凤舞。

三岁的阿鹞、打扇的宫婢、做客的陇西夫人刘氏，尽皆听得如醉如痴，仿佛举目便是黛蓝的山，澄碧的水。

一曲终了，修能交功课似的背诵：“《列子·汤问》有载，先秦春秋时期，琴师伯牙善鼓琴，有一次在荒山野地弹琴，樵夫钟子期听到了，领悟琴曲在描绘‘峨峨兮若泰山，洋洋兮若江河’的风光。伯牙大惊，引为知己。子期故后，伯牙痛失知音，摔琴绝弦，终身不弹，乃成《高山流水》之曲。”

她不喜读书，记住这些殊非易事。

背诵完毕，修能的右手虎口陡然吃了一痛，笛子生生地遭人抽了出去。

她扬脸质问，却撞上李世民林寒涧肃的冰冷视线。

“滚。”他用压抑而阴沉的声音下令。

修能感到，如果不是因阿鹞在此，他定会咆哮起来。

刘氏也收敛了笑容。李世民是她奶大的孩子，她了解他的性子，一定出了大事。

瑾琋一面命留荑挪开古琴，一面以目示意。

修能会意，匆匆朝李世民拜了一拜，脱兔似的逃掉。

阿鹞不懂发生了什么，笑着叫：“耶耶——”

李世民的脸色柔和了一些，半跪于地，把左臂夹着的几样东西搁在女儿所坐的凉簟上，双手抱抱她：“阿鹞乖，先去隔壁玩会儿。”说着，冲殿内众奴婢挥挥手。

乳母连忙接过阿鹞，退至邻室。宫婢、给使们一溜小跑出门，躲到廊上。

李世民嫌恶地瞟了一眼手里的笛子，发狠抛到外间。

跑在末尾的五谷乍着胆子，蹲身拾起，一溜烟跑出去，还给杨修能的侍婢朝颜。

瑾琋等他们都走了，方才发问："出什么事了？"

李世民捡起自己带来的几件物品，重重地掼到她面前的木地板上，低声喝道："你自己看！"

是三幅尺寸玲珑的卷轴。

瑾琋展开第一幅细瞧，渐渐的，胸口如同堵上了一团湿黏的丝絮，不断膨胀，越来越无法宽畅地呼吸。

◑ 6 ◐

李世民骤然憎恶修能所持竹笛的原因，原在于此。

瑾琋按着上襦的对襟，努力平复心海的惊涛，再打开第二幅卷轴。

只看了第一眼就觉骇心夺目，凝神察究，不敢相信地微微摇了一下头。

刘氏不明内情，却怕她支撑不住，动手帮忙展开最后一幅。

瑾琋定睛检视，本自玉骨冰肌，霎那间面色更是白得冰封雪盖一般，问道："这是怎么回事？"

李世民冷笑道："呵，你倒问起来！素日花言巧语地哄我，背地……你……"眼神竟是酸楚与愤怒交织。

这般情形在他是极其罕有的。刘氏不识字，不知画，也看出绝非细故。

"那幅画、那幅字，我不知道。可是，这一幅字，我没有写过。"瑾琋拿起其中一帧卷轴，观之再三。

"我且问你，通篇字迹是你的吗？"李世民问，"落款'伊洛君'是不是你给自己取的别号？"

瑾琋毫无愧意道："都是。但我不曾作过这首诗、写过这个条幅。"

"哼。你抚琴，他吹笛，可有此事？"

"小时常有。我与他两小无猜。况且，其时李家尚未向长孙家提亲。"

“常有！你居然，从未对我提起！”李世民暴跳如雷，手触到了腰间的横刀。

假如陆钲在此，真不知会发生什么。

“谁会平白无故地忆起此等亲戚往来的寻常事？却对二郎提什么？二郎就连收纳侍婢，至成亲时也不觉得有告诉我的必要，我也泰然处之。”瑾琋平和以对，声调却随着他的音量提高了一些。

刘氏劝道：“大王，士族男子们时常在宴乐时一道舞蹈抚琴，娱亲会友的。譬如至尊和大王，一直喜欢弹奏琵琶。那亲戚家一起长大的孩子们，一块儿读读书、奏奏乐，甚或游戏打闹，也都再平常不过。”

“我只怕观音婢没那么简单。”李世民目中闪着寒峭的白光。

瑾琋怆然一笑：“你信我与否，可缓议。我想知道，这三幅字画从何而来？”

李世民的额角爆出青筋，怒道：“挂在东市售卖！为何出现在东市？陆家前些时日被盗，你听说过，无需我多言。飞贼盗得这三幅字画，销赃，流入东市。若非有人及时发现，你我的脸已经丢在外面了！”

刘氏不信：“老身听说，世上有一种奸人，专会模仿他人笔锋，制造的赝品可鱼目混珠。”

李世民悻悻地瞥了乳母一眼：“媪，我何尝没有想过？武德二年朝邑县令嵇遐谋逆帛书案便是如此。但观音婢的字是不可能流到民间去的！别人见不着真迹，如何仿造？还凑出一首诗来？除非，”他恨恨地瞪着瑾琋，“她自己送出去！”

“绝无。”她干脆利落地说出两个字，便缄口不言。

“观音婢！”李世民有一种想咬人却无从下口的抓狂感，扑近身边，一手捏着她肩膀，一手抓着她的发髻，“那你作何解释？观音婢，知冷着热又比你形夸骨佳的女子多得是，但凡我想要！”

瑾琋没有挣扎躲避，只轻叹一声，闭上眼睛。

自相识伊始，李世民从未动过她一根头发。如今的情状吓得刘氏魂惊胆落，抢上去阻拦：“这样的重话，大王如何说得？王妃为大王生儿育女……”

“生儿育女，只要人在就行。心，却飘去他处，与旁人合奏《高山流水》。”他不容刘氏说完，松开两手，缓缓起身，“王妃玉体不豫，自即日起，闭门谢客，安心休养。”随即唤赵顺入内，抱起那三个卷轴离开。

瑾琋想问明事情的详细经过，是谁发现了这些书画，等等，也统统没了机会。

“二郎当真不相信我？”她的话音触及李世民的后背，绵软的、哀楚的。

他稍停了一步，仍然疾步离去。无法自欺欺人，因此，也绝不能回头。

他身后传来瑾琋的啜泣声，刘氏在安慰：“王妃不需如此。”

“随他，随他……”瑾琋说。下面的话，李世民听不见了。

“男子但凡遇到这种事，总是要给他一些时日去冷静的。大王年方二十五，毕竟年轻。”刘氏已明了了事态，“王妃十三岁进了李家的门，也是老身看着长大的。老身相信王妃！”

李世民去了翠华殿偏殿，阿鹞欢快地跃入他怀中：“耶耶——”

他搂着女儿，莫名地萌发相依为命的凄清之感，努力地微笑：“宝贝，跟耶耶走。”

“阿娘？”阿鹞指指隔壁。

“她病了，不打扰她歇息……”

李世民抱着阿鹞去了淇奥殿，命赵顺把他的日常用品也全部搬过去，从此在淇奥殿起居。

事发次日，陆钲依然不知情，缓辔徐行在回家的路上。

是日煦色韶光，满城林木扶疏，绿草如茵，青翠欲滴。玉兰迎来今岁的第二度花期，一朵朵曲眉丰颊，雪肌秀骨。

但这一切在他的眼中却是灰暗的。方才，长龄禀告的一些事情令他心绪凝重。

其实，不安的端绪从盗贼入室那晚起就开始在心底隐隐地涌动了。

忽然，小巷里窜出四个鲜衣怒马的少年，一个按住陆钲的马头，一个按住马尾，另两人制服了长龄的坐骑。

陆家的乘马温驯，但对方动作之灵敏、内功之深厚，也毋庸讳言。

他主仆二人的坐骑焦躁地嘶鸣，左右挣扎，却不得解脱。

“干什么？”长龄嚷道。路人开始侧目。

“若想保得贵主人平安，就请免开尊口。”说话者声音和目光一般的阴暗低沉。

按住陆钲马头的少年相貌英俊，压制着嗓音，微笑道：“协律郎，秦王有请。我们无意伤害您的家奴。”

那日在长孙无忌宅门外，目视李世民及瑾琋离去，弘义宫的队伍里有这个少年的脸，离李世民很近，是秦王府右库直安元寿。

陆钲心头震悚，略作踌躇，命长龄等候，自己策马随元寿拐入小巷。

长龄没有跟来，应是被另外两人监管在原地。

七拐八弯出了城门，来到一座废庙门口。

这座废庙山门垮塌，院墙倾颓，大殿荒凉孤单地杵在天幕下，门楣牌匾朽坏，像一位发落齿秃的孤寡老人，在无力地滑向生命尽头。

陆钲止步，不愿立时入内，问道：“秦王找我何事？”

摇摇欲坠的殿门开了，有人在殿内招呼：“进来你就知道了。”

有点儿远，但能辨认。是他，李世民。

陆钲麻着头皮下了马，跨入门槛，外面的人即刻关紧了殿门。

眼前的光线倏地变暗。

陆钲努力聚集着视线。猝不及防地，脊背遭到一记重击。

他收不住脚，整个身子扑倒在破败潮湿的砖地上，震得殿宇恍惚晃了一晃。

几个人围过来，其中一人，一脚踏在他的腰上，阻止他起身。其他人毫不留情地拳脚相加。

李世民立在佛龛前，严酷地盯着他。旁边的赵顺不敢解劝，垂手傻立。

陆钲感觉大殿快要塌了，疾呼：“大王，为何？！”

“早年我便告诫过你。你偏生好了伤疤，忘了痛。”李世民话音幽愤，蓦然将陆钲带回隋炀帝大业十二年。

那时也是夏日，他频繁地在赴高俭宅邸的途中被绊马索绊倒，然后，也是这般挨打。

难怪春天在无忌宅中初见之时，就觉得李世民的声音熟悉。

陆钲抗议道：“我真不知何错之有！”

李世民抬手止住众人，赵顺从一个随身的包袱里掏出两个卷轴，捧到陆钲眼前，拿包袱皮垫着摊开：“协律郎，您瞧瞧，是府上被盗的失物。”

陆钲已被打得眼冒金星，目力所及之处俱在乱晃，好容易凝聚起精神，定神观看了一会儿，呆怔怔只觉头晕目眩。

李世民见他无言应对，越发认定他有罪，恼恨地挥挥手，赵顺收了那些罪证，其他人再度拥了上来。

陆钲叫道：“我善吹笛，但这画不是我作的！字，是我的，却不是大王所想的那般……”

李世民陡然变作凶煞模样，声音升高八度：“早知你会吹笛，前隋大业八年，我在高府初次看见你，你腰上挂着十孔湘妃竹笛，就是画里的这支，不需卖弄！字是你写的？你认了？”

那几个人不需他发号施令，复对陆钲饱以老拳。

“十孔湘妃竹笛，就是画里的这支——”陆钲的脑中回响着这句话，感觉有什么地方不对劲，但头脑钝痛，无论如何也想不起来。

李世民的话音恢复了低沉："从小你就无耻勾引她，今居然贼心不死。自你那日提那幺蛾子松鼠鳜鱼，我就知你用心不良！她原是何等样人？平日跟着我好好的，若非你涎着脸挑拨……"他气得说不下去了。

陆钲的心沉向谷底。

从这番话来看，瑾琋也有"把柄"落在李世民手里，他不肯拿出来示人而已。按他的脾气，会将观音婢怎样？

安元寿把殿门打开一条缝，探首进来，轻声提醒："大王，时辰差不多了。"

李世民点点头，令众人停手。

安元寿看也不看浑身青紫的陆钲，复又合拢大门。

陆钲想笑，却没了笑的力气。

他笑这个不可一世的秦王也有普通人的弱点。

"大王，请姑且听我一言。"他哑着嗓子央告。

李世民默许了。

陆钲喘口气，将那幅字的由来说了一遍。

武德四年，萧铣投降。陆钲挈妇将雏，匆忙告别江陵。

失去约束的萧氏残兵在通往城外的道路上或坐卧，或步行，看见逃亡士族的宝马雕车，无不冷冷地抱手侧目而视。有几个人便大大咧咧地挡在陆家车马前面，管自闲扯打闹。

家奴陪着小心求情："军士，能否略让一让，容我家通行？"

一条伙长打扮的壮汉吹了一口手中的横刀，斜着眼不屑地说："你们平日蹲在城中吃香喝辣，唐军来了就拍屁股走人。我们在刀尖上卖命，凭什么给你家让道？"

众人齐声起哄。陆钲示意家人不要理论，自家车马全部退避，躲这个风头。

有兵士叫嚷："如今树倒猢狲散，这些人作尽威福，还想全身而退。咱们刀口舔血，啥也没捞着，不公平！要他们留下买路钱！"

没有军纪制约的败兵就是一群红了眼的豺狼，有人发一声喊，便纷纷把道德操行弃置不顾，扑上去肆行哄抢。

陆钲的妻儿坐在车中战栗不止，紧抱一团，绝不敢掀起车帘张望。

实则不光陆氏，其他路过的人家，凡是有车、有牲口的，都成了败兵的众矢之的。

陆家车马竭力脱身，但仍有一辆运载财物的牛车遭到拦截。

败兵围成铜墙铁壁，用力推那车厢。

车夫坐立不稳，告饶无果，吓得面无人色。

已策马突出包围的陆钲回头喊道："什么财物也不要保，你快走！"

这一声叫醒了车夫，用汗湿的手抓紧鞭子，权作万不得已时的防身武器，跳下了车，乘隙逃跑。

陆钲命落在后面的家奴把各自坐骑上所驮载的包裹打散，沿途一拨又一拨地向后抛撒财物，追兵你争我抢，泥足不前，保得陆钲全家安然出城。

那弃牛逃命的车夫一口气跑到了黄昏时分，才侥幸与主人汇合于江陵城外。

陆家歇下来盘点行李，朱氏哭泣道："丢了好多珍贵的器物！吴郡的父母亲族见到我们狼狈而归的模样，如何是好？！"

陆钲尤其为此黯然魂消，但在家人面前不能流露，以免增添他们的颓丧，因劝解道："兵燹之祸，乱世在所不免。所幸无人伤亡，也保下了一部分财帛，比有的人家已经好多了。"

全家安定了惊魂，一刻不敢耽搁，拣那较为安全的路线，逃回了吴郡。

抛弃的牛车及财物被那帮败兵瓜分一空。可想而知，有人卖作生活费，有人带回家充战利品，有人抢了东家掠西家，拿不动了，便弃了这件取那件。失物逐渐散佚各方。

◑ 7 ◐

今年春天进京前，陆钲在新丰县那间旅舍养病。病愈后，家奴们打点行装，预备启程。他独自在院中的碎石地里散步。

一名店伙领进来一位年轻男子，禀道：“陆郎，有客至。”

那是一个古铜色肌肤的健壮青年，挎着一个大包裹，布衣麻履，平民装束，全然面生。

陆钲问道：“这位郎君是？”

青年笑答：“陆令史，我叫柏七郎，先年在江陵萧梁的尚书省做守门兵卒，每常见您出入，所以认得。听说您在此，特来归还几个物件。”

门卒轮班值勤，陆钲素不留心，慢说名字，脸也对不上，人家倒是牢牢记得自己，未免抱愧，佯装认出他来，拍一拍襆头道：“啊，是你！难为你惦记。如何到京畿来了？”

柏七郎的声音变低了：“没脸得很。我本是河北道德州人，因隋末北方大乱，跑到江陵混饭吃。萧梁败了，我回德州，种田的本业忘了，经亲友之介，在长安做收售垃圾秽物的营生，就此安下家来。”

“自食其力，又有何妨？依圣朝律法，胡乱倾倒秽物者，杖六十。你做的是替全长安城排忧解难、维护帝都威仪的善事。”陆钲不急于问有什么物件待归还，笑着请他入室喝水详谈。

柏七郎回忆道：“武德四年，率唐军围困江陵的李靖将军因萧铣请降，力阻了诸将籍没萧氏将帅财产以犒赏王师的建议，入城后对百姓也是秋毫无犯。可惜在唐军接防之前的空隙里，城中有财力的士民却被萧梁自己的人马洗劫作践了一通。败兵是丧家狂犬，互相感染，哪还有人的廉耻心？我虽不抢掠，若遇散兵游勇抛弃的财物，也捡了据为己有……而今说来，恨不得钻进地缝里。”

他解开包裹，里面是一口螺钿楠木箧，内装三个卷轴。展开阅视，是三件古人墨宝。

陆钲一眼认出，正是自己遗落在江陵的收藏，一时激动得语塞难言。

柏七郎指了指卷轴上陆钲的亲笔题跋和“吴郡陆钲”印章道：“我拾得此箧时，已被人打开过，不知里面有没有其他物事被人抢走。我依据这些包含您大名的痕迹认定了主人，但无法寻找您的行踪，便携带在身边，打算他日设法归还。然而不清楚您去向哪方，拖延至今。”

陆钲感动地说：“害你备尝辛劳。为了找我，想必甚是艰辛。”

柏七郎笑答：“不难。近日偶遇一老主顾谈起，他在这间旅舍正堂歇脚，见有吴郡口音的家奴买药出入并与店伙交谈，说给陆郎煎药。因他自落生就未出过京畿地面，对江南人士觉得稀罕，便记下了。我思量着，有没有可能是您呢？今日就来试一试运气。”

陆钲要给他财帛以表谢忱，他固辞不受：“我做的营生尽管腌臜，钱财是不缺的。原物奉还，怎能要钱？财帛，我决计不敢受，只请您帮忙誊写一封要紧的书信。我是田舍汉出身，做兵卒天天使枪弄棍，喝酒赌博，并没学会写字，文辞狗屁不通，曾托人代笔，那代笔的字又写得平庸潦草，请您帮忙抄一遍。”

陆钲照办了。柏七郎带着他誊写的信，告辞而去。

陆钲原想江陵失物永远也寻不回来，宁肯忍痛不忆。再未料到两年后会有一个自己都不记得的人找上门来归还失物，也是战乱之世的奇妙因缘。

家奴长龄却说：“郎君，依奴婢的小见识，没准儿他就是抢劫行恶的萧梁败兵之一，夺了这口箧，箧中器物除了这三幅没有出手，其他的早折变了换钱。现今他成家立业，悔悟当初，所以退还余财，不便说实话罢了。物事既已回来，这样的人还是不再相见的好，直当不认识。您是贵人，心地厚道，一向把人往好处想。奴婢看家护院，多存个心眼子是本份。旁的也不怕，但求您切莫惦念那个柏七郎，丢下那件事，日常把贵重物件锁好，奴婢日后回吴郡，就好向阿郎交代了。”

一段冷话震住了陆钲。自己大约读书多了，脱离了世情，遇事总爱在“求志达道”上面考虑。自然，即便真如家奴推测，柏七郎能够悔悟，也证实人性向善，可堪教化，但更多遗失的珍物应当再会无期了。

此事到此为止，并无妨害。问题在于，他帮柏七郎誊写的那信封中，有这样一段话：“抱恨一别，遂成遗梦。高山流水，知己何方？憔悴思君，皎若洛神。鞭长驾远，梦醒泪枯。共语伊谁？与书寄情。”

落款为“兄七郎顿首”。

而李世民给他看的那幅字则是：“与伊洛君书：抱恨一别，遂成遗梦。高山流水，知己何方？憔悴思君，皎若洛神。鞭长驾远，梦醒泪枯。”

落款为“兄钲顿首”，并加以绮美的装帧。

“……所以，大王收到的这幅字是我写的，可是，与观音……”陆钲见李世民眉头一拧，连忙改口，“与王妃没有半分关联。大王手中的这幅画，当是别有居心之人模仿我的笔迹作的。名士大家的书画尚且能炮制赝品、伪作，何况我这无名之辈？我过去所作书画，有因战乱、迁徙遗失的，有赠予他人的，流散在外的不少，皆有我的题跋和‘吴郡陆钲’印章，若旁人有心伪造，谅非难事。寒舍失窃的书画皆系我的手迹不错，然而绝非大王收到的那些。”

李世民依然沉着脸。因陆钲随口喊出“观音婢”，料想他私下必是习惯于使用这个亲昵的称呼，益加地窝火烦闷：“你说这幅字并非写给她的，又言收你字的人找不到了，证人只剩你的家奴——此话换作你，你也不会相信。”

陆钲无话可说，埋头歇了片刻，恳求道：“大王，请不要为难她……

王妃……”

“我如何待她，与你无关！”李世民断喝道，“念在你姑祖母和表舅的情面，权且饶了你的性命。我不屑于公报私仇，你今后仍在太常寺做你的协律郎，勿以小人之心度君子之腹。但若你再行不轨，我必亲手杀你！”

“大王，在你与王妃订亲之前，我对王妃，不能说是‘无耻’‘勾引’……”陆钲的声音比先前更加虚弱。

李世民讥笑道：“好一个迂夫子，此时此地还要为一个词分证。难道当年我才是无耻勾引她？上天自她降生伊始，便注定她是我的人。你妄想违逆天意，便是无耻！”

陆钲牵了牵嘴角，暗骂“胡搅蛮缠”，意识却逐渐混沌，周身的疼痛感麻木消退，终于坠入梦魇。

安元寿同一名校尉合力将陆钲缚在马背上，外面用斗篷裹好，送回堵截他的巷口。

长龄在这里等得抓耳挠腮，总算盼回主人，却变成捆死猪一般，掀起斗篷看视，触目是整头整脸的青红伤痕，骇得“呀”一声哭叫出来：“郎君！郎君！”

“我没事。”陆钲悠悠醒转，声线若丝。

安元寿嘱咐长龄：“哭可以，请慎言。秦王为贵主人安排的伤势都很讲究，五颜六色，极痛极肿，却无性命之虞，养些日子便罢。捆绑，亦因他目前无力御马，为防坠马，不得不为。”

长龄只得忍气吞声，一语不发，由一直监管他的两名天策府卫士牵马陪送他主仆至修德坊陆宅偏门。

附近民部“金部司”员外郎贺休德宅邸的家奴路过，目睹陆钲的怪样，惊异地问道：“陆郎喝醉了？”

“唉唉唉，倒霉得紧，不留神，坠马摔伤了。”长龄干笑着，拍门唤奴婢出来接人、请医。

朱氏听说陆钲受了伤，赶到庭中来接，却想不到是如此惨状，自是哭天抹泪，追问情由。

陆钲和长龄均坚称是摔伤。

朱氏不信，泣道：“遍体鳞伤！在城里岂能摔成这样？”

陆钲强撑着说：“不要疑神疑鬼，大惊小怪，吓着孩子们。娘子，速派一名家生赴长安县衙报官，我怀疑柏七郎即是那个飞贼，先冒认故交，在新丰县打探我家底，后夜入我家行窃。其余的，你们不要再问。”

长龄懊恼地说：“自那飞贼来过，奴婢益发怀疑柏七郎来历不正，至少是个不祥之人。喔？他刚归还了三件财物，这宅子就闹贼了，哪有这等巧合？奴婢暗中查访了这些时日，长安城收秽物垃圾的小贩、剔粪匠不少，却至今没有找到一个名叫‘柏七郎’的！郎君今日一出太常寺，奴婢就把这些情形禀报了郎君。郎君为此忧心，才堕马负伤的。”他的话大半属实，末一句是胡扯。

朱氏有些游移道：“但，据此尚无法指证柏七郎确系那飞贼，报官有用吗？”

陆钲焦急地抓住她的袖口，说：“我听了长龄的禀报，心中就如八方风雨来袭，坐立不安，神谋魔道地遭此重创！长龄说的不错，柏七郎起码有邪祟之嫌！快报官，请县衙尽快抓获此人！”

找到柏七郎，追查那封书信的下落——舍此，陆钲别无其他为自己及瑾琋洗清冤屈的办法。

朱氏害怕陆钲着急，赶紧打发人去长安县衙，按他说的报了一遍。

胥吏作了记录，却摇头瘪嘴道：“须得有言在先，慢说证据不足，单凭‘柏七郎，二十出头，山东德州口音，体格健壮，古铜肤色，农人出身，曾任伪萧梁尚书省守门兵卒，长安城收售秽物为生’这几条——里面很可能还掺有谎言，按天下之大，得找到猴年马月。”

陆钲在家敷好药，裹了伤，全身如同开了油肆、颜料肆、药肆、布帛行，色色俱全，犹在考虑须把柏七郎书信之事告知瑾琋。

趁着婢女下厨催汤药、朱氏在卧榻旁伏案打盹的机会，陆钲摒退他人，密令长龄到城东崇仁坊禀告无忌：“现已宵禁，明日为休沐之日，百官放假，上党公应该在家。明日凌晨，宵禁一除，你就去，务必面禀上党公本人。万一他不在，多晚也要等着。”

长龄遵令行事，次日一早在长孙宅拦下了正要携夫人颜穆清外出的无忌。

无忌听长龄说得没头没尾，不见全豹，但陆钲请求速报瑾琋，而李世民也有事召唤他去弘义宫，直觉事情不小。

进宫路上，无忌反复思量猜度，预料与陆钲的旧事有关，估计又有什么事刺激李二郎醋劲发作。

进了弘义宫，情势果真微妙。往日都在翠华殿相会，可是今日，李世民在淇奥殿见他，教颜穆清自去翠华殿见瑾琋。

长孙无逸也被李世民叫来，比无忌还到得早，坐在铺了凉簟的坐榻上，额上细细密密的汗珠，显是与李世民谈过了。

无忌预感有一场逆风恶浪候在前方，便低声托颜穆清向瑾琋转达长龄所告之事。

乌梅饮加了冰块，清凉酸爽，李世民的眉宇间却缠绕着心事，取出三幅字画，备言前事，因一眼瞥见无逸在擦汗，笑对无忌说：“你这位弟弟想瞒着我，把这些该死的书画私自交给他的姐姐。”

无逸险些原地跳起来，期期艾艾地回应道：“大王，我只认得王妃的别号和字迹，不清楚陆钲的事，也并不敢相信此为王妃真迹！”

他是庶出，自从长孙晟去世，就没有与高氏及无忌兄妹同住在一个屋檐下，的确不太认识嫡母高家的亲戚。李世民召他来，主要是为了当面问明情况，责骂一顿，倒是无意深究。

无忌阅毕那三幅字画，眉头深锁道：“骇耳惊目！陆钲所作字画，我看过一些，王妃的笔迹，我自然更为熟悉。这三幅看起来，我无可辩驳，但即便陆钲心存妄想，我也无法相信王妃行止不谨，与他书信相通！”

李世民倒是希望无忌能证伪，结果大为失望：“我也不愿意相信。不过，昔日郊游，观音婢想和平民女子一样抛头露面，也就自作主张抛头露面了，她嫂子也随着她。因此，谨慎与否，还不是全凭她的主张？有时一念之差，写几个字……”说着，牙根咬了一下，笑道，“你说即便陆钲如何如何，就是说，你也认为他有可能行此拈酸撩拨的下作勾当，吃一顿毒打并不冤。”

无忌支支吾吾道：“这……小时，据我看来，王妃对陆钲并无超乎寻常的情意。”

李世民问：“你从小也不大懂女子的心思，保证参详得没错？”

答案是否定的。无忌不能欺骗他。

李世民愈感失落，把乌梅饮当作酒，痛饮了一口。

第十章 夫妻反目

◑ 1 ◐

长孙无忌郑重地俯首拜道："若王妃果然失礼，便是母家闺教有亏，我与舅父将无颜扈从大王麾下。"

"你这是干什么？！我重你，不仅因为姻戚，也因你的才干和你我自幼的友情。舅舅亦是我尊敬的贤士与长者。"李世民微微发怒。

无忌动容，恳挚地提请他考虑陆钲报官寻找柏七郎一节，恐怕其中真有冤情。

"我昨日听了陆钲的辩解，已命人密查柏七郎了。可是，辅机，陆钲之所言所为，极有可能是虚张声势，为他自己解困而已。"李世民穆然应答，继而恼怒地自语，"陆钲有何处比人强！？性情温和，不好女色？这些算什么本事！他既非名重江南，也称不上德为人表。"

无忌低下头不语。

在女人方面，无忌和李世民差不多。朝廷论功行赏，娇婢美妾都是常见的赐物。例如本朝史大奈，武德元年至武德五年先后因战功获赐侍婢三名。李世民所得自然更多，且每有此类赏赐，总不忘无忌。因此无忌的庶子女也很不少。颜穆清曾经不满地讥讽：“真是一对好郎舅！”

而陆钲，连个通房侍婢也没有，只与妻子朱氏相守。

李世民收到的那幅画，画的是一名貌似陆钲的男子，面带戚容，凭窗提笔。案上铺一张白纸，尚未着墨，旁边卧一把笛子。窗外一轮圆月悬于半空，月中桂花树下，一女子跪坐垂泪，相貌酷似瑾琋，面前置一古琴。题为《武德六年长安遇故人》。

另有两幅字，一幅是：“与伊洛君书：抱恨一别，遂成遗梦。高山流水，知己何方？憔悴思君，皎若洛神。鞭长驾远，梦醒泪枯。兄钲顿首。”

第二幅是一首诗：“窈窈孤灯暗，寂寂春夜长。不闻玉笛声，空余瑶琴响。”题为《寄钲兄》，落款“伊洛君书”。

显然，在事情的开头，李世民因忙于公务和交际，加之时而宠幸婢妾，致使妻子长孙瑾琋长夜孤灯，春恨绵绵。

瑾琋偶遇旧日恋人陆钲，故情复萌，回忆往昔，愁天怅海，奈何已为人妇。

陆钲暗投锦书，瑾琋不敢私藏，回书一封，连同恋人的信件一并寄回。

陆钲怅恨哀酸，作画寄情。不幸的是，他未及处理书画，即遭飞贼入室盗窃，三幅书画失窃。过了一段时间，飞贼通过销赃渠道，将这三幅书画卖给东市行肆，装帧发售。

右武侯卫徼巡队正申敬良为搜捕飞贼，进入这家行肆盘查，偶然看见那三幅书画。他在唐国府时代就听姐姐申慜娘谈及，瑾琋的别号为“伊洛君”。两幅书信中的“伊洛君”字样令他震惊。

申敬良不敢确认，私下把自己的发现告知姐姐，并向姐姐求证，王妃的别号是否为“伊洛君”？又密报上司——瑾琋之弟长孙无逸知悉。

无逸赶赴东市，认出了瑾琋的笔迹及那幅画中的女子，吓得魂不附体，重金买下三幅书画，奔入弘义宫，打算悄悄交给瑾琋。

然而，憋娘经过一番内心的煎熬，选择效忠李世民，已经向他禀报了此事。

李世民在戢武殿附近拦下了无逸，夺过三幅书画，喝令无逸回家面壁思过。他自己抱着三幅书画细察，确定是瑾瑜的字迹，就跑到翠华殿与她吵闹。

这一切合情合理，顺理成章。

当初陆钰进京及接来家眷时，两次托高府将礼物送进弘义宫，瑾瑜皆有回礼，都知会了李世民。彼时李世民并不在意。

而今试想，礼物中夹带两封信、一幅画，可算什么难事？瑾瑜的贴身侍婢也未必察觉。

何况瑾瑜和陆钰还在宫外见过好几次面。

他们是否做过超出言语、眉目传情界限的事呢？这种事，只要想做，没有什么做不到——李世民不敢深究这个问题，唯恐自己耐不住，开杀戒。

李世民固执地认为，但凡做妻子的，如牵挂丈夫之外的男子，原因之一必是对丈夫亲近其他女子心怀重怨。

他觉得很委屈。自己只要在家，除了瑾瑜不宜同寝的时期，很多时候还是和她共处的。武德五年以来分居，也是遵医嘱行事。

凡涉及婢妾的位份待遇，他也都尊重妻子的感受和内治之权。

不料，瑾瑜仍然含悲怀怨。

“二郎就连收纳侍婢，至成亲时也不觉得有告诉我的必要。”——从她的这句话便可看出端倪了。

她也曾有言：“也许有朝一日，你会觉得，我也没有那么‘好’……”

那时，她是因不忘陆钰而对丈夫抱愧吧？

昔年，刘燕婉红杏出墙，使他蒙受耻辱。但刘燕婉只是媵妾，他羞愤，而不至于伤心。

瑾琋则不然。瑾琋是妻子，与他是一体的，理应与他同心。他深爱她，更不能接受她存有异心、爱恋他人。

“女人心，海底针。”李世民脱口叹息道。

无忌问：“此事可否询家母、外祖母？”

“不能。如果岳母来探望女儿，就让观音婢自己斟酌吧。”李世民断然否决，又警告无逸，“你及你家娘子也不可多嘴多舌！”

回到家，无忌问妻子，王妃怎样了？

颜穆清淌眼抹泪：“她告诉我了。她说秦王找你定是商议此事，不如先对我讲。你让我转告她的事，我也一字不差地说了。总之，王妃确定那首诗是冒她之名的伪作，请你得便把秦王告知你的详情转达她。”

整件事的细节唯有李世民一人知悉，而他与瑾琋已到了不通音问的地步。

无忌难免额蹙心痛，沉默了一会儿，答道：“我现时头绪凌乱，待理好了，明日告诉你，你入宫报她。另一件，此事先不要告诉别人，包括母亲、舅家和外祖母。对了，王妃身体还好吗？”

“哼哼，长孙四郎，你既然关心自己的妹妹，何不亲自去见？或者，直接问你的妹夫？五郎也是，畏姐夫如虎，不敢探望姐姐！”颜穆清发出冷笑，用责备的目光盯着他，“不愧为一对好郎舅，不是兄弟，胜似兄弟！出了这等大事，你也不在妹夫跟前极力维护妹妹！”

无忌耐心地说：“你不懂。快回答我的问题。”

颜穆清抽出罗帕拭泪：“貌似尚可。我也不便多问。秦王搬去淇奥殿了，一次也不曾探望她，全不念往日的恩情。只有给使赵顺每日来翠华殿问候，自称奉秦王之命。可谁知是不是赵顺为了安慰她，主动为之？秦王又以她身体违和为由，暂免子女、媵妾的定省之礼。孩子们若因思念母亲，哭闹得哄不住了，才许人送进翠华殿团聚一时。王妃身旁放着厚厚一摞书，读书解闷。你们男子都这般刻薄寡恩吗？秦王平素对王妃的恩爱，竟是假的？”

无忌疲惫地靠在隐囊上：“不能这样说。譬如秦王请你去探望王妃，就是不愿使她太难过。如今毕竟出了事……若换作媵妾，他早已拔刀相向。”

“出了何事？秦王每打一场仗，就获赐几个婢妾，部下亦有进献，偶然醉一次酒，都能生出一个庶女。呵呵！对自家娘子却不多加信任，是何道理？”颜穆清想起自己家的那些个小妾、歌伎、舞伎……恨不能拉着丈夫去找李世民分说。

无忌心想，此即是男女立场的隔阂了，但不愿费劲解释，因问她：“王妃在读何书？”

“我晃了晃，没有看清，大抵是各种典籍、杂书，似乎从西汉至南朝的都有。”颜穆清说完，见丈夫闷声不响，倍感气愤，只不好再说。

第二天，她预备入宫把无忌讲述的情况转达瑾琋。高氏决定同行，昨日没有进宫的无逸之妻谢子翕也要去。

颜穆清只好把要说的话摘要写在纸上，藏在食盒里，到了翠华殿，亲手放在瑾琋坐榻前的矮几上，轻拍盒盖，做个眼色。

瑾琋见了母亲，绝口不提新近发生的事，一味地撒娇作痴。

颜穆清和谢子翕明知瑾琋是忍泪假笑，也尽力配合她做戏，故而高氏浑然不觉异样。

她们走后，瑾琋从食盒里找到颜穆清的信笺，连读了四五遍，缓缓抬起头，晶亮的眸子蒙上了一层阴翳，有一把细小而锋利的刀扎进心房，搅动了几下：“这是我构陷刘燕婉及贺洵的业报吗？”

留荑揭开青铜附活环四足香熏炉的盖子，燃起白瓷莲瓣座灯台，举到她手边。

就着烛火将信笺烧化，灰烬如零落的春泥，沙沙飘入香料残渣中。

“纸灰与香灰混杂，谁能分清？”瑾琋话音低缓，仿佛在问自己，两滴清冷的泪珠滑过苍白的脸，渗透了嘴唇，舌头尝到咸苦的味道。

留荑忧戚不已，劝道："娘子，您去找大王谈谈吧。奴婢想，他会明白的。"

瑾琋摇摇头，涩涩地笑："现在没用的。你没听今日的消息？突厥再度入寇，至尊诏令皇太子、秦王分别出防原州、并州……"

◑ 2 ◐

自接到出征诏书的那一刻起，李世民就将私事撇在脑后，朝乾夕惕，筹划军机，准备出征。

只是夜间独居淇奥殿，免不了一个人对着灯下的孤影发怔。

前几日赵顺自作主张，假托他的名义去翠华殿探望，瑾琋不究真伪，礼尚往来，请赵顺也转达她对李世民的问候。

李世民忍了几天，昨日终于在赵顺故伎重演时冷笑着截断话头："两头哄，难为你。"

赵顺喉头发梗，硬生生把没说完的谎话咽了回去。

"胆子不小，冒我之名。今后不许如此。"李世民淡漠地说。本不是自己的错，却低三下四地天天问她好，下人们看在眼里，误以为他乾纲不振，传诸于外，教他雄威何存？岂不落人耻笑？

赵顺不敢再做好人，瑾琋也不派其他人来带话，又令李世民懊丧不已，忿忿地在矮几上重重擂了一拳："观音婢连派人来问个安都不曾！"

事发数日，他不肯去见瑾琋，也无心亲近其他女人。但是今晚，难耐的寂寥伴随深重的戾气，侵入了全身每一个毛孔。

他唤来一名宫婢，吩咐道："召杨孺人。"

那人怯怯地躬身回答："大王，杨孺人服前隋南阳公主大功孝，下个月服满。"

在她抬首的一刹那，李世民的双眼抓住了一张如花的脸庞，使他忘记了杨陆离。

“你是谁？多大了？”他问。

宫婢的面容浮泛起红色，不是害羞的娇红，是惧惮的赤红，迟重地吭哧了几声，听不清。

李世民最近可没心情猜哑谜，峻重的神色说来就来：“好生回话！”

那人带着哭腔答道：“奴婢名叫阴兰因，十七岁。”

这个姓氏让李世民回忆起大业十三年攻入长安，查抄阴世师宅邸的情景。

五弟智云，李家祖坟、家庙，包括母亲窦氏的安息之所，都毁于阴世师之手。李世民设想以直报直，不分年龄，灭尽阴家男丁。但是，当他从阴家搜出一男一女两个孩童时，却无论如何无法举起屠刀，最后交给万贵妃安置。

当时，万氏看见他身后的兵士押解着一男一女两个孩童。男孩约五岁，女孩约十岁，服采鲜明，惊魂未定，不停地抽噎。

那个女孩唇红齿白，一双黑玛瑙般的大眼睛装满恐惧，仰视着李世民的背影。

“他们是谁？”万氏问。

李世民说：“他们是阴世师的幼子幼女，免死，籍没为奴婢。”

虽是杀子仇人的儿女，万氏出于天然的母性，犹心生恻隐。士族出身的男孩儿，倘若没入奚官局充苦役，未免可惜。忽想起萧瑀家正觅家奴给儿子们充侍读，不如荐他去，不做重活，还可读书。

萧瑀是隋炀帝萧皇后之弟，其妻出自李渊的外祖母家独孤氏，又算是李渊的表姐夫。萧瑀原在隋朝担任内史侍郎，因直言进谏，为隋炀帝所恶，险些丧命，贬为河池太守。李渊起兵后，他抛弃隋朝，追随李氏。唐朝开国，萧瑀受封宋国公，任光禄大夫。

经万氏斡旋，最终，阴家的男孩发配给萧瑀家为奴，女孩没入掖庭宫为婢。

武德四年，李渊将那个女孩赐入秦王府为婢。就是眼前的这个阴姓少女。

“前隋司空、赵国公阴寿的孙女，左翊卫大将军阴世师的女儿？”李世民微微笑了起来，“担心我认出你？”

◑ 3 ◐

李世民笑的时候给人以雅逸温泽的观感，平衡了日常巍峻凛严的气质，使之柔化，但非要特意地把人家逝如春梦、泯灭无痕的血统出身说出来，对比今日卑贱的宫婢身份，不能不说是刁钻刻薄之举。

阴兰因深觉尴尬，强笑道：“是。”

“阴氏和李氏的血仇，了结于大业十三年。我若想加害你和你的弟弟，不会拖到今日。当年既给了你们一条生路，断无反悔之理。”李世民和颜悦色，侃侃訚訚，阴兰因快要绷断的心弦松弛了些许。

“‘兰因’——佛家所谓参透因果之前因，世人常用其比喻姻缘。你籍没入贱籍，即使赦免出宫，也只能做妾，不能有婚姻之缘。你恨我吗？”李世民凝望着她——体型微丰，妩媚的身体曲线在黑夜的背景上更加凸显，脸蛋宛如一朵粉艳饱满的芙蓉花，眼睛大而椭圆，眉黛由浓及淡，宛如秋水之滨的悠远连山，丰艳的绛唇因为他骤然发难似的提问而轻微地颤抖。

奇，整整两年，竟没有发现这个尤物。

阴兰因急迫地摇头道：“奴婢不敢。改朝换代之际，此等事体不计其数，恨不过来。”

李世民察探她的眼睛："你何时来到淇奥殿的？"

少女一双修眸如雪潭，一望而见底。

"许女史怀孕后，奴婢便调入淇奥殿了。"

"不短了。我居然第一次留意到你……"

铜叶莲花更漏里的水"嘀嗒——嘀嗒——"滴落，殿顶藻井中心由石榴纹环绕卷曲莲瓣和莲心构成的大朵莲花在阴兰因的眼前飞旋，外周垂角幔帷的边饰奇诡地隐去，一颗鲜血淋漓的人头浮显，环绕莲花飞行，那是她的亡父阴世师。

"不，不……"她抬起手，想捂住脸。

但人头变了，变作一个十四五岁的少年，是李渊的第五子、楚哀王李智云。

兰因闭上眼睛，把头偏向一边。

云净天空。李世民问她："读过书吗？"

她一面揩拭因肢体的锐痛而涌出的眼泪，一面回答："奴婢五岁起原有女师教导读书写字，十一岁那年籍没为婢，便荒废了，再无进益。"

"哈哈，不要紧，你不老，重拾书本尚不为迟。自明日起，你去申孺人那里，专事为千光照陪读。其他使役，一概蠲免。"李世民好像对她很满意。

翌日，他照常外出忙碌整日，至晚方回，憋娘已在淇奥殿阶下等候多时了，是来就赐宫婢阴氏侍读千光照一事谢恩的。

李世民却说："你真是任凭风浪起，稳坐钓鱼台，这几日只打发侍婢来淇奥殿问安，不亲身求见。"

他过去从不自行决定后院女眷、宫婢的安置，全凭瑾琋做主，阴兰因之事打破了常规。憋娘由此感到他和瑾琋之间的麻烦不小，但不能揭穿，只是沉静地微笑："事大王以忠，是妾的本分。眼下，妾若献殷勤，则恐怕是逾分了。请大王恕罪。妾实惦念大王，昨夜还梦见了穆皇后。

故今日特借谢恩之机前来拜望。”

李世民支着抱腰隐儿，坐直身子，急切地问：“穆皇后如何？”

慜娘的眼眶漾起雾气：“穆皇后责备妾，当年将妾调入大王房里，是要妾终身殚诚毕虑侍奉大王。如今，妾出于顾虑自己名声的私心，只将些虚头巴脑来塞责，不是小时寸心耿耿的申慜娘了！”

恍惚有一点儿十六岁的慜娘初次进入他的居室、跪拜于地的影子。母亲窦氏在一旁训导：“慜娘，自即日起，你就伺候二郎了。”

在整个唐国府时代，慜娘夙兴夜寐，尽忠尽职，做了他的第一个女人，诞育了他的第一个孩子。

驹窗电逝，慈母已逝世十载，没能享受皇后的尊贵荣耀和儿孙绕膝的欢乐。

李世民心中绞起阵阵悲酸的刺痛。

慜娘也有二十八岁了，很多年不曾得他瞩目，大好的锦瑟年华埋没在秦王府后院的无边丽色中。

他抱住了她，慨叹道：“对我心无旁骛、不求回报的，大概，只有你了吧？”

“大王，这是妾的福分。”慜娘眼中滴下珠泪，润湿了他的靛青底黑色如意纹圆领窄袖锦袍。

◑ 4 ◐

李世民出征前的日子就这样度过了。

白日潜心笃志奉公，晚间召婢妾作伴，总是阴兰因、申慜娘、韦珪、郑蔚四人之一。看起来过得充实而冶艳。

而事件的关键人物“柏七郎”则澌灭无闻，连长孙无逸都开始怀疑这个人物的真实性："会不会是陆钲为了自证清白，有意捏造？那可是抱雪向火啊！"

休沐日在家，接到部下申敬良送来的口头密报，无逸慌慌张张蹦了起来，差点儿被夹轼绊倒也管不了，冲到廊上，套起乌皮六合靴就跑。

申敬良叫嚷："您最好带足铜钱！"

他折回来，命奴婢装一袋钱，牵出坐骑，纵身上马，一个家人也不带，由敬良领路，疾驰入西市，闯进一间"谈家笔行"。

这间笔行兼卖书画、屏风，不过并非名家之作。有一幅人物画挂在斜对大门的壁上，是此行的目标。

申敬良请店伙摘了那画来，无逸双手捧着观看，脸仿佛遭人扇了一巴掌，火辣辣的。

当务之急，须将画收走，他假作夷然不屑之态，问店伙道："我这位弟弟荐此画给我，可惜不是名家手笔。请问来自何方？"

店伙答："郎君，想买名人画作就不来我家了。虽不是名家所出，但笔法、意境、纸张、装裱，样样可登堂入室。这一幅挂在卧房最合适的。来历自然是正当的，原主若不是囊中羞涩，也不会出售藏画，我家收购也为扶倾济弱，问得太多，伤人颜面，倒有失好意了。"

看来还是销赃，故而不能明言。

无逸询了个价，与上次在另一家行肆收购前三幅书画相同，竟比隋朝著名画家展子虔真迹低不了多少。

申敬良帮忙软磨硬泡，砍掉一些，报价仍然虚高，待要再谈，店伙便收回那幅画，道："郎君，我家认准这幅值这个价，绝不辜负它。今日方挂出来，看的人有几起，我家却不急。您若实在瞧不上，不必勉为其难。"

此画万不能流入外人之手，让更多的人看见也不安全。无逸奈何店家不得，顾不上心疼钱财，照价买了下来。

情势十万火急，他与申敬良分道，自去了修德坊陆宅，把画给陆钲看，问是不是他作的。

画中是一座花园，一位十四岁左右的少年坐在太湖石上吹笛，身旁置有文房四宝。对面砖地上铺设茵褥，一名年约十二岁、梳双鬟髻的少女跪坐于茵褥之上抚琴，背后大丛牡丹盛开。题为《高山流水》，落款赫然是陆钲的大名和印章。

那花园，陆钲认得是隋朝大业年间，高俭家原来那所大宅的后花园，眼眶不由得发热了。

视之良久，他坚决地摇了摇头："不是。画和笔迹皆像极我的手笔，然而，我未曾作过这种画。"

无逸不知能否信任他，默然把画收入怀中。

"你预备如何处置？"陆钲问。

无逸闷声答道："瞒不了的。出事以来，因深恐贼人又作新妖，我命令部下申敬良日日紧盯城内行肆，我得空时也在访查，方能及早发现此画。倘教他人买去，有朝一日闹个沸沸扬扬，就不可收拾了。我会咬定是有人居心叵测，恶意冒名做伪。"

陆钲苦笑道："不用咬定，事实如此。"

无逸扫视着他脸上伤痕的残迹："陆郎有证据吗？"

"尚无。"陆钲伤未痊愈，不能骑马，行路犹需拄手杖，此刻脑袋如灌入铅块一般滞塞昏痛，问道，"秦王妃可好？"

"您不用问了。"无逸决然拒绝，"以后，请陆郎都不要问她的境况。"

陆钲步履沉重地送别了他，独自拄杖步入书房，关严门窗，摸出随身钥匙，打开髹朱漆木箱，取出几幅卷轴，趺坐于榻，展开来细针密缕地看着，仿佛用眼睛精雕细刻重新画了一遍。

"错在我，在我……"

他缓缓移动双手，揭开香炉的盖子，拿起火石，打了几次方艰难地打燃。不容再眷恋迟疑，他快刀斩乱麻，切齿痛下狠手，一幅一幅地点燃，掼进香炉，焚为灰烬。

无逸回家，密与妻子商议。谢子翕也觉如负千钧：“你思虑得对，假使你不说，申孺人也迟早会知情，而她不会欺瞒秦王。她为人虽则惇素，但毕竟从我们嘴里说出来的，定然也好过她说。依我之见，竟是如此才好——我先去密报王妃，使她心中有数，你去崇仁坊会商四兄，再报秦王。若你径行禀告秦王，颜氏嫂嫂又要责怪你只敬畏姐夫，罔顾姐姐的苦衷了。”

“那么，你且问王妃，如由她自己告知秦王，是否更为妥当……”

时近宵禁，无逸夫妇只能寝馈不安地等待了一晚，次日赶早分头行事。

瑾琋闻讯，却是抽刀断丝，令谢子翕传话给无逸：“尽管由五弟禀报他，我当作你不曾告诉我。若不然，他万一疑心你们和我串供，越发地连你也不许来见我了。我正己守道，无所畏惧。”

谢子翕回家转达瑾琋的意思，原来无忌也这样认为。

于是，无逸携带画轴去弘义宫求见李世民。

画中的情景已经瑾琋之口承认过，但当涉笔成趣，活色生香地呈现在画卷之上，人物亦惟妙惟肖，李世民仍不免黯冷地一笑：“陆钲辩称此画系他人伪作，你就信了？空口无凭，找到他指证的柏七郎还是黑七郎的再说吧！听闻长安县衙勘察陆宅失窃案时问明，除了陆钲自己，他家无人知晓被盗书画的确切数目和内容！闲来无事写写字、绘个画，为何对家人讳莫如深？依我看来，此画必是他所作，同上次那三幅一并被盗走的。盗贼循序分批销赃也是常有的。”

打发走无逸，李世民将这幅《高山流水》图交赵顺锁了，自去找瑾琋。

这是闹僵以来，他首次踏入翠华殿。

承乾、青雀正跪趴在木地板上看着什么，陇西夫人刘氏和奴婢们在旁守护。

五岁的承乾走过来拽着父亲的手，拉他去看地板上的新鲜物事：“耶耶，阿娘和宫婢们一起做的。”

原是用彩笺纸剪成各色花鸟草木和四个放纸鸢的小童，熨贴地融合在一张大纸上，色彩、线条皆毫无生拼硬凑之感，组成一幅童趣盎然的画面。

刘氏称赞道：“王妃觅得好法子。”

“无外乎剪刀浆糊用得巧。”李世民嘀咕了一句，做出欢颜，和两个儿子一道观看。

青雀指着纸上的小童一个个地认：“长兄、青雀、阿鹞、攸乐。”

攸乐跟她乳母去睡了，没有来翠华殿。阿鹞也不在。

李世民左右张了张，从里间飘来一线琴声，如鸣佩环。

他刚刚缓和的心情又生不快，眉间凝结了一层严霜。

乐音袅袅而止，罗袜在木地板上摩擦的声响突然靠近，瑾瑜牵着阿鹞的手，绕过屏风，出现在眼前。

“耶耶——学琴，阿娘教。”阿鹞摇摇摆摆地跑向父亲。

李世民怕女儿跌跤，趋前接着，笑道：“我家阿鹞还小。”

瑾瑜招呼他：“你回来了。”脸色、语调却好像心如止水似的。

他没有答话，借口天色不早，让孩子们回去休息，又命殿内侍奉人等退避，自己径直绕到屏风背后的里间察看。

那具古琴摆在坐榻前，尚未挪走。陆钲的幻影端坐于古琴对面，唇边的十孔湘妃竹笛奏响了玉音，绕梁飞舞。

晦暗的灯火映得李世民面色阴森，横刀随着细微的“哐当——”声出鞘，悍然向古琴劈去。

“你做什么？！”瑾瑜突然闪身上前，张开双臂挡在前面，像个石心木人，直直地盯着他，“这是先父仙逝前赐给我的！”

李世民大惊，幸而他身手灵敏，迅疾回手撤刀。

锋利的刀刃好似一片羽毛，轻飘飘地在瑾瑜的左额角点了一点，弹开，娇嫩白皙的皮肤渗出一丝纤弱的血迹，映入他的眼帘，染红一缕呆滞的隐痛。

刘氏闻声追进去，骇痛地叫道："大王，不可！"一面用绫帕捂住瑾琋的伤口，扶她坐下。

◑ 5 ◐

"我并非有意。"李世民收刀入鞘，懊恼地辩解。

刘氏安慰瑾琋："大王不慎失手，王妃千万不要往心里去。"

"媪，我明白他是无心的。"瑾琋惨淡地微笑，转头望着李世民，"他不过是忘了，自己也多少次听过这具琴的乐音，亦曾亲奏琵琶，与它唱和。"

李世民后悔刚才血气上涌，和软的话语却说不出口，尽管是当着乳母的面，也不能示弱："你们不曾打过仗，少见多怪，这点儿伤，委实稀松平常。"

刘氏忍不下去了，埋怨地斜了他一眼，道："怎么能和打仗比？"

瑾琋的眼底漫出了两湾澈底澄碧的泪泉，漾漾欲溢，一眨也不敢眨，唯恐那层薄薄的水做的壳破裂："你既然对我深恶痛绝，不如送我回长孙家吧！"

李世民心中发寒，又不肯退让，话音中落下一层冰冷刺骨的寒凌："回娘家？方便私通别的男子吗？休想！你就是死了，也是我的鬼！"

刘氏不承望他的言语如此酷厉难听，差点儿气晕，也不好直接说他什么，搂着瑾琋劝解："大王不是那个意思。他不会有意说不吉利的话。自今日起，老身暂且不走了，在此陪伴王妃，断然不会有事。"

李世民待不住了，把瑾琋的哭泣和刘氏的唠叨抛在背后，走到廊上命宫婢们进去照料，自己仍回淇奥殿。

赵顺跟在他后面抬眼偷觑，见他一反平日的龙行虎步，步履略显呆重，猜想闹得不轻。

进入淇奥殿，李世民习惯性地摘下横刀递与赵顺，却愕然发现护手与刀鞘接合的部分沾有鲜血。

赵顺反应快，立即将刀放低，不让宫婢看到血痕，悄悄禀道：“奴婢马上清洗。”

李世民沉声谢绝：“不用。给我。”

他拔出刀来检视，刀刃上也有流散的血，量不大，但比战场上的血流成河更为刺心。

他拿着一方象牙白的绫帕擦净，鲜血在绫帕上画出了一朵小花，胭脂色的，似在悲鸣怒放。

他盯着这朵孱弱的血花看了一阵，止不住地心酸，折好绫帕，掖进衣襟里。

原本召了阴兰因，可是，当她进来行礼时，李世民已失去所有的兴致，给她的是一声黯漠地遣退令：“你回去吧！”

这一夜，他侧身凝视着孤枕畔银白的月色，一个人浑浑噩噩地睡去。

武德六年七月下旬，李建成、李世民的两路人马完成出征准备，陆续开拔。

翠华殿的人们禀告瑾琋，已探知秦王定于七月二十五凌晨奔赴并州前线，那就是明日了。

刘氏也提了几次，说秦王以王妃体虚之故，免了弘义宫众人送行之礼，要安静地启程。

瑾琋明白他们的好意，无非是想撺掇她去送别，暖化一下天凝地闭的夫妻关系。

她没有做声。李世民翻脸无情，而自己未曾有负于他，怎能自轻自贱，低头讨好？

但那天却是早早醒来，再不能入眠。

庭中的更漏每响一声，天上冷残的月钩就勾一下她的心房，绵延不断地牵扯起微痛。

他这一走，又要等多久啊！

瑾琋掀被坐起身，呼唤外间伴宿的侍婢："来人，我要梳妆。"

侍婢依照她的吩咐将一头青丝挽作愁来髻，薄施脂粉，雪青色中衣外系一条黛紫色宝相花纹齐胸襦裙，罩上藕色大袖衫，披一条五晕罗青莲地银泥帔子，都是没有穿过的新衣裳。

瑾琋行至淇奥殿，下了辇舆，抬头瞧瞧阶上。

李世民披挂齐整，刚从殿中走出，一个梳翠髻、插纯金累丝发簪的女子跟出来，饮泣着在说什么，面貌身形真如姣花软玉一般，是韦珪。他转头答了几句。

出征前夜，他不去翠华殿看一眼，却同韦珪在淇奥殿共度良宵。

这种情景，瑾琋不是没有想过。纵令换掉韦珪，也会有其他女子。

她以为自己不会惊讶，然而，此时万箭穿心的痛楚是如此地真切。只能转身装作没有看见。

刘氏下了另一辆辇舆，劝道："暑热天，王妃不宜久立，在辇舆上坐坐吧。"

瑾琋坐了下来。仿佛等了许久，罗帕被手指蹂躏成千奇百怪的形状。

"这不是我第一次出征，你何需伤惨？"李世民安慰着韦珪，不过面上并没有鲜明的笑意，"你的事，近日我想过了，待我回京，就请一道敕书，封你为刀人。"

喜讯竟在分别的时刻不期而然地降临。韦珪呆了呆，转眼泪雨滂沱，跪下拜道："奴婢谢大王眷顾之恩！"

李世民不愿耽搁，也不与她客套，带着安元寿及数名校尉拾阶而下。

婢女们扶着瑾琋缓步向他走去。

李世民的心里稍稍有了一些暖意。

昨日，他绝不允许自己的脚步迈向翠华殿，坚持认为应该是瑾琋来探望他，说点儿赔小心的话，最少也该派个人来请他。可她居然毫无表示。李世民失望之余，满腔愠恨。从童年初见算起，认识总有十七八年了，他竟不知瑾琋倔强固执至此。

“妾送大王。”瑾琋恬雅地微笑，尽量当作什么芥蒂也不曾发生，“请大王珍重贵体。”

这些日子，她变得清瞿了一些。大袖对襟衫遮不住两角嶙峋的锁骨，一双颧骨好似两个精白色的小鸡蛋，高高地凸在粉红色胭脂扫成的一层薄纱下，左额角画了一朵青翠的花钿。

李世民见此，手掌在刀柄上紧了紧，那朵花钿当是为了遮盖刀伤而画，疤痕想必还在。

茜色的口脂暂时润泽了她青白枯萎的嘴唇。李世民没有注意到，抑制了握她手的冲动，淡淡地说：“你在家静养。请岳母也来陪你好了。”

不管怎样，她是否“清白”尚未证实，疑窦没有减少，而是增多。在他面前，她是“待罪之身”，他不肯在知情的翠华殿一众奴婢眼前表现对她的爱怜。

“家母不必来了。”瑾琋鼻尖一酸，垂下眼皮，忍着泪意。

不是不想母亲来，只恐母亲待得长了，隐瞒不了。

“媪，我动身了，请多保重。”李世民深恐和她说多，自己会心软，转脸与刘氏作别，举步欲走。

瑾琋抬起眼睛，抓紧时间抚慰道：“大王勿挂心那件事，安心打仗。等大王凯旋……”

“不用操心！你素知我非因私废公之辈！”李世民略提高音调，严词压制住她的言语，行步如风地扬长而去。

被打断的话溶化成水，在瑾琋的眼眶里打转，她低叹一声，伫立着目送。

夏日炎炎的风刮来，好像要把她扑倒，宫婢们连忙搀扶她和刘氏乘上拏舆，回翠华殿歇息。

刘氏提议派人追上李世民，报告瑾琋的病情，被她制止："不可。像是中了暑气，典医丞自会安排医事。告诉二郎也只白白增添他的烦恼。我想拜托媪的，却是另一件事。不知我与二郎将来怎样，若我有一日不在了，请媪替我怜惜那几个孩子……"

瑾琋已有谋划。先休养一昼夜，恢复了元气，又陪伴孩子们整日。当晚她早早入睡，养足精神。尔后，她抢在绝大多数人都在睡眠中的凌晨时分，给刘氏、高氏、高嫣各留了一封信，声称她决定追上大军，随李世民出征，拜托她们照顾孩子。对值夜的人们又声言是去崇仁坊长孙家，随即携带留荑一人，骑马微服出宫。

她往日微服出行也多，尤其迁入弘义宫以来益加自由，值夜的人们见惯不怪，也不敢阻拦。

结果，她与留荑既没有追赶李世民，也没有去长孙家，而是驰往一个任何人都意想不到的地方——马邑。

◑ 6 ◐

染菽的叔父在马邑行商，在当地为她相中了一门亲事。染菽与兄长刁博昆，日前已抵达马邑订婚。启程之前，她曾把这件事告知卫仁，故而瑾琋也知情。

当瑾琋以"太叔一娘"之名，出现在她面前，着实令她惊愕失色。

她拉着瑾琋、留荑躲进闺房，悄问道："王妃为何微服远行？如何寻到这里？”

瑾琋朗朗而笑，压低声音，坦荡地回答：“哈哈哈！我蒙冤了，秦王误认为我与别的男子有私情。我在长安闷得慌，想出来散心，此地不用戴帷帽，无需罩着幂篱，自由自在，还可顺道寻觅马邑特产的一种酸刺柳，带回长安，与别的物事混合，试试看能否以此雪冤。马邑城并不大，询问籍贯长安县的刁姓商人、近来有侄子侄女从长安来投亲的，便找到了……”

刁博昆和马邑的亲属都没有见过瑾琋。她和留荑就在染菽的掩护下，以化名寄居于刁家叔父的小宅中。

然而，酸刺柳尚未觅得，染菽与未婚夫尚未行纳征之礼，她们就与马邑百姓一同遭遇了一场极其严酷的危机——突厥派遣偏师突袭马邑，四面围攻，马邑军民陷入重围，固守待援。

另一边，李世民赶到并州，当面之敌本着抢够了就跑、不与唐军主力硬拼的方针，开始快速撤退。

李世民没有大仗可打，中原当前须以休养生息为主，也不宜大举追击。

他一面派遣尉迟恭驰援马邑，一面率领精兵，寻隙奇袭突厥落后的退兵，尽量夺回遭到掳掠的人口、财物，整顿、安抚遭到突厥袭扰的地区，策应尉迟恭的行动。

在并州，李世民收到长孙无忌寄来的一封急信，告知瑾琋仅携留荑一名侍婢，秘密出走，要来军中寻他。李渊已敕令沿途各州县寻找、接应秦王妃，但无忌凭借对妹妹的了解，担心她另有所图。

李世民五内俱焚，牵挂瑾琋的平安，又恼恨她胆大妄为，甚至怀疑她可能与陆钲私奔！

他回信给无忌，表示自己也将留心瑾琋的踪迹，嘱咐无忌安慰岳母高氏，另询问陆钲的行踪。

直到收到无忌回书，说明陆钲照常在太常寺仕事，李世民才松了一口气。

但是，瑾琋依旧下落不明，命运未卜。

李世民表面上不能流露自己的情感，内心却提心吊胆，忧思重重。人前抖擞精神，秉旄仗钺，指挥若定，闲暇时，每每在心底呼唤：“观音婢，你在何方？你回来，保证忘记陆钲、不见他，我们就回到从前，再也不吵架了……”

可转念他又产生新的怀疑：“观音婢诡计多端，是否明修栈道、暗渡陈仓，声言来投我，实际并未远离京畿，被陆钲藏在某个隐秘居所了？啊啊啊！那真是罪无可逭！我、我、我，陆钲，我必将你碎尸万段！”

不日又接获尉迟恭的急报，他率部在马邑城外与突厥援军交手，战况胶着。

李世民奋身出帐，暂时放下了瑾琋的事，亲率精锐骑兵，奔赴火线。

马邑守军抵御突厥围攻日久，几近灰心短气，援军是他们漫长的黑暗中唯一的企盼，只是不知这束光明何时方能照亮马邑伤痕累累的城墙。

夜色降临，突厥人又攻上来了，城头登时金鼓喧天，喊杀声、惨叫声、詈骂声、兵器激烈碰撞的锐声和砍在人体上的闷声嘈杂一片。

深蓝的天幕睁开了无数双眼睛，闪着赤金的光，静静守望这一场人间的杀伐。

马邑从七品下折冲府校尉贺洵，带领两名旅帅及一队五十余名兵士，从刁家居住的小巷里穿过，奔向城头支援。

住在巷中的一些精壮勇敢的百姓也开了家门，执兵器、柴火等物相随，没有兵器的，担着满满当当的水桶。

其中有三个青年，怀抱柴火，面皮黑一道、灰一道，极像用炭灰刻意涂抹过，跑动中，随风贴在身上的袍服一波未平，一波又起。

贺洵年轻，但往昔放浪形骸的时节，于女人之道倒是所知甚多，留心观察他们的颈部和胸脯，心中有了数，抓着其中一人的衣角呵斥道：“小娘子，这不是玩的，请勿添乱！”

女子惊怒反呛：“帮忙不行吗？城门若失，谁都活不了！”端的是一口长安县口音。

她不是旁人，正是刁染菽。另二人分别是瑾琋、留荑。

◑ 7 ◐

军情如火，贺洵无暇与她们纠缠，拔刀蹿上了城楼。

之后，他几次瞥见那三名假扮男装的女子左右奔忙，参与烧水、抬沸水，将整锅整锅滚烫的沸水从城墙上泼下去，阻止突厥人登城。

贺洵心头发热，高声鼓励众袍泽：“城中百姓奋不顾身，我等食君之禄，绝无畏死之理！”

突厥人擅长骑射野战，本不善于攻坚，久攻不下，也颇为焦躁。今夜依旧重复这一篇煎水作冰的戏文，劳形苦心，不觉力疲。

一个踩着云梯的突厥士兵在城墙垛口露出头来，与瑾琋对上了正脸，她连忙扬起一瓢沸水泼过去。

那突厥士兵感知到这股可怖的热力，偏头闪躲，仍有半张脸中招，喊一声痛入骨髓的“啊——”，恼羞成怒，竟单手抱住瑾琋。

他身高臂长，体力强悍，瑾琋挣脱不得，染菽、留荑奔过来施救，已经来不及。

瑾琋被那突厥人带着，一起摔下城墙，手里还死死握着水瓢。

侥天之幸，他们摔在突厥军队为攻城垒的沙堆上。瑾琋还有那突厥士兵做肉垫，没有负伤。

她自知堕入敌阵，危如累卵，便闭目屏息装死。

突厥士兵也无心顾及一个敌人的死活，挪挪腰，感觉还能动，便忍痛起身。

他方坐到地上，后肩突然遭到钝重的一击，整片骨肉皆发起麻来。

“哎哟！谁放的箭？不长眼睛！”他呻吟着倒回地面。

身边的同袍也纷纷中箭，箭矢均来自背后，传递了一个严峻的信息——绝非自己人的偶然失误。

他咬紧牙关，翻身趴下，举目望向后方，数不清的火把照耀着一支陌生而雄健的骑兵，箭矢如雨，袭向疲于攻城的突厥人，一柄一柄修长直正的横刀挥舞着银白的杀气，不断地在猝不及防的突厥士兵身体上着染壮烈的红色。

城头的唐朝守军在欢呼：“秦王！秦王！尉迟将军……”

他想挣扎起来逃跑，却被双方士兵践踏，很快失去了知觉，再无法苏醒。

“秦王”二字也令瑾琋心潮澎湃，但也五味俱全。

作为一名受困于马邑城中的中原人，秦王是她的救星。她也想向他欢呼，为他喝彩。

然而，作为被他冤枉、失去信任的长孙瑾琋，她怀有怨气。

李世民与尉迟恭夹击，击溃了突厥援军，趁夜对马邑城下的突厥军队实施反包围。

马邑守军体内的潜能被援军的火把点燃，人人蹈厉奋发，固守反击，一些人吊下城墙，与突厥人短兵相交，接应尉迟恭的部队。

贺洵早已杀红了眼，如今更不甘居人后，叫了几个人，把横刀衔在嘴里，拽着绳索跃到城外，挺身加入战团，对突厥人一通大砍大杀。

染菽见了，便恨自己是女儿身，不会武功，不能效仿他痛击敌寇，救援秦王妃。

瑾琋感到身旁的突厥人已死，唐军气势如虹，微微抬起头，观望战况。发现附近有一名仰卧于地的突厥伤兵，左手撑起半个身子，右手持胡刀，欲掷向一名唐军校尉。

那校尉正是贺洵。

瑾琋没有认出他，依然挥起水瓢，狠狠地拍了那突厥人的头顶一下。

那人眼前无数金星乱转，掷出的刀偏离了方向，栽到地上。

俄而，一支大羽箭射来，结果了他，彻底解除了瑾琋和贺洵的危险。

射出这一箭的神箭手策马抵近，问道："你是守城的百姓？可曾负伤？"

这富于磁性的声音是如此的熟悉。熟悉到瑾琋只要闻其声，即可猜准说话者的神态和心情。

是李世民。

或许，瑾琋应该叫一声："二郎，是我。"然后，可能就会被他抱上马，冰释前嫌。

但是，她张不了口。她不愿意在事件没有澄清之前与他见面。

她假装吓破了胆，只是摆手摇头。满面的脏污掩盖了她的真容，风停息，也没有大幅动作，宽大的男子袍服遮蔽了她的体型，李世民未能认出来。

"你趴好，待敌军尽退再起身。"他留下一句叮嘱，率领随从离开。

当晚，围城的突厥兵马腹背受敌，损失惨重，解围遁去。

李世民入驻马邑，巡视阵地，慰劳伤员，犒赏将士及参与守城的士民。在城墙下看见两名脸脏得看不清面容的男子又哭又笑，扶着另一个更加污手垢面如泥人般的男子，缓步从城外走进来。

那人手握一个大水瓢，就是那个在城下拍了突厥人一瓢、勇救唐军校尉的守城百姓了。

李世民怀着钦佩之情，向"他"走去，出言慰勉，命左右给"他"赏钱。却不知"他"其实是瑾琋。

搀扶"他"的两名"男子"是染菽、留荑，一见李世民，慌忙低下头，抬手抹了几把脸，用手背上的泥土把脸弄得更花。

瑾琋假装讷口少言，除了点头，便是捏着嗓子“嗯嗯啊啊”地回应。

李世民也不计较，微笑着走开。在他转身的一刹那，瑾琋看见他左臂挂彩了，轻微出血。

她的心尖有一丝疼痛，情不自禁地拉住了他，把下巴朝他的伤口微微一扬，默示道：“李二郎你这打脊奴，挂彩了，居然不知。”

李世民埋头瞧瞧，有一条血口，并不严重，笑道：“呵呵，何足挂齿！”

瑾琋摇一摇手，背过身，掀起袍角，从中衣上撕了一条干净的布与他包扎。

李世民低眼看着她肮脏的手指轻柔舒缓地动作，仅隔一层衣料贴近自己的皮肤，感受着摩擦，无法触及。呼出的气息似乎能拂到她卷曲的睫毛。

蓦地，李世民觉得这人恐怕是女扮男装。虽然穿着男装，脸脏得像个花猫，但那份细心体贴、纤长的手指、柔惠的动作，无不是女子的本色。

犹为奇妙的是，还给他一种熟悉、亲切之感。

李世民萌生一种冲动，想洗干净她的脸，看看她的真面目。

瑾琋有所觉察，深恐露馅，包扎好即松开手，垂首退后一步，携染莜、留黄匆匆逃遁。

李世民唯有惘然而已。这份无名的惆怅是一个谜，他只能把它浓浓地窖藏于心，继续履行自己的职责。

回营后，他想起从城头上杀出的那名年轻校尉生得奇伟，在战场上兼人之勇，特命尉迟恭了解此人的情况。

马邑守军主帅答复：“他名叫贺洵，是民部金部司员外郎贺休德之子，武德四年从军，累功升为折冲府校尉。据说昔日在长安，行为浪荡，闯下什么祸。据下官来看，人是不错的。”

尉迟恭大笑道：“哈哈哈！莫非是个轻薄儿？浪荡怕他什么，从军之人勇于以死效命就好！叫来见我！”

贺洵获悉自己景仰的尉迟将军召见，激动得莫知所谓，掬一捧刚打上来的井水，草草洗了一把手脸就跑。

路上，他再次遇到染菽、瑾琋、留荑三人。别人也就算了，他之前无缘与瑾琋见面，不认识。染菽虽也是初识，并和他拌过嘴，他却有印象，且印象不差。

贺洵忍不住多看染菽几眼，两人的脸就都羞红了，目光在彼此脸上匆忙掠过，不敢凝眸。

贺洵心思低回，但尉迟恭的召唤是不可延误的。他大抵记得，她是从那条小巷的哪户人家走出的，还有，长安县口音……

尉迟恭与贺洵谈了一阵，甚感相得，问道："你调到我手下怎样？"

贺洵先是喜出望外，满面红光，尔后又流露彷徨窘促之态，拜谢道："如能追随将军，下官求之不得。可是，下官有难言之隐，恐令将军为难……"遂请求摒退左右，把武德四年同刘燕婉的那笔糊涂账禀明，不过，没有讲明对方是李世民，用"宗室将领"指代。

尉迟恭吹吹胡子，扬声大骂："是李道宗吧？那个痴呆懵懂、鼠肚鸡肠的纨绔！惧他做什么？"

想不到有人能把任城王李道宗骂得分文不值。贺洵大感讶然，也觉尉迟恭说得过了。李道宗绝非草包纨绔。大概是因为尉迟恭在宗室将领中，只佩服秦王李世民的缘故。

可是，最棘手的问题在于，障碍并非李道宗，而是李世民。

贺洵不得不据实以告。

"呃……"尉迟恭十分尴尬，似乎是自责把"痴呆懵懂、鼠肚鸡肠的纨绔"这个骂名扣在了李世民头上，咂咂嘴，安抚贺洵道，"你既有冤情，且待我转呈秦王。"

其实，尉迟恭表面粗豪，在需要细心的地方，周到程度不输文人谋士。

他首先向李世民如实禀报了贺洵的身份及从军后的优异表现，等待李世民回应。如确有必要，他将为贺洵陈情。倘若李世民爱贺洵之才，不声不响予以原谅，旁人也不必捅破那件事。

李世民先是大跌眼镜。武德四年勒令贺洵从军的初衷是惩罚、泄恨，毫无磨砺人才的想法。彼时对贺洵也只知其行为不检，其他方面则一无所知，谁知这个“奸夫”竟是可造之材。

接着，他心中涌起些微的雨愁烟恨。当年贺洵、刘燕婉通奸事泄，瑾琋劝慰他的情形宛在昨日。而如今，瑾琋居然也发生了类似的问题。

回首往事，当初瑾琋劝他不要废黜刘燕婉的承衣之位、留燕婉一命，恐怕是因同情、体谅燕婉之故。

“人同此心，女子之于女子的哀苦更能体会罢了。”——这是瑾琋的原话。

真相居然是她心系陆钲，故而感同身受，兔死狐悲。

李世民时而伤感，时而犹豫，考量了半日，终于作出决定：“敬德，贺洵曾有轻薄浮浪之名，当今是用人之际，念及他赤心报国，立有战功，擢升从七品上翊麾校尉，挂武散官衔，在你左右效力，以观后效。若确有长才，可授予实职。”

尉迟恭大喜，把结果告知贺洵，教导他道：“洗冤之事不宜操之过急。只要发奋图强，立功立德，自有你的结果。”

对于贺洵而言，这样的安排已是莫大的惊喜。

他再三拜谢，告退辞出，到巧遇三名男装女子的那条小巷寻“长安县口音小娘子”去了。

从这一天起，贺洵每有闲暇，就变换各种说辞登门探访，并应染菽之请，帮忙寻到了瑾琋所需的酸刺柳。

瑾琋、留荑和刁家人都看出他对染菽有意。

突厥包围马邑前夕，染菽的未婚夫出城进货，被突厥兵马阻隔于城外，惨遭毒手，婚事流产。

染菽与亡人没有见过面，谈不上感情，只像一位普通的街坊邻居罹难，感觉一种普遍而肤浅的同情。她的心思不知不觉地转移至贺洵身上，对他的探访由害羞到期待，爱意与日俱增。

瑾琋看在眼里。经过马邑之役，她也对贺洵有了新的认识，就想撮合他和染菽，也算补偿贺洵所受冤屈。

某日，贺洵来访前，染菽对镜梳妆，为缺少脂粉而犯愁，向瑾琋借，瑾琋也没有了，打趣道：“口脂？用完了，连唇脂都没了。我和留荑问过药肆，突厥人围城多日，药肆无处采买调制脂粉所需的材料，目下也还配不齐方子呢！你也不必发愁，那晚你女扮男装去守城，从头到脚比乞索儿还脏，贺郎并不弃嫌，如若真的喜欢你，绝不会因你不敷脂粉就变心！”

染菽羞臊地把空空如也的口脂盒子抛回妆奁，发出清脆的声响：“太叔娘子休要取笑我。我比贺校尉年长四岁，哪里谈得上喜欢不喜欢、变心不变心？”

“你既然自认老姐姐，抹不抹口脂更没关系啦！”瑾琋笑着走了出去，命留荑帮染菽梳头。

城内外交通及日常营生逐渐恢复，染菽的叔父、婶娘和堂兄弟去自家的行肆了。刁博昆在院子里整理行李，预备返回长安。

瑾琋笑道：“刁大郎，不必性急，可再小住一阵，发嫁了令妹再走。”

博昆叹了口气：“唉！太叔娘子，我陪她来订亲，她没见着未婚夫的面，反遭了围城的罪。好容易逃出生天，不想未婚夫早在城外惨死于突厥人之手了。发嫁是不成了，没的叨扰叔婶，该回家了。”

瑾琋说：“可惜那位苦命郎君与刁氏没有缘分。不过，大名贺洵的折冲府校尉——不对，他已经调到尉迟将军手下做翊麾校尉了，品秩升为从七品上，他爱慕染菽。千里姻缘一线牵，呵呵。”

染菽叔父雇的仆妇端了一盘古楼子、一碗粟米粥出来，放在院中的石墩上。博昆依然不改本色，立在室外捧起早饭就吃，嘟囔道："这北方边地的羊肉又便宜又好吃——贺郎有心归有心，却不知安的什么心？那个章守中贱籍出身，得意了还忘本负心呢，何况贺郎是官宦子弟。"

◑ 8 ◐

这座小宅院的夯土墙不高，高个子贺洵一走近，眼尖的瑾琋便瞧见了，连忙"咳咳"两声使博昆闭嘴，自到院门后，等贺洵敲满三下，就开门迎他入内："翊麾校尉来啦！"

贺洵未着戎装，穿了件家常的窄袖圆领蓝灰底瑞锦纹绫袍，头戴黑色襆头，与瑾琋、刁博昆相互见了礼。

他的脸色看起来仿佛喝过起床酒，进正堂坐下开了口，别人方知他是羞红的："刁兄，我今来，有话讲。"又低下头说不出来。

瑾琋鼓励道："讲，有什么要紧！"

贺洵看了一会儿铺地草席上的纹路，猛地皱一下眉头，毅然抬起头说："我快随尉迟将军回师长安了，待抵达京城，欲禀明父母，到刁兄府上行纳采之礼。"

"这话不能随便提。令尊、令堂岂能准许？而我，是不与人做妾的。"染菽来了，堵住了他的话头，"我的家世你已尽知，长安县乡下田舍人家，五代之内连流外小吏也没有出一位，叔父家客居马邑行商。我比你年长，从小没怎么读书，识字无多，回家后自加补习，奈何有了岁数，进益亦是有限。"

贺洵却是喜见眉间："谁要你做妾？——如此说来，你本人并没有不愿意。"

染菽的脸蛋顿时变作一只熟透的薄皮柿子，仿佛碰碰就会破，却没有反驳，默默地在瑾琋身旁的一个空坐榻上跪坐了。

博昆说："若论校尉的德才，我家自然愿意高攀。可是，染菽的顾虑不是多余的。校尉年轻，应该思量周全。"

贺洵郑重回答："刁兄，我尽管年轻，业已二十一岁，不唯到了成丁的年龄，经过的事只怕比同龄人多些，便是想好了才来提亲的。我家原也不过是马邑乡下的小豪族，家父因攀附刘武周，才出仕为官。令妹以良民出身采选入宫，侍奉前隋南阳公主，并非籍没为贱籍。于礼于法均无违碍之处。"

瑾琋一改方才的大大咧咧，正容问道："我实话实说，请校尉勿恼。先不论普天下配做你正室的官宦人家女儿多得是，只怕你花街柳巷也逛腻的，敢问相中染菽哪一点？"

贺洵的目中微漾起澈亮的笑意："她在南阳公主身边长大，秀外慧中，知理明义，细心体贴，普通女子万不及一。先时，我的确流连花丛，后来经历了一些事，又从军打仗，领悟了很多道理。"可他并没好意思转动视线去看染菽。

博昆心动了。这对于妹妹而言，实在是一门意想不到的好亲。之前叔婶给找的那位未婚夫，是同在边地行商的富裕鳏夫，比妹妹大十岁，前室遗有子女，父母就很满意了，求神拜佛祈求能够相准。

"如果八字不合，也不行。"博昆考虑到一个极为重要的问题。

贺洵吞吞吐吐地答道："那个，不必忧虑。我请卜者合过了，是相合的。"说着他果真掏出一张折成小方块的彩色笺纸来，展开交给博昆。

博昆识字比妹妹还要有限，仅认得染菽的姓名和生辰八字，只好请"太叔娘子"帮忙。

瑾琋一看，笺纸记载有男女姓名、籍贯、生辰八字及合婚结果，染菽的八字赫然在目，与博昆的口述分毫不差。

博昆兄妹相顾而惊，不知贺洵如何得到她的八字。瑾琋很快有了怀疑对象，扯扯染菽的袖子：“你和贺校尉私定终身了？把生辰八字给了人家？”

“没有！太叔娘子今日怎么了，言颠语倒的！”染菽恼了，侧转身半对着墙壁，又催贺洵，“请勿半吐半露，须得说个清楚，八字从何得来？”

仆妇捧吃食上来，一听这话，将食案在草席上重重一墩，如裙摆着了火一样爬起来就溜了。

博昆怨道：“有贵客来，你手上应该轻巧一点儿。”转过来欲向贺洵赔不是，却看见一张倒了血的脸，略想了想，便有些明白，“莫非……”

贺洵欺身拜道：“请恕我无礼！上次造访，暗中恳求府上侍娘告诉了我。请刁兄不要责怪她！”

染菽叔父家没有蓄养家奴，帮佣的仆妇是从马邑郊外雇的良民，日子一长，染菽的叔婶也不完全以下人待之，许多事并不回避。仆妇在染菽婶娘的箱笼中看到过写有刁染菽生辰八字的笺纸，原是与那不幸遇难的商人合婚用的。

“未必只因贺洵恳求。”瑾琋心想，那个仆妇最近戴上了一条银项链，说是自家丈夫给打的。当时，瑾琋并未留意，而今再看，仆妇家里忽然打得起银首饰便是一大古怪，定是贺洵给的“贿赂”。不过，仆妇算是促成了一桩婚事，也不必追究。

染菽仍然不松口：“不是我存心泄你的气，凭你夸我到天上去，但凡令尊令堂不许，也是一场空，终究不提的好。”

她回想自己遭恋人章守中背弃，托叔婶之力在马邑说了一门亲，面都没见上就阴阳相隔，好容易遇到一个郎情妾意的贺洵，又有种种不利之处，想也心灰，言语中不觉咀嚼出青橄榄的味道。

瑾琋却是胸有成算，窥察的目光将染菽、贺洵试探了几遍，最后对博昆说：“我有个主意，令妹及贺校尉皆已成年，按圣朝律法，可自行在外完婚，父母日后知道，也不能拆散。”

博昆尚未应声，贺洵已忘了羞怯，端出当年混迹平康坊练就的厚脸皮，一拍膝盖，眼睛闪闪发亮，笑道：“好！把生米做成熟饭，等怀上孩儿，双喜临门，翁姑也不能撵媳妇。”

染菽经历过与章守中的恋情，但未曾逾越雷池，瑾琋、贺洵一个比一个露骨的话宛如平地惊雷，炸得她耳朵发烧，再也坐不住了，翻身便跑出门，倚着廊上的柱子，只听心脏怦怦作响，似乎要将这根柱子震断。

博昆不便擅自答复，权衡了一会儿利弊，跟出去冲着妹妹的背影问道：“我就依你的心思了，你究竟愿不愿意？愿意就点头，不愿意就摇头，别光顾害臊，误了终身，又让贺校尉久等。”

贺洵也转身看她，心脏被她脑后的双鬟髻所牵引，是前仰后合还是左偏右倒，全在她一念之间。

终于，双鬟髻的两个圆环朝前倾了一倾，再一倾。

瑾琋掩口巧笑，提醒博昆道：“刁大郎，快去行肆里报喜！”

贺洵抢着拜谢“太叔娘子”。

瑾琋婉谢道：“我也年方二十三岁，本无意做媒人。只因与刁家小娘子相熟，言语便直率了些，不料成就一段姻缘。并不敢受你的大礼。”心里却说：“你说你经历了一些事，助你成长，殊不知那些事是我设计的呢！竟也不必谢我。过去，你因是贺休德之子而为我所害，今后，就凭借‘贺洵’的才干人品，与染菽一道，创造花好月圆的美满人生！”

贺洵与刁染菽定了终身。烽火方熄，事起仓促，婚礼不免粗糙简陋些，好在贺洵于三书六礼的大节上非常认真，未使染菽受屈。

婚后，博昆、染菽兄妹俩就与瑾琋、留荑及其他因突厥入寇而滞留马邑的旅人一道，尾随尉迟恭、贺洵的队伍返回长安。

李世民没有与尉迟恭同行，率部转战他处。直至离开马邑，也不知令他爱恨交织的瑾琋曾与他生活在同一座城池中。

染菽偷偷劝瑾琋："您可去投尉迟将军。他必然派人驰报秦王。秦王见您为讨回清白，历险边地，有多少气都消了。"

"我眼下不想理睬秦王。你继续保密。咳咳——"瑾琋迸发出一串咳嗽，一种熟悉的胸闷症状悄然而至。

她揪紧了衣襟，仿佛这样可以缓解胸口的窒闷，心中暗暗叫苦："不好，气疾复发了！"

瑾琋沿途请医服药，疗效不佳，气疾时愈时发。待进了长安城，尚未恶化到气紧、气急的地步，简直可喜可贺。但她的脸色已经很不好看，唯一的好处是给了她哄骗李渊的理由——追赶李世民的途中，气疾复发，急于就医，行错了道路，蹇留某地治疗无效，被迫返京。

李渊见她病得不轻，也不好深究，传口敕责备了一通，就令她安心养病。

瑾琋歪在卧榻上服药，偶尔难免怨艾："李二郎，你不知我病了吗？也不写封家书慰问我。"转而哑然失笑，他的确不知情。

他冷漠酷烈，瑾琋也绝不乞怜，以拒绝服药相要挟，严禁刘氏、高氏、无忌等人泄露她的病况。李渊也不许任何人对身在前线的儿子透风，以免他为家事分心。

养病期间，瑾琋用马邑的酸刺柳及其他一些东西做了多次试验，最终派遣赵顺奔赴并州，等待李世民班师路过，就向他揭露瑾琋与陆钲"私通"的真相。

关于此案的幕后黑手，瑾琋也早有推测，但还有一个疑问待解，因此尚不能定论。

（第二部 完）

inn earth®
地球旅馆 出品

捧读文化
触及身心的阅读
全国总经销

出品人 张进步 程碧

特约编辑 林香云
封面设计 lemon
封面插图 呀 呀

新浪微博

微信公众号

法律顾问 天津益清（北京）律师事务所 王彦玲

出版投稿、合作交流，请发邮件至：innearth@foxmail.com
了解新书，图书邮购、团购、采购等，请联系发行电话：010-85805570